여행자와 달빛

휴머니스트 세계문학 018

여행자와 달빛

UTAS ÉS HOLDVILÁG

세르브 언털 | 김보국 옮김

차례

일러두기

1. 번역 대본으로는 Szerb Antal, *Utas és holdvilág*(Révai, 1937)를 사용했다.
2. 주석은 모두 옮긴이 주다.

제1장 신혼여행

나는 법과 질서를 불온하게 여긴다
그러면 무엇이 뒤따르는가? 그 대가를 기다리리,
이 세상은 나를 받아들이기도, 거부하기도 하기에
—비용
(서보 뢰린츠 번역)

1

열차에서는 아무런 문제도 없었다. 그것이 시작된 곳은 베네치아의 그 좁은 골목에서였다.

동력선을 타고 선착장에서 도심으로 진입했다. 지름길로 들어서고자 카날 그란데•를 지나치는데, 좌우로 늘어선 골목들이 미하이의 눈에 띄었다. 하지만 그때까지는 무엇보다도 베네치아가, 베네치아적인 것들이 그를 완전히 사로잡았기에 그 골목들에 대해서는 별다른 감흥이 없었다. 집들 사이로 보이는 수로, 곤돌라, 베네치아의 석호, 그리고 이 도시의 다홍색 벽돌빛 하늘. 그도 그럴 것이 미하이는 지금 처음으로 이탈리아에, 그것도 서른여섯의 나이에, 더군다나 신혼여행으

• 이탈리아 베네치아의 대운하.

로 오게 되었기에 무엇보다 익히 알고 있던 베네치아적인 것의 감흥에 젖어 있었다.

오랫동안 이어진 방랑의 세월 동안 많은 곳에서, 특히 영국과 프랑스에서 수년을 보내기도 했다. 하지만 이탈리아만큼은 항상 비껴갔는데, 아직 시간이 무르익지 않았다고, 방문할 준비가 되지 않았다고 생각했다. 마치 자녀를 갖게 되는 것처럼 이탈리아 방문을 어른의 일 중 하나로 치부했다. 게다가 그곳의 꽃향기와 지독히 아름다운 여자들이 뙤약볕이라도 되는 듯 은근히 두렵기도 했다.

만약 결혼을 하지 않았거나 통상적인 이탈리아 신혼여행으로 결혼 생활을 시작할 마음이 없었다면, 그는 아마도 죽을 때까지 이탈리아 여행을 미루고 또 미루었을 것이다. 지금도 '이탈리아'가 아닌, 이와는 전혀 다른 '신혼여행'으로 여기에 온 것이다. 어쨌든 그는 이미 한 여자의 남편이기에 이제는 이탈리아에 올 법도 했다. 위험 그 자체인 이탈리아가 지금은 위협거리가 되지 못한다고 생각했다.

처음 며칠은 신혼여행의 기쁨으로 온화하게, 그리고 여유 있게 도시를 둘러보며 평화로이 지냈다. 지적이고 엄격한 자기비판에 익숙한 사람들이 그렇듯 미하이와 에르지는 속물주의와 반속물주의 사이에서 적절한 타협점을 찾고자 했다. 그들은 베데커•가 가리키는 모든 것을 보기 위해 녹초가 될

● 독일의 베데커사에서 발행하는 가이드북.

정도로 자신들을 피곤하게 만들지는 않았다. 하지만 귀국해서 "박물관들은 말이야……. 글쎄, 당연히 박물관에는 가지도 않았지"라고 떠벌리며, 서로를 자랑스럽게 쳐다보는 그런 부류의 사람들에 속하고 싶지도 않았다.

어느 날 저녁, 연극을 보고 호텔 로비에 들어섰을 때, 무언가 한잔 마시고 싶다는 간절한 생각이 미하이를 사로잡았다. 그 무언가가 어떤 것인지는 정확히 알 수 없었으나 스위트 와인 같은 것에 끌렸다. 파리의 프티 샹 거리 7번지에 있는 작은 와인 가게에서 종종 음미했던 사모스 와인•의 그 특별하고 고풍스러운 맛이 떠올랐다. 베네치아는 어느 정도 그리스라는 생각에 이곳에도 분명 사모스 와인이 있거나, 어쩌면 마브로다프니••가 있을지도 모른다고 생각했다. 이탈리아 와인에 대한 별다른 지식이 없었기 때문이기도 했다. 에르지에게는 지나칠 만큼 진중한 말투로 혼자 방에 먼저 들라고 일렀다. 한 잔, 정말 딱 한 잔만 마시고 곧 되돌아오겠다고 했다. 그녀 역시 보통의 젊은 부인들처럼 많이 마시지 말라며 조금은 과장된 어투로 답했다.

호텔이 자리한 카날 그란데를 벗어나 미하이는 프레체리아 주변의 좁은 길로 들어섰다. 늦은 시간이었지만 많은 베네치아인이 열을 지어 다니는 개미처럼 분주히 오가고 있었다. 이

• 그리스의 사모스섬에서 생산한 와인.

•• 주정을 강화한 그리스산 블랙 와인.

도시 주민들의 특징적인 움직임이기도 했다. 이곳 사람들은 마치 정원을 가로질러 먼 길을 향하는 개미같이 일정한 길로만 다녔고, 다른 길들은 그냥 덩그러니 남겨져 있었다. 술집과 와인 바는 텅 빈 길가의 불분명한 실루엣이 아닌 사람들이 다니는 길을 따라 늘어서 있을 것이 분명하기에 미하이 또한 그 개미 길을 고집했다. 주류를 판매하는 곳을 여러 군데 발견하기는 했으나 어떤 연유에서인지 그가 찾는 것은 그 어디에도 없었다. 모든 곳에는 저마다의 문제가 있었다. 어떤 곳에는 너무 우아한 사람들이, 어떤 곳에는 너무 저급한 사람들이 있어서 그 어느 곳에서도 그가 찾는 와인을 팔 것이라는 확신이 서지 않았다. 그 와인에는 뭔가 감춰진 맛이 있었다. 베네치아에서는 분명 딱 한 곳에서만 그 와인을 판매할 것이라는, 그리고 본능에 의지해 그곳을 찾아내야 한다는 생각이 들었다. 이리하여 그는 골목들로 들어서게 된 것이다.

매우 협소한 거리들이 매우 협소한 거리들로 가지를 치고 있었으며, 어디를 가든 매한가지로 길들은 더욱 좁아지고 어두워지고 있었다. 두 팔을 양옆으로 쭉 펼치면 줄지어 마주 서 있는 집들, 큰 창이 나 있는 그 집들에 손이 닿을 정도였다. 집들 안쪽으로는 묘하게도 열정적인 이탈리아의 삶이 잠들어 있으리라는 생각이 들었다. 밤에 이런 길로 다니는 것은 철딱서니 없는 짓이라고 느껴질 정도로 집들이 가까이 붙어 있었다.

하지만 그를 사로잡은 이 골목들이 주는 이상한 매력과 황홀감은 무엇이며, 미하이는 왜 이제야 고향에 당도했다고 느끼는 것일까? 정원이 딸린 고급 주택에 살지만 넓은 공간에 대한 두려움을 갖고 있던 어린아이는 어쩌면 이런 장소를 꿈꾸었을 수도 있으리라. 10대의 나이였다면 반의반 제곱미터도 안 되는 땅에서도 어떤 의미를 찾을 법하고, 열 발자국이면 벌써 경계에 다다르는 협소한 곳에서 살고 싶어 했을 것이다. 하지만 낡은 책상 옆에서 수십 년을 보내고, 안락의자에서 생활하는 이들은 과연 그럴까?

벌써 동이 튼다는 것도 모른 채 미하이는 골목길들을 돌아다녔다. 그는 저 멀리 묘지 섬과 한때 나병 환자촌이 있었던 비밀스러운 섬들, 그리고 멀리 무라노의 집들이 보이는 베네치아의 반대편 '신(新)해안'에 닿았다. 여기에는 가난한 베네치아인들이 살고 있었다. 그들에게 관광산업은 먼 이야기이며, 그들은 그 수혜를 거의 받지 못했다. 병원이 이곳에 있었고, 망자들의 곤돌라가 이곳에서 출발했다. 벌써 잠을 깬 사람들이 출근을 서두르고 있었다. 뜬눈으로 밤을 지새웠을 때처럼 세상이 끝 간 데 없이 황량했다. 곤돌라 사공 한 명이 눈에 띄었고, 그가 미하이를 호텔로 데려다주었다.

에르지는 근심과 피곤함으로 벌써부터 안절부절못했다. 경찰이 없을 것 같아 보이는 베네치아에서도 분명 경찰의 도움을 받을 수 있으리라는 생각이 든 것은 새벽 1시 반이 되어서였다. 실제로 당직 근무자의 도움을 받아 경찰을 불렀으나, 어떤 유용한 결과도 얻지 못했다.

미하이는 여전히 몽유병자 같았다. 피곤에 절어 있었고, 에르지가 묻는 말에 제대로 답하지 못했다.

그가 말했다. "골목들, 밤에 골목길들을 한번 봐야만 했어. 그뿐이야. 다른 사람들도 그렇게 해."

"그럼 왜 얘기하지 않았어. 왜 나와 함께 가지 않은 거야?"

미하이는 대답할 수 없었다. 상처받은 표정으로 침대에 몸을 숨겼다. 그러고는 매우 씁쓸한 마음으로 잠들었다.

'글쎄, 이 결혼은 이 정도도 이해하지 못하고, 그 어떤 설명도 이처럼 절망적이라는 거지? 그래, 이해하지 못하는 건 나도 마찬가지야.' 미하이는 생각했다.

2

하지만 에르지는 이마를 찌푸린 채 오랫동안 잠들지 않고 누워 있었다. 그녀는 깍지 낀 손으로 머리를 받치고는 곰곰이 생각에 잠겼다. 일반적으로 여자들이 날카롭게 생각에 잠기는 일에 더욱 능하다. 이해할 수 없는 미하이의 행동과 말은 에르지에게 새롭고 놀라운 일이 아니었다. 한동안 그녀는 무난하게 이 '불가해함'을 드러내지 않았고, 현명하게도 자초지종을 묻지 않았다. 그녀는 마치 미하이와 관련된 이 모든 것이 애초부터 분명하게 해둔 것인 양 행동했다. 이런 과묵함은 위선이지만 미하이를 붙들어두기 위한 가장 강력한 수단임을 에르지는 알고 있었고, 미하이는 이를 전통적인 여성의 성향이나 본능적인 현명함으로 이해했다. 미하이는 항상 걱정에 가득 차 있었고, 에르지의 역할은 항상 그를 진정시키는 것이었다.

그러나 모든 것에는 정도가 있는 법이다. 특히 지금 그들은 이미 결혼한 뒤, 그러니까 신혼여행 중이고, 이런 식으로 밤을 새우는 일은 분명 일반적이지 않다. 여자들의 자연스러운 연상, 즉 미하이가 어쩌면 다른 여성과 유흥을 즐겼을지 모른다는 생각이 한순간 떠올랐으나, 그녀는 개연성이 전혀 없는 일이라고 치부했다. 전혀 가능성 없는 것이, 에르지는 미하이가 알지 못하는 여성에게 매우 소심하고 조심스러운 사람인데다 병이 옮는 것을 두려워하며, 돈 쓰는 것을 매우 아까워하고, 여자에게 얼마나 관심을 가지지 않는 사람인지 잘 알고 있었다.

미하이가 어떤 여자와 같이 있었다는 것을 알기라도 했다면 에르지는 분명 더욱 안심했을 것이다. 그랬다면 불안함, 완전히 텅 빈 어둠, 미하이가 어디에서 어떻게 밤을 새웠는지에 대한 상상 불가의 감정들도 어쩌면 생기지 않았을 것이다. 그리고 그녀의 첫 남편, 미하이를 위해 그녀가 떠나보낸 퍼터키 졸탄이 생각났다. 순서대로 나열해보자면, 어떤 타이피스트가 졸탄의 여자친구였는지 에르지는 알고 있었다. 졸탄은 얼굴이 벌게져서 경련을 일으킬 정도로, 심지어 감동적이기까지 할 정도로 비밀스러웠다. 무언가를 최대한 감추고자 했으나 에르지는 모든 상황을 그보다도 더 정확하게 알고 있었다. 미하이는 정반대였다. 고통스러운 양심에 따라 항상 모든 행동을 설명하고자 했다. 에르지가 자신에 대해 모든 것을 알 수 있도록 하는 것에 병적으로 집착했다. 하지만 그가 더 많은 것을 설명하면 설명할수록 일은 더욱 혼란스러워졌다. 그리고 미하이 자신이 스스로에게조차 털어놓지 않은 비밀들도 있을 것이기에 그녀는 끝내 그를 이해할 수 없으리라는 것을 오래전부터 알고 있었다. 반면 미하이는 자신 외에 또 다른 사람의 내면에 대해서는 생각지도 않았기에 그녀를 이해할 수 없었다. 그럼에도 그들이 결혼한 이유는 완벽하게 서로를 이해하고 있다는, 그들의 결혼은 한때의 치기가 아닌 완전한 이성에 기반한 것이라는 확신에 찬 미하이의 말 때문이었다. 에르지는 과연 언제까지 이 사내를 붙들어둘 수 있을까?

3

며칠 후, 그들은 라벤나에 도착했다. 미하이는 그다음 날 아침, 매우 이른 시간에 일어나 옷을 갖추어 입고 나가버렸다. 라벤나에서 가장 유명한 비잔틴 모자이크를 혼자 보고 싶었던 것이다. 에르지와 함께할 수 없는 일이 많다는 것을 이제 알게 되었고, 그 일이 바로 그중 하나였기 때문이다. 에르지는 예술사에 관한 한 미하이보다 지식이 더 많았고, 섬세했으며, 이미 이탈리아를 다녀간 적도 있었다. 그래서 미하이는 대개 그들이 무엇을 볼 것인지, 그리고 관람할 때 무엇을 염두에 둬야 하는지를 그녀에게 맡기곤 했다. 갑자기 번뜩이는 느낌이 드는 작품은 천 점에 하나 정도랄까. 그림들이 미하이의 관심을 끄는 경우는 매우 드물었다. 하지만 라벤나의 모자이크들은 그 자신의 과거에 대한 기념물과도 같았다.

언젠가 크리스마스이브 밤에 그는 울피우시의 집에서 에르빈, 울피우시 터마시, 그리고 터마시의 여동생 에버와 함께 흥분과 설명할 수 없는 공포감에 휩싸인 채 커다란 프랑스 책자에서 그 모자이크들을 본 적이 있었다. 바로 옆 큰 방에서는 울피우시 터마시의 아버지가 홀로 이리저리 걷고 있었다. 그들은 책상에 팔꿈치를 대고 그 사진들을 보았는데, 금빛 배경이 갱도 깊은 곳, 출처를 알 수 없는 광원처럼 그들을 향해 반짝였다. 비잔틴의 사진들 속에는 그들 영혼의 심연에 자리한 공포, 그 공포를 뒤흔드는 무언가가 있었다. 밤 11시 45분, 오버코트를 걸치고서 그들은 무거운 마음으로 자정미사를 드리기 위해 출발했었다. 그때 에버는 정신을 잃었었다. 그것은 에버가 정신적인 문제를 일으킨 유일한 사건이었다. 미하이는 이후 한 달 내내 라벤나 생각뿐이었고, 오늘날까지도 라벤나는 그에게 정의할 수 없는 종류의 공포로 남아 있었다.

산비탈레 성당 안, 그 믿기 어려운 연녹색 톤의 모자이크 앞. 한 달 내내 그 생각에 빠지게 한 모든 것이 지금 미하이의 마음속에서 일고 있었다. 정신이 혼미해질 정도로 청춘의 한

때가 강렬하게 엄습해 미하이는 기둥에 몸을 기댔다. 하지만 그것은 단지 그 한순간이었으며, 그는 다시 진중한 모습으로 돌아왔다.

다른 모자이크들에는 이제 별다른 관심도 가지 않았다. 호텔로 돌아가서 에르지가 준비를 마칠 때까지 기다렸다가 볼만한 다른 것들을 그녀와 함께 관람했고, 작품들에 대한 이야기를 나누었다. 물론 미하이는 아침에 이미 산비탈레 성당을 다녀왔다고 이야기하지 않았기에 무언가 배신이라도 한 듯 조금은 겸연쩍게 성당으로 슬며시 들어갔다. 그리고 아침의 충격을 상쇄하고자 별다른 관심이 가지 않는다고 그녀에게 말했다.

다음 날 저녁, 작은 광장의 카페 앞에 앉아 에르지는 아이스크림을, 미하이는 뭔지도 모르는 어떤 쓴 음료를 맛보고 있었다. 음료의 맛이 전혀 만족스럽지 않아 미하이는 그 맛을 어떻게 씻어낼지 생각하고 있었다.

"냄새가 역겨워." 에르지가 말했다. "이 도시에서는 어디를 가든 이 냄새가 나. 가스 테러를 하는 것 같아."

미하이가 말했다. "놀랄 일은 아냐. 이 도시는 시체 냄새를 풍기지. 라벤나는 쇠퇴하는 도시야. 1000년 이래로, 지속적으로 쇠락하는 도시. 베데커에도 적혀 있어. 세 번의 황금기가 있었는데, 기원후 8세기가 그 마지막 황금기였어."

"바보 같은 소리야." 에르지가 웃으며 말했다. "당신은 항상 시체나 시체 냄새에 대한 생각만 해. 그런데 이 악취는 그들의 삶에서, 그러니까 부유한 삶에서 나오는 거야. 라벤나 전체를 먹여 살리는 바로 그 비료 공장에서 나는 냄새지."

"비료 공장이 라벤나를 먹여 살린다고? 테오도리쿠스 마그누스와 단테의 묘지가 바로 여기에 있는데. 베네치아도 이 도시와 비교하자면 졸부라고 할 수 있잖아?"

"그래, 맞아."

"부끄러운 일이지."

그 순간, 요란한 소리의 오토바이 한 대가 광장을 향해 달려왔다. 라이더에 걸맞은 복장을 한 사람이 말에서 내릴 때처럼 오토바이를 박차고 내리더니 곧 주위를 둘러보았다. 그는 미하이 부부를 발견하곤 역시나 말을 끌듯 오토바이를 옆으로 끌고서 곧장 그들이 있는 테이블로 다가왔다. 테이블에 이르러 투구의 방패막 같은 안경을 들어 올리고는 말을 붙였다.

"안녕, 미하이. 너를 찾고 있었어."

미하이는 매우 놀랐다. 세페트네키 야노시라는 것을 단번에 알아보았다. 갑작스러운 상황에 다른 말이 나오지 않았다.

"내가 여기 있는 걸 어떻게 알았어?"

"베네치아의 호텔에서 네가 라벤나로 갔다고 얘기해줬지. 라벤나에서 저녁 식사를 한 후 갈 수 있는 곳이 광장 말고 어딨겠어? 너무 쉬운 질문이지. 베네치아에서 곧바로 달려온 거야. 잠시 앉을게."

"그래…… 아내에게 먼저 소개할게." 미하이는 안절부절못하며 말했다. "에르지, 당신에게는 아직 얘기한 적이 없는 것 같은데, 이 친구는 나와 동급생이었던 세페트네키 야노시야."
미하이의 얼굴이 화끈 달아올랐다.

야노시는 공공연하게 적대적인 눈빛으로 에르지를 날카롭게 쳐다보더니 고개 숙여 그녀의 손을 잡고 인사했다. 그러고는 에르지의 존재는 전혀 의식하지 않는 듯했다. 그녀에게 한마디 말도 없이 그가 레모네이드 한 잔을 주문했다.

꽤 시간이 지난 후, 미하이가 마침내 입을 열었다.

"여기 이탈리아에서 나를 찾은 데는 이유가 있을 텐데, 그게 뭘까?"

"나중에 얘기할게. 네가 결혼했다고 들어서 한번 만나고 싶었을 뿐이야."

"아직 내게 화가 나 있다고 생각했어." 미하이가 말을 이었다. "런던의 헝가리 대사관에서 마지막으로 만났을 때, 네가 가버렸었잖아. 물론 지금은 내게 화를 낼 만한 이유가 없지만." 야노시는 아무 대답도 하지 않았다. "평정을 되찾는 게 인간이야. 모두 평정을 되찾고, 수십 년이 지나는 동안 누구에게 화를 냈던 이유는 천천히 잊게 돼."

"너에게 화를 냈던 이유를 아는 듯이 얘기하는군."

"물론 난 알고 있지." 미하이가 말을 받았고, 다시 얼굴이 붉어졌다.

"알고 있다면 얘기해보지 그래." 세페트네키가 다툴 기세로 말을 이었다.

"여기에서…… 아내 앞에서는 그러고 싶지 않아."

"나는 상관없어. 다 얘기해봐. 런던에서 내가 왜 너와 말을 하지 않았다고 생각해?"

"한때는 내 금장 시계를 네가 훔쳤다고 믿었어. 하지만 그 뒤로 누가 훔쳤는지 알게 됐어."

"멍청하긴. 네 금장 시계는 내가 훔쳤어."

"그럼, 정말 네가 훔쳤던 거야?"

"그래, 나야."

에르지는 자리에 앉은 채 여전히 안절부절못했다. 세페트네키 야노시의 얼굴과 손에서 그녀는 벌써 그의 됨됨이를, 그가 종종 금장 시계를 훔치곤 하는 사람이라는 것을 간파할 수 있었기 때문이다. 불안한 마음에 여권과 여행자수표가 든 핸드백을 꼭 움켜쥐었다. 한편 무척이나 신중한 미하이가 시계 이야기를 꺼냈다는 것에 상당히 놀랐고, 기분도 상했다. 지금의 이 침묵, 한 사람이 다른 사람에게 금장 시계를 훔쳤다고 말하고는 둘 다 더 이상 어떤 말도 하지 않는 이 침묵을 그녀는 견딜 수 없었다. 그녀가 일어서며 한마디 했다.

"호텔로 되돌아가겠어. 당신들의 이야깃거리에 나는……."

미하이는 격앙된 눈빛으로 그녀를 보았다.

"그냥 여기 있어. 당신은 이제 내 아내고, 이제는 모든 게 당신과도 관련된 일이야." 그러고는 여전한 눈빛으로 세페트네키 야노시에게 몸을 돌려 외쳤다.

"그래, 그럼 런던에서 왜 내게 손을 내밀지 않았었지?"

"그 이유는 네가 잘 알잖아. 모른다면 지금 이렇게 화를 내지 않을 텐데 말이야. 하지만 내 말이 맞는다는 걸 넌 알고 있어."

"알아듣게 이야기를 해봐."

"네 앞에서 사라져버린 사람들, 네가 찾아 헤매지도 않은 그 사람들, 그들을 만나지 못한다는 것은 너도 잘 알고 있었지. 인간은 이해할 수 없는 존재라고 여기고, 너는 그들을 찾지도 않았어. 그래서 너에게 화가 났던 거야."

미하이는 한동안 말을 하지 않았다.

"만약 네가 나와 만나고자 했더라면……. 우리는 런던에서 만나기도 했었잖아."

"만났지. 하지만 우연이었어. 그건 중요하지 않아. 어쨌든 지금 나에 대해 말하는 게 아니라는 건 매우 잘 알고 있군."

"다른 사람에 관한 얘기라면……. 내가 그들을 찾아봤더라도 소용없었을 거야."

"그래서 너는 찾지도 않은 거야. 그렇지? 네가 도움의 손길을 내밀었어야 했는데 말이야. 하지만 지금, 아직 너에게 기회는 있어. 들어봐. 에르빈이 어디에 있는지 찾은 것 같아."

미하이의 얼굴색이 변했다. 반가움과 호기심이 분노와 충격의 자리를 메운 듯했다.

"말도 안 돼! 걔가 어디 있어?"

"나 역시 아직 정확하게는 모르지만, 에르빈은 이탈리아 어딘가에, 움브리아 아니면 토스카나의 어느 수도원에 있어. 수도사들의 긴 행렬 속에서 그를 본 적이 있어. 의식을 방해할 수 없었기에 다가가지는 못했지. 하지만 아는 신부님을 통해 그 수도사들이 움브리아 혹은 토스카나의 어느 수도원 소속이라는 걸 알게 됐어. 너에게 이 이야기를 하고 싶었지. 너도 지금 이탈리아에 있으니 나를 도와 에르빈을 찾을 수도 있을 거야."

"그래, 알려줘서 고마워. 하지만 내가 도울 수 있을지 모르겠어. 어떻게 도와야 할지도 모르겠고 말이야. 더군다나 지금은 신혼여행 중이라 움브리아와 토스카나의 모든 수도원을 다닐 형편이 못 돼. 에르빈에게도 나를 만날 마음이 있는지 알 수 없고. 만약 나를 만나고 싶어 한다면, 벌써 오래전에 자기 안부를 내게 전할 수 있었을 거야. 세페트네키 야노시, 이제 가봐. 다시 몇 년간은 만나지 않았으면 해."

"그래, 기꺼이 가지. 부인이 매우 불쾌해하는 것 같은데."

"묻지도 않은 네 견해를 알고 싶지는 않아."

세페트네키 야노시는 오토바이에 올라탔다.

"레모네이드값은 네가 치르는 거야." 되돌아보며 소리치고는 사라졌다. 어느덧 어둠이 내려앉았다.

미하이와 에르지는 그 카페에서 계속 머물렀다. 오랫동안 아무 말도 하지 않았다. 에르지는 화가 난 나머지 그 상황이 우습기까지 했다. 동창들이란 만나면 으레 그렇기는 하지만……. 어쨌든 학창 시절의 일들이 미하이의 심연에 자리하고 있는 듯했다. 그녀는 대개 청년들이나 성숙하지 않은 사람들을 좋아하지 않았다. 호감 가는 인물들은 아닌 것 같았으나 그녀는 에르빈과 터마시가 어떤 친구들이었는지 한번은 물어봐야 할 터였다.

하지만 실제로는 전혀 다른 것이 그녀를 화나게 만들었다. 세페트네키 야노시가 그녀를 마음에 들어 하지 않는다는 사실이 그녀의 화를 돋우었다. 이런 유의 미심쩍은 존재가 어떤 생각을 하는지는 전혀 중요하지 않다. 그럼에도 남편을 둔 부인에게, 남편 친구의 의견보다 더 치명적인 것은 없는 법이다. 여자들에 관한 이야기라면 남편의 친구들은 믿을 수 없을 정도로 큰 영향을 끼치는 존재들이다. 세페트네키가 미하이의 친구는 아니라는 것도 사실이다. 하지만 전통적인 의미에서의 친구는 아닐지라도 그들 사이에는 무언가 매우 끈끈한 연관이 있어 보인다. 게다가 가장 비열한 남자일지언정 이런 일에 있어서는 다른 남자에게 영향을 끼칠 수 있는 것이다.

'빌어먹을, 내가 왜 저 사람의 마음에 들지 않는 거지?'

따져보자면 에르지에게 이는 실로 뜻밖의 일이었다. 그녀는 부유하고, 아름다우며, 잘 차려입은 데다 눈에 띄는 여자였다. 남자들은 그녀를 매력적으로 여기거나 최소한 그녀에게 호감을 가지곤 했다. 미하이가 에르지에게 애착을 가진 데는 모든 남성이 에르지에 대해 인정하는 바가 컸다는 점을 그녀도 알고 있었다. 그녀는 미하이가 스스로의 시각이 아닌 다른 사람의 눈으로 자신을 본다는 의심을 벌써 몇 번이나 했는지 모른다. 마치 '내가 다른 사람이었다고 해도 이런 에르지를 정말 좋아했을 거야'라고 미하이가 속으로 읊조리는 듯했다. 그리고 방금 그 불량배 같은 녀석이 나타났고, 그녀는 그의 마음에 들지 않았다. 에르지는 뭐든 말하지 않을 수 없었다.

"왜 내가 불량배 같은 당신 친구의 마음에 들지 않았는지 그 이유를 얘기해줘."

미하이는 미소를 지었다.

"쓸데없는 소리. 당신이 그 녀석의 마음에 들지 않은 것이 아니야. 녀석의 마음에 들지 않은 것은 당신이 내 아내라는 사실이지."

"왜?"

"왜냐하면 내가 당신 때문에 내 청춘을, 우리가 함께했던 청춘을 배신했다고 생각하는 거야. 내가 그들을 잊고서…… 다른 관계를 맺었다는 거지. 하지만…… 당신은 조만간 내 친구들이 멋있고 소박하다는 말을 하게 될 거야. 그 말에 나는 세페트네키는 내 친구가 아니라고 대답하겠지. 물론 당신의 질문에 대한 변명밖에 안 되겠지만……. 어떻게 얘기해야 할까……. 이런 사람들도 있다고나 할까……. 시계를 훔친 것은 유치한 사전 연습이었어. 그 이후 세페트네키의 사기꾼 기질은 만개해서 그는 아주 부유해졌지. 그 시절 언젠가는 일정 금액을 나에게 강제로 떠맡기기도 했는데, 그가 어디를 떠돌고 있는지 알 수 없어서 돈을 되돌려줄 수 없었어. 녀석은 교도소에 수감되기도 했었고, 버여•에서 내게 단돈 5펜괴••를 보내달라고 편지를 보낸 적도 있었지. 그리고 가끔씩 나타나서는 항상 뭔가 매우 불편한 것들을 말하는 거야. 그런 사람들도 있잖아? 만약 몰랐다면, 최소한 그런 사람들도 있다는 것을 방금 당신은 알게 된 거지. 여기에서 와인 한 병을 사가지고 호텔 방에서 한 잔 마실까? 이제 이곳 광장에서의 공무(公務)는 접자고. 벌써 신물이 나."

"호텔에도 식당이 있으니 거기서도 살 수 있어."

"호텔 방에서 마신다고 무슨 난리가 나는 것은 아니겠지? 괜찮을까?"

"미하이, 죽을병이라도 옮기는 것처럼 어쩌면 그렇게 호텔 관리인들을 두려워해?"

"얘기했었잖아. 그들은 세상에서 가장 어른다운 사람들이고, 나는 규정을, 특히 외국에서는 그 어떤 규정도 어기고 싶지 않다고."

"좋아. 그런데 다시 술을 마시는 것은 왜지?"

"무언가를 무조건 마셔야만 해. 울피우시 터마시가 누구였는지 당신에게 말해주고 싶어서 그래. 그가 어떻게 죽었는지도 말이야."

● 헝가리 남부의 도시.

●● 헝가리의 예전 화폐단위.

4

“옛날에 일어났던 그 일들을 당신에게 얘기해야만 할 것 같군. 나에게는 매우 중요한 일들이니까. 중요한 일들은 보통 오래전에 발생한 것들이지. 그 일들을 알기 전까지 당신은 내 삶에서 어떤 의미로는 항상 신인(新人)일 뿐이라고 할 수 있어. 기분 상하지는 않지?

고등학교 시절, 나의 가장 큰 취미는 산책이었어. 아니, 그보다는 어디를 돌아다니는 거였어. 청소년 시절이었으니 그 표현이 더 낫겠군. 페스트의 전 지역을 체계적으로 알아갔지. 각각의 지역과 골목들 모두에 특유의 분위기가 있었어. 지금도 당시처럼 그곳 집들을 둘러볼라치면 즐기면서 다닐 수 있다니까. 집들이 나에게 많은 이야기를 해주지. 그러니까 나에게 집은 그 옛날 시인들에게 비친 자연과 같은, 또는 시인들이 자연이라고 명명한 것과 같은 존재야.

나 역시 부더성(城)을 제일 좋아했지. 그 오래된 좁은 길들은 지겨울 수 없는 것들이었어. 그 시절에도 오래된 것들이 새것들보다 내 마음을 더욱 끌었지. 전설 속의 고성•처럼 과거가 사라지지 않은, 많고 많은 인간의 삶이 스며들어 있는

• 원문에는 “쾨미베시 켈레멘네 부인의 높은 데버성”으로 표현되어 있다. 이 성은 헝가리의 예전 영토였던 트란실바니아(현재는 루마니아의 영토)에 있으며, 이 성에 관한 여러 가지 형태의 민요들이 전해진다. ‘높은 데버성’이 아니라 ‘머고시 데버성’이라 불리기도 한다.

저변의 사실들만이 내 눈에 들어왔어.

내가 스스로를 너무 멋있게 표현했지? 듣고 있어? 아마 산조베세 와인 덕분일 거야.

울피우시 터마시는 그곳 도성(都城)에 살고 있어서 여러 번 봤었지. 내 눈에는 그곳에서 산다는 것 자체가 꽤 낭만적으로 보이기도 했지만, 그의 금발, 왕세자 같은 품위, 얼굴에 드러난 유약한 우울함과 그 밖의 모든 것이 좋았어. 잰 듯한 예의를 갖추었고, 어두운색 옷을 즐겨 입었으며, 학교 친구들은 사귀지도 않았지. 나와도 말이야.

이제 다시 나에 대해 얘기해야겠군. 당신은 항상 나를 근육질에다 어깨가 넓은, 나이 든 청년으로 알고 있지. 온화하고 평온한 얼굴에, 흔히 페스트 사람들이 양철 판에 비유하는 무표정한 인상, 그리고 항상 다소 졸린 듯한 모습이 당신이 아는 나일 거야. 하지만 고등학생 시절의 나는 전혀 다른 모습이었어. 당시의 내 사진을 보여준 적이 있지? 핼쑥하고, 불안한 데다 얼굴은 항상 열정에 차서 이글거렸어. 그런 얼굴에 걸맞은 청소년기의 내 모습, 말하자면 마르고 어색하며, 성장이 빨라서 등이 굽은 그런 소년을 상상해봐. 그런 멀대 같고 굶주린 아이가 나였지.

신체적으로도 정신적으로도 건강하지 않았던 나를 상상할 수 있겠지? 나는 빈혈이 있었고, 지긋지긋한 우울에 시달렸었어. 폐렴을 앓았던 열여섯 살 이후에는 환각에 빠지기 시작했지. 책을 읽을 때면 종종 등 뒤에 누군가가 서서 내가 읽는 책을 들여다보고 있다고 느꼈어. 아무도 없다는 것을 확인하기 위해 고개를 돌려야만 했었지. 또한 밤에 누군가가 선 채로 침대 옆에서 나를 보고 있다는, 무시무시한 공포에 질려 잠에서 깨어나곤 했어. 물론 아무도 없었지. 항상 나 자신을 부끄러워했어. 낯가림이 계속되자 가족들은 점차 나의 상황을 견디기 힘들어했지. 점심 식사 중에도 부끄러워서 얼굴이 달아올랐어. 동시에 아주 조그마한 이유로도 울음을 터뜨리고는 했어. 그럴 때면 방을 뛰쳐나갔지. 우리 부모님이 유별나지 않다는 것은 당신도 알잖아. 그분들은 얼마나 놀라고 화나셨을까? 형들과 에디트는 또 얼마나 나를 놀렸던지. 결국 나는 학교에서 2시 30분에 프랑스어 특별 수업이 있다고, 어쩔 수 없이 거짓말을 해야 할 지경에까지 이르렀지. 그래서 다른 식구들보다 이른 시각에 혼자 점심 식사를 할 수 있었어. 그리고 저녁 식사도 내 것만 따로 차리도록 상황을 만들었지.

이 모든 것에는 그 가장 지긋지긋한 증상, '소용돌이'가 한몫했어. '소용돌이'는 내가 붙인 이름이야. 종종 내 주변의 땅이 열리고, 무시무시한 소용돌이 주변에 서 있다고 느끼는 거지. 실제로 그 소용돌이를 본 적은 없었고, 아니 환상 속에서도 그 소용돌이는 없었어. 그냥 그곳에 소용돌이가 있다고 인식만 하고 있었기에 그 소용돌이를 글자 그대로 받아들일 필요는 없어. 게다가 나는 소용돌이란 없으며, 단지 상상일 뿐이라는 것도 알고 있었어. 당신도 알다시피 이런 것들은 매우 복잡하잖아. 하지만 최소한 이건 사실이었는데, 소용돌이를 인지하기 시작하면 나는 감히 움직일 수도, 한마디 말을 꺼낼 수도 없었어. 이제 모든 게 끝이라고 생각했었지.

반면 그 느낌이 오랫동안 지속되지는 않았고, 이런 발작이 자주 있지도 않았어. 한번은 생물 시간에 매우 불편한 적이 있었지. 내가 답변을 해야 하는데, 바로 그때 내 옆에서 땅이 열리는 거야. 나는 움직일 수조차 없었기에 그냥 자리에 계속 앉아만 있었어. 선생님은 한동안 계속 질문하다가 내가 옴짝달싹하지 않는 것을 보고는 일어나 내게 오셨어. '무슨 일이니?' 하고 물으셨지. 물론 난 대답하지 못했어. 선생님은 잠시 나를 쳐다보더니 되돌아가셨어. 그리고 다른 아이에게 질문하셨지. 그 선생님은 이 일에 대해 단 한마디도 하지 않는, 고매한 신부님 같은 인품을 가진 분이었어. 그분보다는 반 친구들이 이 일에 대해 많이들 왈가왈부했지. 내가 대답하지 않은 건 반항기나 강팍함 때문이고, 그런 내가 선생님을 겁주었다고 믿었지. 이 일로 나는 유명하고도 멋진 놈이 되었고, 전교에서 그때까지 듣도 보도 못한 인기를 누리게 되었어. 한 주 뒤, 수업 시간에 생물 선생님이 세페트네키 야노시에게 질문을 하셨지. 오늘 당신이 만난 그 세페트네키 야노시 말이야. 세페트네키는 돼먹지 않은 얼굴로 일어서지도 않고 자리에 그대로 앉아 있었어. 선생님은 일어나서 녀석에게 가더니 놀랄 정도로 된통 빰을 쳤어. 세페트네키는 그때부터 확신했지. 내게는 엄청난 뒷배경이 있다고 말이야.

자, 그럼 울피우시 터마시에 대해 말해볼게. 첫눈이 내린 어느 날이었어. 학교가 끝나기만을 오매불망 기다렸다가 나만의 특식을 허겁지겁 먹어치우고, 나는 즉시 부더성으로 올라갔어. 유달리 눈을 좋아했지. 눈에 덮인 도시의 여러 지역은 익숙한 골목들에서 길을 잃을 정도로 완전히 달라 보였어. 오랫동안 돌아다니다가 성곽 둘레길로 가서 부더의 산들을 물끄러미 바라보고 있었어. 하지만 갑자기 내 옆에서 또다시 땅이 열렸고, 실제로 높은 곳에 있다보니 소용돌이는 평소보다 더욱 사실적이었어. 그때는 이미 그런 소용돌이를 여러 번이나 접했기에 그렇게 공포스럽지는 않았어. 침착하게 땅이 다시 올라와서 소용돌이가 사라지기만을 기다리고 있었지. 그렇게 얼마나 지났을까? 꿈에서나 사랑을 나눌 때처럼, 이런 경우에 사람은 시간 감각을 잃어버리니까 언제까지 기다렸는지는 모르겠어. 하지만 최소한 그 소용돌이가 앞선 것들보다는 훨씬 오랫동안 지속되고 있음은 분명했지. 날은 저물고, 소용돌이는 여전했어. 오늘 이 소용돌이는 고집이 매우 세다는 생각을 했지. 그때 소용돌이가 점점 더 커지더니 이제 나와 그 회오리 사이의 거리가 10센티미터 정도밖에 되지 않는 거야. 그것이 천천히 내 발을 향해 다가오고 있음을 알아채고는 공포에 질렸어. 이제 몇 분 후면 나는 끝이고, 그 나락으로 떨어지는 거야. 죽을힘을 다해 난간을 붙잡았지.

소용돌이는 이제 실제로 나에게 닿았어. 발밑의 땅이 꺼지고, 나는 철로 된 난간을 손으로 붙들고는 허공에 매달렸어.

손에 힘이 빠지면 떨어질 태세였지. 고요함 속에서 체념한 채 기도를 시작했어. 죽음을 준비했던 거야.

그때 내 옆에 울피우시 터마시가 서 있다는 것을 알았어.

'무슨 문제라도 있어?' 그가 내 어깨에 손을 대며 물었어.

바로 그 순간 소용돌이가 사라졌어. 만약 터마시가 붙잡지 않았다면, 어쩌면 나는 힘이 빠져 그 나락으로 떨어졌을 거야. 그는 벤치에 몸을 기대고는 내가 한숨을 돌릴 때까지 기다리고 있었지. 정신을 좀 차리고 나서 처음으로 그에게 이 소용돌이에 대해 짧게 언급했어. 어떻게 그렇게 되었는지는 나도 설명할 수 없지만, 한순간에 그는 나의 가장 친한 친구가 되었어. 첫사랑보다는 강렬하지 않을 수 있겠지만, 10대 소년들이 진지하게 바라던 그런 친구가 되었지.

이후 우리는 매일 만났어. 터마시는 자기를 우리 가족에게 소개하고 싶지 않다며 우리 집에 오는 것을 꺼렸어. 대신 얼마 지나지 않아 나를 자기 집으로 초대했지. 그렇게 나는 울피우시의 집에 들르게 됐던 거야.

울피우시 터마시네 가족은 저기 위쪽에, 매우 오래되고 낡은 저택에 살고 있었어. 외양은 오래되고 낡았지만, 내부는 매우 아름답고 아늑했지. 여기 오래된 이탈리아 호텔들처럼 말이야. 그러나 큰 방들이며, 그 방들의 장식품들이며, 여러 면에서 그 집은 기괴했지. 박물관 같았어. 그도 그럴 것이 울피우시 터마시의 아버지는 고고학자이자 박물관장이었거든. 게다가 할아버지는 한때 시계를 수리하던 분이었는데, 오래전에는 집에 그분의 가게도 있었다더군. 그때는 이미 오래된 시계들과 당신이 직접 만든, 독특한 각종 시계 장치를 장난삼아 혹은 취미로 만지작거리며 소일하고 계신다고 했지.

터마시의 어머니는 벌써 고인이 됐고, 그와 그의 여동생 에버는 아버지를 증오했었어. 어머니가 매우 젊었을 때, 어머니를 죽음으로 내몬 책임을 아버지에게 물었던 거야. 아버지의 냉정하고 음울한 처신 때문이라고 말이야. 이것이 내가 처음으로 그 집을 방문했을 때 가장 놀랐던 점이었어. 에버는 아버지의 눈이 신발의 단추 같다고 했고(그건 정말 맞는 말이었어), 터마시는 너무나 천연덕스럽게 이런 얘기를 했지. '너도 알다시피 아버지는 너무나 역겨운 사람이야.' 그 말도 맞는 말이었어. 당신도 알겠지만 나는 가족애가 강한 집안에서 자랐고, 부모님과 형제들을 매우 사랑했어. 좋아하는 것 이상으로 항상 아버지를 존경했지. 부모와 자녀가 서로 좋아하지 않는다거나 자녀가 낯선 사람에게 하듯 부모의 행동을 비판하는 것은 상상도 할 수 없었어. 이것이 내 삶에서 처음 조우한, 근본을 뒤흔든 큰 반란 같은 것이었지. 그리고 그 반란은 교묘한 방법으로 끝까지 나에게 공감을 불러일으켰어. 비록 아버지에게 반기를 든다는 것은 생각할 수조차 없는 일이었음에도 말이야.

울피우시 터마시는 아버지와는 말도 하지 않았지만 할아버지와 여동생은 더없이 좋아했어. 반항으로 보일 만큼 여동생을 좋아했지. 나 또한 심하게 다투는 일 없이 형제들을 좋아했고, 가족 간 우애를 중요한 것으로 여겼지만, 그건 관념적이고 잘 잊어버리는 나의 성향에 기인한 것이었지. 우리 집에서는 형제간에 서로 좋아하는 것을 드러내면 경우에 없는 행동으로, 그리고 서로 호감을 보이는 것은 웃기고, 심지어 부끄러운 행동으로 여겼어. 많은 가정에서 그런다고 생각해. 크리스마스 때 서로에게 선물도 하지 않았고. 형제 중 누군가가 어디를 가거나 집에 돌아와도 다른 형제에게는 인사하지 않았어. 그리고 여행할 때도 부모님 앞으로만 예의를 갖춘 편지를 쓸 뿐이었고, 편지 마지막 부분에는 이렇게 적곤 했어. '페테르, 러치, 에디트, 티버더르에게도 안부 전해주세요'라고 말이야. 하지만 울피우시네는 전혀 달랐어. 남매는 특별한 예를 갖춰 대화를 나누었고, 헤어질 때에도 서로 진심을 담아 입맞춤하는 거야. 고작 한 시간 떨어져 있는 이별인데도 말이지. 나중에 알게 된 사실이지만, 그들은 서로 무척이나 질투를 했고, 그들이 어떤 누구와도 사귀지 않았던 가장 큰 이유도 그거였어.

남매는 밤낮으로 함께 있었어. 글쎄, 내 말은, 밤에도 함께 있었다는 거야. 왜냐하면 한방에서 살았거든. 나에게는 이것이 가장 이상하게 보였지. 우리 집에서는 여동생 에디트가 열두 살이 되던 해에 남자 형제들로부터 '독립'을 했어. 그 후 에디트의 방은 독자적인 여성의 공간이 되었지. 에디트의 여자 친구들이 그 방을 들락거렸고, 왕래하던 친구들 중에는 우리가 몰랐던 남자 친구들도 있었어. 어쨌든 자기들끼리 방에서 놀았고, 우리를 아주 경멸했더랬지. 에버와 터마시가 함께 산다는 사실이 10대였던 내 환상을 특히나 자극했어. 이로써 나에게는 그들의 성적(性的) 차이가 어떤 식으로든 조금은 모호해졌고, 내 눈에 그 둘은 다소 양성(兩性)적인 특징을 가진 존재로 보였어. 터마시와 이야기할 때, 나는 일반적으로 여자들과 이야기할 때처럼 사려 깊고 부드럽게 대화를 나누었어. 반면 에버와 대화할 때는 지루한 긴장감을 느끼지 못했지. 내 여동생의 여자 친구들, 말하자면 공식적인 여자로 인증된 애들과 얘기할 때와는 전혀 달랐어.

대부분은 비현실적인 시간인 야간에, 그리고 더 비현실적인 차림의 가운을 입고 모자를 쓴 할아버지가 남매의 방을 찾는다는 것도 나에게는 의외였지. 남매는 항상 제의적인 환영 행사로 할아버지를 맞았어. 처음에 나는 할아버지의 이야기들에 짜증이 났었어. 그분은 쾰른에서 헝가리로 이주를 했던 지라 약간 라인란트 지방의 독일어 방언으로 말했기에 잘 이해하지도 못했어. 나중에서야 이야기들에 담긴 그 무언가를 알게 된 거야. 그분은 옛 부다페스트의 살아 있는 백과사전이었지. 도심의 집들을 친구로 여겼던 나에게는 실제로 잭 팟이 터진 거였어. 그분은 성(城)의 집들이며, 그 주인들의 모든 이야기를 꿰차고 있었어. 그때까지 눈으로만 알고 있던 부더성의 집들과 나는 서서히 개인적이고, 절친한 사이가 되었지.

하지만 나도 그들의 아버지는 매우 싫었어. 그분과 단 한 번이라도 이야기를 나누었는지 어땠는지 기억도 나지 않아.

그분이 그들의 방으로 갈 때면, 뭔가 한마디 중얼거리기만 하고는 등을 되돌렸지. 울피우시 남매가 아버지와 저녁 식사를 함께해야 할 때, 남매는 엄청난 고통을 느꼈어. 큰 방에서 식사를 했는데, 저녁 식사 내내 그 누구도 말을 붙이지 않았음은 물론이고 아예 말 한마디 없었지. 남매가 식탁에 앉으면 그분은 스탠드 하나가 비추고 있는 그 큰 방에서 이리저리 왔다 갔다 하곤 했지. 방의 반대쪽 끝에 다다르면 그분의 모습은 희미하게 사라져버렸어. 남매가 서로 이야기를 할라치면, 그분이 다가가 험상궂게 물었지. '너희들, 무슨 이야기를 하고 있었던 거지?' 하지만 다행히도 집에 자주 계시지는 않았어. 악당들처럼 취할 때까지 작은 선술집들에서 혼자 팔린카•를 드셨지.

내가 터마시를 알게 되었을 때, 그는 막 종교사 공부에 심취해가고 있었어. 그 공부는 어린 시절의 놀이에 관한 것이었지. 그는 비교종교사의 방법으로 그 주제를 탐구하고 있었어. 매우 특이한 공부였는데, 반쯤은 종교사를 흉내 낸 것이고, 반쯤은 극도로 진지한, 그 자신에 대한 공부였어.

터마시 또한 나처럼 옛것에 사로잡혀 있었어. 한편으로는 아버지 가계로부터 유전된 성향이고, 또 한편으로는 집이 박물관과 같았으니 그리 놀랄 일도 아니었지. 터마시에게 골동품들은 자연스러운 것이었고, 새 물건들이 오히려 이상하

• 헝가리산 화주(火酒).

고 낯선 것이었어. 모든 것이 고풍스러운 그곳, 그에게 딱 맞는 그곳, 그러니까 터마시는 이탈리아로 줄곧 가고 싶어 했지. 자, 봐, 나는 지금 여기 이탈리아에 앉아 있고, 그는 이곳에 한 번도 올 수 없었어……. 내가 오래된 것에 끌리는 이유는 수동적으로 즐길 수 있고 지적 호기심이 발동해서였어. 터마시가 이끌리는 이유는 실제적인 판타지 활동 때문이었지.

그는 지속적으로 역사를 연기하고 있었어.

그들의 집은 극장과 같고, 두 남매의 삶이란 것이, 그러니까 상설 '코메디아 델라르테'•와 같은 것이었다고 상상해봐. 터마시와 에버는 지극히 사소한 것 하나에서도 놀이를 만들어냈어. 그들의 말에 따르면, 연극 놀이를 하는 거였지. 할아버지가 마부와 사랑에 빠졌던 부더성의 한 백작부인의 이야기를 들려주면, 에버는 곧장 백작부인이 되었고 터마시는 마부가 되었어. 또 루마니아인 하인들이 그들의 주인, 대법관 머이라트를 어떻게 죽였는지 할아버지가 이야기하면, 에버는 대법관이 되었고 터마시는 그 루마니아인 하인이 되었지. 이야기들은 훨씬 더 길고 복잡하며, 연속적으로 이어지는 공포 역사 드라마로 발전됐어. 그 연극은 물론 사건의 큰 줄기만 보여주는 거였어, 코메디아 델라르테처럼 말이야. 의상은 놀랄 정도로 마르지 않는 원천이었던 할아버지의 옷장에서 옷가지 한두 개로 해결했어. 의상이 갖춰지면, 그렇게 길지는 않지만 지

• 16~17세기에 이탈리아에서 유행한 가면 희극.

독히 바로크적인, 복잡하게 뒤엉킨 대화들을 거쳐 살해나 자살이 뒤따랐어. 지금 돌이켜보자면, 즉흥적인 그 무대들은 항상 폭력적인 죽음의 장면들로 대단원을 맞았던 것 같아. 터마시와 에버는 매일 한 번은 목을 졸랐고, 독살했으며, 칼로 찌르거나 서로를 기름에 튀겼지.

그들의 미래를 생각해보면, 연극과 관련된 것 외에는 그 무엇도 상상할 수 없었어. 터마시는 극작가가, 에버는 멋진 배우가 되려고 준비했어. 준비했다는 말은 정확한 표현이 아니야. 터마시는 희곡을 한 번도 쓴 적이 없었고, 에버는 연극 학교에 다닌다는 것을 꿈에도 생각한 적이 없었으니까. 그보다 더 큰 열정을 품고 그들은 극장을 다녔어. 그것도 국립극장만. 터마시는 눈물을 쥐어짜는 작품을 현대식 건물들만큼이나 극히 싫어했고, 그보다는 살인과 자살이 난무하는 고전 작품들을 좋아했지.

하지만 극장에 가려면 돈이 필요했고, 내가 알기로 그들의 아버지는 그들에게 용돈을 전혀 주지 않았어. 요리를 하고 울피우시 가족의 집안일을 뒤치다꺼리하던 단정치 못한 노파가 그들의 작은 수입원이었는데, 그녀가 젊은 애들을 위해 살림 비용에서 항상 몇 푼을 떼어 줬어. 그리고 도대체 어떤 돈인지는 알 수 없었지만, 할아버지한테서도 가끔씩 얼마 정도의 돈을 받았지. 아마도 할아버지는 뒷방으로 물러난 시계공으로 소일하며, 손자들의 용돈 정도는 벌었을 거야. 하지만 그렇게 모은 돈으로 극장에 대한 남매의 열정을 채우기에는 당연히 충분하지 않았지.

돈은 에버가 관리해야 했어. 터마시 앞에서는 돈이라는 말을 꺼내면 안 됐지. 에버는 돈을 만드는 데 탁월했어. 팔 수 있는 모든 것을 좋은 가격에 팔아치울 수 있었지. 종종 그 집에 있던 가치 있는 골동품들도 팔았지만, 아버지 때문에 그것은 무척이나 위험한 일이었어. 무언가 오래된, 익숙했던 것이 없어질 때면 터마시의 기분 또한 상했지. 에버는 가끔 매우 놀랄 만한 일을 했는데, 그러니까 야채 가게, 제과점, 약국, 심지어 전기 요금 징수원에게까지 돈을 빌리기도 했었어. 그리고 이 모든 것이 도움이 되지 않을 때, 그때는 훔쳤지. 가정부한테서, 그리고 죽음을 불사하는 용기로 술에 취한 아버지한테서 훔쳤어. 이것이 가장 확실하고, 어떤 의미에서는 가장 깨끗한 그들의 수입원이었어. 한번은 제과점 계산대에서 10코로나•를 꺼내는 데 성공한 적이 있었는데, 그녀는 이것을 매우 자랑스러워했지. 아마 내게 말하지 않은 것도 한두 개가 아니었을 거야. 참, 내게서도 훔쳤어. 나중에 그걸 알아차렸을 때, 나는 격한 말들을 쏟아냈고, 그 이후로 에버는 훔치는 대신 나에게 정기적인 세금을 부과했어. 그렇게 매주 일정한 금액을 그들의 가족 통장에 보내야만 했어. 물론 터마시가 알면 안 되는 일이었지."

그때 에르지가 끼어들었다.

• 헝가리의 예전 화폐단위.

"윤리적인 광기였군."

미하이는 계속 말을 이어나갔다. "그래, 그거야. 그런 전문 용어들은 특히나 차분하게 이런 현상을 판단할 수 있게 하지. 일정 정도 참작은 돼. 도둑이 아니라 정신적인 문제가 있는 사람으로 보는 거야. 하지만 에버는 정신이상자도 도둑도 아니었어. 단지 돈과 관련된 일들에 대해 그 어떤 윤리적 감정도 결여돼 있었던 거야. 울피우시 집안의 두 남매는 세상과 경제와 사회질서로부터 얼마나 단절돼 있었던지 돈을 벌기 위해 해도 되는 일과 하면 안 되는 일에 대한 개념 자체가 없었어. 그들에게 돈은 존재하지도 않는 거였어. 그들이 분명하게 아는 것이라고는 그렇게 멋지다고 할 수 없는 종잇조각들과 은 쪼가리들을 쥐여주면 극장에 입장할 수 있다는 거였지. 돈은 현대인의 종교적, 윤리적 감정의 기초인 거대한 추상적 신화이며, 돈의 신(神)의 희생 제물들인 '정직한 노동'이라든가 절약, 수익, 그리고 이와 유사한 것들은 그들이 알지 못하는 용어였던 거야. 이러한 것들은 인간과 함께 탄생했지만, 그들과 함께는 아니었어. 또는 나처럼 이런 것들을 가정에서 배워야 하지만, 그들이 집에서 배운 것은 기껏해야 할아버지가 가르친 부더성에 있는 집들의 이야기가 전부였었지.

그들이 얼마나 비현실적이었는지, 그리고 실재하는 그 모든 현실을 얼마나 혐오했는지 당신은 상상조차 할 수 없을 거야. 그들 손에 신문이 들린 적은 한 번도 없었고, 세상에 어떤 일이 벌어지는지 그들은 짐작조차 하지 못했어. 그때 세계대전이 일어났지만, 이 역시 그들의 관심 밖이었어. 한번은 학교에서 문답 중에 터마시가 티서 이슈트반•에 대해 들어보지도 못했다는 것을 알게 됐지. 프셰미실••이 함락되었을 때, 터마시는 이를 러시아 장군의 이름으로 알고, 예의 바르게 기쁨을 표해 하마터면 친구들로부터 맞을 뻔하기도 했어. 지적인 애들은 벌써 어디•••와 바비츠••••에 대해 토론하곤 했는데, 터마시는 모두 장군들에 대한 얘기인 줄로만 이해했거든. 그 유명한 어디에 대해서도 오랫동안 장군으로 알고 있었다고. 인텔리 친구들은 터마시를 바보로 여겼고, 선생님들도 마찬가지였어. 터마시의 비범한 천재성과 역사적인 지식은 학교에서 그 누구도 알지 못했지만 그는 이에 대해 한 치도 아쉬워하지 않았어.

다른 모든 관점에서도 그들은 일상적인 질서 바깥에 있었어. 프랑스어 노트를 그 전주에 잃어버렸다는 생각이 에버에게 불현듯 떠오르면, 새벽 2시라도 남매는 함께 일어나 옷을 차려입고는 슈바브산•••••으로 가는 거야. 그리고 그곳에

• 헝가리 왕국의 수상을 두 차례 역임한 정치인 티서 이슈트반(1861~1918).

•• 폴란드 남부의 도시. 제1차 세계대전 당시 헝가리군과 러시아군의 전투가 있었다.

••• 헝가리의 유명한 시인인 어디 엔드레(1877~1919).

•••• 헝가리의 유명한 시인이자 소설가인 바비츠 미하이(1883~1941).

••••• 부더에 있는 낮은 산. 독일의 슈바벤 지방에 살았던 수에비인에게서 유래한 이름이다.

서 아침까지 노트를 찾아 헤매는 거지. 다음 날, 터마시는 너무나 태연하게도 등교를 하지 않았어. 에버는 아버지의 서명을 위조해 오빠에게 확인서를 써주었지. 에버는 학교에 전혀 가지 않았어. 다른 어떤 일도 하지 않으면서 혼자서도 어찌나 잘 놀았던지. 마치 고양이처럼 말이야.

그 어느 때라도 그들은 자신들에게 모든 것을 맞출 수 있었지. 그래서 누구도 방해할 수 없었고, 누구의 눈치도 볼 것 없이 자기들의 삶을 지속적으로 영위해나갔던 거야. 밤에 찾아가도 꺼리는 법이 없었지만, 고등학생 시절, 집안의 엄격한 규율 때문에 밤에는 그들을 자주 찾아갈 수 없었어. 기껏해야 연극을 본 후 짧게 들르곤 했는데, 그들과 함께 잘 수 있으면 얼마나 좋을까 하는 상상을 끊임없이 했었지.

켈트인의 기본적인 성향은 폭정에 대한 반항이라고, 한참 뒤 영국의 한 유명한 에세이에서 읽은 적이 있어. 글쎄, 울피우시 남매는 그런 관점에서 켈트인이었지. 말이 나온 김에 얘기하자면, 터마시도 나도 켈트인, 성배(聖杯) 이야기, 그리고 파르시팔에 푹 빠져 있었어. 함께 있을 때 그토록 기뻤던 이유는 우리가 그런 켈트인이어서였던 것 같아. 그들과 함께 있을 때 나는 비로소 나 자신 같았어. 우리 집에서 왜 나는 항상 스스로를 부끄러움만 타는 이방인이라고 생각했는지 알게 됐지. 매일 그 집에 갔고, 여가 시간은 모두 거기서 보냈어.

울피우시가(家)의 분위기를 접한 후 끝없이 나를 괴롭히던 부끄러움이 사라졌고, 불안한 증상들도 없어졌지. 울피우시 터마시가 소용돌이로부터 나를 끄집어냈을 때, 그때가 소용돌이를 마주한 마지막이었어. 내 어깨 위에서 나를 뚫어 보고, 밤의 어둠 속에서 나를 응시하던 그 누구도 이제 더 이상은 없었어. 평온하게 잠들 수 있었고, 내가 꿈꾸던 생활이 시작됐던 거야. 신체적으로도 나를 추스를 수 있었고, 표정은 부드러워졌지. 내 삶에서 가장 행복한 시기였어. 어떤 냄새나 장면이 내 속에서 그때의 기억들을 불러낼 때면, 지금도 그 먼 시절의 흥분과 아찔한 행복이 떠올라. 내가 아는 유일한 행복 말이야.

물론 그 행복도 그냥 주어지지는 않았어. 울피우시가에 있기 위해서는 나 또한 실재의 세상과 결별해야 했지. 이것 아니면 저것, 그러니까 이중적인 삶을 지속하는 것은 불가능했어. 나 또한 신문 읽기를 그만두었고, 지적인 친구들과의 교류도 끊었어. 그 친구들은 천천히, 나를 터마시와 같은 바보로 여기기 시작했지. 마음이 아팠어. 지적 허영도 있었고, 스스로가 똑똑하다는 것도 알고 있었으니 말이야. 하지만 어쩔 수 없었어. 우리 집안사람들과도 완전히 결별했지. 터마시한테서 배운 대로 잰 듯한 예의를 갖춰 부모님과 형제들에게 이야기했어. 그때 한 가족과의 결별은 나중에 내가 아무리 노력해도 돌이킬 수 없었고, 그 이후 나는 가족에 대해 항상 떳떳하지 못한 마음을 지니게 됐어. 한참이 지나 가족에게 순종하는 마음으로 그 거리감을 어떻게 해보려고 애썼지만, 그래, 그건 다른 이야기고…….

우리 가족은 나의 변화를 눈치채고는 매우 놀랐지. 큰아버지 댁에서 걱정에 찬 가족회의를 했고, 나에게 여자가 필요하다는 결론을 내렸더랬지. 큰아버지는 매우 당황스러워하시며, 여러 가지 상징적인 표현을 써서 내게 그 말씀을 하셨어. 나는 그분의 말씀에 관심을 기울였지만, 그 어떤 긍정의 내색도 보이지 않았어. 당시 터마시, 에르빈, 세페트네키, 그리고 나는 우리가 성배를 찾는 새로운 기사들이 될 테니 여자는 탐하지 않겠다고 이미 맹세까지 했기에 더욱 그럴 마음이 없었지. 여자 얘기는 그 이후 천천히 잊혔고, 부모님은 있는 그대로의 나를 받아들였어. 내가 알기로 어머니는 지금도 가사를 돌보는 분들과 우리 집을 찾아오는 새로운 지인들에게 조심스럽게 주의를 주시지. 나는 평범한 사람이 아니니 조심하라고 말이야. 하지만 글쎄…… 현미경을 대고서도 평범하지 않다는 내 안의 그것을 찾지 못한 게 벌써 몇 년이야?

부모님을 그렇게나 안절부절못하게 했던 그 변화가 어떻게 생기게 됐는지, 거기에 대해선 나도 무슨 말을 해야 할지 모르겠어. 울피우시 남매는 사람들이 자신들에게 맞출 것을 요구했으나, 나는 기꺼이, 더 나아가 행복하게, 스스로 그들에게 나를 맞추었던 거지. 잘하던 공부도 하지 않고서 말이야. 모든 것에 대한 나의 견해를 다시 점검해보았고, 그때까지 좋아했던 많은 것들에 반감을 가지기 시작했어. 군대, 영광의 전투, 학교 친구들, 헝가리 음식 등 학교에서 흔히 '끝내주는 것'이나 '멋진 것'으로 불리던 모든 것이 그 대상이었어. 그때까지 열광했던 축구도 놓아버렸고, 운동 중에서는 유일하게 펜싱만을 허용했어. 우리 셋 모두는 그 어떤 것보다 펜싱에 열중했지. 독서도 즐겼어. 나는 터마시와 속도를 맞추고자 독서량을 엄청나게 늘렸어. 종교사에 대한 나의 관심은 그 시절로 거슬러 가지. 그리고 나중에는 다른 것처럼, 철이 들고 나서는 다들 그러듯 나도 관심을 끊었지만.

그럼에도 울피우시 남매에게 뭔가 떳떳하지 못한 마음이 들었어. 그들을 속인다는 생각 말이야. 그들에게는 천연덕스러운 자유가 나에게는 어렵고, 발작적인 반항이었거든. 당신도 알다시피 나는 집에서 중산계층의 시민교육을 과할 정도로 받았고, 내게는 정말 과할 정도로 시민 의식이 있잖아. 담뱃재를 땅에 터는, 그런 '대단한 결심'을 위해 나는 크게 숨을 들이켜야 했지. 하지만 울피우시 남매는 다른 것은 생각하지도 않았어. 가끔 영웅적으로 나 자신을 희생하여 터마시와 함께 학교에 결석하는 날이면, 나는 하루 종일 배앓이를 해야 했지. 나는 아침에 일찍 일어나고, 저녁에는 늦지 않게 잠자리에 들며, 점심과 저녁 식사 시간에 맞춰 가장 허기지는 데에 익숙해졌어. 쟁반에 담긴 음식을 즐겼고, 면 종류로 식사를 시작하는 것은 꺼렸으며, 질서를 좋아했지. 그리고 말도 못 할 정도로 경찰들을 두려워했어. 하지만 그들 앞에서는 이런 성향들을, 질서 잡힌 체계와 양심을 가진 시민적 존재로서의 나를 감추어야만 했었어. 그들도 알고 있었고, 자신들만의 의견도 있었지만 고운 사람들인지라 아무 말도 하지 않았지.

극히 드물게 내게서 질서라든지 절약이라든지 하는 말이 튀어나올 때면, 매우 관대하게 다른 곳을 보고는 했어.

가장 힘든 일은 그들의 연극에 동참해야 한다는 것이었어. 내 속에는 그 어떤 연기자적 자질도 부족하기 그지없었고, 낯을 가리는 성향은 어찌할 수 없었지. 처음 그들이 보르자 가문의 연작에 등장하는 교황 알렉산데르 6세의 역할을 내게 맡기고자 할아버지의 붉은 조끼를 주었을 때, 나는 죽을 것만 같았어. 나중에는 그것에도 익숙해졌지만, 멋진 바로크풍의 대사를 그들처럼 즉흥적으로 할 정도까지는 결코 될 수 없었어. 대신 희생자로서는 탁월했지. 독살을 당하거나 기름에 튀겨지는 역할은 아마도 내가 가장 잘했을 거야. 대개 나는 이반 4세의 잔학함에 희생되는 군중 역할을 맡아, 각각 다른 방식으로 스물다섯 번이나 연달아 숨을 몰아쉬며 죽어야 했지. 특히 죽기 전에 숨을 몰아쉬는 기술로 큰 성공을 거두기도 했어.

이만큼 많은 와인을 마셨다고 해도 하기 어려운 말이지만, 내 아내로서 당신이 알아야 하기에 이 이야기만큼은 꼭 해야 할 것 같아. 사실 나는 희생자가 되는 것을 매우 좋아했어. 아침부터 그 생각만 했고, 하루 종일 기다렸지. 그래, 맞아……."

"왜 희생자가 되는 것을 좋아했어?"

"음…… 그러니까 내 생각을 당신이 이해한다는 전제로 말하자면, 에로틱한 이유 때문이었지……. 그래, 내 마음에 끌리는 대로 희생자가 될 수 있게끔 나중에는 그런 이야기들을 내가 지어냈어. 당시에는 이미 영화가 판타지를 지배하기 시작했으니까. 예를 들어, 그러니까 에버가 아파치 소녀인 거야. 그즈음에 그런 영화가 많았거든. 아파치 소녀를 시켜 나를 유혹하게 한 뒤 술을 먹이고 납치해서 죽이는 거지. 또는 이것을 조금 더 역사적인 소재, 즉 유디트와 홀로페르네스의 이야기로 연출하는 거야.• 나는 이 이야기를 무척 좋아했지. 또는 내가 러시아 장군인 거야. 여자 첩자인 에버는 나를 잠재우고 전쟁 계획을 훔쳐내. 터마시는 에버를 쫓는, 나의 민첩한 부관 역할을 맡아서 그 기밀들을 되찾지만 에버는 여러 번이나 그 또한 무장해제시키지. 이렇게 러시아인들이 굉장한 손실을 겪는 이야기들이 연극 도중에 즉석에서 만들어지는 거야. 그런 연극들을 터마시도 매우 좋아했고, 에버 또한 그랬다는 것이 재미있지. 단지 나만 그런 것을 늘 부끄러워했는데, 지금도 그 생각에 얼굴이 화끈거려. 하지만 그들은 그러지 않았어. 에버는 남자들을 속이고, 배신하며, 죽이는 여자 역할을 좋아했어. 터마시와 나는 남자 역할을 원했지. 사기와 배신, 그리고 죽음이나 경멸을 당하는……."

미하이는 아무 말도 하지 않고 와인을 마셨다. 얼마나 지났을까. 에르지가 물었다.

"말해줘. 울피우시 에버를 사랑했던 거야?"

• 구약의 외경인 〈유딧서〉의 내용을 말한다. 과부 유디트는 민족을 구하기 위해 적장인 홀로페르네스를 유혹한 뒤 참수한다.

"아니야, 그렇게 생각하지는 않아. 만약 당신이 내가 누군가를 사랑했었다고, 어쨌든 그런 것을 원한다면, 나는 에버보다는 터마시라고 말할 것 같아. 터마시는 나에게 이상적이었어. 에버는 이상적이라기보다 그 연극들에서 단지 부차적인 존재, 에로틱한 도구였지. 하지만 터마시를 사랑했다는 말이 꺼려지는군. 그 표현은 오해를 불러일으킬 수도 있고, 우리 사이가 무슨 동성애와 관련된 것으로 오해될 수 있으니 말이야. 어쨌든 그건 말도 안 돼. 찬란한 10대 시절의 의미대로 그는 나의 가장 좋은 친구였어. 앞서 말한 동성애와는 전혀 달라. 그는 더 깊은 성향을 가지고 있었어."

"미하이, 하지만…… 상상이 잘 안 돼……. 당신들은 몇 해를 계속해서 같이 있었고, 울피우시 터마시나 에버 사이에서 어떻게 가벼운 연애 감정도 생기지 않을 수 있었어?"

"없었어. 그 어떤 것도 없었어."

"어떻게 그럴 수 있어?"

"어떻게 그럴 수 있냐고? ……그냥……. 아마 우리는 그토록 친밀했기에 그런 유의 수작을 부릴 수 없었고, 서로 사랑에 빠질 수 없었을 거야. 사랑에는 말이야, 그러니까 연인들이 서로에게 가까이 다가갈 수 있는 거리감이 필요하지. 물론 가까이 간다는 것은 환상일 뿐이지만. 사랑은 사실 서로를 멀리 떼어놓는 것이라서 그래. 사랑은 양극이야. 두 연인은 세상의 반대편에 있는 극과 극……."

"이런 늦은 밤에 매우 똑똑한 말을 하네. 하지만 모든 상황을 나는 이해하지 못하겠어. 아마도 에버가 예쁘지는 않았나 봐."

"예쁘지 않았다고? 내가 봤던 여자 중에서 가장 예뻤어. 아냐, 그건 정확한 표현이 아냐. 에버는 아름다운 여인이었고, 에버 이후로 아름다운 여성을 볼 때면, 항상 에버와 견주었지. 나중에 내가 만난 모든 여자에게는 어딘가 에버와 비슷한 부분이 있었어. 어떤 이는 발이, 또 어떤 이는 고개를 드는 모습이, 또 다른 어떤 이는 목소리가 그랬어."

"나도?"

"당신도…… 그래."

"나는 어디가 닮았어?"

미하이는 얼굴이 발개지더니 말을 하지 않았다.

"말해봐……. 말해줘."

"뭐라고 할까……. 일어나서 여기 내 옆으로 올래?"

에르지는 미하이의 의자 옆으로 가서 섰다. 미하이는 그녀의 허리를 감싸 안고 그녀를 올려다보았다. 에르지가 미소를 지었다.

"지금…… 이거야." 미하이가 말했다. "나를 내려다보며 당신이 미소 짓는 것. 에버도 이렇게 미소를 띠었지. 내가 희생자가 되었을 때 말이야."

에르지는 물러서더니 앉아 있었던 곳으로 되돌아갔다.

"재미있네." 달갑지 않은 목소리였다. "당신은 분명 뭔가를 숨기고 있어. 하지만 괜찮아. 모든 것을 말해야 할 의무는 없다고 생각하니까. 당신에게 내 10대 시절에 관해 말하지 않은 것이 있다고 해도 나 역시 어떤 양심의 가책도 느끼지 않을 거야. 중요하다고 생각지도 않고. 하지만…… 그 여자애와 사랑에 빠졌다는 말은 해줘. 그건 그냥 표현의 문제야. 우리는 그것을 사랑이라고 하니까."

"그래, 얘기할게. 에버와 사랑에 빠진 이는 내가 아냐. 다른 사람들이었지."

"다른 사람들이라니, 누구?"

"지금 막 그들에 대해 말하려던 참이었어. 몇 년 동안 울피우시 집에는 나 외에 손님이 없었어. 고등학교 마지막 학년이 되었을 때, 상황이 바뀌었어. 그때 에르빈과 세페트네키 야노시가 합류하게 된 거지. 그들은 나처럼 터마시에게 온 것이 아니라 에버에게 왔던 거야. 학교는 연례행사처럼 그해에도 연극 공연을 준비하고 있었고, 우리는 3학년이었기에 전체 행사에서 주인공 역할을 맡게 됐어. 일은 그렇게 해서 벌어졌지. 일회성의 무슨 연극 대본이었는데, 작품이 상당히 멋졌어. 단 하나의 문제라면, 대본에 꽤 많이 등장하는 여자 역할이 있었다는 거야. 친구들은 그 역할을 맡을 인물로 피겨 스케이팅장이나 무용 학교에서 앙증맞은 이상형들을 데려왔어. 하지만 공연을 준비하던 선생님은 똑똑하고 젊은 신부였는데, 여자들을 무척이나 배척하던 분이었고, 그 누구도 배역에 적합하다고 여기지 않았어. 이 이야기를 내가 어쩌다가 에버 앞에서 하게 됐지. 에버는 그 순간부터 초조해하고 불안해하더니 이제 배우로서 자신의 경력을 시작할 기회가 왔다는 거야. 터마시는 물론 그 말에 귀도 기울이지 않았어. 가족과 학교 일이 그렇게 가까이 연계되는 것을 소름 끼칠 정도로 점잖지 못한 것으로 생각했기 때문이지. 그러나 나를 좋아했고 믿고 있던 그 선생님에게 내가 소개하지 않을 수 없도록 에버는 나를 윽박질렀어. 결국 선생님께 에버를 데려갔어. 에버는 단지 입만 열었을 뿐인데, 선생님은 즉시 말씀하셨지. '당신이 배역을 맡을 거예요. 당신 말고는 없어요.' 그 신부님의 엄격하고 반연극주의적 세계관에 대해 에버가 오히려 더 큰 소리를 냈어. 마침내 자신의 의견에 동의할 때까지 에버는 삼십 분 동안이나 그분을 설득했지.

공연 자체에 대해서는 지금 말하고 싶지 않지만, 말이 나온 김에 잠시 언급하자면, 에버는 전혀 성공을 거두지 못했어. 당시 우리 어머니도 공연장에 갔었는데, 거기에 있었던 부모님들 얘기로는 그녀가 무대에서 너무 과욕을 부렸고, 여성스럽지 못했으며, 조금은 저속했다는 거야. 그러니까 뭔가 매우 이상했다는 거지. 부모님들은 극중 에버의 의상이나 행동에서 흠을 잡을 수도 있었을 텐데, 그런 것 없이 그녀 안에 내재된 반역적인 것을 감지했던 거야. 도덕적, 윤리적인 측면에서 화가 났던 거지. 그녀는 '피겨 스케이팅장이나 무용 학교의 앙증맞은 이상형들'보다 더 예뻤지만, 남학생들 사이에서도 성공적이지는 못했어. 남학생들은 그녀가 너무 예쁘다는 것은 인정했지만, '그래도 뭔가가……'라며 어깨를 으쓱했었지.

부르주아 시민계급이던 이 학생들 안에서 자라던 씨앗 속에는 이미 반역을 거부하는 부모님들의 사상이 싹텄던 거야. 하지만 벌써 그들 자신이 반역자였던 에르빈과 야노시만은 에버 안에 있던 마법의 여신을 알아보았지.

당신은 오늘 세페트네키 야노시를 봤지. 걔는 항상 그랬어. 우리 반 최고의 연설가이기도 했으며, 특히 학교 문예반에서 시라노• 같은 거물이었어. 권총을 지니고 다녔는데, 어릴 적에 홀어머니의 비밀 서류를 뺏으려던 도둑들을 몇 명이나 쏴 죽인 적도 있었어. 다른 애들은 무희들의 뒤꽁무니를, 그것도 어렵사리 쫓기만 하던 시절에 그는 벌써 놀랄 만한 여자 문제들을 일으켰지. 학교를 졸업한 후, 매년 여름이면 전쟁터를 나다녔었는데, 소위까지 진급하기도 했었어. 항상 무슨 다툼이 생기는 바람에 새 옷들이 몇 분 만에 찢어지곤 했지. 그의 가장 큰 야망은 나보다 자신이 더 낫다는 사실을 내게 증명해 보이는 거였어. 열세 살 때, 골상학을 공부했던 우리 선생님이 내 머리 모양을 보고는 재능이 있다고 한 데에서 시작된 게 아닌가 싶어. 야노시에게는 재능이 없는 머리 모양이라고 하셨거든. 야노시는 이것을 끝까지 극복하지 못했지. 고등학교를 졸업하고 여러 해가 지났을 때에도 눈물을 흘리며 그 이야기를 꺼냈어. 그래서 그는 축구, 공부, 지성, 그 모든

• 시라노 드베르주라크(1619~1655)는 프랑스의 시인이자 소설가로, 그를 주인공으로 한 에드몽 로스탕(1868~1918)의 희곡이 유명하다.

것에서 나를 이기려고 했던 거야. 나중에 내가 그 세 가지를 모두 놓아버렸을 때, 그는 혼란스러워했지. 무엇을 해야 할지 몰랐으니까. 그러고는 에버와 사랑에 빠졌어. 에버가 나를 사랑하고 있다고 믿었기 때문이야. 그래, 그가 세페트네키 야노시였어."

"그럼 에르빈은 누구였어?"

"에르빈은 유대계였는데, 그즈음에 가톨릭으로 개종했었어. 선생님이었던 신부들의 영향으로 그랬을 수도 있지만, 그보다는 자기 안의 목소리에 귀를 기울였다고 생각해. 앞서 열여섯 살에 에르빈은 지적이고 잘났다고 하는 친구 중에서도 가장 총명했었지. 유대계 애들은 지적 성장이 빠르거든. 터마시는 총명하다는 이유로 그를 매우 싫어해서 에르빈에 대한 이야기를 할 때면 곧장 반유대주의자가 되었어.

우리는 에르빈을 통해 프로이트주의나 사회주의에 대해, 그리고 3월 그룹•에 관해 처음으로 들었어. 그는 이후 카로이 혁명••으로 이어진 그 이상한 세상을, 그 의미를 우리 중 처음으로 인지했지. 그뿐만 아니라 입이 떡 벌어질 정도의 시를 어디 엔드레 스타일로 적기도 했었어.

그러더니 말 그대로 하루가 다르게 변해갔지. 학급 친구들로부터 자신을 닫아버리고, 어떻게 하다보니 나하고만 교류

• 당시의 진보적 청년 그룹.

•• 1918년 헝가리의 정체(政體)를 왕정에서 공화정으로 변화시킨 혁명.

하게 되었어. 하지만 당시 나의 이성으로는, 어쨌거나 그의 시들을 이해하지 못했어. 그는 길게, 운율 없는 행들을 쓰기 시작했는데, 그 시들이 마음에 들지는 않았지. 에르빈은 친구들을 멀리한 채 책을 읽고 피아노를 쳤으니 우리가 그에 대해 아는 것이라고는 많지 않았어. 그러던 어느 날, 다른 아이들과 함께 에르빈 또한 성체성사를 위해 제단으로 가는 것을 보았지. 그래서 그가 가톨릭으로 개종한 것을 알게 된 거야.

에르빈은 왜 가톨릭으로 개종했을까? 아마도 가톨릭이라는 종교의 낯설고 미적인 매력에 이끌렸음이 분명해. 게다가 가톨릭의 교리와 가차 없는 윤리적 엄격함도 한몫했을 거야. 다른 사람들이 즐거움을 좇듯 그의 마음에는 무언가 금욕주의에 대한 갈망이 있었다고 생각해. 말하자면 다른 사람들이 가톨릭으로 개종하는 이유와 같았던 거야. 하지만 그에게는 당시까지 내가 접할 수 없었던 순수한 측면이 있었지. 울피우시 집에서 나를 제외한 모든 사람이 그랬던 것처럼 에르빈 역시 역할극에 맞는 성향이었어. 지금 다시 생각해보면, 저학년 시절부터 지속적으로 어떤 연기를 해왔던 것 같아. 지성인, 혁명가 등을 말이야. 그는 직설적이지 않았고, 멀리서 봐도 자연스럽지는 않았어. 말과 행동이 정형에 맞춰져 있었지. 오래된 말투를 사용했고, 폐쇄적이었지만 계속해서 큰 역할을 맡으려고 했어. 그러나 울피우시 남매처럼, 그러니까 바로 다음 순간 역할을 잊고 다른 연극을 시작하는 그런 연기는 하지 않았어. 그는 살면서 단 하나의 역만 맡고자 했지. 그리고 마침내 그럴 만한 가치가 있고, 어렵고 큰 역을 가톨릭에서 찾은 거야. 그는 더 이상 태도를 바꾸지 않았고, 그의 배역은 심오해졌어.

그는 수십 세기 동안 가톨릭의 거대한 파도에도 굴하지 않은 유대인에게서나 가끔 볼 수 있는, 독실한 가톨릭 신자였지. 매일 영성체를 하고, 성당의 모임에 다니며, 성직자의 길을 준비하는 견실하지만 불쌍한 운명을 지닌 친구들과는 달랐어. 그런 친구들에게 가톨릭은 순응이었지만, 에르빈에게 가톨릭은 믿음이 없거나 냉담한 전 세계에 대한 반항이자 대적(對敵)이었어. 책, 전쟁, 학교 친구들, 간식으로 나오는 빵에 대해서까지 그는 모든 것에 대해 가톨릭 신자로서의 의견을 가지고 있었어. 종교인이자 가장 엄격했던 선생님들보다 훨씬 더 비타협적이었고 교조적이었지. '쟁기에 손을 대고 뒤를 돌아보는 자는 하느님 나라에 합당하지 않다'•라는 성서 구절이 그의 신조였어. 그는 삶에서 가톨릭적이지 않은 모든 것과 절연했지. 철저하게 영적인 순결을 지켰어.

그가 과거의 삶으로부터 유일하게 유지했던 것은 흡연에 대한 탐닉이었어. 담배 없는 그를 본 적이 있었던가? 기억이 나질 않는군.

반면 매우 많은 연애 사건과도 관련됐었어. 에르빈은 여자들을 무척이나 좋아했었지. 세페트네키 야노시가 우습게도

• 〈누가복음〉 9장 62절.

허풍선이라고 일방적으로 매도당한 것처럼 에르빈은 학교에서 연애 건으로 그랬어. 에르빈이 좋아하는 여자들에 대해서는 전교생이 다 알고 있었어. 오후 내내 그 여학생과 겔레르트 언덕•을 산책하고, 그녀에게 시를 써주었으니까 말이야. 동급생들은 강렬하고도 시적인 에르빈의 사랑을 존중했지. 하지만 가톨릭으로 개종하면서, 당연하겠지만 그는 사랑도 포기했어. 당시 학생들은 사창가를 출입하기 시작했었는데, 에르빈은 그런 친구들에게 넌더리를 냈고 등을 돌렸지. 어쨌든 다른 애들은 장난삼아, 자랑삼아 여자들을 찾았던 것 같아. 당시에 진정한 육체적 욕망이 무엇인지 알고 있었던 사람은 에르빈뿐이었어.

에르빈은 그때 에버를 알게 되었어. 분명 에버가 먼저 사귀자고 했을 거야. 에르빈은 아주 멋졌거든. 상앗빛 얼굴, 훤한 이마, 이글거리는 눈빛. 그에게선 독특함, 완고함, 저항 같은 것들이 풍겨 나왔지. 그런 데다 친절하고 고운 아이이기도 했어. 에르빈과 야노시가 울피우시 집을 다녔던 그때, 나는 이 모든 것을 알게 되었어.

첫날 오후는 무시무시했어. 터마시는 조심성 있고 왕자 같았는데, 가끔은 '시민계급'을 놀래고자 뭔가 전혀 관련 없는 것들을 말하곤 했지. 하지만 에르빈과 야노시는 놀라지 않았어. 그들은 시민계급이 아니었거든. 야노시는 오후 내내 고래

• 다뉴브강 연안, 부더 지역의 언덕.

사냥 경험과 더욱 효과적인 코코넛 생산 방안에 관한 거대한 사업 계획을 이야기했어. 에르빈은 담배를 피우며 듣고만 있었지. 그리고 에버를 응시했어. 에버는 다른 때와는 전혀 달랐어. 가여운 소리를 내며 응석을 부렸고, 여자처럼 행동했지. 나는 무척 기분이 상했어. 가족들이 식사할 때 식탁 아래에 앉아 있을 수 있던 강아지처럼, 그러니까 지금까지 누렸던 독점적인 지위를 그날부터 다른 두 마리 강아지와 나눠야 하는 그런 기분이랄까? 낑낑거렸으나 실제로는 울고 싶은 심정이었지.

그렇게 나는 가끔씩만 들르는 손님이 되었어. 에르빈과 야노시가 없을 때 그 집에 가려고 했지. 어쨌거나 우리는 졸업시험을 앞두고 있었어. 나는 시험 준비를 해야 했고, 터마시에게도 시험에 필요한 지식을 열심히 전수했지. 우리는 졸업시험을 어찌 됐든 무사히 넘겼어. 시험 당일에 터마시는 당최 일어나려고 하지 않았으나 내가 억지로 끌고 갔지. 그리고 그 후, 울피우시 집은 또다시 이전처럼 북적이기 시작했어.

그때까지는 모든 것이 좋았어. 울피우시 남매는 그들보다 더 강성이었고, 에르빈과 야노시를 자신들에게 순응시켰지. 에르빈은 스스로에게 가혹했던 성향을 누그러뜨렸고, 점잔을 빼는 듯했어. 하지만 뭔가 매우 친절한 매너로 '인용하듯 강조하는 방식'으로 말하고는 했지. 자신의 말과 행동은 완전히 일치하는 것이 아니라고 말이야. 야노시는 말수가 적어지고, 감상적으로 변했었어.

우리는 천천히 연극도 다시 시작했으나, 극은 훨씬 더 많이 각색됐어. 야노시의 모험담과 에르빈의 시적인 판타지로 작품은 더욱 풍성해졌지. 물론 야노시는 탁월한 배우임을 스스로 증명했어. 주로 가망 없는 연인 역을 즐겨 맡았기에 계속해서 많은 대사를 읊었고, 모두를 흐느끼게 만들었지. 흐느낌으로 극이 중단되어 모두가 진정될 때까지 기다리고는 했어. 에르빈이 좋아했던 건 야생동물 역이었지. 그는 큰 곰인 나에게 패배하는 들소로 탁월하게 변신했고, 매우 재능 있는 유니콘이기도 했어. 거대한 외뿔로 방해하는 모든 것, 커튼이나 침대보 등을 갈가리 찢어버렸지.

그즈음 울피우시 집의 경계가 점차 넓어졌어. 우리는 멀리 부더의 산들로 산책을 갔고, 온천욕도 다녔으며, 술도 즐겼지. 벌써 수년 동안 선술집에서의 모험담을 늘어놓았던 야노시의 제안이었어. 우리 중 야노시를 제외하고는 에버가 술꾼이었는데, 그녀는 술을 마셔도 전혀 표시가 나지 않았고, 오히려 더욱 에버답게 변했어. 에르빈은 담배에 빠진 것처럼 그렇게 술도 탐닉하게 되었지. 인종적 편견을 말하는 것은 아니지만, 당신도 알다시피 유대인이 대작을 한다는 건 이상한 일이잖아. 에르빈이 가톨릭으로 개종한 것처럼 그의 음주 또한 이상했어. 마치 단순한 헝가리 와인에 취한 것이 아니라 해시시나 코카인같이 무언가 훨씬 더 끔찍한 것에 취하는 것처럼 절망적으로 빠져들었거든. 그러면서 항상 이별을 고하는 듯, 마지막 술을 마시는 듯 그 모든 것을 이 세상에서 마지막으로 행하는 듯했지. 나는 곧 와인에 익숙해졌어. 내 속의 감정을 해소하고 긴장을 완화하는 그것이 삶의 필수 요소가 되었지. 하지만 다음 날 집에서는 숙취를 느끼며 비참할 정도로 나 자신이 부끄러워졌어. 그래서 항상 맹세했지. 다시는 술을 마시지 않겠다고 말이야. 그러고는 또다시 마셨어. 마음속에서 '나는 약한 인간이다'라는 생각과 패배 의식이 점점 더 커졌는데, 그것은 울피우시 시절 후반기에 느꼈던 가장 중요한 감정이었어. 특히 술을 마실 때면, '재앙으로 치닫고 있다'고 느꼈지. 아버지가 기대했던 제대로 된 사람, 제대로 된 삶으로부터 마침내 내가 떨어져 나간다고 느꼈었어. 그 무시무시한 양심의 가책에도 불구하고 나는 그 느낌을 좋아했지. 그 시절, 나는 아버지를 피해 다니기만 했었어.

터마시는 많이 마시지 않았고, 말수도 점점 줄어들었지.

그때 에르빈의 종교가 우리에게 영향을 주기 시작했어. 그때까지 우리가 지나치기만 했던 그 실재 세상을 우리는 이미 보기 시작했고, 겁에 질렸던 거야. 인간은 필연적으로 더러워진다고 느끼면서도 그렇게 되면 안 된다는 에르빈의 말을 우리는 경건하게 듣고 있었어. 우리 또한 에르빈처럼 독실하고, 교조적으로 당시의 모든 생활을 판단하기 시작했지. 얼마 지나지 않아 그가 헤게모니를 장악했고, 우리는 모든 면에서 그의 의견을 경청했어. 야노시와 나는 경건한 행동을 두고 서로 경쟁하기도 했지. 부당한 망각에서 구제되어야 할 불멸의 가톨릭 작가, 우리의 도움이 필요한 그 불우한 사람들을 찾아

나섰어. 토머스 모어, 자크 마리탱, G. K. 체스터턴, 캔터베리의 대주교 안셀무스의 책들이 파리처럼 방에서 이리저리 날아다녔어. 우리는 성당을 다녔고, 물론 야노시는 혼령들도 보았지. 한번은 성 도미니크가 새벽이 오기 전에 창을 들여다보며 집게손가락을 들어 '우리는 자네를 매우 특별하게 돌보고 있다네'라고 했다는 거야. 지금 생각해보면, 특히 야노시와 나의 행동은 주체할 수 없을 정도로 우스꽝스럽지 않았나 싶어. 울피우시 남매는 가톨릭과 관련해서 그렇게 적극적이지는 않았지.

그 기간이 아마 1년 정도는 지속되었던 것 같군. 그러고는 해체의 과정이 이어졌어. 어떻게 시작되었는지 정확하게 말할 수는 없지만, 일상적인 현실이 넘쳐나기 시작하더니 한순간 모든 것이 사라져버렸지. 울피우시의 할아버지께서 돌아가셨어. 몇 주 동안 제대로 숨도 쉬지 못하셨지. 천명(喘鳴)으로 고생하셨어. 에버는 놀라울 정도로 인내심을 발휘해 간호했고, 할아버지의 침대 곁에서 매일 밤을 보냈어. 한참이 지난 후, 한번은 내가 그녀에게 말했어. 그때의 극진한 간호가 아름다웠노라고 말이야. 그녀는 건성으로 미소를 짓더니 누군가의 죽음을 보는 것은 매우 흥미로운 일이라고 대답하더군.

할아버지의 죽음 이후 울피우시의 아버지는 아이들을 어떻게 해야 한다고, 계속 이렇게 둘 수는 없다고 생각했어. 에버를 빨리 시집보내고 싶어 하셨지. 그리고 그녀를 시골에 있던 부유한 고모에게 보냈어. 고모는 그 지역에서 도(道) 단위의 무도회를 개최할 정도로 대단한 저택을 건사하고 있었는데, 에버가 그곳에서 무슨 일을 할 수 있었는지는 글쎄, 나도 모르겠어. 당연히 그녀는 일주일 후, 큰 사건들을 일으키고는 되돌아왔지. 그녀의 아버지는 뺨이라도 때렸을 법했지만, 차분하게 손을 주머니에 꽂고만 있었지. 터마시에게는 이런 행운이 따르지 않았어. 아버지가 관공서로 보냈거든. 그를 생각하면, 관공서에서 고통스러운 나날을 보냈던 터마시를 생각하면 지금도 소름이 돋고 눈물이 나. 그는 시청에서, 자신을 건전한 정신의 소유자로 여기지 않는 소시민들 틈에서 일했지. 무엇보다 바보스럽고, 가장 틀에 박힌 일들이 그에게 맡겨졌어. 그가 약간의 사고나 독자성이 요구되는 일들을 수행할 수 있을 거라고 그 누구도 생각하지 않았던 거야. 어쩌면 그들의 생각이 옳았는지도 몰라. 그는 동료들로부터 엄청난 굴욕을 당했는데, 그러니까 동료들이 그에게 상처를 준 것이 아니라 그와는 반대로 터마시를 불쌍하게 여기고 편의를 봐줬던 것이지. 터마시는 우리한테 불평을 한 적이 한 번도 없었어. 내가 알기로 에버에게는 가끔씩 그랬던 것 같아. 우리가 그의 직장 생활을 거론하면, 터마시는 창백한 얼굴을 하고는 침묵으로 일관했지.

그때 터마시가 두 번째로 자살을 시도했어."

"두 번째라고?" 에르지가 물었다.

"그래, 첫 번째에 대해서는 벌써 말을 했어야 했는데. 실제로 그것이 더 중요하기도 했고, 훨씬 더 끔찍하기도 했었지.

우리가 아직 열여섯 살이었을 때, 그러니까 서로 알고 지낸 초기였어. 하루는 평소처럼 혼자서 그들 집에 들렀어. 여느 때와 다르게 몰입해서 무언가를 그리고 있던 에버를 봤지. 에버 얘기로는 터마시가 다락에 올라가면서 곧 내려올 테니 나에게 기다리라고 했다는 거야. 당시 터마시는 무언가를 찾기 위한 원정(遠征)으로 다락에 자주 올라갔었거든. 오래된 상자들은 골동품 애호가의 판타지를 자극했고, 그는 연극에 활용할 수 있는 각종 소품들을 그곳에서 찾곤 했지. 게다가 이런 오래된 집의 다락이란 매우 낭만적인 장소잖아. 그래서 나는 뭐 놀랄 것도 없이 차분하게 그를 기다리고 있었어. 반면 에버는 평소와는 다르게 조용했지.

그런데 갑자기 그녀가 창백한 얼굴로 벌떡 일어나더니 다락으로 함께 올라가자는 거야. 터마시에게 무슨 일이 있는지 보러 가자고 고함을 질렀어. 나는 무슨 말인지 어리둥절했지만 그 순간 그녀의 공포가 고스란히 나에게 옮아왔지. 다락은 이미 어두울 대로 어두워져 있었어. 꾸불꾸불한 공간으로 배치된 크고 오래된 다락에는 나무 널빤지로 된 각종 문들이 열려 있었어. 복도에는 여기저기 상자와 나무 판들이 겹쳐 있었고, 나는 낮은 들보에 머리를 부딪히기도 했지. 그리고 예상치 않은 층계를 마주하고는 아래위로 오르내리며 터마시를 찾고자 서둘렀어. 하지만 에버는 마치 그가 어디에 있는지 아는 사람처럼 거리낌 없이 어둠 속을 내달렸지. 복도 끝에 낮고 긴 벽감이 있었는데, 작고 둥근 창이 그 끝을 환하게 비추고 있었어. 에버는 그곳에서 갑자기 멈춰 서더니 비명을 지르며 자신을 쫓아온 나를 꽉 붙들었어. 이가 덜덜 떨릴 정도였으나, 극한의 공포가 순식간에 의외의 대담함으로 변하듯 당시의 나도 그랬던 것 같아. 나를 꽉 잡고 있는 에버를 뒤로 제쳐두고는 어두운 벽감으로 들어갔어.

작고 둥근 창문 옆에 터마시가 매달려 있었어. 아니, 1미터 정도 높이로 떠 있었어. 목을 매단 거였지. '아직 살아 있어. 살아 있다고 아직!' 에버가 고함을 치더니 내 손에 칼을 쥐여 줬어. 터마시가 무엇을 준비하고 있었는지 에버는 너무 잘 알았던 것 같아. 그곳에 상자가 하나 있었는데, 터마시가 들보에 올가미를 걸 때 디딘 게 분명했어. 나는 그 상자로 뛰어올라 밧줄을 끊었고, 다른 팔로는 터마시를 감쌌지. 그러고는 천천히 에버에게 터마시의 몸을 맡겼고, 에버는 그의 목에 감겨 있던 밧줄을 풀었어.

터마시는 곧 의식을 회복했어. 극단적인 선택을 한 지 얼마 되지 않은 것 같았지. 어떤 문제도 없었어.

터마시는 '왜 알렸지?'라고 에버에게 물었어. 그녀는 매우 부끄러워했으나 대답하지 않았지.

시간이 얼마 지난 뒤 나는 조심스럽게 왜 그랬는지 터마시에게 물었어.

터마시는 아무 동요도 없이 '어떨까 궁금했어'라고 말하더군.

'그래, 어땠어?'라고 에버가 호기심에 가득한 눈을 크게 뜨고는 물었어.

'아주 좋았어.'

'우리가 중간에 방해한 셈이 되었는데, 유감은 아니지?'라고, 그때는 이미 양심의 가책도 조금 느끼면서 내가 물어보았지.

'아냐, 시간은 있어. 다음에 언젠가 다시 한번…….'

터마시는 그것이 무슨 말인지, 그때는 설명하지 않았지. 뭐 그럴 필요도 없었어. 나는 알고 있었으니까. 우리가 하던 연극, 그것으로부터 이해하고 있었지. 우리가 연출한 비극 안에서 우리는 계속 죽고, 죽였어. 우리 연극은 오직 죽음에 대한 것들이었지. 터마시는 항상 죽음에 몰두했어. 당신이 이해할 수 있다면, 아니 이해해주면 좋겠어. 죽음은 사망, 사라짐, 없어짐이 아냐. 그런 게 아냐. 죽음은 사망에 이르는 행동이야. 불타는 듯한 살인의 황홀함을 즐기고자 하는 그 '저항할 수 없는 내적 강요' 때문에 지속적으로 살인을 저지르는 사람들이 있지. 터마시의 경우, 저항할 수 없는 그러한 내적 강요가 자신의 죽음을 수행하도록, 그를 망아(忘我)의 희열로 이끈 거야. 에르지, 어쩌면 이것을 당신에게 설명할 수 없을 것 같기도 해. 음감이 없는 귀에 대고 음악을 들려주는 쓸데없는 일처럼 이런 것들도 설명이 불가능해. 나는 터마시를 충분히 이해했어. 이 일에 관해서 우리는 몇 년 동안 어떤 말도 나누지 않았지. 하지만 서로를 이해하고 있었다는 것만큼은 둘 다 알고 있었어.

우리가 스무 살이 되었을 때, 두 번째 시도가 있었어. 그리고 그 시도에는 나 역시 포함되어 있었지. 놀라지는 마. 보다시피 나는 지금 살아 있잖아.

당시 나는 주로 아버지 때문에 아주 낙담해 있었어. 고등학교 졸업 시험 후 인문 대학으로 진학했었지. 아버지는 여러 번이나 내게 무엇이 되고 싶은지 물어보았고, 나는 종교사학자라고 대답했었어. '그럼 무엇으로 먹고살려는 게냐?' 이 질문에 나는 답할 수 없었고, 그것에 대해서는 생각하기도 싫었어. 아버지는 내가 회사원으로 근무하기를 바란다는 것도 알고 있었어. 대학 공부에 대해서는 크게 문제 삼지 않으셨지. 회사의 구성원 중 한 명이 박사면, 회사의 명예가 되리라 생각하셨던 거야. 어쨌든 나는 대학을 몇 년 동안의 유예기간으로 여겼어. 어른이 되기까지 시간을 벌기 위한 기간 말이야.

그 시기에 삶에 대한 열정은 그다지 강하지 않았어. 마음속에서 상실감이 점점 더 커져만 갔어. 당시에는 가톨릭도 이미 위안이 되지 않았을뿐더러 나 자신이 나약하다는 의식만이 커져갔지. 역할 놀이는 나의 취향이 아니었으며, 나의 존재와 삶이 가톨릭적인 표상과 화해할 수 없을 정도로 멀리 떨어져 있다는 것을 그때 이미 분명히 알 수 있었어.

우리 모임에서 가톨릭을 떠난 첫 인물이 나였지. 그것 역시 나의 수많은 배반 중 하나였어.

어느 오후, 나는 울피우시 집에 들러 산책을 가자고 터마시를 불러냈어. 멋진 봄날 오후였지. 우리는 오부더•로 나가서

• 부더, 오부더, 페스트가 통합되어 오늘날의 부다페스트가 되었다.

텅 빈 선술집의 성 플로리안 동상 아래에 자리를 잡았어. 나는 술을 꽤 많이 마셨고, 그 와중에 아버지와 나의 앞날, 그리고 청춘의 끔찍한 우울에 대해 탄식했지.

'왜 그렇게 많이 마셔?' 터마시가 물었어.

'마시면 좋으니까.'

'어질어질해지고 싶어?'

'말하면 뭐 해.'

'너에 대해 알고 싶지 않아?'

'말해서 뭐 해. 그게 내가 알고 싶은 유일한 거잖아.'

'그래, 그렇다면…… 너를 이해할 수 없군. 상상해봐. 완전한 죽음이 얼마나 큰 기쁨일지 말이야.'

나 또한 그런 생각이었어. 술에 취하면 인간의 사고는 훨씬 더 논리적이게 돼. 나는 그 어떤 고통이나 폭력도 매우 혐오했지. 내가 꺼렸던 오직 하나는 그것이었어. 그러니까 목을 매달거나 다른 방식으로 나 자신을 살해하거나 차가운 다뉴브강으로 뛰어들 마음은 없었던 거지.

터마시가 얘기했어. '그럴 필요 없어. 나에게 모르핀 300밀리그램이 있는데, 내가 알기로 그 정도면 두 명에게도 충분한 양이야. 어쨌든 나는 조만간 죽을 거야. 이미 때가 됐어. 너도 나와 함께한다면 더 좋겠지. 물론 부추기는 건 아냐. 그냥 얘기만 하는 것뿐이야. 혹시 네가 그럴 마음이 있는지 몰라서 말이야.'

'모르핀을 어디서 구했어?'

'에버한테 받았어. 에버가 도저히 잠이 오지 않는다며 의사에게 사정사정했지.'

에버에게서 그 독극물을 받았다는 사실이 우리 둘에게는 숙명적으로 중요한 일이었어. 그녀로부터 독극물을 받았다는 건 그것이 환자 연극에 속한다는 거였지. 에르빈과 야노시가 합류한 이래로 많은 부분을 수정할 수밖에 없었던 그 연극 말이야. 에버를 통하거나 에버를 위해 우리가 죽는 것은 항상 희열이었어. 에버가 건넸다는 말에 나는 그것을 삼켜야 한다고 확신했지. 실제로도 그렇게 했어.

그때 자살을 한다는 것은 얼마나 단순하고, 또 자명한 것이었는지 지금은 말로 설명할 수도 없군. 나는 술에 취해 있었고, 그때 술은 내 마음속에서 늘 '이래도 저래도 한세상'이라는 생각이 들게 했어. 그날 오후, 내 생각에는 모든 인간의 의식 기저에 잠들어 있는, 죽음을 부르는 악마의 사슬이 풀려버렸어. 생각해봐. 살아 있는 것보다 죽음이 훨씬 쉽고 자연스러운 것이라고 말이야……."

"그보다 하던 얘기를 계속해줘." 에르지가 불안해하며 말했다.

"와인값을 계산한 후 우리는 산책을 했어. 더욱 뚜렷한, 의식적인 청아함을 유지한 채 말이야. 우리는 서로를 얼마나 좋아했는지, 이 우정이 어떻게 인생에서 가장 아름다운지 이야기를 나누었어. 잠시 우리는 오부더의 다뉴브 강변, 철로 옆에 앉았지. 해는 강을 건너 저물고 있었어. 우리는 효과를 기다렸지. 그때까지는 그 어떤 것도 느끼지 못했어.

그러다가 갑자기 에버와 이별을 해야 한다는, 저항할 수 없는, 눈물 어린 감정이 들었지. 처음에 터마시는 들으려고 하지도 않았지만, 속으로는 에버와 관련된 그 감정에 지배되었을 거야. 그래서 우리는 전차를 탔고, 작은 계단들을 뛰어올라 부더성으로 서둘러 갔어.

지금은 알고 있어. 내가 에버를 보고 싶어 했던 바로 그 순간, 나는 이미 터마시를, 그리고 자살을 배반한 거였어. 사람들 사이로 되돌아간다면 어떻게든 사람들이 우리를 살릴 것이라고 무의식적으로 생각했던 거지. 의식이 없는 상태로 죽고 싶은 생각은 없었어. 나는 죽을 만큼 지쳤지. 그저 스무 살 된 인간이 지칠 수 있을 만큼, 그만큼 나는 지쳤었어. 그리고 나 또한 죽음의 비밀스럽고, 칠흑 같은 도취 이후를 갈망했지만 와인이 가져다준 상실감이 사라지기 시작하자 죽고 싶은 마음도 없어졌지…….

울피우시의 집에 에르빈과 야노시가 있었어. 나는 기분 좋게 그들에게 얘기했어. 우리는 모르핀을 각각 150밀리그램씩 투약했노라고, 이제 곧 죽을 것이라고 말이야. 그 전에 작별을 고하고 싶다고 했지. 터마시는 벌써 완전히 창백해진 채 비틀거렸고, 나는 와인을 많이 마셨다는 것, 그러니까 술에 취한 사람들이 그러듯 말을 많이 하는 것 외에는 별반 다르게 보이지 않았나봐. 야노시는 곧장 달려가더니 전화로 구급차를 불렀어. 여기 두 명의 젊은이가 모르핀을 각각 150밀리그램씩 투약했다고 알렸지.

'아직 살아 있나요?' 구급대원들이 말했어.

그렇다는 야노시의 대답에 구급대원들은 우리 둘을 즉시 데려오라고 했어. 야노시와 에르빈은 택시에 우리를 던져 넣었고, 머르코가(街)로 향했지. 나는 여전히 그 어떤 것도 느끼지 못했어.

그보다는 병동에서 구급대원들로부터 더 큰 것들을 느꼈지. 그들은 무지막지하게 위장을 세척했는데, 이로써 그 어떤 종류의 자살에 대한 생각도 앗아 가버렸어. 한편 우리가 스스로 투약한 모르핀은 있지도 않았다는 생각을 지울 수 없었지. 에버가 터마시에게 함정을 파놓았든지 의사가 에버를 속였을 수도 있어. 터마시의 상태가 나빠졌던 것은 자기암시일 수도 있잖아.

에버와 친구들은 뜬눈으로 밤을 새워가며 잠에 들지 않게끔 우리를 보살폈어. 우리가 잠들게 되면 다시는 일어나지 않을 것이라고 병원에서 말했거든. 아주 특별한 밤이었어. 우리는 서로에게 매우 당황했었지. 대단히 커다란 소동이라고 할 수 있는 자살을 시도했기에 나는 행복했어. 게다가 살아남았기에 기뻤지. 말할 수 없이 상쾌한 피곤함을 느꼈어. 우리는 서로를 좋아했고, 친구들이 우리를 위해 밤을 지새우는 것은 희생적인 친구로서의 큰 제스처였어. 게다가 당시 종교적인데다 우쭐하기도 했던 친구들 간의 우정에도 이것은 매우 어울렸어. 밤을 새운다는 것은 모두에게 쉽지 않았으나, 도스토

엡스키적인 대화를 나누었고, 연신 블랙커피를 마셨지. 젊은 시절의 특징이 묻어나는 그런 밤이었어. 어른이 되어 조금은 겸연쩍게 회상할 수 있는 그런 밤 말이야. 하지만 다시 그 밤을 생각해도 겸연쩍은 마음은 전혀 들지 않고 크나큰 향수만 밀려드는 것을 보면, 아무도 모르게 어른을 지나 벌써 늙어버린 건가봐.

오직 터마시만은 한마디도 하지 않았어. 잠들지 않게끔 우리가 찬물을 끼얹고 꼬집는데도 아무런 반응도 하지 않았지. 실제로 터마시의 상태가 좋지 않았기도 했지만 그는 다시 성공하지 못했다는 데에 상심이 컸어. 내가 그를 부르면, 몸을 돌리기는 했으나 어떤 대답도 하지 않았어. 나를 배신자로 여긴 거였지. 이미 우리는 더 이상 진정한 친구가 아니었어. 그는 이후에도 이 사건을 다시는 거론하지 않았어. 이전처럼 예의 바르고 친절했으나, 나는 알아. 그가 결코 나를 용서하지 않았다는 것을. 내가 그의 사람이 아니라는, 그런 상황에서 그는 죽었지…….”

이쯤에서 미하이는 아무런 말도 하지 않았다. 손바닥으로 머리를 받쳤다. 그러고는 일어나서 창밖의 어둠을 응시했다. 다시 돌아와서는 무언가 잊은 듯한 미소를 짓고 에르지의 손을 쓰다듬었다.

에르지가 조용히 물었다. “지금도 그렇게 마음이 아파?”

“그 이후 내게는 친구가 한 명도 없었어.” 미하이가 대답했다.

또다시 그들은 침묵했다. 에르지는 생각에 빠졌다. '미하이는 와인 때문에 감상주의에 빠져서 이렇듯 자신을 탓하는 것일까? 아니면 실제로 그때, 울피우시 집에서 무언가 가슴 아픈 일이 있었기에 그 이후로 이처럼 무덤덤해지고 사람들을 멀리하게 된 걸까?'

마침내 에르지가 입을 열었다. "그럼 에버와는 어떻게 됐어?"

"에버는 당시 에르빈과 사귀고 있었어."

"질투는 안 났어?"

"응, 아주 자연스럽다고 여겼어. 에르빈이 헤게모니를 장악하고 있다고, 우리 중 그가 가장 특별하다고 생각했었지. 우리는 에버가 그를 사랑하는 것이 당연하다고 받아들였어. 나는 에버와 사귈 마음도 없었는데, 야노시의 경우는 어땠는지 정말 모르겠어. 당시 우리 모임은 조금씩 해체되고 있었지. 에르빈과 에버는 서로에게 모두 만족한 상황이었으며, 그들 둘만 있을 기회를 찾곤 했어. 그리고 나는 대학과 종교사에 진지하게 관심을 가지기 시작했고. 그러니까 학문적인 열망이 커져가던 시절이었지. 학문과의 첫 만남은 사랑만큼이나 사람을 취하게 하잖아.

에르빈과 에버로 다시 돌아가자면…… 에버는 훨씬 더 조용해졌어. 그녀는 학생 때 언젠가 다니기도 했던 예수 수도회 소속의 성당에 다녔지. 이미 얘기한 대로 에르빈은 사랑을 하는 데 매우 독특한 성향을 지녔었어. 그에게 사랑은 세페트네키의 허세와도 같은 것이었어. 그렇기에 에버 또한 왜 그의 곁에서 초연하게 있지만은 않았는지 이해할 수 있었지.

그들의 사랑은 감동적이었어. 시와 부더성과 스무 살에 취한 사랑이었지. 둘이 길 저편을 걸어갈 때면, 마치 성체라도 모시고 가는 양 사람들이 경외심을 느끼며 길을 비켜줄 것이라고 기대했을 정도였으니까. 무슨 말인지 알겠지? 적어도 우리는 그 정도로 그들을 존중했고, 그 둘의 사랑에 한없는 경외심을 가졌었어. 어떻게 하다보니 우리 전체 모임의 의미가 둘의 사랑 안에서 실현되는 것 같았어. 하지만 그것은 또 얼마나 짧게 끝났던지! 그들 사이에 어떤 일이 있었는지 정확하게는 알지 못해. 에르빈이 에버에게 청혼을 했고, 울피우시가의 늙은이가 그것을 팽개쳤던 것 같아. 야노시는 뺨까지 맞았다고 알고 있더군. 어쨌든 에르빈에 대한 에버의 사랑은 더욱 커져만 갔어. 분명 에버는 기꺼이 그의 진정한 연인이 되었을 거야. 하지만 여섯 번째 계명, '사음(邪淫)을 행하지 말라'는 에르빈에게 가차 없이 복종해야 할 계명이었지. 그는 훨씬 더 창백해졌고, 말수도 적어졌어. 울피우시가를 드나들지 않았고, 점차 보이지 않았어. 이후에도 내가 설명할 수 없는 큰 변화가 그때 에버한테서 일어났지. 그리고 어느 화창한 날, 에르빈은 사라져버렸어. 그가 수도사가 되었다는 이야기를 터마시로부터 들었지. 에르빈의 결심을 전한 작별 편지를 터마시는 찢어버렸어. 수도사로서 에르빈의 이름과 그가 어디에서, 어떤 수도원에서 머무르는지 터마시는 알고 있었을까? 터마시는 그 비밀들을 결국 무덤까지 가져갔어. 하지만 아마 에버에게는 털어놨을 거야.

에르빈은 에버와 결혼할 수 없었기에 수도사가 된 건 분명 아닐 거야. 앞서도 우리는 수도사의 삶에 대해 많은 이야기를 나눴고, 에르빈의 신앙심은 훨씬 더 깊은 것이었거든. 자기 안의 성소에 대한 분명한 인지 없이 단지 절망적이고 낭만적인 이유로 수도사의 길을 택하지는 않았을 거야. 에버와 결혼할 수 없다는 사실에 대해서도 그는 더 높은 지향에 주목한 것이 틀림없어. 하지만 그렇게 갑작스럽게 도망치듯이 떠나버린 데에는 에버가 자신에게 의도했던 유혹으로부터 달아나고 싶다는 생각이 큰 부분을 차지했을 거야. 어쩌면 조금은 요셉의 방식대로 그렇게 달아났음에도 당시에 우리가 품고 있던 환상을 그는 실천했지. 청춘을 온전히 하느님께 바친 거였어."

"한 가지 이해할 수 없는 게 있어." 에르지가 말했다. "당신이 말한 것처럼 그렇게나 사랑했다고 한다면, 에르빈은 왜 그런 희생을 했을까?"

"영혼에는 상반되는 것들이 상존하지. 냉정하고 무뚝뚝한 사람들이 아닌 불타오르는 열정을 가진 사람, 포기할 것이 있는 사람들이 위대한 금욕주의자가 되는 거야. 이 때문에 교황청은 거세된 자가 사제가 되는 것을 허락하지 않는 거지."

"에버는 이 모든 것에 대해 어떻게 반응했어?"

"에버는 홀로 남겨진 걸 견딜 수 없어 했어. 당시 부다페스트는 밀수꾼들과 삼국협상국•의 장교들 손에 있었지. 무슨 영문인지는 모르겠지만, 어쨌든 에버는 삼국협상국의 장교들 모임에 드나들게 되었어. 그녀는 외국어를 구사할 줄 알았고, 행동에서도 무언가 헝가리적인 시골풍이 아니라 진정한 세계인의 면모가 드러났지. 내가 알기로 매우 인기가 있었어. 에버는 하룻밤 사이에 어린 소녀에서 멋진 부인으로 변신한 거야. 에버의 눈에 다른 것이 들어오기 시작한 때가 바로 그때였지. 치기 어린 친구들과 나누는 대신 그녀는 저 멀리 어딘가를 보며 작은 속삭임에 귀를 기울이는 것 같았어.

이 마지막 시기에는 야노시가 터마시와 에르빈에 이어 헤게모니를 장악했어. 어쨌든 에버한테는 고매한 사람들 틈에서 우아하게 보이기 위해 돈이 필요했어. 무(無)에서 능숙하게 우아함을 엮어낼 수는 있었지만, 그 '무'에도 약간의 돈은 필요했지. 여기서 그 역할을 맡게 되는 세페트네키 야노시가 등장했어. 그는 에버를 위해 항상 돈을 마련해주었어. 어디에서 어떻게 마련해야 하는지 알고 있었지. 여러 번이나 에버와 춤을 췄던 외국 장교들만 골라 돈을 뜯어냈어. '회비를 걷었을 뿐이야'라고 냉소적으로 말했지. 그때는 이미 우리 또한 헤게모니를 잡은 사람의 스타일에 적응했기에 냉소적으로 말을 되받곤 했었어.

야노시의 태연한 방식들이 마음에 들지 않았어. 예를 들자면, 하루는 그가 우리 아버지 회사의 나이 든 회계사였던 레

● 영국, 프랑스, 러시아.

이치 씨를 찾아가서 엄청나게 복잡한 이야기를 했지. 그러니까 나의 카드 빚과 이로 인한 자살 계획을 언급하며 꽤 상당한 금액을 빼냈는데, 내 마음에 들 리 없었지. 물론 나중에 나는 카드 빚을 졌다고 거짓 고백을 해야 했어. 살면서 카드를 손에 쥐어본 적도 없었는데 말이야.

특히 그가 나의 금장 시계를 훔친 것이 싫었어. 어느 여름날, 당시 야외 식당에서 개최한 대형 연회에서 벌어진 일이야. 식당 이름은 이제 기억나지 않는군. 많은 사람이 있었어. 에버의 사교 모임 사람들, 외국인 장교 두세 명, 인플레이션 시대•의 젊은 졸부들, 그리고 매우 과감한 옷을 입고 행동을 하던 이상한 여자들. 어쨌든 우리가 그곳에 왔으니 이러나저러나 마찬가지라는 생각보다 우리와 전혀 어울리지 않는 자리에 있다는 생각이 더 컸지. 상실감의 차원을 넘어 우리와 공유할 것이 하나도 없는 사람들 틈에 끼인 것이었어. 당시에는 그런 상실감을 나만이 아니라 부다페스트 전체가 느꼈던 터라 공기 중에서도 그런 감정이 감지됐어. 사람들에게는 엄청난 돈이 있었고, 그들은 그 돈이 쓸모없다는, 하루가 다르게 가치가 떨어진다는 것을 알고 있었지. 샹들리에처럼 재앙이 그들 위에 매달려 있는 듯했어.

세상의 종말과 같은 시기였지. 우리가 술을 마시려고 앉았

• 당시 헝가리는 지금도 세계경제사에 자주 언급될 정도로 극심한 하이퍼인플레이션을 겪었다.

을 때, 벌써 술에 취해 있었는지 아닌지는 기억나지 않아. 하지만 첫 순간부터 내가 술에 취해버린 것 같다는 기억은 어렴풋이 남아 있어. 터마시는 거의 마시지 않았지만, 그러한 종말적인 분위기가 그의 영혼과 너무나 잘 어울렸어. 그는 마치 그곳이 자기 집인 것처럼 사람들과 집시들 사이를 오갔지. 그날 밤, 나는 터마시와 많은 말을 나누었어. 말수는 적었으나 터마시의 말들은 끔찍할 정도로 감상적이었지. 그렇게 우리는 대화했고, 서로를 다시 완벽하게 이해했어. 그 상실의 시기에 다시 서로를 이해했던 거야. 그리고 이상하고 어린 여자들과도 말이 잘 통했어. 켈트인들, 그리고 '망자의 섬들'과 관련된 나의 가벼운 종교사적인 해석이 주로 내 곁에 앉아 있던 연극과 학생으로부터 생생한 반응을 끌어냈다고, 최소한 나는 그렇게 느끼고 있었지. 이후 나는 에버와 비스듬히 앉아 있게 되었어. 마치 이전의 가냘프고 눈이 컸던 10대 시절 이후의 그녀에 대해서는 알지도 못하는 사람처럼 그녀의 사랑을 청했어. 에버 또한 지극히 진지하게 나의 구애를 받아들였지. 눈부신 모습으로 말끝을 흐리면서 말이야.

동이 터오기 시작했을 때, 몸 상태가 아주 좋지 않았어. 잠시 후, 정신을 차리고 나서야 내 금장 시계가 사라진 것을 알게 되었지. 얼마나 놀랐던지 절망으로 혼이 빠진 듯했어. 금장 시계 하나를 잃어버렸다는 것이 그 자체로는 그렇게 불행한 일은 아닐 거야. 스무 살의 청년에게 세상에서 그 금장 시계만큼이나 값어치 있는 다른 물건은 없다고 할지라도 말이지. 하지만 그 스무 살의 청년이 새벽에 정신이 들어 누군가가 자신의 금장 시계를 훔쳤다는 것을 알았을 때, 그 상실감은 무언가 상징적인 중요성을 띨 수 있다는 것도 당신이 이해해줬으면 해. 그 시계는 아버지로부터 받은 것인데, 아버지는 무엇을 그렇게 선물하는 성격이 아니었어. 나의 유일한 귀중품이었고, 내가 소유하고 있다고 말할 수 있는 유일한 것이었어. 어쩌면 그것은 그냥 육중하고 특별하지도 않으며, 내가 그렇게 좋아하지 않는 거만한 소시민을 대변하는 그런 것이었지. 하지만 그것을 잃어버렸다는 사실, 상징적인 형태로 내 앞에 나타난 그 사실로 인해 나는 공포에 휩싸였어. 이제 나는 마침내 하층민으로 낙인찍혔다는 생각이 들었어. 그렇게도 저주하지만 언젠가 정신이 들어 다시 그 소시민의 세계로 돌아가고자 할 수도 있을 텐데, 바로 그러한 가능성을 강탈당했다고 생각했지.

비틀거리며 터마시에게 가서 누가 나의 금장 시계를 훔쳤다고, 경찰을 부르겠다고 했어. 그리고 우선 식당 문을 닫고 모든 손님을 수색해야 한다는 말을 주인에게 하겠노라 했지. 터마시는 특유의 방식으로 나를 달랬어.

'그럴 만한 가치가 없어. 그만해. 그래, 물론 누군가가 훔쳐 갔겠지. 너한테서 모든 것을 훔쳐 갈 거야. 너는 항상 희생자가 될 거고. 넌 그걸 좋아하잖아.'

놀란 눈으로 그를 쳐다봤어. 실제로 시계가 사라졌다는 것을 경찰에게도, 식당 주인에게도 알리지 않았어. 내가 터마시를 놀란 눈으로 쳐다보고 있는 동안, 갑자기 그 시계를 훔칠 수 있었던 사람은 세페트네키 야노시밖에 없다는 것을 분명하게 알게 되었어. 저녁에 옷 바꿔 입기 놀이를 했었는데, 장난으로 세페트네키와 내가 양복 상의와 넥타이를 바꿨었지. 그리고 양복을 돌려받았을 때, 아마도 거기에 내 시계는 이미 없었던 것 같아. 해명을 듣고자 세페트네키 야노시를 찾았지. 하지만 그는 벌써 그곳에 없었고, 다음 날도, 그다음 날도 글를 보지 못했어.

나흘째 되던 날, 나는 시계의 행방에 대해 더 이상 언급도 하지 않았어. 실제로 세페트네키가 시계를 가져갔다면, 아마 에버에게 돈이 필요해서 그랬을 것이라고 이해했어. 분명 에버가 인지한 상태에서 그것을 가져갔을 법했는데, 옷 바꿔 입기 놀이를 제안한 이가 에버였기 때문이지. 게다가 에버와 내가 둘이서 앉아 있었던 그 장면, 아마도 그건 사라진 시계에 대해 내가 금방 알아채지 못하게끔 그들이 만든 장치였으리라 생각했지. 그럴 수도 있겠다는 생각이 들었을 때, 이런 생각이 나를 사로잡았어. 에버를 위해 이 일을 꾸몄다면 잘된 것이라고 말이야. 이것 또한 그 연극, 울피우시 집에서 행했던 그 오래된 연극에 속하는 일이라고 여겼지.

그때부터 나는 에버를 사랑하게 되었어."

"하지만 지금까지 너무도 분명하게 당신은 한때라도 에버를 사랑한 적이 없었다고 부인했잖아." 에르지가 끼어들었다.

"물론 그 말도 사실이야. 에버에 대한 나의 감정을 표현하기에 더 좋은 것이 없어서 사랑이라고 한 것뿐이야. 그 감정은 내가 당신을 사랑하고, 당신 이전에 한두 명의 여자를 사랑했던 것과는 어떤 식으로도 비교할 수 없어. 화는 내지 말아줬으면 해. 어쨌든 그 감정은 분명 부정적인 것이야. 나는 당신이 나의 일부이기 때문에 사랑하지만, 그녀는 나의 일부가 아니었어. 내가 당신을 사랑한다는 것, 그것은 내게 자신감과 힘을 주지만 내가 그녀를 사랑했다는 것, 그것은 나 스스로를 경멸하게 했고, 나를 파괴시켰지……. 물론 단지 수사적이고 대조적인 표현일 뿐이지만. 당시에는 오래된 연극이 현실화되었다고, 나는 대단원에서 천천히 파멸해가는 것이라고 느꼈어. 그건 우리가 10대 시절에 했던 역할극에서처럼 에버를 통해, 그리고 에버 때문에 내가 파멸되고 있다는 느낌, 그것이었어."

자리에서 일어난 미하이는 마음을 가라앉히지 못한 채 방 안을 이리저리 걸어 다녔다. 그는 이제 자신에 대해 털어놓은 것을 후회하기 시작했다. 에르지에게, 낯선 한 여성에게…….

에르지가 말했다.

"앞서 당신은 그녀와 서로 너무나 잘 알고 있었기에 사랑에 필요한 간격이 없었다고 했어. 그래서 그녀와 사랑에 빠질 수 없었다는 투로 얘기했었잖아."

미하이는 생각했다. '좋아. 당신은 이해하지 못하는군. 당신의 원시적인 질투가 허락하는 만큼만 내 얘기를 이해하고 있어.'

"그 말은 잘 꺼냈어." 미하이는 평온을 되찾고 말을 이었다. "그 잊지 못할 밤까지 그 간격은 있지도 않았어. 우리가 한 명의 숙녀와 신사로서 그곳에 앉아 있었던 그때, 나는 에버가 이미 완전히 다른 여성, 내가 알지 못했던 멋지고 대단한 여성이라는 것을 알게 되었지. 그와 동시에 옛날의 에버였을 때에도 그랬듯이 그녀가 그 어디로도 사라질 수 없는 내 청춘의 병적이고 어두웠던 달콤함을 간직한 존재라는 것도 알게 되었어.

반면에 에버에게 나는 관심 밖이었어. 가끔 어렵사리 그녀를 볼 수는 있었으나, 그때도 그녀는 나에 대해 신경도 쓰지 않았지. 이미 그녀의 불안은 병적이었어. 진지한 구애자가 나타난 이후로는 특히 더 그랬지. 젊다고는 할 수 없지만 부유하고 유명한 골동품상 한 명이 몇 번 울피우시가의 그 늙은이, 그러니까 그녀의 아버지에게 들른 적이 있었어. 그 남자는 가끔 에버를 보기도 했는데, 그 후로는 오랫동안 그녀를 아내로 삼고자 했더랬지. 그녀의 아버지는 에버에게 어떠한 반대 의견도 수용하지 않는다고 못을 박았어. 에버가 자신의 슬하에서 벌써 충분할 정도로 자랐으니 시집을 가든지 죽어버리든지 하라는 거였지. 에버는 두 달간의 말미를 부탁했어. 그 구혼자도 이를 요청하자 그녀의 아버지는 승낙했지.

에버가 내 생각을 하지 않으면 않을수록 사랑이라는 말로는 아주 부족하지만 내가 사랑이라고 했던 그 감정이 내 마음속에서 커져만 갔어. 당시에 나는 절망에 대해 매우 독특한 경향을 가졌던 것 같아. 웃고 왁자지껄하게 바래다주는 누군가와 함께 그녀가 집에 오는 것을 보기 위해 밤에 그녀의 집 문 앞에서 서성거렸어. 공부도 등한시했지. 그녀가 제대로 거들떠보지도 않는 바보 같은 선물들을 사기 위해 가지고 있던 돈을 전부 날려버리기도 했어. 그녀를 만날 때면 입가에 침이 흐를 정도로 마음이 풀어졌고, 남자답지 못하게 굴었어. 이것이 나의 방식이었지. 그녀 때문에 내가 황폐해져야 한다는 그 고통, 그 행복한 수치심, 그리고 그녀는 나를 생각하지도 않는다는 그 사실. 그것이 이후에 느끼게 되었던 어떠한 기쁨보다 더 깊이 나의 심연에 똬리를 틀고 있다는 것을 인지했을 때, 나는 비로소 나의 삶을 살게 됐어. 과연 이것을 사랑이라고 할 수 있을까?"

'나는 왜 이 말을 하고 있는 거지? 왜 이 말을…… 또 술을 많이 마셨군. 하지만 한 번은 했어야 할 말이었어. 당신은 어쨌든 이해하지 못할 거야.'

"그 와중에 에버에게 주어진 유예 기간의 끝이 다가왔어. 울피우시가의 그들 아버지는 가끔 그들의 방에서 난리를 치고, 끔찍한 장면들을 연출했어. 그즈음 그 늙은이는 맨정신일 때가 없었지. 구애자도 희끗희끗한 머리에 용서를 구하는 미소를 띠고 나타났었어. 에버는 일주일의 말미를 더 달라고 했지. 터마시와 일주일 동안 평온하게 여행할 수 있도록 말이야. 결혼 전에 남매간의 마지막 가족 여행을 청한 거지. 그들은 여행에 필요한 비용도 어디에선가 마련했어.

실제로 그들은 할슈타트로 여행을 갔어. 늦가을이었는데, 그곳엔 그들 외에는 아무도 없었어. 이런 오래되고 역사적인 휴양지보다 죽음에 이르기 적합한 곳은 없었을 거야. 상당히 오래된 성이나 대성당은 전혀 현대식 건물이 아닌 데다 여기저기 무너져 내리고 있었지. 오래되었기에 자연스러웠어. 하지만 카페나 산책로처럼 일시적인 즐거움을 위해 지어진 장소가 세월의 무상함을 드러낸다면…… 그보다 더 끔찍한 것은 없을 거야."

"좋아. 계속 얘기해줘. 울피우시 남매에게 무슨 일이 일어났던 거지?" 에르지가 말했다.

"내가 주저하기도 하고 철학적인 이야기를 꺼내기도 한 이유는 이 시점부터 그들에게 무슨 일이 있었는지 모르기 때문이야. 더 이상은 그들을 볼 수 없었어. 울피우시 터마시는 할슈타트에서 음독자살했어. 이로써 자기가 원했던 것을 이룬 셈이지."

"에버는?"

"터마시의 죽음에 에버는 어떤 연관이 있었냐고? 아마도 아무 관여도 하지 않았을 거야. 모르겠어. 그녀는 더 이상 돌아오지 않았어. 사람들 얘기로는 터마시의 죽음 이후 고위급 외국 장교가 와서 그녀를 데려갔다고 하더군.

어쩌면 그녀를 만날 수도 있었어. 이후 몇 년간 한두 번의 기회가 있었지. 가끔 야노시가 나타나서는 어쩌면 자신이 에버를 만나도록 주선할 수도 있다고 애매하게 언급하곤 했어.

내가 어떤 식으로든 보상을 한다면, 기꺼이 만남을 주선하겠노라고 했지. 하지만 그때 나는 이미 에버와 만나고 싶지 않았어. 그래서 야노시가 오늘 낮에 그런 얘기를 했던 거야. 내가 손을 내밀기만 하면 됐는데 그러지 않았다고 말이야. 그렇게 나는 나 자신의 청춘과 결별했노라고, 스스로 그 원인을 제공했다고 말이야……. 그의 말이 맞아. 터마시가 죽었을 때 나는 미쳐버릴 것 같았어. 그리고 곧 결심했지. 변해야 한다고, 그 주문에서 벗어나야 한다고, 나는 터마시처럼 되기는 싫고, 평범한 사람이 될 것이라고 말이야. 대학을 그만두고 아버지의 일을 배웠어. 그 일을 더 잘하고자 외국으로 나갔지. 귀국한 다음에는 다른 사람처럼 되려고 노력했어.

울피우시가에 속한 모든 것이 파괴되었고, 남은 건 아무것도 없었어. 그 가게가 망했다고 생각하는 것은 괜한 게 아냐. 늙은 울피우시는 이후 오래 살지 못했지. 술에 취해 도시 외곽의 선술집에서 귀가하던 길에 폭행을 당해 숨졌어. 이미 그 전에 우리 아버지의 사업 파트너였던 문크라는 부자가 그 집을 인수했었지. 그 집에 한 번 갔던 적이 있는데, 끔찍했어……. 화려하게 치장했더군. 그러니까 실제보다 더 오래된 것으로 꾸며져 있었지. 뜰 중앙에는 원품(原品)의 피렌체식 우물이 있었어. 할아버지의 방은 참나무 판으로 된 고대 독일식 식당으로 바뀌었더군. 그리고 우리의 방…… 세상에, 그곳은 튤립 화분 상자들, 항아리 주전자들, 그리고 자질구레한 장식품들로 무슨 고대 헝가리식 식당이나 그와 비슷한 공간으로 치장을 해놓은 거야. 터마시의 방을 말이야! 덧없게도……. 맙소사, 너무 늦었군! 당신에게 한 번은 이야기해야 했었어. 화는 내지 마……. 제삼자의 입장에서 본다면 무척 바보 같은 이야기 같을 수도 있겠지만…… 자, 이제 잠자리에 들자.”

“미하이…… 울피우시 터마시가 어떻게 죽었는지 얘기해주겠다고 했잖아. 그것도 얘기하지 않았고, 그가 왜 죽었는지도 말하지 않았어.”

“그가 어떻게 죽었는지는 나도 모르기에 말하지 않았어. 그리고 그가 왜 죽었냐고? 음, 글쎄, 아마 삶이 무료해서 그러지 않았을까. 안 그래?”

“아니야, 어쨌든 오늘은 잠자리에 들자. 벌써 너무 늦었어.”

5

피렌체에서는 운이 없었다. 머무는 내내 비가 내렸다. 대성당 앞에서 비옷을 입은 채 서성이다가 갑자기 미하이는 크게 웃음을 터뜨렸다. 별안간 대성당의 그 모든 비극을 이해하게 된 것이다. 여기, 견줄 데 없는 대성당의 아름다움 속에 우뚝 솟은 돔. 하지만 이를 진지하게 받아들이는 이는 아무도 없다. 대성당은 관광과 예술사적 명소가 되었으나 그 누구도 하느님과 이 도시의 영광을 선포하기 위해 대성당이 여기에 있다고 생각하지 않으며, 이제는 누구도 믿지 않는다.

그들은 소나기가 뽐내듯 빠른 속도로 산들을 헤치고 성큼성큼 몰려오는 풍광을 보기 위해 서둘러 피에솔레로 올라가서 그 광경을 보았다. 그리고 쫓기듯 비를 피해 수도원으로 들어갔다. 동양의 낡은 물건들과 수 세기에 걸친 경건한 이들의 선교 활동과 관련된 것들이 많았다. 미하이는 중국의 연작 그림들에 꽤 오랫동안 매혹되었는데, 약간의 시간이 흐른 뒤에야 그것들이 무엇을 묘사하는지 알 수 있었다. 모든 그림의 윗부분에는 화를 내고 있는 무서운 중국의 상제(上帝)•가 있었다. 상제 앞에는 큰 책이 한 권 놓여 있었다. 양쪽 관자놀이 위로 치켜올린 머리칼이 섬뜩했는데, 이것이 상제의 얼굴을 더욱 소름 끼치게 만들었다. 반면 그림들의 아래쪽에는 무시무시한 사건들이 펼쳐지고 있었다. 갈퀴로 사람들을 찍어서 불쾌한 액체에 던져 넣었고, 그중 일부의 다리에는 톱질이 가해지고 있었다. 밧줄 같은 누군가의 내장이 조심스레 꺼내지고 있었다. 그리고 구레나룻을 빗어 올린 괴물이 자동차 같은 기구를 몰고 군중을 향해 내달렸으며, 그 기구 앞에 자리한 푸주 칼들이 빙글빙글 돌며 사람들을 도륙하고 있었다.

미하이는 이것이 중국 기독교인의 눈으로 본 최후의 심판이라는 것을 알아챘다. 그 얼마나 전문적이고 객관적으로 묘사한 작품인가!

• 중국에 가톨릭교가 처음 도래했을 때 하느님을 이르던 말.

현기증이 난 그는 바깥 공터로 나왔다. 볼로냐에서 피렌체로 이동하며 기차에서 본 풍경은 장관이었다. 하지만 지금은 울다가 화장이 지워진 여인처럼 흠뻑 젖어 있기에 눈에 거슬렸다.

산에서 내려온 후, 미하이는 우체국으로 향했다. 베네치아를 떠날 때 이곳 우체국으로 우편물이 도착하게끔 미리 조치해두었던 것이다. 자신 앞으로 온 봉투에 적혀 있는 글씨체를 그는 알아보았다. 에르지의 첫 남편인 퍼터키 졸탄의 글씨체였다. 어쩌면 에르지가 몰라도 될 내용이라는 생각이 들었기에 편지를 들고 카페의 테라스로 가서 앉았다. 이것이 남자들의 연대라는 생각에 미소가 떠올랐다.

편지에는 이렇게 적혀 있었다.

미하이에게

내 아내를 '유혹해서 달아나게 한' 후, 자네에게 친근한 장문의 편지를 쓰는 것이 조금은 역겨운 일이라고 생각하네. 하지만 자네는 관습에 얽매인 사람이 아니니 아마 이 편지에 짜증 내지 않을 걸세. 자네는 나를 항상 조로(早老)의 순응주의자라고 불렀음에도 나 역시 우리의 행동을 지배하는 규정들에는 관심도 두지 않았었네. 편지를 보내지 않으면 안정이 되지 않을 것 같아 자네에게 적고 있네. 솔직히 말해서 자네에게 왜 편지를 쓰면 안 되는지 그 이유를 모르겠기에 이렇게 쓰고 있네. 이로써 내가 자네에게 화가 나 있지 않다는 것을 우리 둘에게 분명히 해둘 수 있으니 말일세. 사람들 앞에서는 우리가 체면을 지켰으면 하네. 에르지의 자존심을 생각한다면 우리가 그녀 때문에 불구대천의 원수지간이 되었다는 낭만적인 설정이 분명 더 잘 어울릴 것일세. 하지만 미하이, 우리 사이에 하는 말이지만 나는 항상 자네를 높이 평가해왔다네. 자네가 나의 아내를 유혹해서 달아났다는 사실에도 자네에 대한 이러한 평가가 바뀌지 않는다는 것을 자네도 잘 알고 있을 걸세. 자네의 그 '행위'가 나를 완전히 파괴하지는 않은 것 같네. 왜냐하면 지금도 내가 에르지를 얼마나 사랑하고 있는지 자네 앞에서는 부정할 필요도 없기 때문이네. 당연한 말이겠지만 이것은 우리 둘만 알았으면 하네. 그렇다고 자네가 이 문제에 대해 뭘 할 수도 없다는 것을 나 역시 분명히 알고 있네. 화를 내지는 말게나. 평소에도 자네는 이 세상에서 할 수 있는 것이 있다고 생각하지는 않았으니 말일세.

그리고 바로 이 때문에 자네에게 글을 적는 것일세. 솔직히 말해서 에르지가 조금은 걱정되네. 자네도 알다시피 나는 오랫동안 에르지를 돌보았고, 보호자로서 그녀에게 눈을 떼지 않았으며, 그녀에게 필요한 모든 것을 책임졌었네. 보통은 필요로 하지 않는 것들까지 제공하는 데 익숙해졌었네. 말하자면 그녀가 외출할 때 따뜻하게 차려입었는지 하는 것까지 말일세. 지금, 이러한 걱정들이 하룻밤 사이에 없어질 것 같지는 않네. 그 걱정이 바로 에르지와 그토록 밀접하게 연결되어 있다는 걸 말해주네. 자네에게 털어놓겠네만, 얼마 전에 바보 같은 꿈을 꿨었네. 꿈에서 에르지가 창문 너머로 고개를 저만치 내어놓았네. 내가 그녀를 잡지 않으면 떨어질 상황이었네. 그때 떠오른 생각은, 만약 에르지가 창문에서 머리를 그 정도로 멀리 내민다면, 과연 자네가 그것을 알아챌 수 있을까 하는 것이었네. 자네는 방심할 때도 많고, 자네 자신의 일에 골몰하는 성격이잖나. 이 때문에 특히 자네가 신경을 써야 할 몇 가지 사항에 대해 알려야겠다고 생각했네. 떠오르는 대로 메모지에 적어봤네. 화는 내지 않았으면 하네. 하지만 자네보다 내가 훨씬 더 오래 에르지를 알고 있다는 것은 부정할 수 없는 사실이네. 그리고 그 사실이 내게 일정 정도 권한을 주는 것일세.

1. 에르지가 먹는지 살펴보게. 에르지는(아마 자네도 벌써 알겠지만) 살이 찌는 것에 매우 큰 공포감이 있네. 그 공포는 가끔 그녀를 공황 상태에 빠뜨리는데, 그럴 때면 며칠 동안이나 먹지 않곤 한다네. 이후 이어지는 심각한 복통은 그녀의 신경에 해를 끼친다네. 다행히도 자네는 식성이 좋으니 아마 그로써 그녀에게 먹어야 한다는 생각을 전할 수도 있을 걸세. 유감스럽게도 나이 든 나는 위장병이 있어서 이를 모범적으로 수행할 수 없었지만 말일세.

2. 네일리스트 여자들을 조심하게. 여행 중에 에르지가 네일리스트를 찾으면, 자네가 그런 여성을 직접 알아보고, 최고

의 서비스를 제공하는 네일리스트를 선택하게. 호텔 프런트에 정보를 요청하게나. 에르지는 그것에 매우 민감하고, 네일리스트의 서투른 솜씨 때문에 손가락이 곪은 적이 이미 여러 차례나 있었네. 그것은 자네도 분명 원하는 바가 아닐 테니 말일세.

3. 에르지가 일찍 일어나도록 하지 말게. 여행 중에 그렇게 하고픈 유혹이 강렬하다는 것은 알고 있네. 에르지와 내가 마지막으로 이탈리아를 여행했을 때, 도시들 사이를 운행하던 이탈리아 버스들이 일찍 출발하기에 나도 이 잘못을 저지르고 말았었네. 그 몹쓸 놈의 버스들은 포기하게나. 에르지는 늦게 잠자리에 들고 늦게 일어나네. 일찍 기상하는 것은 그녀에게 매우 좋지 않네. 그럴 때면 며칠 동안 잠에 취해 있기도 하네.

4. 스캄피나 갑각류 해산물, 또는 다른 기괴한 해산물에는 알레르기가 있으니 그녀가 먹지 않도록 하게.

5. 이것은 매우 민감한 문제라서 어떻게 써야 할지 나도 모르겠네. 아마 자네도 동의한다는 전제에서만 필요한 말인 것 같네. 자네처럼 관념적이고 철학적인 성향의 사람이 이런 것, 그러니까 가늠할 수 없는 여자의 기질적인 연약함과 특정한 신체적인 현상들이 여성을 얼마나 지배하고 있는가에 대해 익숙해질 수 있을지 모르겠네. 에르지의 '그날'을 잘 기억해 뒀으면 하네. '그날'이 시작되기 일주일 전에는 최대한 관대하게 대하고 끝까지 인내심을 가지게나. 그즈음에 에르지는

종잡을 수 없게 되네. 그녀는 싸움거리를 찾을 걸세. 실제로 다툼이 벌어지면, 그녀의 분노를 잠재우는 것이 가장 현명할 것이네. 진지하게 다투지는 말게. 단지 하나의 생리적인 과정 또는 그와 관련된 것이라고 생각하게나. 그런 일에 매달리지 말고, 나중에 후회할 말을 하지 말게. 무엇보다 에르지가 그런 말을 하지 않도록 하게. 그녀는 나중에 매우 후회하고, 그것은 그녀의 신경에도 악영향을 끼치기 때문이네.

화를 내지는 말게. 이것들은 그저 제일 중요한 것들이며, 아직 자네가 주의해야 할 천 가지 작은 일에 대해 써야 하지만 머리에 떠오르지 않는구먼. 나는 상상력이 부족하잖은가. 아니라고 하면서도 나는 매우 걱정되네. 내가 에르지를 알고 있기 때문만은 아니고, 그보다는 자네를 알고 있기 때문이라는 점이 걱정의 이유네. 오해는 하지 말아줬으면 하네. 만약 내가 여자라고 해도 둘 중 한 명을 선택해야 했다면, 나는 주저 없이 자네를 선택했을 것이네. 에르지는 분명 자네 속의 그러한 것, 있는 그대로의 자네, 그 누구에게도, 그 무엇에도 얽매이지 않고 끝없이 멀리 떨어져 있는 관념적인 자네, 그리고 스쳐 지나가는 것 같은, 이 땅에서 화성인과 같은 자네의 모습을 좋아하는 것일세. 어떤 경우에도 분명한 소견을 밝히지 않고, 그 누구에게도 진지하게 화를 낼 줄 모르며, 다른 사람들이 이야기하는 것에 관심을 기울이지도 않고, 그보다는 가끔, 마치 자신도 사람이라는 존재라고 알리기라도 하듯 선의와 예의로 행동하는 자네의 모든 것이 매우 아름답다고 나는 말하고 싶네. 그리고 내가 여자라고 해도 나 또한 이 모든 것을 매우 높이 평가하겠네. 단지 내가 걱정하는 것은, 그럼에도 지금 자네는 에르지의 남편이기도 하다는 것일세. 그리고 에르지는 자신의 남편이 모든 면에서 자신을 돌봐주는 것에 익숙하다는 사실이네. 바람이 불 때조차 그녀가 어떤 것에도 염려하지 않게끔 그녀의 정신적이고 심적인 것에만 신경을 써줄 수 있는 그런 사람이 그녀에게는 필요하네. 그리고 마지막 순서로 거론한다고 중요하지 않은 것은 아닌, 그녀의 육체를 소중히 여겨줄 남편의 보살핌이 그녀에게 필요하다네. 가정에서도 그렇게 교육을 받았던바 그녀의 호사스러운 성향도 나는 높이 평가했었네. 그녀의 아버지와 내가 조심스럽게 그녀 앞에서 숨겼던 물질적인 현실을 나중에 자네 옆에서 그녀가 직면해야만 하는 것은 아닌지 모르겠네.

여기서 또 하나의 민감한 문제를 건드려야 할 것 같네. 자네가 근무하고 있는 회사의 소유자인 친애하는 자네 아버님께서는 재력이 충분하며, 자네 아내는 그 어떤 부족함도 겪지 않으리라는 것을 잘 알고 있네. 그럼에도 내게 가끔 불안감이 엄습하는 이유는 에르지가 얼마나 응석받이로 컸는지 알고 있고, 자네 같은 관념적인 사람은 에르지의 요구를 제대로 고려하지 못한다는 것이 두렵기 때문이네. 자네 자신은 친절한 데다 보헤미안처럼 집착이 없는 성격이며, 에르지가 익숙한 것과는 다른 생활수준에서 항상 매우 건실한 삶을 영위해왔다는 것을 알고 있네. 하지만 이제 자네들 중 한 명은 다른 한 명의 생활수준에 맞춰야만 하네. 만약 에르지가 자네에게 맞춘다면, 그녀는 과거의 환경과 조우하게 되며, 그 순간 자신이 격하되었다고 느낄 것이네. 그 때문에 아마도 머지않아 그녀 스스로 파멸에 이르게 될 걸세. 내가 알기로 이탈리아에서 에르지의 여자 친구 한 명을 만날 수 있을 텐데, 특급 호텔이 아닌 곳에서 자네들이 머물고 있다는 소리를 들으면 아마 자네들을 상대하지도 않을 걸세. 또 다른 가능성은 자네가 에르지의 기준에 맞추는 것이네. 그리고 그것은 조만간 재정적인 문제들을 야기할 걸세. 화를 내지는 말게나. 내가 관념적인 자네보다 자네 회사의 부채 상환 능력을 더 잘 알고 있기 때문이네. 게다가 자네는 네 명의 형제가 있고, 친애하는 자네 아버님은 조금 보수적인 데다 지극히 엄격한 소견을 지닌 신사분이며, 수익을 재투자하기보다는 저축을 신봉하는 분이잖나……. 그러니까 간단히 말하자면, 자네는 에르지가 익숙한 생활수준을 유지할 수 있는 그런 상황에 있지 않다는 것이네. 하지만 그녀에게 모든 것이 갖춰져 있는지가 내게는 매우 중요하네. 어떻게든 나는 준비가 되어 있으며, 장기 융자 형태로도 가능하니 필요한 경우에는 말하게나. 부탁하건대 나쁘게 생각하지는 말아줬으면 하네. 솔직히 말하자면 나는 기꺼이, 지속적으로 매달 일정 금액을 지불하고 싶으나 이는 뻔뻔한 짓이라 여겨지네. 어쨌든 필요할 때면 언제든지 나를 찾기만 해달라는 이 말만큼은 자네에게 해야 한다고 생각했다네.

화를 내지는 말게나. 나는 단순한 사업가일 뿐이고, 이 일에 개인적인 다른 의도는 없네. 돈을 벌고자 하는 것이며, 사업 관계를 다행으로 여기고, 철저하게 이를 수행할 것이네. 내 마음에 드는 사람들에게 돈을 빌려주는 것이 합당하다고 생각하는데, 자네 생각은 어떤가?

그러니 불쾌해하지 않기를 다시 한번 바라네. 즐거운 시간을 보내길 바라네.

사랑과 진정한 존경의 마음으로

졸탄

졸탄의 편지는 미하이의 심연에 있던 무언가를 끄집어냈다. 남자답지 못한 퍼터키의 선한 제안은 매우 구역질 나는 것이었다. 실제로 선한 것도 아니었다. 하지만 선하다는 것에 대해 미하이가 무슨 대단한 생각을 가진 것도 아니었기에 만약 선한 제안이라 하더라도 그가 그렇게 공감할 만한 것은 아니었다. 게다가 예의를 차리는 척하기란! 퍼터키가 대단한 부자라고 한들 그것은 소용없는 일이고, 그는 단지 장사꾼일 뿐이었다.

이 모든 것은 퍼터키 졸탄 자신의 일이다. 그에게 진정 수치스럽게 행동한 에르지를 그가 여전히 사랑하는 것도 그의 문제다. 하지만 미하이를 화나게 만든 것은 이 점이 아니라 미하이와 에르지에 대해 쓴 부분이었다.

우선은 재정적인 부분이었다. 어쩌면 미하이에게 경제적인 감각이 부족했기에 그는 더할 나위 없이 '경제적인 필요성'을 존중했다. 만약 누군가 그에게 '재정적인 문제로 나는 이렇게 저렇게 행동할 수밖에 없다'라고 한다면 미하이는 즉시 아무 말도 하지 않고, 이 말을 한 사람의 비열함이 드러난 것이라고 여겼다. 경제적인 감각이 부족하다는 바로 그 점이 자신을 불안하게 했다. 벌써 이전에도 그런 일들이 있곤 했다. 하지만 에르지는 항상 이를 농담으로 치부했다. 부유한 사람의 아내가 되기 전 에르지는 경제적으로 매우 좋지 않았으며, 지금은 중산층인 자신의 아내다. 그녀의 경제적 상황이 다시 과거로 돌아간다면, 이는 조만간 그녀 자신을 파멸로 이끌 것이다. 경제적인 측면에서 냉정하게 볼 줄 아는 퍼터키 졸탄은 이를 여지없이 파악했다.

벌써 신혼여행 중에 있었던 몇 가지 일이 갑자기 떠올랐다. 그 일들은 두 사람의 생활수준의 차이를 극명하게 보여주었다. 멀리 갈 필요도 없이 여기, 지금 그들이 묵었던 호텔을 봐도 그러했다. 베네치아와 라벤나에서 에르지가 미하이보다 얼마나 더 이탈리아어를 잘하고, 또 얼마나 능숙하게 호텔 직원들을 다루었던지! 소심한 미하이를 놀랬던 그 호텔 직원들을 말이다. 이후 그는 호텔뿐 아니라 소소한 일들은 모두 에르지에게 맡겼다. 에르지는 주저하지 않고 아르노 강변의 오래된, 하지만 매우 비싸고 작은 호텔의 방 하나를 예약했다. 선택의 이유는 피렌체를 방문하는 사람은 반드시 아르노 강변에 묵어야 한다는 것 때문이었다. 미하이는 계산에 게을러서 대략적으로만 알고 있을 뿐이었지만 그 방의 가격은 이탈리아 체류 비용으로 예정한 총액을 고려했을 때 적절하지 않았다. 베네치아의 호텔보다 훨씬 비싼 가격이었다. 이것은 검소함에 익숙한 미하이의 마음에 순간적으로 자극을 주었다. 그러나 그는 이 소심한 감정을 불쾌한 것으로 여기곤 떨쳐냈다. '우리는 드디어 신혼여행을 떠난 거야'라고 자신에게 말하며, 더 이상 마음에 담아두지 않았다. 하지만 퍼터키의 편지를 읽은 지금, 이 또한 하나의 예후처럼 다시 떠올랐다.

가장 큰 문제는 재정적인 것이 아닌 도덕적인 것이었다……. 미하이는 6개월 동안의 고통스러운 숙고 후, 벌써 1년 동안이나 사귀고 있던 에르지를 그 사람과 헤어지게 하고, 그녀와 결혼하기로 결심했다. '모든 것을 바꾸기' 위해, 그리고 진지한 결혼을 통해 마침내 어른스러운, 또는 엄숙한 사람의 대열에 자신도 합류하기 위해 내린 결정이었다. 그리고 예를 들면, 바로 이러한 퍼터키 졸탄과 동급의 사람이 되기 위한 결심이기도 했다. 바로 이 때문에 그는 사력을 다해 좋은 남편이 되고자 했다. 에르지가 자신을 위해 그 좋은 남편을 버렸다고 생각하지 않도록 해주고 싶었다. 특히 사춘기 시절 이래로 '있었던 모든 것'을 바꾸고자 했다. 하지만 지금 퍼터키의 편지는 그가 결심했던 것들이 절망적이라는 것을 확인시켜 주었다. 신의를 저버리고 멀리 떠난 아내에게조차 그 먼 공간을 넘어, 더 많은 걱정과 배려로써 보호할 줄 아는 퍼터키 졸탄 같은 좋은 남편이 그는 결코 될 수 없었다. 미하이는 여기에 그녀와 함께 있음에도 보호자의 역할에는 얼마나 소홀했던지……. 에르지가 이탈리아어를 더 잘한다는 속이 빤히 들여다보이는 핑계로 그는 호텔과 다른 소소한 일들마저 에르지에게 떠넘겼다.

미하이는 생각했다. '나는 매우 관념적이고 나 자신의 일에만 골몰한다는 퍼터키의 말은 아마도 사실인 것 같아. 물론 인간을 한마디로 정의할 수는 없기에 너무 단순화한 것이라고 할 수도 있어. 하지만 나는 세상일에 매우 서투르고, 그것에 맞지도 않아. 나는 한 명의 아내가 안심하고 모든 것을 의지할 수 있는 그런 사람은 절대 아니야. 에르지는 모든 것을 누군가에게 전부 내맡기고 싶어 하고, 자신이 누군가에게 조건 없이 속한다는 것을 스스로 확인받고 싶어 해. 응석이나 부리는 그런 여자들이 아닌, 좋아하는 사람의 아이가 되고 싶어 하는 여자 중 한 명이지. 아마 그래서 아이를 낳지 않았을 거야. 맙소사, 아버지의 역할을 하는 것보다 차라리 장군이 되는 것이 더 쉽다고 생각하는 내 곁에서 조만간 그녀는 얼마나 불행해질까? 여러 가지 중에서도 이런 인성이 나에게는 절대적으로 부족하잖아. 시중을 드는 직원이라 하더라도 누군가가 나만 바라보는 것은 참을 수 없어. 어렸을 때도 그래서 나 혼자 모든 것을 하고는 했지. 나는 책임감을 견딜 수 없어 하고, 내게 무언가를 기대하는 사람들을 철저히 증오하잖아.

미친 짓이야. 에르지에게 이 모든 것은 미친 짓이야. 백 명 중에서 그 어떤 아흔아홉 명과 만났어도 그녀에게는 나보다 더 나았을 거야. 모두 평범하고 일상적인 사람들, 나보다 좋은 남편이 되었을 거야. 지금, 내가 아닌 철저히 그녀의 관점에서 나는 보고 있어. 왜 결혼하기 전에 이 모든 것을 생각하지 못했을까? 그토록 현명한 에르지가 어떻게 더 올바른 판단을 하지 못했을까?'

물론 에르지는 그런 생각을 할 수 없었다. 그녀는 미하이와 사랑에 빠졌기에 그를 상대로는 현명하지 못했고, 그의 문제점들을 그때에도, 지금까지도 인식조차 못 하는 듯했다. 그러나 이것은 단지 감정의 장난일 뿐이다. 에르지는 퍼터키에게서는 그런 사랑을 찾지 못했다. 그녀는 원초적이고, 억제되지 않는 식욕을 지닌 듯이 사랑의 행복한 감정을 마구 채우고자 했다. 그러나 그러한 관능적인 열정이 그리 오래 지속되는 경우는 드물기에 언젠가는 포만감을 느낄 것이다…….

미하이가 한참을 방황한 후 호텔로 되돌아왔을 때, 그때는 벌써 에르지가 언젠가 자신을 떠날 것이라는 생각을 떨쳐버릴 수 없었다. 끔찍한 위기와 고통, 남자들과 관련된 추문, 그리고 말 그대로 '그의 이름에 먹칠'까지 하면서 말이다. 떨쳐버릴 수 없는 그 생각이 어느 정도는 진정되었다. 저녁 식사를 하기 위해 앉았을 때, 그는 과거의 에르지, 그 에르지의 멋진 한 조각을 보듯 그녀를 쳐다보았다. 그리고 내밀하고도 격한 감정에 사로잡혔다. 미하이의 마음속에서 과거와 현재는 서로 항상 색깔을 입히고, 맛을 내며, 독특한 놀이를 하곤 했다. 그는 과거의 한 지점으로 돌아가서 그때의 시점으로 현재의 삶을 재구성하는 상상을 즐겼다. 예를 들자면, 열여섯 살에 여기에 와 있다면, 나는 피렌체에 대해 뭐라고 할까? 이런 시간 이동은 현재의 순간에 줄곧 풍부한 감정을 부여했다. 현재로부터 출발해 과거를 만드는 것, 또 그 반대도 가능했다. 내가 한때 에르지와 피렌체에 있었다는 것이 10년 후에는 얼마나 멋진 추억이 될까……. 그 추억의 실체는 무엇이 될 것이며 지금은 짐작조차 하지 못하는 그 감정을 예인하는 것은 또 무엇이 될까?

미하이는 대단한 음식들을 시키고 비싼 와인을 주문하는 것으로 축제의 감정을 표현했다. 에르지는 그를 알았기에 성대한 저녁 식사는 고조된 기분을 의미한다는 것을 눈치채고, 상황에 맞추고자 했다. 와인보다도 역사와 관련한 연상들에 미하이가 더욱더 즐거운 마음으로 열광한다는 것을 그녀는 알고 있었다. 냉담한 미하이를 자극하는 것은 이 주제가 유일했다. 그의 생각을 역사 쪽으로 이끌고자 피렌체의 역사와 관련된 문제를 한두 개 제기하며 그녀는 대화를 능숙하게 이끌었다. 미하이는 실제로 열정적이고 다채롭지만 신뢰하기 힘든 자료들을 통한 설명을 전해주었다. 나중에는 반짝이는 눈으로 토스카나라는 단어 자체가 자신에게 무엇을 의미하는지, 얼마나 큰 기적과 황홀함을 의미하는지에 대해 설명했다. 토스카나의 땅 단 한 조각도 역사적인 군대들과 황제들, 그리고 대단한 복장을 한 프랑스군들에 의해 짓밟히지 않은 곳이 없었기 때문이다. 그리고 이곳에서는 모든 소로(小路)가 무언가 매우 중요한 곳으로 이어지고, 피렌체의 길 하나는 헝가리의 일곱 개 도(道)보다 더 많은 역사를 담고 있기 때문이었다.

에르지는 그의 이야기를 들으며 도취되고 있었다. 토스카나의 역사에는 실로 한순간도 관심이 가지 않았으나 이렇게 열성적인 미하이의 모습을 그녀는 매우 좋아했다. 바로 이럴 때, 역사적인 환상 속에 있는 그를 좋아했다. '지금 여기'의 인간들의 세상으로부터 가장 먼 곳을 다니고 있을 때, 미하이는 냉담에서 벗어났고, 그 또한 한 사람의 인간 같았다. 에르지의 마음속에서 그 감정의 전이는 금방 더욱 강렬한 감정으로 옮아갔고, 기쁜 마음으로 이 저녁이 아마도 그렇게 지속될 것이라 생각했다. 그도 그럴 것이 전날 저녁에 미하이의 기분은 좋지 않았고, 그는 눕자마자 잠이 들어버렸거나 최소한 그런 척을 했기 때문이었다.

역사를 매개로 달아오른 미하이의 기분. 그것을 자신에게로 돌리는 것이 얼마나 쉬운 일인지 에르지는 알고 있었다. 미하이의 손에 자신의 손을 얹고 강렬하게 그의 눈을 쳐다보면 그것으로 충분했다. 자신을 향해 갑자기 터져 나온 에르지의 사랑에 미하이는 토스카나를 잊어버렸다. 와인으로 붉어진 그의 얼굴은 백지장처럼 창백해졌다. 그리고 마치 지금 처음으로 에르지의 사랑을 얻기 위해 애쓰는 사람처럼 그녀에게 감미로운 말들을 건네며 사랑을 갈구했다.

'얼마나 특별해!' 에르지는 생각했다. '가까이 지낸 지가 1년이 넘었지만 마치 내가 듣고 있는지 확신하지 못하는 듯한, 그런 불안한 내적인 목소리로 여전히 나에게 구애를 하고 있어. 더군다나 그는 욕망이 커질수록 더욱 거리를 두고, 더 정중하게 예의를 갖춰 말하잖아. 적절한 존경심을 표함으로써 어느 정도는 자신의 욕망을 장식할 줄 아는 사람. 가장 큰 친밀감의 표현인 신체적인 접근으로도 그를 더 가까이 둘 수는 없어. 우리 사이에서 거리감을 느낄 때에만 그는 나를 사랑할 수 있을 거야.'

그랬다. 미하이의 구애와 감미로운 말은 지금의 에르지가 아니라 저 멀리 있는 미래의 에르지를 향한 것이었다. 나중에 그를 떠날, 그리고 벌써부터 하나의 멋진 기억으로 그의 마음속에 간직된 에르지, 그때 미하이가 생각했던 에르지는 바로 그 에르지였다. 마음속에서 이 분위기를 간직하고자 그는 저 미래에 있을 그녀와의 추억과 역사로서의 에르지와 함께 있는 것이다. 미하이는 이것을 스스로에게 각인시키고자 그 많은 와인을 마셨던 것이다.

가끔 에르지도 와인을 들이켰다. 그녀는 와인에 쉽게 취하곤 했는데, 그럴 때면 목소리가 커졌고, 쾌활하면서도 매우 성마르게 변했다. 결혼 전에는 미하이가 있는 데서, 공개된 장소에서 이렇듯 자유롭게 행동했던 적이 거의 없었다. 그래서 미하이에게는 이런 에르지의 모습이 더욱 색달랐다. 그는 에르지가 지금 무척이나 매력적이라고 생각했고, 둘은 자리를 파하고 서둘러 방으로 올라갔다.

그때까지 보지 못했던 새로운 에르지, 동시에 미래에서 본 역사 속의, 추억의 에르지이기도 했던 그날 밤. 퍼터키 졸탄의 편지, 그리고 울피우시가의 남매 곁을 맴돌던 기억이 미하이를 깊이 흔들었던 그날 밤. 그는 오래전의 맹세를 잊고서 에르지로부터 항상 멀리 떼어놓고 싶어 했던 그것을 결혼 생활에 옮겨놓았다. 사춘기 시절, 젊은 청년들과 순수한 소녀들 사이에서 유행하는 사랑의 방식을 보면, 직접적이지 않으면서도 그 어떤 책임도 없이 유희를 즐긴다는 것을 우리는 알고 있다. 미하이처럼, 진지하고 거의 '공식적인' 성격의 즐거움보다 그 책임감 없는 희열을 더 좋아하는 사람들이 있다. 하지만 그는 청소년이라는, 10대의 속박에 대해 분명히 알고 있었기에 스스로 이러한 경향에 관해 말할 수 없을 정도로 부끄러워했다. 실제로 그는 결심한 바 있었다. 에르지와 진지한 어른의 사랑이라고 할 수 있는 친밀한 관계에 이르게 될 때, 그녀와는 참된 두 사람의 사랑에 어울리게끔 어른으로서, 사회적으로 인정된 사랑의 방식으로서 관계를 맺겠다고 결심했던 것이다.

피렌체의 이 밤이 미하이에게는 처음이자 유일한 예외였다. 에르지는 조금은 놀란 채, 하지만 기꺼이 그를 받아들였고 전에 없던 미하이의 부드러움에 화답했다. 그럼에도 그녀는 이를 이해하지 못했고, 이후에 미하이가 지독한 우울에 빠진 것과 부끄러워하는 것 또한 이해하지 못했다.

"왜? 너무 좋았어. 당신을 사랑하는데 왜 그래?" 에르지가 물었다.

그리고 에르지는 잠이 들었다. 아주 오랫동안 잠들지 못하는 사람, 그 사람은 이제 미하이였다. 최종적으로, 그리고 실제적으로 결혼이 파국과 붕괴에 이르렀다고 미하이는 생각했다. 결혼을 통해서도 자신은 어른이 될 수 없다는 것을 인정했다. 가장 소름 돋는 사실은 지금보다 에르지가 자신에게 더 큰 희열을 준 적이 없었다는 것이다. 하지만 그녀가 성인으로서, 열정적인 연인으로서 지금 사랑을 나눈 에르지가 아닌, 어쩌면 봄날의 나들이를 하고 있는 철없는 소녀로서의 에르지라는 사실을 그는 알아야만 했다.

그 생각이 들자 미하이는 침대에서 일어났다. 에르지가 잠든 것을 확인하고는 그녀의 핸드백이 있던 화장대로 발걸음을 옮겼다. 계산을 맡은 사람은 에르지였기에 그녀의 핸드백 안에서 수표들을 찾았다. 국립은행에서 발행한 두 개의 리라 수표를 발견했다. 둘 다 같은 금액이 기재되어 있었다. 하나는 그의 이름으로, 하나는 에르지의 이름으로 발행된 수표였다. 그는 자신의 수표를 빼냈다. 그러고는 그 자리에 수표 모양의 종이를 살며시 밀어 넣었다. 빼낸 수표를 조심스럽게 그의 지갑에 넣은 후, 다시 잠자리에 들었다.

6

다음 날 아침, 그들은 로마로 향했다. 기차는 피렌체를 빠져나와 봄의 언덕 사이로 펼쳐진 초록빛 토스카나의 풍경 속을 천천히 달리고 있었다. 기차는 역마다 십 분간 정차했다. 기차가 정차할 때, 탑승객들은 기차에서 내려 웃고 떠들어댔다. 차량이 다시 출발 준비를 하자 그들은 남국 사람들의 여유를 뽐내며 제각각 되돌아와 자리에 앉았다.

미하이가 말했다. "저기를 봐. 다른 나라의 차창에서 보는 것보다 여기 차창에서 훨씬 더 많은 것이 보이는군. 어찌 된 영문인지는 모르겠지만, 이곳 지평선이 더 넓거나 사물들이 더 작은 것 같아. 장담하건대 이곳에서는 다섯 배나 더 많은 마을, 도시, 숲, 강, 하늘, 구름을 볼 수 있어. 오스트리아의 차창에서 보는 것과 비교해서 말이야."

"맞아." 에르지가 말했다. 그녀는 졸렸고, 미하이의 이탈리아 예찬에 짜증이 났다. "그래도 오스트리아가 더 멋져. 거기로 갔어야 했는데."

미하이가 외쳤다. "오스트리아로?" 대화를 지속할 수 없을 정도로 기분이 상했다.

"당신 여권이나 잘 챙겨. 또 잊고서는 바깥에 있던 테이블에 두고 갔더군." 에르지가 말했다.

기차는 코르토나에서 멈추었다. 그 낮은 산악 마을을 보자 미하이는 언젠가 이런 광경을 여러 번 본 듯했다. 그리고 지금 다시 그때의 행복을 즐기고 있는 듯한 기분이 들었다.

"왠지 청년 시절의 일부를 산악 마을들에서 보낸 것 같아. 왜일까?"

에르지는 아무 대답도 하지 않았다.

"벌써 이 긴 여행이 지겨워졌어. 카프리에 있다면 좋으련만. 나중에 그곳에서 편안하게 쉬어야지." 그녀가 말했다.

"또 그놈의 카프리! 여기 코르토나든 다른 어떤 곳에서든 이곳에서 하차하는 게 훨씬 더 나을 거야. 여행 계획에 들어 있지 않은 어떤 곳 말이야. 예를 들면 다음 역인 아레초, 아레초에서 말이야! 아레초가 실제로 세상에 존재한다니. 공중을 날아다닌다고 하는 사람들을 엉덩이로 나팔을 분 악마에 비유한 구절은 단테가 지어낸 것이 아니었어. 자, 여기 아레초에서 내리자고."

"나도 그 부분은 생각나. 그래, 단테가 그런 바보 같은 것들을 썼다고 내가 내려야 된다는 거야? 아레초는 먼지 나는 작은 동네일 뿐이야. 분명 그곳엔 13세기의 대성당, 시청사, 구석구석에는 두체•의 초상화와 그것에 걸맞은 민족주의 이념의 플래카드, 그리고 많은 카페와 스텔라 디탈리아라는 이름의 호텔이 있겠지. 그런 것들에는 관심 없어. 지겨워. 카프리로 가고 싶어, 벌써."

"흥미롭군. 아마 당신은 이탈리아를 이미 여러 차례 방문했

● 이탈리아 파시즘 정권 최고 권력자의 직위.

기에 프라 안젤리코의 그림이나 벨 파에세 치즈를 봐도 까무러치지 않는 거야. 나는 모든 역에서 내리지 않는 것을 치명적인 실수로 생각하는데 말이야. 기차로 여행하는 것보다 더 시시한 것은 없어. 걸어서 가든지 아니면 괴테처럼 최소한 우편 마차를 타고 가야 해. 토스카나에 내가 있었으나, 실제로는 있지도 않았다는 것, 그건 소름 끼치는 일이지. 자, 보자고. 내가 아레초를 지나치는 거야. 그리고 거기 어딘가에 시에나도 있는데, 나는 그곳도 가지 않는 거야. 지금 내가 가지 않는다면 언제 시에나에 가볼 수 있을지 누가 알겠어?"

"어떻게 된 거야? 헝가리에서 당신은 그런 속물이 아니었잖아. 당신이 시에나의 프리미티프 작품•들을 못 본들 무슨 문제가 있겠어?"

"시에나의 프리미티프 작품들에 누가 관심을 가져?"

"그럼 시에나에서 뭘 하고 싶은 거야?"

"잘은 모르겠지만…… 만약 내가 알고 있다면, 그렇게 흥분하지는 않겠지. 하지만 이 단어, 시에나를 내뱉을 때 나는 느껴. 그곳에서 모든 것을 제자리로 돌릴 수 있는 그 무엇인가를 볼 수 있을 거라고 말이야."

"미쳤군. 그게 문제야."

"그럴지도 모르지. 배고픈데, 뭐 먹을 게 없을까?"

"미하이, 이탈리아에 온 뒤로 당신이 얼마나 많이 먹었는

• 보통 르네상스 이전의 미술 작품.

지, 끔찍해. 방금 아침을 먹었잖아."

기차는 테론톨라라는 역에 닿았다.

"여기 내려서 커피를 한잔 마실게."

"내리지 마. 당신은 이탈리아인이 아니야. 게다가 열차는 금방 떠날 거야."

"떠난다니 무슨 말을. 모든 역에서 십 분간 정차한다고. 그럼, 안녕!"

"바보 같고 짓궂기만 한 당신도 안녕! 나중에 편지는 써."

미하이는 내려서 커피를 주문했다. 에스프레소 기계에서 황홀하고 뜨거운 커피가 방울마다 쉭쉭거리며 떨어지는 동안, 그는 같이 내린 현지인 한 명과 페루자의 명소들에 대해 이야기를 나눴다. 그리고 커피 한 잔을 모두 비웠다.

"빨리 와요. 기차가 벌써 떠나고 있어요." 현지인이 말했다.

열차를 타려고 그들이 막 달려왔을 때, 열차는 이미 반쯤 역을 벗어나고 있었다. 겨우 마지막 칸을 붙잡고 열차에 올랐다. 그 칸은 구식의 삼등 객차였는데, 복도는 없었고 모든 칸막이 방이 별개의 세상이었다.

'괜찮아. 다음 역에서 앞 차량으로 건너가면 되지 뭐.'

"페루자에는 처음 가는 길이에요?" 현지인이 친절하게 물었다.

"페루자요? 유감스럽게도 저는 페루자로 가지 않아요."

"그럼 분명 안코나까지는 가겠네요. 좋은 선택은 아니에요. 페루자에서 내려보세요. 매우 오래된 도시니까요."

"하지만 저는 로마로 가는데요." 미하이가 말했다.

"로마요? 농담하시는군요."

"제가 뭘 했다고요?" 미하이는 이탈리아어를 잘못 이해했다는 생각으로 되물었다.

"농담을 하신다고요." 이탈리아인이 큰 소리로 말했다. "이 열차는 로마로 가지 않아요. 어이쿠, 농담도 잘하시네요." 그는 상황에 맞는 이탈리아식 표현으로 대답했다.

"이 열차가 왜 로마로 가지 않는다는 거예요? 피렌체에서 아내와 함께 탑승했어요. 로마로 간다고 열차에 적혀 있었어요."

"하지만 이 열차는 그 열차가 아니에요." 이탈리아인은 마치 자기 인생에서 가장 재미있는 농담을 들었다는 듯 즐거운 표정으로 말했다.

"이럴 수가!" 미하이는 이렇게 내뱉고서는 절망적으로 차창 밖을 보았다. 혹시나 그곳에 어떤 해결책이 그를 향해 노저어 오는 것은 아닐까 하는 마음으로 트라시메노 호수를 바라보았다.

물론 미하이는 어젯밤에 수표와 여권을 챙기며 아주 심각할 정도는 아니지만, 어쩌면 서로 길이 어긋나는 일이 발생할 수도 있을 것이라고 생각했었다. 테론톨라에 내렸을 때, 에르지가 열차를 타고 계속 가도록 내버려둘까 하는 생각도 잠시 머리를 스쳤었다. 하지만 실제로 그 일이 발생한 지금 그는 매우 놀랐고, 당황했다. 어쨌든 일은 벌어진 것이다!

"그럼 당신은 지금 무얼 할 건가요?" 이탈리아인이 재촉하듯 물었다.

“가장 가까운 역에서 내려야죠.”

“하지만 이건 급행열차예요. 페루자까지 정차하지 않아요.”

“그럼 페루자에서 내려야죠.”

“내 말이 맞지요. 당신은 페루자로 갈 거라고 내가 방금 전에 말했잖아요. 괜찮아요. 가볼 만한 곳이에요. 매우 오래된 도시예요. 그 주변 지역들도 한번 둘러보세요.”

미하이는 생각했다. ‘좋아. 페루자로 가야겠어. 그건 그렇고 에르지는 어떻게 하지? 아마도 로마로 계속 여행을 하고서는 그곳에서 연결 편을 기다릴 거야. 하지만 어쩌면 다음 역에서 내릴 수도 있어. 또는 상황에 따라 테론톨라로 되돌아갈 수도 있겠지. 어떻게 되어도 나와 만날 수 없는 상황이야. 내가 페루자행 열차로 이동한다는 생각은 하기 어려울 거야.’

그렇다. 그녀가 그 생각을 하기는 어려울 것이다. 만약 지금 미하이가 페루자에서 내린다면, 하루 이틀 동안 그 누구도 그를 찾지 못할 것은 너무도 분명했다. 페루자에 머물지 않고, 그곳에서 예상치 않은 경로로 계속 이동한다면 그를 찾지 못하는 시간은 더 지속될 것이다.

‘여권이 나에게 있어 다행이야. 짐은 어떻게 하지? 나중에 셔츠와 잡동사니는 사지 뭐. 속옷은 이탈리아제가 더 좋고 가격도 더 싸. 어쨌든 사려고 했던 거잖아. 그리고 돈은…… 우리가 돈은 어떻게 하기로 했더라?’

미하이는 지갑을 꺼냈고, 그 안에 든 국립은행 발행의 리라 수표를 발견했다.

'맞아. 어젯밤에……. 나중에 페루자에서 수표를 바꾸지 뭐. 그곳에는 분명 이 수표를 받아줄 만한 은행이 있을 거야. 그래.'

그는 구석으로 몸을 웅크리고 깊게 잠이 들었다. 페루자에 도착하자 그 친절한 이탈리아인이 미하이를 깨웠다.

제2장 은둔자

호랑이, 호랑이, 밤의
숲속에서 활활 불타는……
—윌리엄 블레이크
(서보 뢰린츠 번역)

1

거대한 움브리아의 평원, 그 한편의 바위 절벽에 페루자가 있고, 아시시는 다른 한편의 거대한 수바시오산에 기대어 있다. 이곳들은 며칠 사이에 핀 꽃으로 뒤덮여 하얗기만 했다. 각종 과일나무가 만개해 계절을 견뎌낸 기쁨을 내뿜고 있었다. 줄기가 이상한 모양으로 꼬인 오디나무, 이탈리아풍 연두색을 띤 올리브나무, 미하이에게 그 누구도 이름을 알려줄 수 없을 듯한 라일락 같은 꽃이 핀 큰 나무들……. 낮에는 셔츠 하나만 입고도 걸어 다닐 만했고, 밤에는 아직 서늘했으나 불편할 정도는 아니었다.

미하이는 스펠로에서 아시시까지 걸어가서 가장 높은 지점인 로카에 올랐다. 그곳에서 멋있고 박식한 이탈리아 소년으로부터 역사적인 설명을 들었다. 그리고 폐허가 된 고대 성벽의 유적에 앉아 몇 시간에 걸쳐 행복하게 움브리아의 경치를 바라보았다.

'움브리아는 토스카나와 완전히 다르군.' 그는 생각했다. '더 시골스럽고, 원시적이며, 성스러워. 미묘하게 더 거친 것 같기도 해.

프란체스코의 땅. 말 그대로 산악 도시. 우리 헝가리 사람들은 항상 산 아래, 계곡에 집을 짓지만, 이곳 사람들은 산 위의 평지를 찾아 마을을 형성했군. 고대 도시를 세운 사람들에게 원시적인 적들이란 도대체 어떤 존재였을까? 얼마나 끔찍했기에 그들을 피해 항상 위쪽으로 달아나 이렇게 가파른 절벽으로 된 곳에서 피난처를 찾아야 했을까? 평지에서 언덕이 솟아 있는 곳, 그곳을 보자 곧장 도시를 세웠던 거지.

여기 이탈리아에서는 모든 곳이 도시야. 예를 들자면 스펠로의 경우, 헝가리에서는 낙후된 작은 마을 중 하나일 뿐일 텐데, 여기서는 일반적인 도시잖아. 헝가리의 솔노크나 허트번 같은 도시와는 다르게 대성당과 카페가 있고, 훨씬 도시다워. 어떤 위대한 화가가 분명 이 도시에서 태어났거나 이 근처에서 큰 패전이 있었을 거야.

이탈리아의 경치는 내가 상상했던 것처럼 친근하거나 감미롭지만은 않아. 최소한 여기 움브리아에서만큼은 그래. 여기에는 무언가 꾸밈없는, 월계수같이 어둡고, 황량하지만 거친 무언가가 있어. 바로 이 순수하고 거친 것이 이탈리아의 매력이지. 척박하고 큰 저 산들, 마음에 들어. 이탈리아에 이렇게

척박하고 높은 산들이 있다고는 생각지도 못했어. 수바시오 산에는 아직도 군데군데 눈이 있잖아.'

미하이는 이름 모를 나무에서 가지 하나를 꺾었다. 그러고는 기분 좋게, 밝은 마음으로 그 앙증맞은 도시로 내려왔다. '광장'에는 최초로 세워진 고대 성당이자 괴테가 이탈리아를 여행하며 방문하기도 했던 고풍의 미네르바 성당이 있었다. 그 맞은편, 작은 카페의 테라스에 앉아 베르무트를 한 잔 주문했다. 그리고 가지를 꺾은 그 나무의 이름이 무엇인지 주문을 받는 아가씨에게 물어보았다.

"선모(仙茅)라고 해요." 아가씨는 조금 머뭇거리더니 혀 짧은 소리로 대답했다. "선모요." 불확실한 듯 대답을 반복했다. "최소한 우리는, 저기 위쪽 밀라노에서는 그렇게 불러요. 하지만 여기에서는 모든 것에 다른 이름이 있죠." 업신여기는 것처럼 이 말을 덧붙였다.

'선모라니, 젠장.' 미하이는 생각했다. '선모는 국화과에 속하잖아. 이건 박태기나무 같은데.'

나무 이름이야 어떻든 미하이는 기분이 좋았다. 움브리아의 평원은 그 자체가 행복을, 겸손한 프란체스코 수도사들의 행복을 뿜어내고 있었다. 현실이 아닌 꿈속에서 항상 그런 것처럼 중요한 일들은 여기에서 일어나지 않는다는 생각이 들었다. 다른 곳에서, 그러니까 중요한 일은 아마도 혀 짧은 저 슬픈 유배자 아가씨가 온, 저기 위쪽의 밀라노나 에르지가 있는 그 어떤 곳에서 일어난다는 생각이 들었다. 하지만 지금은 중요한 일들이 일어나고 있는 그곳에 미하이 자신은 없어도 된다는 것, 또한 완전히 다른 곳, 신의 등 뒤편인 이곳에 그가 있다는 것으로도 행복감이 밀려왔다.

아시시로 오면서 어쩌면 이곳에서 에르빈을 만날 수도 있다는 기대를 했다. 에르빈을 중심으로 모여 청춘의 한때를 보냈던 그들은 아시시의 위대한 성인에 대해 읽을 수 있는 모든 것을 읽었었다. 에르빈은 아마도 프란체스코 수도사가 되었을 법했다. 하지만 에르빈을 찾을 수 없었고, 프란체스코 성당들은 젊은 시절에 미하이가 품었던 열정적인 신앙심을 떠올리게 하지도 못했다. 포르치운쿨라를 품고 있는 '천사들의 성모 마리아 대성당'에서도 마찬가지였다. 프란체스코 성인이 죽음을 맞았던 곳 말이다. 관광지에서는 그를 찾는 사람들에게 쉽게 노출될까 걱정되었기에 미하이는 하룻밤도 머물지 않고 곧장 떠나 저녁에 이곳, 스폴레토에 도착했다.

저녁 식사를 했다. 그러나 이곳 와인은 전혀 입에 맞지 않았다. 이탈리아의 레드 와인에서는 가끔 화주 맛, 또는 양파 향이 나곤 했다. 다른 때에는 이유를 설명할 수 없지만 매우 훌륭한 와인이 생산되는데, 언제, 그리고 왜 그런지는 신만이 알고 있을 터였다. 페루자에서 수취한 금액을 아주 아껴 쓴다고 해도 한번은 동날 것이며, 그때는 어떻게 해야 할지 알 수 없었기에 계산할 때 그의 기분은 더욱 우울해졌다. 고지의 페루자와 저지의 평원에서는 행복한 마음에 잊고 있었던 바깥세상이 이곳에서 다시금 꼬물꼬물 형체를 드러내기 시작했다.

이 작은 지역에서 어차피 선택지는 많지 않았다. 저렴한 이탈리아식 숙소에서 낮은 등급의 방을 예약했다. 저녁 식사 전에 간단히 스폴레토의 골목길들을 산책했다. 구름이 달을 가려 어두웠다. 검은 도시의 골목들은 베네치아의 장밋빛 골목과 달리 포근하지 않았고, 숨 막힐 듯 그를 둘러쌌다. 어떻게 하다보니 걸음을 옮길 때마다 더 어둡고 위협적인 골목에 이르렀다. 난간만 간신히 있는 계단 길이 점점 더 신비한 문들로 이어졌다. 이미 사람을 알아볼 수도 없는 데다 그는 길까지 잃어버렸다. 그리고 동시에 누군가가 그의 뒤를 따라오는 것이 분명해 보였다.

미하이는 뒤돌아보았다. 길모퉁이에서 방금 골목 안쪽으로 들어선 그 사람은 키가 매우 컸고, 어두운색 옷을 입고 있었다. 미하이는 말할 수 없이 공포에 사로잡혀 갑자기 몸을 돌렸다. 다른 골목으로 들어섰는데, 그곳은 지금까지의 골목보다 더 협소하고 어두웠다.

하지만 막다른 골목이었기에 미하이는 돌아서야만 했다. 낯선 이는 그때 벌써 좁은 길 초입에 서 있었다. 미하이는 머뭇거리며 그를 향해 몇 걸음을 뗐으나, 낯선 사람을 자세히 보고는 공포에 질려 걸음을 멈추었다. 그 인물은 마치 앞선 세기에서나 걸쳤을 법한 짧고 둥근 모양의 검은색 가운을 입고 그 위로는 흰 비단 스카프를 두르고 있었다. 나이가 들어 보였고, 특히 주름이 많이 졌으나 수염 없이 부드러운 얼굴은 무언가 형용하기 어려운 미소를 머금고 있었다. 그는 미하이

쪽으로 팔을 조금 벌리고는 가냘프고 중성적인 목소리로 외쳤다.

"차코모!" 어쩌면 이와 비슷한 이름일 수도 있을 것이다.

"저는 차코모가 아닙니다." 미하이가 대답하자 그도 상황을 알아차리고는 그 자리를 떠나며 연신 미안하다고 말했다. 노인의 얼굴에서 형용할 수 없었던 미소는 단순한 바보의 미소였다는 것을 미하이는 그제야 알 수 있었다.

그의 긴장이 완전히 무의미한 공포에서 비롯되었고, 더할 나위 없이 우스꽝스럽게 끝나버렸다는 사실에도 미하이의 마음은 안정되지 않았다. 게다가 상징성에 주목하는 그의 성향으로 인해 이 허탈한 해프닝으로부터도 그는 쫓기고 있으며, 누군가가 그의 뒤를 밟고 있다는 결론에 이르렀다. 돌연한 공포에 사로잡혀 되돌아가는 길을 더듬어 숙소에 겨우 도착했다. 자신의 방으로 서둘러 가서 상자로 문을 막았다. 그럼에도 방은 여전히 공포스러웠다. 우선 한 사람이 사용하기에는 너무 큰 방이었다. 그리고 이탈리아의 작은 숙소의 경우 바닥이 돌로 마감되어 있다는 것이 미하이에게는 아직도 익숙하지 않았다. 어떤 경우였든 무시무시한 처벌로 여겼을 법한, 마치 어린 시절 부엌으로 쫓겨난 듯한 느낌이 들었으나 사실 그에게 그러한 일은 있지도 않았었다. 그리고 그가 느낀 공포의 세 번째 이유로, 그 방은 산악 도시의 외곽에 자리하고 있었으며, 창 아래로는 200미터가량 되는 깎아지른 듯한 높은 절벽이 있었다. 전혀 이해할 수 없는 형태로, 창 옆의

벽에 유리로 된 문도 하나 있었다. 아마도 이전에 베란다로 이어지는 문이었던 듯했지만, 역사의 풍랑 속에서 베란다는 철거되었거나 무심하게 저절로 무너졌을 터였다. 문만 남아 200미터 높이에서 밖을 향해 하늘로 열리게 된 것이다. 자살을 시도하는 자에게 이 방은 분명한 죽음을 의미했을 것이다. 그들은 이 문에 저항할 수 없었을 것이다. 이 모든 것에 더해 커다란 벽에는 오직 하나의 그림, 어떤 엽서에서 오려낸 듯한 삽화가 걸려 있었다. 매우 추한 모습의 여성이 1900년대에 유행하던 복장을 한 채 손에 권총을 들고 있었다.

미하이는 이보다 더한 환경에서도 잠을 청한 적이 있었으나, 주변 환경보다 자신을 더 불안하게 하는 것이 있음을 알았다. 그의 여권이 사나운 데다 약은 인상까지 떠올리게 하는 주인에게 있다는 사실이었다. 이해할 수 없는 외국어로 된 여권이니 나중에 자신이 직접 숙박계를 적으면 좋겠다는 미하이의 잔꾀에도 주인은 넘어가지 않았었다. 주인은 미하이가 호텔에 머무는 동안 자신이 여권을 가지고 있겠다고 고집했다. 아마도 좋지 않은 경험들 때문인 듯했다. 주인은 전반적으로 최악의 경험들을 떠올리며 숙소를 운영하는 것 같았다. 낮에는 아마도 저급한 외판원들만 드나들 것이고, 저녁에는 유령 같은 말 도둑들이 '살라 다 프란초'라고 하는, 부엌 냄새가 나는 식당에서 큰 소리로 웃으며 카드놀이를 할 것이라고 미하이는 생각했다.

여권이라는 무기가 어떤 경위로 누구의 손에 있든 그것은 미하이를 쫓는 사람들에게 그의 이름을 노출시킬 것이다. 그가 여권을 남겨둔 채 도주한다는 것은 우리가 가끔 꿈에서 마주하듯이 속옷을 입고 달아나는 것과 불쾌하다는 점에서는 마찬가지일 터였다. 미하이는 청결이 의심되는 침대에 불안하게 누워 깊게 잠들지 못했다. 누군가가 자기를 쫓는다는 느낌에 밤새 옅은 잠, 비몽사몽, 불안한 각성 상태가 이어졌다.

미하이는 이른 새벽에 잠에서 깨어나 살그머니 내려갔다. 오랜 시도 끝에 주인을 깨우고는 숙박비를 지불하고 여권을 되찾아 역으로 갔다. 잠에 겨운 여성이 간이 매장 옆에서 그에게 커피를 끓여주었고, 조금 지나자 잠에 취한 이탈리아 노동자들이 도착했다. 불안은 여전했다. 누군가가 그를 잡을 것이라는 불안이 계속해서 엄습했다. 열차가 도착하기 전까지 미하이는 군인이나 경찰 복장을 한 사람들에게서 의심의 눈길을 거두지 않았다. 열차가 도착하자 안도의 한숨을 내쉬고는 탑승 전에 담배를 버리려는 순간이었다.

젊다기보다는 어린, 눈에 드러날 정도로 환한 얼굴을 한 극우정당의 당원 한 명이 그에게 다가왔다. 담배를 버리기 전에 담뱃불을 붙이자는 부탁을 했다.

"여기요." 미하이가 담배를 건네며 말했다. 그 어떤 나쁜 생각도 없었던 데다 열차는 이미 역에 당도해 있었다.

"당신은 외국인이군요. 당신의 '여기요'라는 말로 알 수 있어요. 저에게는 그런 말을 구분할 수 있는 귀가 있거든요." 어린 극우정당 당원이 말했다.

"대단하네요!" 미하이가 이탈리아어로 대답했다.

"당신은 헝가리 사람이군요!" 어린 극우정당 당원의 얼굴이 환해졌다.

"그래요. 맞아요." 미하이는 미소를 지으며 대답했다.

그 순간, 극우정당 당원이 미하이로서는 상상도 못 한 힘으로 미하이의 팔을 붙들었다.

"오! 이탈리아에서 모든 사람이 찾고 있는 분이 당신이군요! 여기 보세요! 여기 당신의 사진이 있어요! 당신의 아내가 당신을 찾고 있어요!" 그는 다른 손으로 종이 한 장을 꺼내며 말했다.

미하이는 팔을 뿌리치고는 명함을 꺼내 빠르게 글을 흘려 적었다. "나는 잘 있으니 찾지들 마오." 그러고는 10리라짜리 지폐와 함께 어린 극우정당 당원에게 건넸다.

"여기요! 이것을 제 아내에게 전보로 보내주세요. 그럼 다음에 다시 만날 수 있기를!"

그 와중에 어린 극우정당 당원이 다시금 미하이를 붙잡았기에 미하이는 그의 손을 떨치며 떠나는 기차에 올라타야 했다. 뒤를 돌아 열차 문을 닫았다.

작은 열차는 노르차로, 산들 속으로 고도를 높였다. 미하이가 내렸을 때, 벌써 그의 앞에 시빌리니산맥이 우뚝 서 있었다. 2000미터가 넘는 정상들과 이탈리아에서 가장 높은 봉우리들이 군을 이루고 있는 그란 사소가 오른편으로 펼쳐졌다.

그 옛날, 도시를 세웠던 이탈리아인들처럼 장엄한 공포감에 사로잡힌 채 미하이는 산정으로 향했다. 저 높은 곳, 눈과 얼음에 덮인 저 야생지에서는 누구도 그를 찾지 못할 터였다. 지금은 벌써 에르지에 대한 생각이 사라졌을 뿐 아니라 전보를 통해 개인적으로 그녀를 보기 좋게 내쳤다는 생각까지 하게 되었다. 하지만 에르지는 그가 뿌리치고자 했던 사람 중 단 한 명에 불과했다. 사실 그를 쫓던 이들은 사람들이 아니라 기관들과 그 시대의 경악스러웠던 공포의 무리였다.

그 이유는 최근 15년 동안 그의 삶이 어떠했는지를 보면 알 수 있었다. 미하이는 헝가리와 외국에서 전공을 익혔으나, 그것은 그가 원하고 스스로 관심을 가졌던 바가 아닌 그의 가족, 아버지, 그리고 가족의 회사가 요구하는 기술이었다. 그 후 그는 회사에 입사해 임원에 걸맞은 취미들을 배우는 데 열중했었다. 카드, 스키, 운전을 배웠고, 회사 임원에 적합한 사랑의 체험들을 원했으며, 마침내 에르지를 만나게 되었다. 그녀와의 관계에 대해서는 고매한 회사의 젊은 이사에게 나돌 만한 소문이 사교 모임들에서 회자되었다. 그리고 마침내 이사직에 걸맞은 결혼이 성사되었다. 아름답고, 똑똑한 데다 부유한, 그리고 이미 한 번 결혼해 유명해진 여성을 아내로 맞아들였다. 이사가 되는 데는 어쩌면 기껏해야 1년밖에 걸리지 않을지도 모른다. 그리고 그의 태도도 지위에 걸맞게 될 것이다. 엔지니어로 불리는 누군가가 시간이 지나서는 이제 누군가로 불리는 엔지니어가 되듯이 말이다.

미하이는 산을 향해 걸음을 옮겼다. 작은 산골 마을들을 둘러보았다. 평온한 주민들의 모습. 그들은 미하이를 멀리하지 않았다. 단지 정신이 이상한 관광객으로 대했을 뿐이다. 하지만 그곳을 둘러본 지 사나흘째 되는 날에 현지 주민이 그와 조우했다면, 분명 관광객이 아니라 그냥 미친 사람이라고 생각했을 것이다. 그는 씻지도 않고, 면도도 하지 않았으며, 옷도 벗지 않은 채 잠을 잤다. 수식어가 필요 없는 '도망자'였던 것이다. 그리고 이곳의 혹독한 산들이 빚어내는 가냘픈 스카이라인에 갇혀 초인적인 고독과 황량함 속에 놓인 동안 그의 내면에서도 모든 것이 혼란스러워졌다. 의식 속에서는 목표에 대한 지극히 희미한 생각의 그림자조차도 떠오르지 않았다. 그가 아는 것이라고는 되돌아갈 곳이 없다는 것뿐이었다. 그를 쫓는 많은 사람, 업무, 시간, 기관, 그들 모두는 환영에 빠져 있는 뇌 속에서 실재적인 괴물의 형태를 띠고 있었다. 아버지의 공장은 제련을 위해 들어 올린 거대한 철 기둥을 연상시켰다. 하지만 자신은 시나브로 노쇠해지고 있다는 것도 알 수 있었다. 천천히, 하지만 눈에 띌 정도로 변화의 과정을 거치는 것이다. 마치 시계의 시침이 움직이는 것처럼, 그러한 속도로 그의 피부가 수축되는 듯했다. 이 모든 것은 뇌열에 의한 섬망 증상들이었다.

나중에 의사들은 이를 뇌열로 인한 탈진의 결과로 진단했다. 미하이는 지난 15년 동안 쉼 없이 자신을 혹사했기에 그렇게 놀랄 만한 일도 아니었다. 자신이 원하는 대로 살기보다는, 그러니까 다른 사람들이 기대하는 대로 강요당하며 살았던 것이다. 가장 최후의, 그리고 가장 영웅적인 '자기 혹사'는 결혼이었다. 이후 여행의 흥분과 이탈리아의 풍경이 그에게 불러일으킨 환상적인 이완의 과정이 이어졌다. 게다가 신혼여행 내내 지속적으로 술을 마시고 제대로 잠을 청한 적이 없었는데, 이 모든 것이 그의 정신적 붕괴에 기여한 셈이 되었다. 하지만 가장 중요한 것은, 인간은 서서 다니는 동안은 얼마나 피곤한지 알아채지 못하며, 앉았을 때에만 그것을 안다는 점이다. 미하이가 15년 동안 축적된 피로에 지배당하기 시작한 것은 테론톨라에서 원하지도, 의도하지도 않게 다른 열차에 올라탈 때였다. 에르지로부터 점점 더 멀어지고 고독과 그 자신을 향했던, 그 열차에 오를 때였다.

어느 날 저녁, 그는 조금 더 큰 산악 도시에 도착했다. 그때는 벌써 도시의 이름에도 관심을 두지 않을 만큼 비현실적인 정신 상태였다. 그날 정오경에는 이탈리아어 단어가 하나도 머리에 떠오르지 않을 정도였다. 그렇기에 우리도 이 작은 도시의 이름을 알 필요는 없을 것이다. 도시의 광장에는 상당히 친근해 보이는 여관이 하나 있었다. 미하이는 그곳에 들어가 평소의 식성대로 꽤 좋은 식사를 했다. 토마토소스와 함께 나온 뇨키와 그 지역에서 생산한 염소 치즈, 오렌지, 그리고 화이트 와인을 곁들인 저녁 식사였다. 하지만 계산할 때가 됐을 때 그는 여관집 주인의 딸이 그를 의심스럽게 쳐다보며, 아직 식당에 앉아 있던 두 명과 속삭이고 있다는 걸 알게 되었다. 그는 즉시 달아나 그 작은 도시 위에 펼쳐진, 관목으로 뒤덮인 산을 불안한 마음으로 배회했다. 그러나 강풍 때문에 고지대에서 머물 수 없었기에 가파른 산비탈을 내려올 수밖에 없었다.

바람이 그다지 불지 않는 깊은 우물 같은 계곡에 도착했다. 계곡은 숨 막힐 듯 답답하고 어두웠으며 황량했다. 만약 인간의 뼈가 드러난다고 해도, 그리고 그 뼈들 사이에서 왕관이나 피에 물든 원시적인 위엄, 또는 비극의 다른 어떤 상징들이 발견된다고 해도 이상할 것이 없어 보였다. 일반적인 정신 상태에서도 그 풍광이 극히 예민하게 와닿을 만했는데, 지금은 수십 배나 더 그러했다. 미하이는 그 깊은 계곡으로부터 뛰어 달아났기에 이미 너무 지쳐 있었다. 작은 오솔길 하나가 위쪽 언덕으로 나 있었다. 그는 언덕의 정상에 다다라 낮은 벽의 기단 근처에 멈춰 섰다. 친근하고 정감 있는 곳이었다. 미하이는 낮은 벽을 훌쩍 뛰어넘었다. 희미한 별빛 속에서 예쁜 사이프러스가 있는 정원이 나타났다. 작은 흙더미가 천연 베개같이 발끝에 놓여 있었다. 그는 드러누웠고, 곧 깊은 잠에 빠졌다.

얼마나 지났을까? 별빛이 매우 빛났다. 하늘이 무언가 심상치 않은 불안에 휩싸인 듯 별들이 강렬하게 불탔다. 그는 일어나 앉아서 그 맹렬한 별빛을 주저하듯 둘러보았다. 사이프러스 뒤에서 창백한 인상의 터마시가 나타났다.

"나는 집으로 가야 해." 터마시가 말했다. "이 끔찍한 별빛 속에서 잠들 수 없기 때문이야." 그러고는 가버렸다. 미하이가 그의 뒤를 쫓아가려고 했으나, 아무리 힘을 써도 일어설 수 없었다.

추위와 여명 탓에 깨어난 미하이는 졸린 눈으로 정원을 둘러보았다. 사이프러스 아래에 있는 묘지에 각종 십자가가 세워져 있었다. 그 작은 도시의 캄포산토, 즉 묘지에서 잠들었던 것이다! 이탈리아에서는 대낮에도 달밤에도 망자들의 도시가 어쩌면 살아 있는 사람들의 도시보다 더욱 친근하고 정감 있다. 따라서 이는 전혀 끔찍한 일은 아닐 터였다. 그러나 미하이에게는 이것 역시 놀랄 만했으며, 상징성을 가진 일이었다. 그는 다시 달아났고, 실제로 이때부터 그의 병이 시작한 것으로 간주할 수 있다. 그 이후에 일어났던 일들을 그는 나중에 기억하지 못했다.

넷째 날, 다섯째 날, 어쩌면 여섯째 날, 미하이는 산길에서 황혼 녘을 맞게 되었다. 열에 들뜬 그는 여전히 지는 해의 분홍과 금빛 색조에 사로잡혔다. 아니, 이 장관은 제정신일 때보다 어쩌면 지금의 그를 더욱 매혹했다. 왜냐하면 맨정신으로는 일상적이고 오래된, 그리고 전혀 특별한 것 없는 하늘빛에 대해 그와 같은 반응을 꺼렸을 것이기 때문이다. 해가 산 뒤로 넘어가자 열에 들뜬 생각에 사로잡혀, 그러니까 정상에서 아직 얼마 동안은 해를 더 볼 수 있을 것이라는 믿음에 사로잡혀 갑자기 바위를 타고 오르기 시작했다. 그러나 서투른 손이 엉뚱한 곳을 붙잡는 바람에 길가 도랑으로 미끄러졌다. 그때는 이미 일어날 힘도 남아 있지 않았다. 그는 그곳에 누운 채 그대로 있었다.

다행히 새벽녘에 행상들이 노새를 끌고 지나가다가 달빛 속에 누워 있는 그를 발견했다. 행상들은 미하이가 고매한 이방인임을 알아차리고 정성을 다해 그를 마을로 데려갔다. 그리고 그곳 관청의 관리들은 여러 지역을 거쳐 폴리뇨의 병원으로 그를 이송했다. 하지만 미하이는 이에 대해 전혀 알지 못했다.

2

제정신이 들었을 때도 미하이는 여전히 이탈리아어를 한마디도 하지 못했다. 그는 간호사에게 피곤하고 놀란 목소리로 예의 그 일상적인 질문들, 자신이 지금 어디에 있는지, 어떻게 이곳에 오게 되었는지를 헝가리어로 물어보았다. 간호사는 대답하지 못했지만, 미하이는 지금 자신이 병원에 누워 있다는 것을 어렵지 않게 알 수 있었다. 산중에서 그의 감정이 얼마나 이상했는지에 대해서도 기억났으며, 이제는 마음이 조금 놓였다. 자신에게 어떤 문제가 있는지 궁금할 뿐이었다. 통증은 느껴지지 않았다. 매우 허약해졌고, 피로만이 몰려들 뿐이었다.

다행히도 병원에는 반쯤은 영국 사람인 의사가 한 명 있었고, 그가 미하이의 병상으로 호출되었다. 미하이는 영국에서 오랫동안 살았으며, 영어는 지금도 잊지 않을 정도로 그의 핏속에 배어 있었기에 그들이 서로 소통하는 데는 무리가 없었다.

“문제는 전혀 없고, 그저 매우 탈진한 상태예요. 뭘 했기에 이 정도로 쇠진해진 거예요?” 의사가 말했다.

“제가요?” 미하이는 되묻고는 골똘히 생각에 잠겼다. “아무것도 한 것은 없어요. 그냥 살고 있었던 것뿐이에요.”

그러고는 다시 잠들었다.

깨어났을 때 기분이 한결 나았다. 영국인 의사는 또 한 번 검진을 했다. 아무런 문제도 없으며 며칠 후면 퇴원할 수 있다고 했다.

의사는 미하이가 흥미로웠기에 그와 많은 이야기를 나눴다. 미하이가 무엇 때문에 그토록 쇠진해졌는지 궁금해했다. 의사는 시나브로 알게 되었다. 며칠이 지나면 건강해질 것이고, 퇴원을 해야 한다는 사실이 미하이를 얼마나 불안하게 하는지 말이다.

“여기 폴리뇨나 인근에 무슨 볼일이라도 있으세요?”

“볼일이 있다니요. 이 세상에 폴리뇨라는 곳이 있는지도 몰랐는걸요.”

“여기서 어디로 가고 싶은 거예요? 헝가리로 귀국하시는 거예요?”

“아뇨, 아니에요. 이탈리아에 머물고 싶어요.”

“여기서 무슨 일을 하고 싶은 거예요?”

"저도 전혀 모르겠어요."

"일가친척이 있으세요?

"아니요, 아무도 없어요." 미하이는 이 말을 하고서 신경이 쇠약해진 듯 울음을 터뜨렸다. 마음이 약한 의사는 버려진 것 같은 그를 불쌍하게 여겼다. 그 때문이 아니라도 의사는 미하이를 지극한 정성으로 보살폈다. 하지만 미하이는 실제로 자신에게 아무도 없다는 이유로 운 것이 아니었다. 그와는 정반대로, 그러니까 자신에게는 모든 사람이 있었고, 여기 병원에서 그토록 즐겼던 고독감을 더 이상 누릴 수 없다는 것이 아쉬운 것이었다.

그는 의사에게 평생 병원에 누워 있기를 갈망했다고 했다. 물론 중병이나 고통을 겪는 게 아니라 무료하고 의욕 없이 피곤에 전 채 간호를 받으며, 목적과 욕망도 없이 인간 만사를 초월해 누워 있는 지금처럼 말이다.

"공허하군요. 이탈리아는 제가 원했던 모든 것을 저에게 주었는데 말이죠." 미하이가 말했다.

대화 도중에 의사도 자신처럼 역사적인 연관성을 좋아한다는 것을 알게 되었다. 그는 시간이 날 때마다 미하이의 병상으로 와서 피곤할 정도로 산만한 역사적인 대화로 소일하기 시작했다. 일반적인 폴리뇨 사람들도 거의 들어본 바 없는 신비로운 성자, 실제로 그 도시 출신의 가장 유명한 안젤라 데 폴리뇨 대해 미하이는 많은 것을 알게 되었다. 그리고 거의 모든 영국 사람처럼 방랑적이고 모험적인 가족사가 있던 그

의사에 대해서도 많은 것을 듣게 되었다. 그의 아버지는 해군 장교였는데, 한번은 싱가포르에서 황열병을 앓았다고 했다. 그 병을 겪으며 무시무시한 환영들이 그의 아버지를 괴롭혔다. 병이 완치된 후, 지옥 같았던 고통에서 도망칠 수 있는 유일한 방법이라고 생각해 그의 아버지는 가톨릭으로 개종했다. 대부분 독실한 성공회 성직자였던 가족들은 이 때문에 그의 아버지에게서 등을 돌렸고, 그는 영국을 혐오하며, 결국 해군을 떠나 이탈리아의 상무관 자리로 옮겼다. 이후 이탈리아 여성과 결혼했고, 리처드 엘슬리(그 의사의 이름이었다)는 어린 시절을 이탈리아에서 보냈다. 나중에 이탈리아의 외할아버지가 상당한 재산을 그들에게 남겼기에 그의 아버지는 젊은 엘슬리를 해로•와 캠브리지로 보내 학교를 마치게 했다. 전쟁이 발발하자 영국 해군으로 복귀한 그의 아버지는 스카게라크 전투에서 전사했고, 그들의 재산은 사라졌으며, 엘슬리는 그 후 의사로 밥벌이를 하게 되었다고 했다.

"지옥에 대한 공포 외에 아버지가 저에게 남겨준 것은 없었어요." 의사는 미소를 지으며 말했다.

여기에서 그들의 역할이 바뀌게 되었다. 말하자면 미하이는 많은 것에 대한 두려움이 있었으나 지옥에 대한 공포는 전혀 없었다. 저세상의 삶에 대해서는 어떤 감정도 없었던 미하이는 의사의 공포를 치료하고자 했다. 치료가 시급해 보였

• 영국 런던의 자치구.

던 이유는, 사흘에 한 번씩 지긋지긋한 공포가 그 작은 영국인 의사를 엄습했기 때문이다.

죄의식이 공포를 일으킨 것은 아니었다. 그는 영혼이 순수하고 선한 인물이었으며, 자신에게 책임을 물을 만한 어떤 범죄도 저지를 사람이 아니었다.

"그럼 왜 당신이 지옥에 간다고 생각하는 거예요?"

"아, 그건…… 제가 왜 거기에 갈 것인지에 대해서는 저도 모르겠어요. 제가 스스로 가는 것은 아니에요. 누군가가 저를 데려갈 거예요."

"사탄은 악인에 한해서만 권한을 행사해요."

"그것도 전혀 알 수 없는 거예요. 왜냐하면 당신도 알고 있듯 그런 기도도 있잖아요. '성 미카엘 대천사님, 싸움 중에 있는 저희를 보호하소서. 사탄의 악의와 간계에 있어 저희의 보호자가 되소서. 오, 하느님! 겸손되이 하느님께 청하오니 그를 감금하소서. 그리고 천상 군대의 영도자시여, 영혼을 멸망시키기 위하여 세상을 떠돌아다니는 사탄과 모든 악령을 지옥으로 쫓아버리소서.'"

'성 미카엘 대천사께 드리는 기도'는 미하이에게 학창 시절의 예배당과 청소년 시절의 전율을 떠올리게 했다. 그때 그 시절의 이 기도가 항상 그에게서 불러일으켰던 그 전율. 그를 전율하게 한 것은 사탄과 저주가 아니라 무자비하고 고대에까지 이어진 기도의 역사성이었다. 반면 가톨릭은 그에게 현대적이었고, 실제로 당시에는 그렇기도 했다. 단지 이 기도는 마치 오래전에 묻어두었던 시절에서 시작하여 그때까지 그곳에 남아 있는 듯했다.

엘슬리가 지옥에 대한 공포에 사로잡혔을 때, 그는 자신의 죄를 사해줄 것을 청하고자 신부와 수도사들을 찾아다니곤 했다. 하지만 그 횟수는 잦아들었다. 자신이 죄를 지은 사람으로 느껴지지 않았고, 그들을 통한 죄의 사함도 도움이 되지 않았기 때문이다. 다른 한편으로 고해성사는 대부분 소박한 시골의 신부님들이 봤는데, 그들은 계속해서 지옥의 공포에 대해 그의 주의를 환기시키는 것을 잊지 않았다. 그래서 상황이 더욱 악화되기만 한 때도 있었다. 고해성사보다는 오히려 부적이나 다른 주술적인 것이 도움이 되었다. 한번은 성령이 충만한 노부인 한 명이 어떤 성스러운 초본(草本)을 엘슬리를 위해 피웠는데, 당시 그는 두 달 동안 아무 일 없이 평온하게 지낼 수 있었다.

"하지만 당신은, 당신은 전혀 두렵지 않으세요? 죽음 이후 영혼들이 어떻게 되는지, 그러니까 당신은 그것을 어떻게 생각하세요?" 그가 물었다.

"죽음 이후에는 아무것도 없어요."

"그럼 당신은 불멸과 영원한 삶을 갈구하지 않으세요?"

"위대한 사람들의 이름은 영원히 남겠지요. 저는 위대하지 않아요."

"그럼 지금과 같은 당신의 삶을 견뎌낼 수 있으세요?"

"그건 다른 문제예요."

"죽은 사람은 완전히 사라진다는 것을 당신이 어떻게 믿을 수 있는지 저는 이해가 되지 않아요. 그것에 반대되는 증거가 천 가지도 넘어요. 이탈리아와 영국 사람 모두는 당신에게 이 말을 할 수 있을 거예요. 이 두 나라에서 망자들과 만나지 않았다고 하는 사람은 한 명도 없을 거예요. 게다가 이 두 민족은 가장 번듯하다고도 할 수 있는 민족이에요. 헝가리 사람들은 어떤 사람들인지 저로서는 알 수가 없군요."

"당신도 이미 죽은 자와 만난 적이 있나요?"

"물론이에요. 한두 번이 아니에요."

"어떻게요?"

"어쩌면 당신을 흥분시킬 수도 있으니 그것에 대해서는 말하지 않겠어요. 하지만 한 사건은 아주 단순하니 당신을 자극하지 않을 거예요. 전쟁 시기, 저는 해로에서 학교를 다니고 있었어요. 하루는 독감에 걸려 침대에 누운 채 창을 물끄러미 바라보고 있었지요. 그런데 갑자기 아버지께서 창문턱에 계신 거예요. 해군 장교 복장으로 경례를 하고 계셨어요. 장교 모자에 날개가 두 개 있었다는 점이 특별해 보였지요. 메르쿠리우스가 묘사될 때처럼 말이에요. 저는 침대에서 벌떡 일어나 창을 열었어요. 하지만 그때 아버지는 이미 그곳에 계시지 않았지요. 오후에 일어난 일이었어요. 아버지는 그날 아침에 전사하셨고요. 영혼이 스카게라크에서 해로까지 오는 데 그 정도의 시간이 걸렸던 거예요."

"다른 이야기도 있을까요?"

"다른 이야기는 훨씬 더 신비하지요. 구비오에서 있었던 일인데, 그렇게 오래된 일도 아니에요. 하지만 그것에 대해서는 지금 정말 말할 수 없어요."

"구비오라고요? 왜 그 이름이 저에게 이렇게나 낯익을까요?"

"분명 성 프란체스코의 전설, '작은 꽃들'의 전설 때문일 거예요."

"아, 맞아요. 도시의 주민들을 해치지 않도록 성 프란체스코가 계약을 맺은 구비오의 그 늑대들……. 주민들은 그 계약에 따라 늑대들을 부양했던……."•

"늑대들은 저녁마다 작은 바구니를 목에 걸고 구비오의 집들을 차례로 다니며, 주민들의 기부금을 거두었죠."

"그 구비오가 지금도 있나요?"

"당연하지요. 여기 근처에 있어요. 완쾌되면 나중에 둘러보세요. 늑대 이야기 때문만은 아니고, 꼭 둘러볼 만한 곳이에요……."

그들은 엘슬리 박사가 그렇게나 가고 싶어 했던 그의 두 번째 조국인 영국에 대해 많은 이야기를 나누었다. 미하이 또한 영국을 좋아했다. 한때 그는 파리나 헝가리로 돌아갈 수도 있

• 프란체스코와 관련해 전해지는 일화 중 하나다. 구비오 인근에 살던 사나운 늑대들이 주민들을 해치는 등 많은 피해를 주었는데, 프란체스코가 대화를 통해 늑대와 주민들 간에 화해를 이끌어냈다고 한다.

었으나, 그러지 않고 런던에서 두 해를 보냈다. 매우 진지했고, 꿈만 같던 시절이었다. 런던에서 그는 고통의 향연에 젖어 가끔은 몇 주 동안 도시 외곽의 맥줏집에서 노동자들 외에는 누구와도 말을 나누지 않곤 했다. 그들과도 단 몇 마디 대화만 나눌 뿐이었다. 습하고 부푼 듯 안개 자욱한 그 부드러움. 비장함과 고독의 충실한 동반자처럼 그 속으로 침잠할 수 있는 날씨. 런던의 그런 끔찍한 날씨를 그는 좋아했다.

"런던의 11월은 그냥 하나의 달이 아니라 영혼의 상태인 거죠." 미하이가 말했다.

엘슬리는 그 말에 진정으로 동의했다.

"아, 이제 생각나요." 미하이가 말했다. "11월의 런던에서, 당신과 비슷한 사람들 속에서 저 또한 겪었어요. 당신의 그 믿음, 어떤 식으로든 망자들의 영혼이 있다는 것을 확인해줄 만한 그 무엇을요. 그 일로 저는 제 신경계에 무슨 문제가 있다는 확신을 갖게 되었었죠. 한번 들어보세요. 전화가 왔다고 저를 불렀을 때, 그 오후에 저는 공장에서 일을 하고 있었어요. 11월이었다는 것을 다시 한번 말씀드릴게요. 모르는 여성의 목소리였어요. 매우 중요한 일이니 오후에 반드시 그곳으로 와달라고 했어요. 낯선 주소와 이름을 이야기하기에 전화를 잘못 건 것 같다고 했어요. 여성의 목소리는 '아니에요, 저는 버스로이드 공장에서 자원자로 근무하는 헝가리 신사분을 찾고 있어요. 그곳에 이런 분이 여럿 계신가요?'라고 묻더군요. 아니라고 답했죠. 그리고 제 이름도 얘기했는데, 맞았어요. 하지만 무슨 일인지 이야기해달라고 했으나, 말할 수 없다고……. 미심쩍었지만 오랫동안 대화를 나누다가 결국 가겠다고 약속했지요.

실제로 갔어요. 호기심 때문이었죠. 수화기 너머 찰랑거리고 산뜻한 미지의 여자 목소리에 마음 설레지 않을 남자가 어디 있겠어요? 남자를 알고 싶어 한다면, 여자들은 모든 것을 전화로, 자신을 밝히지 않고서 그들에게 청하면 될 거예요. 그곳, 롤런드 거리는 런던의 좋지 않은 지역에 있어요. 토트넘 법원가 뒤쪽, 소호에서 북쪽 지역이에요. 이미 소호나 블룸즈버리 지역에서 거주할 수 없게 된 예술인과 창녀 들이 사는 곳이죠. 확실하지는 않지만, 분명 런던의 이 지역에 종교 창시자들, 그노시스주의자들, 그리고 소박한 심령술사들이 거주했던 것 같아요. 그 지역 전체가 당시 종교적인 데카당스를 드러내고 있었죠. 그러니까 그 지역으로 제가 가야 했던 거예요. 여기서 당신이 알아야 할 것은, 제가 거리와 풍경의 분위기에 믿을 수 없을 정도로 민감하다는 것이죠. 롤런드 거리를 찾아 어두운 도로를 지날 때였어요. 그것은 짙은 안개가 아닌, 그러니까 우유같이 하얗고 싹이 돋는 듯한, 진정한 11월의 연무였어요. 그 자욱함 속에서 암울하고 퇴폐적이며, 쇠락한 종교적인 느낌이 저를 사로잡았어요. 거의 멀미가 날 지경이었죠.

마침내 그 집을 찾았어요. 대문 옆 명패에는 미지의 목소리로 전화를 했던 사람의 이름이 있었어요. 초인종을 눌렀지요.

조금 후에 여러 명의 목소리가 뒤섞여 들리더니 잠에 취한 채 단정치 않아 보이는 하녀가 대문을 열었어요.

'뭘 원하세요?'

'글쎄요. 저도 모르겠는데요.' 당황해서 제가 대답했죠.

이때 꽤 멀리서 누군가가 아래를 향해 큰 소리로 외치는 것 같았어요. 하녀는 생각에 잠기더니 잠시 아무 말도 하지 않았죠. 그러고는 꾀죄죄한 작은 계단으로 저를 데려가서는 영국에서 흔히 하는 방식대로 말했어요. '그냥 앞으로 쭉 가시면 됩니다.' 그녀는 계단 아래에 남아 있었고요.

계단을 올라가니 어두침침한 방 하나가 보였어요. 문이 열려 있던 그 방에는 아무도 없었어요. 하지만 그때 누군가가 방을 떠난 듯 반대쪽 문이 닫히는 거예요. 그대로 가면 된다는 하녀의 말이 떠올랐죠. 그 방에 들어가서 방금 닫힌 그 문을 열었어요. 그랬더니 다시 옛날 스타일의 어둑한, 먼지 가득하고 볼품없는 취향의 방이 나타났지요. 그곳에도 누구 하나 없었어요. 반대편에 문이 또 하나 있었는데 다시금 누군가 방금 나간 듯이 그 문이 닫혔어요. 계속해서 그 방을 통과해 세 번째, 그리고 네 번째 방을 지나쳤어요. 제 앞에서 누군가 지나간 것처럼 지속적으로 문이 조용히 닫히는 거예요. 마침내 다섯 번째 방에서…… 그런데 '마침내'라는 말은 과장일 수도 있겠네요. 다섯 번째 방에도 누구 하나 없었거든요. 하지만 최소한 그곳에서는 제 앞에서 문이 닫히진 않았어요. 그 방에는 제가 들어갔던 문, 그 문 하나만 있었던 거예요. 하지만 저를 앞장서서 갔던 누군가는 그 방에 없었어요.

방에는 등이 달려 있었고 팔걸이의자 두 개 외에는 어떤 가구도 없었어요. 벽에는 사진과 카펫 같은 하잘것없고 유행이 지난 각종 물건들이 걸려 있었고요. 저는 머뭇거리며 의자 하나에 앉아 기다리기 시작했어요. 무언가 매우 이상한 일이라는 것만큼은 벌써 분명히 알고 있었기에 초조해하며 주변을 하나하나 둘러보았죠.

언제까지 그렇게 앉아 있어야 할지 저도 알 수 없었죠. 그때 제가 무의식중에 찾고 있던 것이 눈에 띄었어요. 갑자기 심장이 빠르게 뛰기 시작했지요. 그 방에 들어선 첫 순간부터 누군가가 저를 보고 있다고는 느꼈어요. 그리고 그때 발견했던 거죠. 벽 한쪽에는 다양한 무늬의 용과 뭔지 모를 동물들이 묘사된 일본식 돗자리가 걸려 있었고, 그 짐승들의 눈에는 다채로운 색상의 커다란 유리구슬이 박혀 있었어요. 그중 한 짐승의 눈은 유리구슬이 아니라 살아 있는 눈이었고, 저를 보고 있다는 것을, 그때 제가 알아차린 거였어요. 말하자면 그 돗자리 뒤에 누군가가 서서 저를 보고 있었던 것이죠.

상상 가능한 모든 상황 속에서 떠오른 것은 어떤 추리소설 같다는 생각이었어요. 런던에서 흔적도 없이 사라진 이방인들에 대한 책들이 있었고, 제 경우도 그러한 실종 사건의 시작이 떠오를 정도로, 그렇게 전형적으로 시작되었기 때문이에요. 우선 놀라고, 범죄를 의심하고, 방어적인 자세를 취하는 것이 자연스러울 터였죠. 하지만 저는 그러지 않았어요.

전혀 움직이지 않고, 얼어붙은 듯 계속 앉아 있었어요. 왜냐하면 선생님, 저는 그 눈을 알고 있었거든요……."

"아니, 어떻게요?"

"그 눈은 10대 시절 제 친구의 것이었어요. 아주 젊은 나이에 비극적으로, 하지만 불분명한 상황에서 생을 마감했던, 분명 울피우시 터마시의 눈이었어요. 잠시 후 제 공포는 사라졌고, 무언가 희미하고 유령 같은 기쁨, 기쁨의 유령이 저를 사로잡았어요. '터마시!'라고 외치곤 그에게 달려가고자 했지요. 하지만 그 순간에 눈이 사라졌어요."

"그러고는요?"

"더 이상은 없어요. 그다음에 일어난 일은 전혀 의미 없는 것들이에요. 나이가 지긋한 부인 한 명이 그 방으로 들어왔어요. 낯설고, 촌스럽고, 호감이 가지 않는 눈이 큰 여성이었죠. 지극히 무표정한 얼굴로 저에게 무언가를 물었어요. 저는 이해할 수 없었어요. 영어로 말한 게 아니었거든요. 저는 프랑스어, 독일어, 그리고 헝가리어로도 말을 해봤으나 부인은 슬프게 고개만 저을 뿐이었어요. 그러고는 알 수 없는 언어로, 그때는 약간씩 생기를 더해 무언가를 말하더니 점점 더 많은 질문으로 저를 옥죄었어요. 저는 최소한 무슨 언어로 이야기하는 것인지를 알고자 귀를 기울였어요. 저는 언어를 잘 구분하는데, 모르는 언어들에 대해서도 그랬어요. 그녀가 쓰는 언어는 라틴어도, 게르만어도, 슬라브어도 아니라는 것을 확신할 수 있었어요. 게다가 핀-우그리아어도 아니었죠. 대학에서 한때 핀란드어를 배운 적이 있었거든요. 그때 저는 갑자기, 분명히 알았어요. 그녀가 이 세상에서 유일한 언어로 이야기하고 있다는 것을요. 제가 왜 그런 생각을 하게 되었는지는 모르겠어요. 하지만 저는 그제야 공포에 질려 의자에서 벌떡 일어났어요. 서둘러 방들을 지나치고는 그 집에서 뛰쳐나왔어요."

"그럼 왜 그런 일이 있었는지, 뭔가 다른 설명은 없을까요?" 엘슬리가 물었다.

"11월이었다는 것 말고는 다른 설명을 할 수 없어요. 뭔가 이상하고, 당최 모를 실수로 그 집에 들어갔을 수도 있었겠죠. 우리 인생에는 이해할 수 없는 우연의 일치들이 가득하잖아요……."

"그럼 그 눈은 어떻게 된 거죠?"

"그 눈은 아마도 제가 상상했던 것 같아요. 이상한 주변 환경과 11월 런던의 영향으로 말이죠. 저는 죽은 사람은 죽은 사람일 뿐이라는 사실에 변함없는 확신을 가지고 있거든요."

3

시간이 되었다. 미하이는 회복해 이제 병원을 떠나야 했다. 20년을 채우고 석방되는 죄수가 작은 짐 가방 하나로 폴리뇨의 낮은 집들 사이를 배회할라치면, 그 역시 미하이처럼 자신을 모든 것으로부터 배제되어 있는 사람, 그렇게 목적 없는 사람으로 여길 것이다. 페루자에서 달아난 그날, 미하이가 매우 검소하게 몇몇 물건만 챙겼던 것처럼 그 죄수에게도 짐가방 하나 외에 다른 소유물이라고는 없었을 것이다.

미하이는 고향으로 돌아갈 수 없다고 생각했다. 가족 앞에서 자신이 이렇게 도망쳐 나왔다고 말하는 것은 불가능했다. 설명할 수도 없는 일일뿐더러 그러고 싶지도 않았다. 게다가 부다페스트로 간다는 것, 그렇게 사무실에 출근해 사업 관련 업무를 하고 유흥이랍시고 카드놀이를 하고 수다를 떠는 것은 참을 수 없었다.

훨씬 다양한 것이 숨겨져 있을 법한 이탈리아의 더 많은 도시들을 둘러봐야 했다.

하지만 그는 편지 쓰는 것을 차일피일 미루고 있었다. 그때까지도 미하이는 그와 느슨하게 연결되어 있는 유일한 사람, 엘슬리 박사가 살고 있는 폴리뇨에 머물렀다. 방을 빌려 조용하게 지내고 있었다. 의사가 빌려준 영국 소설들을 읽었으며, 점심과 저녁 식사를 즐겼다. 무감한 나날 속의 그를 현실로 이어준 유일한 것이 이탈리아의 음식 맛이었다. 그는 이탈리아 요리들의 숨길 수 없는 감성을 좋아했다. 섬세하고 분명한 맛을 선호하는 프랑스풍의 유럽 요리는 남성복의 색상처럼 보통 정제되고 규율이 잡힌 맛이다. 이탈리아인은 매우 달고, 매우 쓰며, 아주 특징적인 맛들을 좋아한다. 또한 헤아릴 수 없이 많은 파스타의 종류에도 각각의 감상적인 특징들이 부여될 정도로 섬세하기도 했다.

어느 날 저녁, 이 작은 도시의 가장 큰 카페 앞에 그는 엘슬리와 함께 앉아 있었다. 보통 때처럼 대화를 나누고 있는데 갑자기 젊은 여성 한 명이 테이블로 와서 미국식 영어로 말을 걸고는 그들 옆에 앉았다.

"방해해서 죄송해요." 그녀가 말했다. "하루 종일 이 빌어먹을 도시를 돌아다니고 있으나 제가 궁금한 것을 안내해줄 그 누구도 찾지 못했어요. 당신들에게 안내를 부탁드려야 할 것 같네요. 그것 때문에 여기에 온 것이니까요. 저에게는 매우 중요한 일이에요."

"말씀해보세요."

"저는 캠브리지에서 예술사를 공부하고 있어요."

"오, 캠브리지에서요?" 엘슬리가 행복에 겨운 듯한 비명을 질렀다.

"그래요. 매사추세츠주에 있는 캠브리지에서요. 왜 그러세요? 혹시 당신도 그곳에서 공부하셨나요?"

"아니에요, 저는 영국의 캠브리지에서 공부했어요. 어쨌든 무엇을 도와드릴 수 있을까요?"

"그러니까 예술사를 공부하고 있고, 아마 당신들도 짐작할 만한 이유로 저는 지금 이탈리아에 왔어요. 여기에는 다른 곳에는 없는 매우 많은 그림이 있으니까요. 실제로 많은 그림을 보기도 했고요."

그녀는 작은 공책을 꺼내더니 말을 이어나갔다.

"피렌체, 로마, 나폴리, 베네치아에 가봤어요. 조명이 없어서 지금 그곳의 지명을 읽을 수는 없지만, 다른 여러 곳도 방문했어요. 그리고 마지막으로 페루…… 페루자에 들렀지요. 도시명을 바르게 말한 거죠?"

"그래요."

"그곳 박물관에서 프랑스 신사 한 분을 알게 되었어요. 프랑스인이었기에 매우 정중한 분이었죠. 모든 것을 상세하게 설명해주고는 저에게 폴리뇨에 꼭 가봐야 한다고 했어요. 그곳에는, 당신들도 알다시피 〈최후의 만찬〉을 그린 레오나르도 다빈치의 매우 유명한 작품이 있다면서요. 그래서 여기로 온 거죠. 하루 종일 그 그림을 찾아 헤맸지만 찾지 못했어요. 그리고 이 짜증 나는 작은 둥지 같은 도시에서는 누구 한 명 안내해주는 사람도 없네요. 부탁건대, 그 그림이 어디에 숨겨져 있는지 말씀해주실 수 있나요?"

미하이와 의사는 서로를 쳐다보았다.

"레오나르도의 그림이라고요? 폴리뇨에 그런 것은 있었던 적도 없어요." 의사가 말했다.

"그럴 수는 없어요." 여학생이 실망한 듯 대답했다. "그 프랑스 신사분이 말씀하셨어요. 매우 멋진 젖소와 거위, 그리고 고양이가 있는 그림이라고요."

미하이는 웃음을 터뜨렸다.

"매우 간단하네요. 그 프랑스 신사분께서 당신을 속인 거예요. 폴리뇨에 레오나르도의 그림은 없어요. 그렇게 전문적인 지식은 없지만, 제가 알기로는 젖소와 거위, 그리고 고양이가 등장하는 레오나르도의 작품 자체가 없어요."

"아니, 그럼 왜 그분께서 그런 말씀을 하셨을까요?"

"냉소적인 유럽 사람들은 여성을 그런 동물들로 비유하기도 하는데, 아마 그 이유 때문일 거예요."

"이해가 안 돼요. 프랑스 신사분이 저를 놀린 것이라고 말하고 싶은 거죠?" 얼굴을 붉히면서 그녀가 물었다.

"유감스럽지만 그렇게도 표현할 수 있겠네요."

여학생은 깊은 생각에 빠지더니 미하이에게 질문을 던졌다.

"당신은 프랑스인이 아닌가요?"

"네, 저는 헝가리 사람입니다."

그녀는 이제 아무 소용 없다는 듯 손을 저었다. 그러고는 엘슬리에게 얼굴을 돌렸다.

"그럼 당신은 영국인인가요?"

"그래요. 한편으로는 그렇다고 봐야죠."

"당신의 의견도 같나요?"

"그래요." 엘슬리는 슬프다는 듯이 고개를 끄덕이며 대답했다.

그녀는 한동안 다시 생각에 잠기더니 손에 힘을 주고는 주먹을 쥐었다.

"내가 얼마나 친절하게 대했는데! 그 악당의 이름만이라도 알 수 있다면!"

그녀의 눈에 눈물이 고였다. 엘슬리는 그녀를 위로했다.

"글쎄요. 더 큰 문제가 일어나지 않았다고 생각하세요. 폴리뇨에 가봤다고 당신 공책에 써놓을 수도 있잖아요."

"이미 써놓았어요." 그녀는 울먹이며 말했다.

"거봐요, 그리고 내일이면 멋있게 페루자로 되돌아가서 공부를 계속하면 돼요. 제가 기차역으로 배웅 나가드릴게요. 저도 다른 열차에 올라탄 적이 있어서 그래요……." 미하이가 말했다.

"그 얘기가 아니에요. 부끄러워서 그러는 거예요, 부끄러워서요! 불쌍하고 무방비 상태인 여자를 그렇게 대하다니! 유럽 사람들을 조심하라는 얘기는 항상 들었어요. 하지만 저는 직설적인 성격이라고요. 여기, 위스키도 주문할 수 있나요?"

그들은 자정까지 함께 머물렀다.

여학생의 존재가 미하이를 활기차게 했다. 그도 위스키를 마셨으며, 말을 많이 했다. 대부분 그녀가 미하이에게 말을 하도록 운을 띄운 것이었지만. 반면 키 작은 의사는 말이 없었다. 소심한 성격이었던 그는 여학생이 꽤 마음에 들었기 때문이다.

밀리센트 잉그럼이라는 그 여학생은 '대단'했다. 특히 작품사가(作品史家)로서 '독특'했다. 루카 델라 로비아•를 아르노 강변의 도시로 알고 있었고, 파리에서 바토••의 작품 전시실에도 가보았다고 했다. "매우 친절한 노인이었어요. 단지 손

• 피렌체 출신의 조각가 루카 델라 로비아(1400~1482).

•• 프랑스의 화가인 장 앙투안 바토(1684~1721).

이 깨끗하지 않았는데, 현관에서 제 목에 입맞춤한 것은 좋지 않았어요." 그녀가 말했다. 그리고 계속해서 열정적이고, 조금은 우쭐대듯이 예술사에 대해 이야기했다.

그녀가 필라델피아의 매우 부유한 부모를 두었으며, 그곳의 점잖은 모임에서는 대단한 명성을 누리고 있다는 것도 천천히 알게 되었다. 그녀는 최소한 고독과 자연에 대해, 자신이 어떤 의미에서는 루소적인 경향이 있는 것으로 스스로를 파악하고 있었는데, 그녀에게 이것은 유럽적인 것을 의미했다. 파리와 빈, 그리고 다른 훌륭한 곳에서 몇 학기를 보냈으나, 그 어떤 곳도 그녀를 사로잡지 못했다. 그녀의 정신은 미국인의 순수함을 유지하고 있었다.

귀가 후 침대에 누워 기분 좋게 흥얼거리는 와중에도 그녀에 대한 미하이의 관심은 떠나지 않았다. "밀리센트." 그가 말했다. '누군가를 정말 밀리센트라고 하는구나! 밀리센트.'

전쟁• 후 몇 년 동안 파리에서는 정신이 번쩍 들게 하거나 눈물을 자아낼 만한 미인들을 볼 수 있었다. 당시는 그들 외에 모든 것이 추한 것뿐인 세상이었다. 밀리센트 잉그럼은 그런 유의, 미국의 미녀상은 아니었다. 미국의 아름다운 여성들을 생각하면, 그녀를 두고 가히 아름답다고 할 수는 없었다. 미녀라는 표현은 과하다 할지라도 그녀의 얼굴은 철저히 무표정했고, 그래서 예뻤다. 어쨌든 매우 앙증맞은 얼굴이었다.

• 제1차 세계대전.

작은 코, 큰 입술을 더 돋보이게 화장해 건강하게 보이는 입, 그리고 완벽하고 활동적인 모습. 그녀의 근육은 고무처럼 탄력 있어 보였다.

그리고 그녀는 미국인이었다. 게다가 미하이의 청년 시절에는 황홀할 정도로 아름다운 외국 여성들이 공부와 견학을 위해 파리로 모이곤 했는데, 그녀가 그런 부류였다. '외국 여성', 그것 역시 방황하던 시절, 미하이의 청춘과 함께한 존재였다. 인간은 방황의 시기에 더욱 소심해지고 겁이 많아지며, 가장 좋은 기회를 잃어버린다. 이 때문에 시간이 지난 후에도 그 시절에 대한 회상은 영원히 남는다. 미하이는 지금 벌써 여러 해를 부다페스트에서 보냈으며, 그의 연인들은 모두 부다페스트 사람들이었다. 낯선 여성은 일정 부분 그의 청춘 시절을 의미했다. 또한 에르지, 진지한 결혼, 그리고 엄숙했던 오랜 시간으로부터의 해방을 의미했다. 갑작스레 찾아오는 어떤 모험과 뜻하지 않은 대단원으로 이어지는 그것을 말이다.

밀리센트의 어리숙함 역시 미하이를 매료시켰다. 끝 간 데없는 그 어리숙함 속에는 파멸과 같이 뭔가 아찔하고, 소용돌이처럼 끌어당기는 힘이 있었다. 진공의 매력처럼 말이다.

그 일은 이렇게 시작되었다. 다음 날, 밀리센트를 기차역에 배웅하러 갔을 때, 기차표를 사기 전 미하이가 말했다.

"페루자로 왜 돌아가시는 거예요? 폴리뇨도 도시인데 말이죠. 그냥 여기에 머무세요."

밀리센트는 멍하게, 또 한편으로는 심각한 눈으로 그를 바라보더니 대답했다.

"당신 말이 맞네요."

그러고는 그곳에 머물렀다.

그날은 지독히도 더운 날이었다. 그들은 하루 종일 아이스크림을 먹었고, 대화를 나누었다. 미하이에게는 영국 외교관을 두렵게 할 정도로, 필요한 경우에는 지극히 어리석게 행동하는 능력이 있었다. 밀리센트는 둘 사이의 지적 수준의 차이를 전혀 인식하지 못했고, 더군다나 예술사적 지식에서는 자신이 우월하다고 느꼈으며, 이것을 매우 기쁘게 여겼다.

"당신은 저를 지적이라고 여긴 첫 유럽인이에요. 대부분의 유럽인은 매우 무뎌서 예술적인 아름다움에 대한 감각이 없어요." 그녀가 말했다.

미하이는 밀리센트로부터 완전한 신뢰를 얻은 셈이었다. 저녁에 그는 벌써 밀리센트에 관한 모든 것을 알게 되었다. 하지만 알 만한 가치가 있는 것은 아무것도 없었다.

저녁에 그 카페에서 그들은 엘슬리와 만났다. 엘슬리는 그녀가 여전히 폴리뇨에 있는 것을 보고 매우 놀랐다.

밀리센트가 말했다. "계속해서 예술적인 문제에 대해서만 이야기할 수는 없다고 생각하는데, 그렇죠? 의사인 제 친구에 따르면, 한 가지에 집중된 사고는 피부에 아주 좋지 않다고 하더군요. 그렇지 않나요? 그래서 조금은 긴장을 풀었으면 해요. 저 자신에게 정신적인 휴식을 주는 거죠. 당신의 친구가 저를 편안하게 해요. 정말 친절하고 복잡하지 않으며 조화로운 분이에요. 그렇지 않아요?"

엘슬리는 자신의 환자가 미국 여성에게 구애하고 있다는 것을 알고 있었기에 체념한 듯 더욱 조용해졌다. 이는 그가 밀리센트를 여전히 마음에 두고 있기 때문이기도 했다. 밀리센트는 이탈리아 여성들과는 전혀 달랐다. 앵글로색슨 여성들만이 그렇게 순수하고, 이렇게 순진할 수 있다. 엘슬리가 시인이라면, 그녀와 그녀의 순수함은 아름다운 운율이 되었을 것이다. 하지만 괜찮다. 하늘에서 떨어진 이런 즐거움으로 그가 좋아하는 환자의 상태는 눈에 띄게 나아졌고, 그에게는 이것이 중요했다.

다음 날, 미하이와 그녀는 멀리까지 산책했다. 작은 마을의 선술집에서 그들은 파스타를 배불리 먹고, 고전적인 작은 숲에 누워 잠이 들었다. 그들이 깨었을 때, 밀리센트가 말했다.

"바로 이런 나무들을 그린 이탈리아 화가가 있는데, 이름이 뭐였죠?"

"보티첼리." 미하이는 대답과 함께 그녀에게 입을 맞추었다.

"아!" 밀리센트는 겁에 질린 듯한 표정을 짓더니 입맞춤으로 그에게 화답했다.

이미 팔로 그녀를 감싸 안은 미하이는 그녀가 실망하지 않았다고 생각했다. 그녀의 몸은 고무처럼 탄력이 있었다. 오, 사랑 속에서 생리학적 사실이 아닌 환상을 추구하는 사람, 그에게 이 낯선 여성의 몸은 무엇을 의미하는가! 시작을 알리는 매우 순수하기까지 한 키스를 통해서도 밀리센트 몸의 작은 부분 하나하나가 낯설고, 다르며, 훌륭하다는 것을 느낄 수 있었다. 미국의 대초원과도 같은 건강한 입술, 짧은 머리카락으로 덮인 낯선 그녀의 목, 미하이를 쓰다듬는 크고 힘센 손, 상상하기 힘들 정도로 빛나는, 정결한 그녀의 몸! 오, 미주리와 미시시피, 남군을 상대한 북군의 남하, 그리고 푸른 태평양이여!

미하이는 속으로 생각했다. '지리는 가장 강력한 최음제야.'

페루자에서 밀리센트에게 보낸 편지가 저녁에 우체국으로 도착하여 그녀를 기다리고 있었다. 캠브리지 대학교(매사추세츠주)의 중세 예술사 교수이자 밀리센트의 지도 교수이며, 그녀의 가장 큰 정신적 후견인이기도 한 미스 리베카 드워프가 보낸 편지였다. 미스 드워프는 학문적 성취에 대해 기술한 밀리센트의 마지막 편지에 매우 만족했다. 하지만 밀리센트에게 지금 당장 시에나로 가서 유명한 프리미티프 작품들을 봐야만 한다고 전했다. 밀리센트는 저녁 식사 중에 눈물을 흘리며 말했다.

"마이크,• 당신과 함께 있어서 너무 좋았어요." 그녀는 미하이를 붙잡고는 훌쩍였다.

"글쎄, 꼭 시에나로 가야만 하나요?"

"그래요. 미스 드워프가 그렇게 적었으니……."

• 미하이의 미국식 이름.

"빌어먹을 늙은 짐승 같으니라고!" 미하이가 폭발했다. "보세요, 밀리센트. 제 말을 들으세요. 시에나의 프리미티프 작품들은 안 봐도 괜찮아요. 시에나의 프리미티프 작품들은 아마도 페루자에서 봤던 움브리아의 프리미티프 작품들과 별반 다를 것이 없을 거예요. 게다가 열 장의 그림을 더 감상하는 것과 덜 감상하는 것은 마찬가지 아닌가요?"

밀리센트는 놀란 눈으로 그를 보더니 손을 뗐다.

"마이크, 어떻게 그런 말을 할 수 있어요? 유럽인이라고 하더라도 당신에게는 예술적인 아름다움에 대한 감각이 있다고 생각했어요."

그녀는 되돌아섰다.

괜한 이야기를 꺼냈다고 미하이는 생각했다. 어쩔 수 없이 다시금 목소리를 어리숙하게 바꿔야 했다. 하지만 밀리센트를 설득할 만한 어수룩한 논리가 떠오르지 않았기에 감정에 호소해보았다.

"만약 지금 떠나면, 헤아릴 수 없을 정도로 당신이 그리워질 거예요. 어쩌면 이번 삶에서 우리는, 다시는 만날 수 없을 거예요."

"그래요. 저도 당신이 몹시 그리울 거예요. 당신이 저에 대해 얼마나 완벽하게 이해하는지 저는 벌써 필라델피아에 있는 도리스와 앤 메리에게 편지로 알리기도 했지만…… 지금은 헤어져야 해요."

"이곳에 머무르세요."

"그럴 수는 없어요. 아니, 당신이 시에나로 오세요. 어쨌든 여기에서 달리 할 일도 없잖아요."

"그래요. 떠나갈 수 있다면 좋으련만."

"왜 올 수 없다는 거예요?"

미하이는 조금 머뭇거리다가 털어놓았다.

"왜냐하면 돈이 없어서 그래요."

그것은 사실이기도 했다. 미하이는 그때 이미 돈이 거의 바닥난 상태였다. 밀리센트를 위해 전날 구입한 정장 차림 옷가지 몇 벌과 특히나 풍족하고 고급스러운 밀리센트와의 식사를 위해 많은 돈을 지불했던 것이다. 사실 며칠 후면 폴리뇨에 머무는 데 필요한 돈마저 남지 않을 터였다……. 하지만 사람은 여행할 때보다 한자리에 머물 때, 돈이 없다는 것을 그렇게 실감하지 못한다.

"돈이 없다고요?" 밀리센트가 물었다.

"다 떨어졌어요." 미하이가 미소를 지으며 대답했다.

"그럼 부모님께서 보내주시지 않나요?"

"보내주세요. 나중에 제가 편지를 쓰면요."

"알겠어요. 그럼 그때까지 제가 빌려드릴게요." 그러고는 수표를 꺼내 들었다. "얼마가 필요하세요? 500달러면 충분할까요?"

미하이는 그 제안에 놀랐고, 금액에 또 한번 놀랐다. 시민으로서의 분별과 그의 낭만적인 성향 또한 이 모험, 말하자면 어제 처음으로 입을 맞춘, 하늘에서 떨어진 이 낯선 여성으로부터 돈을 받는 것은 옳지 않다고 속삭였다. 하지만 그녀는 매력적인 순진함을 내세우며 자신의 제안을 굽히지 않았다. 그녀는 남자든 여자든 친구들에게 종종 돈을 빌려주곤 했다며, 미국에서는 자연스러운 일이라고 했다. 게다가 미하이가 금방 갚겠다고 하니……. 미하이는 다음 날까지 생각해보겠다 하고, 일단 이야기를 정리했다.

밀리센트와의 일은 차치하더라도 미하이는 시에나에 꼭 한 번 가고 싶었다. 그에게 폴리뇨는 벌써 질릴 정도로 지루해졌으며, 시에나를 둘러보고자 하는 마음이 무르익고 있었다. 모든 것에 대한 무관심에서 벗어난 지금, 이탈리아 도시들이 아직 늦기 전에 그 비밀들을 경험해볼 것을, 다시금 달콤하고도 고통스럽게 그를 유혹하기 때문이었다. 신혼여행의 시작처럼 그에게는 이탈리아가 깨지기 쉬운 아주 섬세한 보물, 한순간 그의 손에서 빠져나갈 듯한 무언가와도 같다는 생각이 또다시 들었다. 반면 밀리센트와 나눴던 키스 이후, 그녀는 이전보다 훨씬 더 유쾌해 보였다. 이러한 모험들의 특징은 인간이 그 끝까지 가보고 싶게 한다는 것이다.

하지만 번듯한 사람으로서, 잘 알려진 부다페스트 회사의 임원으로서 그가 이 젊은 여성에게 돈을 빌려달라고 청할 수 있을까? 아니다. 번듯한 임원으로서는 불가능하다. 여기에는 의문의 여지가 없다. 그러나 이런 윤리관은 도대체, 아직도 그에게 여전한 것일까? 아니면 그가 도망쳐 나와 은둔하면서 그 이전의 기준, 즉 돈은 단지 종잇조각이나 은 쪼가리에 불과하다는 그런 기준으로 되돌아간 것이 아닐까? 굳이 얘기하자면, 그의 마음가짐이 울피우시가의 윤리로 회귀한 것은 아닐까?

미하이는 그런 생각에 소름이 돋았다. 아니다. 그럴 수는 없다. 청춘의 낙원 또한 이 생각지도 않았던 현실에서 무너질 수는 없다. 그리고 그 현실의 가장 흔한 발현은 바로 돈이다.

하지만 간절하게 무언가를 원한다면, 양심 정도는 간단하게 진정시킬 수 있는 법이다. 적은 금액에다가 기간이 아주 짧은 '단기 대출'로 그는 자신과 타협한다. '500달러를 빌리지 않고, 100달러라도 충분할 거야. 아니, 200달러. 아니, 그래도 조금 더해 300달러를 빌린다면…….' 미하이는 그 돈을 최대한 빠르게 되돌려줄 수 있도록 지금 당장 집에 편지를 보내고자 한다.

책상에 앉아 마침내 편지를 썼다. 수신인은 그의 아버지가 아니라 바로 손위 형인 티버더르였다. 가족 중에서 티버더르는 유흥을 좋아하고 낙천적이다. 경마장을 다니며, 한번은 여배우와 사귄 적도 있었다. 그라면 아마도 이를 이해하고 용서할 터였다.

분명 티버더르도 이미 알고 있겠지만, 미하이는 그에게 에르지와 갈라서게 되었음을, 그리고 어떤 갈등도 없이 곧 모든 것이 신사답게 해결될 것임을 알렸다. 편지로는 조금 까다로울 수 있기에 왜 갈라서게 되었는지는 차후 만나서 이야기할 것이라고 썼다. 이곳 폴리뇨에서 건강이 매우 좋지 않아 병원에 입원한 까닭에 지금까지 편지를 쓰지 못했고, 지금은 건강해졌으나 의사들이 아직 휴식을 취하는 것이 절대적으로 필요한 상태라고 하니 회복기를 여기 이탈리아에서 보내고 싶다고 알렸다. 그러면서 티버더르에게 돈을 보내달라고 청했다. 게다가 최대한 빠르게, 최대한 많은 금액을 요청했다. 자신이 가진 돈은 이미 다 썼으며, 여기 현지의 친구로부터 어쩔 수 없이 300달러를 빌렸고, 가급적 빠르게 되돌려주고 싶다고 했다. 돈을 자신의 친구인 리처드 엘슬리 박사 앞으로 직접 송금해달라고 했다. 고향에서 모두가 잘 지내고 있기를, 그리고 곧 서로 다시 만날 수 있기를 희망하며, 편지들도 폴리뇨로, 엘슬리 앞으로 보내달라고 청했다. 자신은 폴리뇨에서 다시 다른 곳으로 여행할 예정이지만, 어디에서 얼마나 머무르게 될지 아직은 분명하지 않기 때문이라고 했다.

다음 날 아침, 미하이는 항공우편으로 편지를 보낸 후, 밀리센트가 묵고 있는 호텔로 서둘러 갔다.

"마이크, 생각을 바꾸고 여기로 온 거지요?" 밀리센트는 환하게 웃으며 물어보았다.

미하이는 긍정의 표시로 고개를 끄덕였다. 부끄러움에 새빨개진 얼굴로 수표를 건네받고는 은행으로 갔다. 멋진 여행 가방을 샀고, 그들은 엘슬리와 작별을 고한 후 여행을 떠났다.

일등칸 객실에는 그들 둘뿐이었다. 그들은 프랑스인들처럼 짙은 키스를 나누었다. 두 명 모두 파리에서 공부했던 시절에 익힌 것이었다. 나중에 우아한 노년의 신사 한 분이 열차 객실로 들어왔으나, 그들은 야만적인 이방인의 특권을 누리며 개의치 않았다.

저녁에 그들은 시에나에 도착했다.

"시뇨라와 시뇨레•께 방을 안내해도 될까요?" 오래된 마차가 호텔 앞에서 멈추었고, 호텔 직원이 정중하게 물었다. 동의의 의미로 미하이는 고개를 끄덕였다. 밀리센트는 무슨 이야기인지 이해하지 못한 채 그를 따라 위로 올라갔고, 아무런 대꾸도 하지 않았다.

한편 엘슬리 박사가 생각했던 것만큼 밀리센트는 그렇게 순진하지만은 않았다. 하지만 같은 이유로 사랑을 할 때면 다른 어떤 때보다 신선하게 다가왔으며, 말없이 놀라게 하는 면이 있었다. 미하이는 시에나로 온 것이 매우 그럴 만했다고 생각했다.

4

시에나는 미하이가 지금까지 방문한 이탈리아 도시 중에서 가장 아름다웠다. 베네치아보다, 고매한 피렌체보다, 아치로 이루어진 감미로운 도시 볼로냐보다도 더 아름다웠다. 거기엔 아마도 에르지가 아닌, '비공식적'으로 밀리센트와 우연히

• 각각 여자와 남자를 존대해 부르는 이탈리아어.

왔다는 점도 한몫했을 것이다.

도시 전체가 가팔랐으며, 분홍빛 거리는 무작위로 만들어진 듯 꼬불꼬불한 별 모양으로 언덕까지 이어졌다. 주민들의 얼굴에서도 매우 가난하지만 더없이 행복하다는 것을 읽을 수 있었다. 모방할 수 없는 라틴 사람들의 방식대로 그들 자신은 행복한 것이다. 도시는 동화, 그것도 흥겨운 동화 같은 느낌을 주었다. 모든 지점에서 도시의 정상에 있는 대성당을 볼 수 있었다. 익살맞고, 얼룩말 색상을 한 그 대성당은 높이 솟은 체펠린처럼 도시 위에 떠 있는 듯했다.

대성당의 벽 하나가 건물 본체로부터 이백 걸음 정도의 길이로 펼쳐져 있었다. 기괴하고 황홀하기도 한 그것은 인간의 계획 실패를 보여주는 가장 큰 공간적 상징이기도 했다. 미하이는 고대 로마인들이 이러한 대성당을 짓는 보헤미안적인 자유분방함을 좋아했다. "피렌체에 대성당이 있다면 우리한테도 있어야 하지. 아니, 가능한 한 더 성대한 대성당을 짓자고!" 그들은 이렇게 이야기하고 아주 멀리까지 벽을 쌓았다. 시에나인들이 짓는 대성당의 규모에 피렌체인들이 지레 두려움을 느낄 정도로 말이다. 그러고는 재력이 미치지 못하자 건축가들은 자연스러운 동작으로 장비들을 내려놓고 대성당 방향으로는 쳐다보지도 않은 것이다. '맞아. 그래.' 미하이는 생각했다. '성당은 그렇게 세워야 하는 거야. 만약 울피우시 집안 사람들이 성당을 세웠다면, 분명 그들 또한 이렇게 했을 거야.'

그들 둘은 조개껍질 모양의 주 광장인 캄포로 내려갔다. 그곳은 형태에서 벌써 드러나듯 도시의 미소와도 같은 곳이었다. 미하이에게는 빠뜨릴 수 없는 곳이었으나 밀리센트는 그를 억지로 그곳에서 끌어냈다.

"미스 드워프가 이곳에 대해서는 그 어떤 것도 적지 않았어요. 그리고 이곳은 프리미티프 작품과 아무런 관계도 없어요."

오후에는 시에나의 성문들을 차례로 다녔다. 성문 앞에 서서 미하이는 그 광경, 토스카나 지방의 그 협소한 달콤함을 만끽했다.

"이것이 인간의 풍경이에요." 그는 밀리센트에게 말했다. "여기에서 산은 산으로서 존재해야만 하는 딱 그 규모예요. 이곳의 모든 것에는 그럴 수밖에 없는 크기가 있으며, 모든 것은 인간에게 맞춰져 있어요."

밀리센트는 생각에 잠겼다.

"산의 크기가 어때야 한다는 것은 어떻게 아세요?" 그녀가 물었다.

성문 중 하나에 이런 글귀가 적혀 있었다. "시에나는 너의 마음을 더욱 유연하게 열어줄지어니." 이곳에서는 성문들도 지혜와 진실을 읊고 있다. 성문은 계절이 드리우는 아름다움에 걸맞게 인간의 삶이 단순하고 가벼운 황홀과 기대로 가득하기를 바라고 있는 것이다. 시에나는 너의 마음을 더욱 유연하게 열어줄 것이라니!

다음 날 새벽, 미하이는 눈을 떴다. 일어나 창밖을 응시했다. 도시에서 산들을 향해 창이 나 있었다. 토스카나의 풍경에 연보라색 안개가 떠다녔으며, 금빛 햇살은 천천히, 그리고 소심하게 하루를 준비하고 있었다. 멀리 산 아래에는 보랏빛과 금빛 여명뿐, 그 어떤 것도 없었다.

'만약 이 풍경이 현실이라면, 만약 이 아름다움이 실재하는 것이라면, 그렇다면 지금까지 내가 했던 모든 것은 거짓이야. 그래, 이 풍경은 현실이야!' 그는 생각했다.

미하이는 큰 소리로 릴케의 시를 암송했다.

> 그대가 보이지 않는 곳은 어디에도 없으니
> 그대는 자신의 삶을 바꿔야만 하리라

그러고는 달콤하게 계속 잠을 자고 있던 밀리센트를 향해 흠칫 몸을 돌렸다. 그녀에게는 그 어떤 현실성도 없다는 것을 알게 되었다. 밀리센트는 은유가 아니라 우연히 누군가의 머리에 떠오르는 하나의 직접적인 비유, 그 이상도 이하도 아니었다. 그 외에는 아무것도, 그 어떤 것도 아니었다.

"시에나는 너의 마음을 더욱 유연하게 열어줄지어니." 갑자기 어떤 갈망이, 청춘 시절에 알게 된 그 어떤 갈망이 미하이를 사로잡았다. 하지만 그것은 그때보다 더욱 깊은 생각으로부터 우러나온 것이자 더욱 강렬한 욕망이었다. 크게 외쳐야 할 정도로 젊은 시절의 그 갈망을 갈망했다.

방황하던 시절로 여행하는 것, 그 회귀는 단지 시간을 옮기는 것에 불과하다는 것을 그는 이미 알고 있었다. 실제로 그것은 더 아래로 내려가야만 하는, 그리고 더 먼 과거, 자신의 개인사로 가야만 하는 계단일 뿐이다. 방황하던 시절은 그냥 쓸모없는 방황으로 채웠던 시간인 것처럼 낯선 여인은 항상 낯설 뿐. 그는 집으로, 낯설지 않은 그들이 있는 곳으로 가야만 한다. 그러나 그 사람들…… 그들은 이미 오래전에 죽었다. 세상 곳곳을 떠돌던 바람이 그들을 휩쓸어버렸다.

밀리센트는 미하이가 자신의 어깨에 머리를 기대어 울고 있는 것을 느끼자 잠에서 깼다. 침대에서 일어나 앉고는 겁에 질린 채 물었다.

"무슨 일이에요? 맙소사, 마이크, 무슨 일이에요?"

"아무 일도 아니에요." 미하이가 대답했다. "꿈을 꿨어요. 나는 어린아이이고, 큰 개 한 마리가 와서 버터를 바른 내 빵을 먹어치우는 꿈을요."

미하이는 그녀를 가볍게 안더니 자신에게 더 가까이 오게 했다.

그날, 벌써 그들은 이야깃거리가 떨어졌다. 미하이는 밀리센트가 시에나의 프리미티프 작품들을 공부할 수 있도록 그녀를 홀로 놔두었다. 점심나절 그녀가 자신이 본 것들에 대해 이야기했을 때, 미하이는 그녀가 수행하는 바보 같은 일들을 한 귀로 흘려듣고 있었다.

오후에 그는 호텔 방에서 나가지도 않았으며, 옷을 벗지도 않은 채 침대에 누워 있었다.

'맙소사…… 만약 문명화되지 않은 흑인들도 알고 있는 것, 망자를 소환하는 그것……. 우리가 이를 잊고 있는 것이라면, 이 온갖 문명은 무슨 가치가 있을까…….'

밀리센트는 이렇게 생각했다.

"열은 없나요?" 그녀가 미하이의 이마에 크고 아름다운 손을 가져다 대며 물었다. 그녀의 손이 닿자 미하이는 조금 정신이 들었다.

"마이크, 산책하러 가요. 정말 멋진 저녁이에요. 이탈리아인 모두가 길거리에 나왔어요. 그들 모두 에메리타나 아순타와 같이 황홀한 이름을 가진 아이 여섯 명을 데리고 나온 듯해요. 이름이 안눈치아타인 아주 어린 아이도 있어요!"

미하이는 몸을 기대더니 매우 힘들게 일어났다. 그들은 함께 밖으로 나갔다. 그는 힘들고 불안하게 걸음을 옮겼다. 마치 모든 것이 베일을 통해 보이는 듯했으며, 귀에는 흡사 밀랍이 껴 있어서 이탈리아의 저녁 소리가 그것을 관통해 들리는 듯했다. 발은 납덩이처럼 무거웠다. '나는 어떻게 이 느낌을 알고 있지?' 그는 생각에 잠겼다.

그들은 캄포 광장으로 내려왔다. 미하이는 100미터가 넘는 시청의 높은 탑, 불기둥처럼 밤하늘을 찌르고 있던 만자의 탑을 물끄러미 바라보았다. 그의 시선은 천천히 탑의 위쪽을 따라 올라가고 있었고, 탑 또한 울려 퍼지는 짙푸른 하늘의 풍경을 향해 점점 더 높아지는 듯했다.

그때였다. 우물 옆에서 땅이 열리더니 다시금 그의 발 앞에 소용돌이가 생겨났다. 단 한순간 이어지더니 사라졌다. 모든 것이 제자리에 있었다. 만자의 탑은 다시금 아주 높은 탑으로 그렇게 서 있을 뿐이었다. 밀리센트는 그 어떤 것도 눈치채지 못했다.

그날 밤, 그들의 몸이 만족에 겨운 채 나란히 누워 있던 그 때였다. 일면식도 없는 여성을 안았을 때 느껴지는 지독한 고독감에 빠지게 된 바로 그때였다. 다시금 소용돌이가 열리더니(아니면 그냥 그의 머릿속에서 떠오른 것일까?) 이번에는 매우 오랫동안 지속되었다. 사랑스러운 그녀 몸의 다정한 실체를 느끼려면, 한 손만 뻗으면 된다는 것을 알고 있었다. 그러나 손이 움직이지 않았다. 몇 시간 동안 기꺼이 그는 고독한 고통을 받아들였다.

다음 날 아침, 미하이는 두통을 느꼈다. 불면으로 눈이 섬뜩하게 이글거리고 있었다.

"밀리센트, 아픈 것 같아요." 그가 얘기했다. "폴리뇨에서 내가 입원해야 했던 그 문제가 재발했어요."

"무슨 병이 있어요?" 밀리센트는 믿지 못하겠다는 듯이 물었다.

"정확하게는 알 수 없어요. 산발적이고, 돌발적으로 경직되고, 거부할 수 없는 거예요." 그는 이해할 수 없는 말들을 늘어놓았다.

"아, 그런……."

"폴리뇨로, 신뢰할 만한 의사 엘슬리에게로 돌아가야겠어요. 그라면 어떻게 할 수 있을 거예요. 어쨌든 나는 그를 알고 있잖아요. 밀리센트, 당신은 어떻게 할 거죠?"

"당신이 아프다면 물론 저도 당신과 함께 가겠어요. 혼자가 되게 내버려두지는 않겠어요. 게다가 저는 벌써 시에나의 모든 프리미티프 작품들을 둘러봤어요."

미하이는 감동해 그녀의 손에 입을 맞추었다. 늦은 오후, 그들은 벌써 폴리뇨에 도착했다.

미하이의 제안으로 둘은 방을 따로 빌렸다. 하지만 엘슬리에게 그것을 알릴 필요는 없다고 미하이가 말했다.

엘슬리는 저녁나절에 미하이를 방문했다. 그의 증세를 들었으나 소용돌이를 느끼는 것에 대해서는 제대로 말을 않고 우물쭈물했다.

"광장공포증의 일종이에요. 당분간은 푹 쉬고, 그러고 나서 한번 봅시다."

미하이는 며칠간 누워 있었다. 소용돌이는 다시 나타나지 않았으나 침대에서 일어나고 싶은 마음이 전혀 들지 않았다. 일어나면 소용돌이가 또다시 그를 사로잡을 것이라는 느낌이 들었다. 가능한 한 잠을 많이 잤다. 엘슬리가 가져온 모든 것, 신경안정제, 강도가 약한 수면제를 복용했다. 잠이 들었을 때, 그는 가끔 터마시와 에버 꿈을 꾸었다.

"무엇이 문제인지 저는 알고 있어요." 엘슬리에게 말했다. "저는 과거에 대한 동경을 극심하게 앓고 있어요. 청년 시절로 돌아가고 싶어요. 그것을 가능하게 하는 약이 있을까요?"

"음." 엘슬리가 말했다. "아마 있을 거예요. 하지만 그것에 대해 말할 수는 없어요. 파우스트를 생각해보세요. 다시 청년이 되는 것을 원하지 마세요. 청년의 시기도, 나이가 드는 것도 신께서 주시는 것입니다."

의무감에서 비롯된 것이기는 하지만, 밀리센트는 부지런히 미하이를 방문했다. 저녁나절에 엘슬리가 그녀에게 들러 함께 미하이를 방문하는 날도 있었다.

"솔직히 얘기해보세요." 어느 날, 엘슬리는 미하이의 침대 옆에 앉아 물어보았다. "당신이 좋아했던 누군가가 죽은 적이 있지요?"

"그래요. 그랬어요."

"요즘 그 사람을 많이 생각하고 있나요?"

"네."

이를 시작으로 엘슬리의 치료법은 대체로 의학적 규정에 적합하지 않은 방향으로 흘러갔다. 한번은 성경책을, 또 한번은 묵주를, 또 어떤 때는 루르드의 성모 마리아상을 가져오기도 했다. 미하이가 밀리센트와 이야기를 나누는 동안, 엘슬리가 문에 십자가들을 그린 적도 있었다. 날씨가 좋던 어느 날, 그는 양파 한 줄을 들고 방에 들어섰다.

"잠들기 전에 이것을 목에 두르세요. 양파 향은 신경을 강화시켜줍니다."

미하이는 크게 웃음을 터뜨렸다.

"의사 선생님, 저도 《드라큘라》를 읽었어요. 그 양파 한 줄

이 어디에 사용되는지 알고 있습니다. 밤에 인간의 피를 빨아 먹는 흡혈귀를 물리치기 위해서지요."

"맞아요. 알고 계시니 다행입니다. 망자들의 혼령이 어떤 식으로든 있다는 것을 당신이 믿지 않는다고 하니까 그런 거예요. 당신은 망자들로 인해 아픈 거예요. 그들이 당신을 찾아와서 당신의 활력을 앗아 가는 거예요. 그런 일에 의학은 소용없지요."

"그럼 그 양파 한 줄은 가져가세요. 그런 것들로는 저를 괴롭히는 망자들의 영혼을 물리칠 수 없어요. 그들은 제 안에 있어요."

"당연하죠. 요즘엔 망자들의 영혼도 심리적인 수단들을 사용해요. 하지만 본질적으로 그것은 어떤 것도 바꾸지 못해요. 망자들의 영혼으로부터 자신을 보호하는 수밖에 없어요."

"그만하세요." 미하이는 약간 짜증이 난다는 듯 말했다. "저에게 빈혈이 있다고 하고, 중국산 철주(鐵酒)와 브롬을 처방하세요. 그것이 당신의 일이에요."

"당연하죠. 더 이상 어떤 것도 하지 않을게요. 망자들의 영혼과 상대해 의학은 도움을 주지 못해요. 하지만 더 강하고 초자연적인 수단들이 있어요……."

"제가 미신을 믿지 않는다는 것을 아시잖아요. 미신은 그것을 믿는 사람에게만 도움이 돼요."

"그것은 이미 오래된 관점이에요. 어쨌든 왜 시도도 하지 않으려고 하세요? 어떤 위험도 없어요."

"어떤 위험도 없다니요. 그것은 제 자존심, 존엄성, 이성적 존재라는 자의식을 위험에 빠뜨리지요."

"그 장황한 말들, 하지만 그것들은 어떤 의미도 없어요. 한번 시도해보세요. 당신은 구비오로 가야만 해요. 그곳에 기적을 행하는 수도사가 저 높은 곳에 위치한 성 우발도 수도원에 있어요."

"구비오요? 그곳에 대해 당신이 언젠가 한번 얘기한 적이 있어요. 제 기억이 맞는다면, 그곳에서 당신에게 뭔가 매우 심령적인 사건이 있었다고 했어요."

"맞아요. 아마 그 사건이 당신에게 확신을 줄 수 있을 거예요. 이제 그 이야기를 해볼게요. 그러니까 바로 그 수도사에 대한 얘기예요."

"한번 들어볼까요?"

"알고 계시겠지만, 이곳 병원으로 오기 전 저는 구비오시의 한 구역을 관할하던 의사였어요. 한번은 어떤 환자를 방문하게 되었는데, 그 환자는 심각한 정신 질환을 앓고 있는 것처럼 보였지요. 그 환자는 비아 데이 콘솔리라는 매우 중세적인 거리에 있는 어둡고 오래된 집에서 살고 있었어요. 젊은 여성이었고, 구비오 출신도 이탈리아인도 아니었어요. 국적을 알지는 못했으나 영어를 잘했어요. 아주 아름다운 여성이었죠. 그 집 사람들에 따르면, 그녀는 그곳에서 방 하나를 임대해 기거하고 있었는데 환각에 사로잡혀 고통을 겪고 있다고 했어요. 그녀는 '망자들의 문'이 밤에 닫히지 않는다는 것에 사로잡혀 있었어요."

"뭐라고요?"

"망자들의 문 말이에요. 아시다시피 중세에 지어진 그런 집에는 문이 두 개 있어요. 하나는 제대로 된 문으로 산 자들을 위한 것이고, 그 옆에 망자들을 위한 협소한 문이 따로 있지요. 그 문은 집에서 관을 옮길 때만 사용되지요. 그러고는 망자들이 되돌아오지 못하게끔 다시금 벽을 발라 닫아버려요. 망자는 자신이 나갔던 곳으로만 돌아올 수 있다고 믿었기 때문이에요. 그 문은 거리와 똑같은 높이로 나 있지 않고, 관을 거리에 있는 사람에게 건넬 수 있도록 1미터 정도 더 높이 나 있었어요. 지금 제가 말하는 부인이 그런 집에서 살고 있었어요. 어느 날 밤, 그녀가 깨어났는데 망자들의 문이 열렸다는 거예요. 그리고 그녀가 매우 사랑했으나 이미 오래전에 죽은 누군가가 그곳을 통해 들어 왔다고 했어요. 이를 시작으로 그 망자는 매일 밤 그녀를 찾아왔죠."

"글쎄요. 그 부인을 돕는 것이 쉬웠을 수도 있었겠네요. 그녀가 이사를 가기만 하면 되었으니까요."

"저희도 그 이야기를 했지만, 부인은 이사를 가고 싶어 하지 않았어요. 망자가 자신을 방문하는 것을 매우 행복해했지요. 당신처럼 하루 종일 누워서 밤을 기다리고만 있었어요. 그 와중에 그녀는 빠르게 쇠약해져갔고, 그 집에 있던 다른 사람들이 매우 걱정을 했죠. 게다가 그들은 매일 밤, 죽은 남자가 그 집으로 온다는 것도 좋아하지 않았어요. 그 집안은 아주 엄격한 도덕관념을 지닌 귀족 가문이었어요. 실질적으로 그들이 저를 부른 이유는 의사의 권위로 그녀를 다른 곳으로 옮겨달라는 것이었어요."

"그래서 어떻게 하셨어요?"

"저는 그 부인에게 환각에 빠져 있다고 설명하고, 치료가 필요하다는 것을 납득시키려고 했어요. 하지만 그녀는 비웃었어요. '제가 환각에 빠져 있다니요?' 그녀가 말했지요. '매일 밤 정말 여기에 나타나요. 그것은 지금 당신이 여기에 있는 것처럼 의문의 여지가 없어요. 저를 믿지 못하겠다면 여기에서 하룻밤을 지내보세요.'

저는 이런 종류의 일들에 조금은 심할 정도로 민감한 편이기에 제게 적합한 일은 아니었어요. 하지만 의사로서의 의무감으로 어쩔 수 없이 그곳에 머무르게 되었어요. 어쨌든 기다림은 전혀 불쾌하지 않았어요. 부인은 공포에 질리거나 황홀감에 도취되지도 않은 채 믿을 수 없을 정도로 온전한 상태였지요. 게다가 떠벌리고 싶지는 않지만, 실제로 그녀가 저에게 '장난'을 걸기도 했어요……. 제가 그곳에 왜 갔는지도, 그리고 자정이 가까워지고 있다는 것도 거의 잊고 있었어요. 자정이 되기 전, 갑자기 그녀가 제 손을 잡았어요. 그리고 다른 손으로는 초를 들더니 망자들의 문이 열렸다는 1층의 그 방으로 저를 데리고 내려갔어요.

제가 망자를 보지 못했다는 고백을 먼저 해야겠군요. 하지만 그것은 제 잘못 때문이었어요. 저는 그 순간을 감히 기다리지 못했지요. 극히 추워졌다는 것은 느낄 수 있었고, 공중에서 촛불이 흔들리고 있었어요. 그리고 어찌 된 영문인지는 모르겠지만, 다른 누군가가 방에 있다는 것이 온몸으로 전해졌어요. 그리고 솔직하게 당신에게 털어놓자면, 그것은 제가 견딜 수 있는 것 이상이었어요. 저는 황급히 방에서 뛰쳐나가 집으로 가서 문을 걸어 잠갔어요. 그리고 이불로 머리를 감쌌지요. 물론 당신은 이렇게 이야기하겠지요. 그 부인의 암시에 제가 넘어간 것이라고요. 가능한 얘기예요……."

"그 부인에게는 무슨 일이 일어났던 건가요?"

"아, 그래요. 지금 바로 그것을 말하려던 참이었어요. 의사, 그러니까 최소한 저 같은 의사는 일조를 할 수 없다는 것을 그 집안사람들이 알게 되었을 때, 그들은 성 우발도 수도원의 세베리누스 신부에게 도움을 청했어요. 그는 매우 특별한 분이자 성자이지요. 어딘가 먼 나라에서 구비오로 왔다고 하지만 어디에서 왔는지는 알 수 없어요. 구비오에서도 그분을 자주 보지는 못했어요. 대축일들, 또는 장례식들이 있을 때만 그분은 모습을 비췄지요. 그 외에는 엄격한 금욕 생활을 하며 산에서 내려오지 않았어요. 당시 어떤 방법을 통해 그 세베리누스 신부에게 이 일을 맡아달라고 청할 수 있었어요. 산에서 내려와서 병든 그 부인을 방문해달라고 말이에요. 사람들 얘기로는 그들의 만남이 매우 충격적이고 극적이었다고 해요. 그 부인은 세베리누스 신부를 보자마자 큰 소리를 외치며 쓰러졌고, 세베리누스 신부 또한 얼굴이 창백해진 채 몸을 가누지 못하고 비틀거렸다고 해요. 그분은 그것이 얼마나 어려운 일인지 느낀 것처럼 보였죠. 그럼에도 이후에 성공적으로 일을 마무리했어요."

"어떻게요?"

"그것은 알 수 없어요. 혼령을 쫓아낸 것으로 보였어요. 그분은 알 수 없는 언어로 그 부인과 한 시간 정도 이야기를 나눈 후 산으로 되돌아갔지요. 한편 부인은 진정되었고, 구비오를 떠났어요. 이후 그녀를 본 사람도, 그 혼령을 본 사람도 누구 하나 없었어요."

"흥미롭군요. 그 세베리누스 신부라는 분, 그분이 실제로 외국 어디에서 그곳으로 가게 되었는지 말씀해주시겠어요? 정말 어디에서 왔는지 모르세요?"

"유감스럽게도 알지 못합니다. 다른 사람들도 마찬가지일 거예요."

"그럼 외양에 대해 하는 말입니다만, 그분은 어땠나요?"

"키가 매우 크고, 마른…… 수도사들이 종종 그렇듯 그런 분이었어요."

"아직, 지금도 그 수도원에 계실까요?"

"네, 그래요. 당신은 그분께 가야만 합니다. 오직 그분만이 당신의 문제를 치유하실 수 있어요."

미하이는 깊은 생각에 잠겼다. 삶은 인과관계가 없는 우연의 일치로 가득 차 있다. 그 세베리누스 신부는 어쩌면 에르빈이며, 그 부인은 에버였을 터였다. 터마시에 대한 기억을 잊을 수 없었던 그녀…….

"의사 선생님, 알고 계시죠? 저는 내일 구비오로 가겠습니다. 이렇게나 호의를 베푸시는 당신을 위해서이기도 합니다. 그리고 아마추어 종교사학자로서 망자들의 문에 대해서도 궁금해졌습니다."

엘슬리는 그 결론에 매우 기뻐했다.

미하이는 다음 날 짐을 꾸렸다. 그리고 자신을 방문하러 온 밀리센트에게 말했다.

"저는 구비오로 가봐야 해요. 의사 선생님께서는 제가 오직 그곳에서만 치유될 수 있다고 하셨어요."

"정말이에요? 우리가 작별해야 한다는 것이 두려워요. 저는 여기 폴리뇨에서 당분간 조금 더 머물려고요. 이 도시가 너무 좋아졌어요. 저를 여기로 떠밀었던 그 프랑스인에게 제가 처음에는 얼마나 화를 냈는지 기억하세요? 하지만 이제 어떤 것도 상관없어요. 의사 선생님 역시 매우 친절한 분이세요."

"밀리센트, 유감스럽게도 나는 아직도, 아니 항상 당신에게 빚을 지고 있어요. 부끄럽기 그지없군요. 집에서 헝가리 중앙은행을 통해 외환으로 송금할 예정이에요. 그것은 매우 복잡한 과정으로 처리된다는 것을 당신도 알고 계시리라 생각해요. 조금만 인내해주시기를 부탁드립니다. 송금한 돈이 이제 정말 며칠 내로 여기에 도착할 거예요."

"그런 말은 하지 않으셔도 괜찮아요. 그리고 무언가 멋진 광경을 보게 되면, 편지를 써서 알려주세요."

5

구비오로 가는 길은 포사토 디 비코와 아레초 간에 운행되는 협궤 열차를 통해서만 이어졌다. 그 노선은 짧은 거리에도 불구하고 긴 시간이 걸리는 구간이었다. 날씨도 더웠기에 그곳에 도착했을 때 미하이는 매우 피곤했다. 하지만 역으로부터 곧장 위쪽으로 나 있는 길이 보였고, 그 길을 보는 순간 그는 이 도시에 사로잡혔다.

거대하고 척박한 이탈리아풍의 산 능선이 거의 까무러칠 정도로 높이 치솟다가 주저앉은 곳, 그곳에 구비오가 펼쳐져 있었다. 흘긋 봐도 수백 년이 되지 않는 집은 없을 듯했다.

제멋대로 난 굽잇길 사이에 믿을 수 없을 정도로 높은 건물 하나가 솟아올라 있었다. 이런 외딴 산중에 누가, 어떤 이유로 세웠는지 알 수 없는 거대하고 암울한 중세의 마천루인 팔라초 데이 콘솔리였다. 이 작은 도시국가 구비오는 우르비노의 공작인 몬테펠트로 가문에 귀속되는 15세기까지 바로 그곳에서 집정관들에 의해 운영되었다. 반면 도시 위쪽 인지노산의 정상께에 거대한 규모의 하얀색 건물, 성 우발도 수도원이 있었다.

저 아래, 철도역에서 도심으로 이어지는 길에 괜찮아 보이는 여관 하나가 눈에 들어왔다. 미하이는 그곳을 숙소로 정하고, 점심 식사 후 잠시 휴식을 취했다. 그러고는 구비오를 둘러보기 위해 길을 나섰다. 내부로부터 보면 거대한 작업실을 연상시키는 텅 빈 팔라초 데이 콘솔리. 그곳에서 로마 시대 이전에 제작된 이구비움 동판을 보았다. 거기엔 움브리아 민족의 제례문들이 새겨져 있었다. 그리고 오래된 대성당도 둘러보았는데, 미하이에게 다른 볼만한 것들은 많지 않았다. 이 도시는 그 자체로 매력적이기 때문이었다.

이 지방의 이탈리아 도시들은 다른 고대 도시들과 마찬가지로 대부분의 집이 무너져가고 있었고, 몇 년이 지나면 폐허가 될 듯했다. 잡석으로 지은 집 벽을 마감하지 않은 것이 그 원인이었다. 중유럽인의 시선으로 보자면 집들의, 아니 도시 전체의 마감재가 떨어져 나간 것 같았다. 그렇게 위로할 길 없이 폐허가 되도록 내버려진 것으로 보였다. 특히 구비오의 경우 마감재가 없는 집이 더 많았으며, 다른 이탈리아 도시들보다 더더욱 쓰러져가는 듯했다. 실제로 구비오는 음울한 곳이기도 했다. 관광지로서 선택받지 못했고, 산업과 상업이라고 할 것도 거의 없었다. 집 벽에 갇힌 수천 명이 어떻게 생계를 유지하고 있는지 알 수 없는 일이다.

미하이는 대성당에서 나와 비아 데이 콘솔리 방향으로 길을 꺾었다. '이 길이 엘슬리가 말한 그 길이군.' 그는 생각했다. 그 길에 대해 누가 어떤 말을 해도 모두 믿을 수 있는 그런 길이었다. 황량하고 검게 손때 묻은, 몰락한 중세의 장엄한 집들을 보며 그곳에 사는 사람들을 짐작해본다. 그곳 주민들은 수백 년 동안 자신들의 영광스러운 과거의 기억들만으로 살고 있다고. 빵과 물을 먹고 마시며…….

그리고 바로 그 세 번째 집, 그곳에 정말로 망자들의 문이 있었다. 그것은 일상적인 대문 옆에 있었는데, 지면보다 1미터 정도 높이 위치한, 벽돌로 채운 고딕풍의 협소한 문이었다. 비아 데이 콘솔리의 거의 모든 집에 이러한 것이 있었다. 길에는 다른 어떤 것도 없었다. 특히나 사람은.

좁은 골목길을 지나 나란하게 이어진 거리로 내려왔다. 앞서 지나온 골목보다 더 나아 보이지는 않았고, 처량함과 고매함도 그에 미치지 못했다. 마치 이곳에도 살아 있는 존재가 있음을 알리는 듯했다. 그리고 망자들도 있는 것 같았다. 어느 한 집 앞에서 놀라울 정도로 많은 사람이 눈에 띄었다. 무슨 일인지 재빠르게 알아차리지 못했다면, 아마도 환영이라고 믿었을 것이다. 그 집 앞에는 두건 달린 옷으로 얼굴을 가린 사람들이 손에 촛불을 든 채 서 있었다. 장례식이었다. 아직도 이곳에는 오래된 이탈리아 예식에 따라 두건 달린 옷을 입은 친인척들이 망자를 밖으로 옮겼다.

미하이는 모자를 벗고 예식을 가까이에서 보고자 그곳으로 갔다. 망자의 문은 열려 있었다. 관대(棺臺)가 놓여 있는 집 안의 어두운 방을 들여다볼 수 있었다. 신부들과 복사(服事)들이 관 주위에 향로를 들고 서서 성가를 부르고 있었다. 얼마 지나지 않아 그들은 관을 들어 올렸고, 망자의 문을 통해 밖으로 옮겼다. 두건 달린 옷을 입은 사람들이 관을 어깨에 멨다.

이때 고딕풍의 문을 통해 중백의를 입은 신부가 등장했다. 그의 창백한 상앗빛 얼굴이 공허하고 슬픈 시선으로 하늘을 향했다. 그는 머리를 반쯤 숙이더니 태곳적 동작처럼 두 손을 모았다. 형용할 수 없을 만큼 정성스러운 움직임이었다.

미하이는 그에게 달려가지 않았다. 지금 그는 신부이자 진지하고 창백한 얼굴로 성전(聖殿)의 임무를 수행하고 있는 한 명의 수도자였기 때문이다……. 그렇다. 소년이나 학생 때처럼 그에게 달려갈 수는 없다…….

관을 든 사람들이 앞으로 나아가기 시작했다. 신부와 장례 행렬이 그 뒤를 따랐다. 미하이도 끝에 서서 모자를 벗고는 저기 멀리 산 사면에 있는 캄포산토를 향해 터벅터벅 걸었다. 가끔씩 발걸음을 멈춰야 할 정도로 심장이 요동쳤다. 과연 그들은 그렇게 오랜 시간이 지나 그렇게나 다른 길을 걷고 있으면서도 여전히 서로 이야기를 나눌 수 있을까?

미하이는 장례 행렬 속 누군가에게 신부의 이름을 물어보았다.

"그분은 세베리누스 신부세요. 매우 거룩한 분이시죠."

묘지에 도착하자 그들은 관을 무덤에 내렸다. 장례는 끝났으며, 사람들은 뿔뿔이 흩어졌다. 세베리누스 신부는 동료들과 함께 도시 쪽으로 향했다.

미하이는 그에게 다가갈지 말지 아직도 결정하지 못하고 있었다. 성스러운 사람이 된 에르빈은 아마도 세속적이었던 그의 청춘을 부끄러워하며, 성 아우구스티누스처럼 '고결한 혐오'로 그 시절을 반추하고 있을지 모른다는 생각이 들었다. 아마도 모든 가치를 다시 자리매김해, 어쩌면 미하이는 그의 마음속에서 떨어져 나왔을 수도 있다. 자신을 기억하고 싶지 않을 수도 있다. 어쩌면 지금 미하이는 에르빈을 보았다는 기적에 만족하고 자리를 뜨는 것이 더 나을 터였다.

이때 세베리누스 신부가 동료들을 뒤로하고 몸을 돌렸다. 그러고는 곧바로 미하이에게 향했다. 어른의 굴레를 벗어던진 듯 미하이도 에르빈에게 내달렸다.

"미시!"• 에르빈이 그를 안으며 외쳤다. 그리고 성직자다운 온화함으로 오른뺨과 왼뺨을 미하이의 얼굴에 갖다 댔다.

"묘지에서 벌써 너를 봤어." 그가 조용하게 말했다. "새도 찾지 않는 이 외딴곳에 어떻게 오게 된 거야?"

하지만 이는 그의 배려에서 나온 질문일 뿐이었다. 실제로는 눈곱만큼도 놀라워하지 않는다는 것을 미하이는 그의 목소리로 알 수 있었다. 에르빈은 마치 오래전부터 이 만남을 예상하고 있었던 듯했다.

미하이는 한마디 말도 꺼낼 수 없었다. 에르빈의 얼굴을 쳐다보기만 했다. 얼마나 갸름해지고 야위었는지. 그의 눈, 청춘의 불꽃이 이글거렸던 그 눈. 순간적인 기쁨으로 가득 찬 에르빈의 눈에서 미하이는 깊은 슬픔을 보았다. 구비오의 집들에서 본 것 같은 그런 슬픔이었다. 지금까지 미하이에게 '수도자'는 그냥 하나의 단어였다. 이제 에르빈이 수도자라는 것을 완전히 이해할 수 있게 되자 미하이의 눈에는 눈물이

• 미하이의 애칭.

그득해졌다. 그는 얼굴을 돌렸다.

"울지 마." 에르빈이 말했다. "그 시절 이후 너도 변했잖아. 아, 미시, 내가 너를 얼마나 많이 생각했는지, 미시!"

갑자기 미하이는 조바심에 사로잡혔다. 그는 에르빈에게 모든 것을 말해야 했다. 에르지에게도 말할 수 없었던 모든 것, 그 모든 것을……. 에르빈은 치유할 수 있을 것이다. 그 영광, 그 빛이 다른 세상으로부터 그에게 비춰지고 있으니…….

"네가 구비오에 있다는 것을 알고 여기에 온 거야. 언제, 어디서 너와 얘기할 수 있을까? 지금 내가 묵고 있는 곳으로 올 수 있어? 같이 저녁을 먹을 수 있을까?"

에르빈은 미하이의 순진함에 미소를 지었다.

"그건 불가능해. 미안하지만 지금은 시간이 없어. 저녁 내내 일정이 있어. 벌써 서둘러 가야 해……."

"아니, 수도사들에게 그렇게 일이 많아?"

"아주 많아. 다른 사람들은 상상도 할 수 없을 정도로. 오늘 여러 기도를 빠뜨렸어."

"그럼 언제 시간이 될까? 어디서 만날 수 있을까?"

"딱 한 가지 방법이 있어. 하지만 미시, 너에게 매우 불편한 일이 아닐까 싶어서 걱정돼."

"에르빈! 너와 이야기를 나누는데 나에게 불편할 것이라니. 무슨 그런 말을 해?"

"네가 수도원으로 올라와야만 해서 그래. 예를 들어 지금 장례식 때문에 나온 것처럼 우리 성직자는 이유가 있어야 밖으로 나갈 수 있어. 그리고 저기 위, 수도원에는 시간마다 엄격한 의무가 있어. 우리가 평온하게 이야기를 나누기 위해서는 단 하나의 방법이 있지. 너도 알겠지만, 우리는 새벽 기도를 하러 자정에 성당으로 가. 9시에 잠자리에 들곤 해서 자정까지 수면을 취하지. 하지만 이 취침이 의무적인 것은 아니야. 이 시간은 규정에 의해 규제되지 않고, 침묵해야 하는 의무도 없는 시간이야. 우리는 이 시간에 이야기를 나눌 수 있을 거야. 저녁 식사 후에 수도원으로 온다면 제일 현명한 셈이 될 거야. 순례자처럼 하고 와. 우리는 순례자들을 객으로 맞이하곤 하거든. 다른 형제들을 위해서라도 성 우발도에게 작은 선물을 준비해. 초 몇 개면 될 거야. 보통 그렇게 하지. 그리고 문지기 형제에게 순례자들의 방으로 하룻밤을 부탁해. 알고 있겠지만, 너의 평소 상황들과 비교해서 그렇게 편하지는 않을 거야. 그러나 내가 얘기해줄 수 있는 다른 것은 없어. 만약 시내로 다시 돌아가려면 우리가 수도원에서 대화를 끝낸 자정이라야 하는데, 그것은 내가 원하는 바가 아니야. 또한 그러려면 네가 산을 잘 알고 있어야 하거든. 이곳은 잘 모르는 사람에게 호의적인 곳이 아니야. 오는 길에는 너에게 길잡이를 해줄 어린아이 한 명을 구해. 그럼 괜찮겠지?"

"괜찮다마다 에르빈. 아주 좋아."

"그럼 그때까지 신의 가호가 함께하길. 나는 서둘러 가야 해. 벌써 늦었어. 밤에 보자. 잘 있어."

그러고는 아주 빠른 발걸음으로 떠났다.

미하이는 터벅터벅 도심을 향해 걸어갔다. 대성당 옆에서 가게 하나를 발견했다. 그곳에서 성 우발도를 위해 아주 아름다운 초를 몇 개 구입했다. 그리고 숙소로 가서 저녁 식사를 한 다음 무엇을 챙겨 가야 할지 고민했다. 마침내 초 몇 개, 파자마, 그리고 칫솔을 챙겨 작은 짐을 쌌다. 그곳 문지기가 순례자를 대하는 선의로 봐준다면, 순례자의 봇짐으로도 보일 만했다. 짐을 싼 후, 종업원에게 길잡이를 한 명 알아봐줄 것을 부탁했다. 종업원은 곧 어떤 소년을 데려왔고, 그들은 함께 길을 떠났다.

가는 길에 미하이는 이 지역의 명소에 관심이 갔다. 아시시의 성 프란체스코가 화해를 주선했고, 그 도시와 계약을 맺었던 늑대는 어떻게 되었는지 소년에게 물어보았다.

"그건 아마 오래전의 일인 것 같은데요." 소년은 한참을 생각하더니 대답했다. "무솔리니보다도 더 이전의 일 같아요. 그가 총통이 된 이후에 늑대들이 없는 것을 보면 그래요." 하지만 늑대의 머리가 멀리 떨어진 성당에 묻혀 있다는 사실은 들어서 알고 있는 것 같았다.

"순례자들이 저 수도원에 올라가곤 하니?"

"그럼요, 자주 가요. 성 우발도는 무릎과 등 부위의 만성적인 통증에 아주 좋아요. 선생님도 등 부위에 통증이 있지 않으세요?"

"그 정도는 아니다만……."

"빈혈과 신경과민에도 아주 좋은 곳이에요. 5월 16일에는 특히 많은 순례자가 찾아요. 그날이 성 우발도의 날이거든요. 그때는 사람들이 저 아래, 대성당에서 제대초를 가지고 행렬을 이루어 수도원으로 올라가요. 밀랍으로 인물을 묘사한 제대초요. 하지만 주님의 부활이나 주일 같은 행렬은 아니에요. 그것들을 속보로 옮기는 거예요……."

"그 제대초에는 무엇이 그려져 있지?"

"그건 아무도 몰라요. 아주 오래된 것들이에요."

한때 종교사학자였던 미하이 안의 무언가가 되살아났다. 그 제대초들에 대해 알아봐야 할 것이다. 트라키아에서 디오니소스의 축일에 산정으로 내달리는 바쿠스의 여신도들처럼 빠른 걸음으로 그것들을 수도원으로 가지고 올라간다는 것이 매우 흥미로웠다……. 여기 구비오에는 놀랄 정도로 오래된 것들이 남아 있다. 움브리아의 동판, 망자들의 문……. 어쩌면 아시시의 성 프란체스코가 길들였던 그 늑대도 태곳적인 어떤 것일 수 있다. 말하자면 이탈리아의 신성인 늑대 로물루스와 레무스의 친척으로서 전설 속에서 이렇게 계속 살아 있는 것일지도 모른다. 바로 이런 곳으로 에르빈이 온 것은 또 얼마나 특별한 일인가…….

힘들게 한 시간가량 산을 올라 그들은 수도원에 도착했다. 두꺼운 석벽이 건물을 에워싸고 있었다. 벽을 뚫어 만든 작은 문이 닫혀 있었다. 종을 울려 그들의 방문을 알렸다. 긴 시간이 지나 문에 난 작은 창이 열렸다. 수염이 덥수룩한 수도승 한 명이 고개를 내밀었다. 시종 역할에 익숙한 소년이 이분은 순례자이며, 성 우발도 수도원을 방문하기를 희망한다고 설명했다. 문이 열렸다. 미하이는 길잡이 소년에게 돈을 쥐여주고는 수도원 안마당으로 들어섰다.

문지기 형제는 놀란 눈으로 미하이의 복장을 자세히 쳐다보았다.

"당신은 외국인인가요?"

"그렇습니다."

"괜찮아요. 여기에 외국인 신부님도 계시는데, 외국어를 잘하세요. 나중에 알려드릴게요."

문지기는 아직 빛을 밝히고 있는 한 건물로 미하이를 안내했다. 몇 분이 지나자 에르빈이 도착했다. 지금은 이미 중백의가 아닌 프란체스코 수도회의 갈색 수도복을 걸치고 있었다. 에르빈이 프란체스코 수도회의 성직자라는 사실이 이제야 실감이 났다. 정수리 부위를 삭발한 모습이 그의 얼굴에 전혀 다른 특징을 부여하고 있었다. 에르빈의 얼굴에는 자신 내부의 그 모든 세속적인 것과 단절하고 있음이 드러났고, 조토•와 프라 안젤리코••의 작품들에서 볼 수 있는 분위기가 부각되었다. 어쨌든 이것이 에르빈의 진짜 얼굴이고, 처음부터 그는 이런 얼굴로 태어났으며, 정수리 부위를 삭발한 머리 모양도 항상 그랬던 것처럼 여겨졌다. 이전에는 단지 그의 검

• 이탈리아의 화가이자 건축가인 디본도네 조토(1226?~1337).

•• 이탈리아의 화가인 프라 안젤리코(1400?~1455).

은색 곱슬머리가 가리고 있었을 뿐……. 그 과정이 아무리 끔찍했다 하더라도 에르빈이 본래의 자신을 찾았다는 것에는 의심의 여지가 없었다. 이러한 것들을 깨닫기도 전에 미하이는 예전의 학교에서 성당 사람들에게 하듯이 에르빈에게 인사했다.

"찬미 예수 그리스도."

"이제와 같이 영원히." 에르빈이 말했다. "새도 찾지 않는 이 외딴곳을 네가 찾아오다니! 여기로 와. 응접실로 가자고. 내 방에서는 손님을 맞을 수 없어. 우리는 경내 규정을 아주 철저하게 따르거든."

그는 초를 켜고 미하이에게 길을 안내했다. 황량하고 흰 석회를 바른 텅 빈 방과 복도들, 그리고 작은 방들을 지났다. 누구 하나 다니지 않았고, 그들의 발걸음 소리만 반사되어 울렸다.

"이 수도원에는 몇 명이 있지?" 미하이가 물었다.

"여섯 명이 있어. 네가 보고 있는 것처럼 우리의 공간으로는 충분하지."

으스스한 분위기였다. 이백 명도 너끈하게 수용할 만한 집에 여섯 명이라니. 한때는 분명 그 정도의 인원이 있었음직했다.

"여기서 무섭지 않아?"

에르빈은 가만히 미소만 지은 채 어린아이 같은 질문에 대답하지 않았다.

그들은 천장이 둥글고 텅 빈 거대한 응접실로 들어갔다. 한 구석에 책상과 낡은 나무 의자 몇 개가, 책상 위에는 레드 와인이 든 항아리 주전자와 잔 하나가 있었다.

"다행스럽게도 수도원장님께서 배려해주셨어. 작은 와인이나마 너에게 제공할 수 있으니 말이야." 에르빈이 말했다. 에르빈의 말에 미하이는 그제야 조금 어색하게 들리는 그의 발음을 인식할 수 있었다. 그 오랜 세월 동안 헝가리어를 쓰지 않은 탓이었다. "한 잔 따를게. 이렇게 먼 걸음 후에는 와인을 한 잔 마시는 게 좋을 거야."

"너는?"

"아, 나는 마시지 않아. 수도회에 입회한 이후에는……."

"에르빈…… 설마 담배도 안 피우는 건 아니지?"

"안 피워."

미하이의 눈에 또다시 눈물이 고였다. 아니다. 그것은 상상할 수조차 없는 일이었다. 참회자들이 차는 못이 박힌 벨트를 옷 안쪽에 걸치고 있다든지, 그가 죽음을 앞두고 성흔을 받게 되었다든지…… 미하이는 그에 관한 모든 것을 기꺼이 믿을 수 있었다. 하지만 그가 담배를 피우지 않는다니!

"훨씬 더 큰 것들도 포기해야 했어." 에르빈이 말했다. "그래서 이 정도의 희생은 생각도 나지 않는군. 하지만 너는 마셔도 돼. 담배도 괜찮아."

미하이는 와인 한 잔을 들이켰다. 오래된 손님을 맞기 위해 거미줄이 뒤엉킨 병 속에 담아둔 '친구들의 와인'에 대해 사람들은 큰 환상을 품고 있다. 하지만 그런 종류는 아니었다. 평범하지만 매우 깔끔한 시골 와인이었고, 그 맛은 희고 텅 빈 이 소박한 공간에 무척이나 어울렸다.

"와인이 어떤지 모르겠어." 에르빈이 말했다. "여기 지하에는 와인 저장고가 없어. 우리는 탁발 수도회잖아. 가능한 한 말 그대로 이를 이해해야 해. 자, 그럼 이제 얘기를 해줘."

"에르빈, 한번 보자고. 우리 둘의 삶 중에서 네 삶이 훨씬 더 놀랍잖아. 나의 호기심이 너의 것보다 큰 게 당연해. 그러니 우선 네 이야기부터 하는 것이……."

"사랑하는 미시, 내가 무슨 얘기를 할 수 있을까? 우리에게는 이력이 없어. 우리 각자의 이야기는 다들 똑같으며, 우리는 전체로서 교회의 역사에 스며들어 있어."

"그럼 어떻게 여기 구비오로 오게 됐는지 얘기해주겠어?"

"우선 고향인 그곳, 헝가리에 있었지. 죈죄시•에서 수련 수도사로 있다가 오랫동안 에게르••의 수도원에 있었어. 그 뒤에 헝가리 교구가 어떤 일들 때문에 사제 한 명을 로마로 보내야만 했는데, 글쎄 나를 보낸 거야. 왜냐하면 그때까지 나는 이탈리아어를 배워두었었거든. 그 일을 마치고 난 후, 나에 대한 호감 때문인지 로마에서 나를 다시 불렀어. 내가 자격이 되지는 못했지만, 로마에서는 나를 총회장 곁에 두고 싶

● 헝가리 중북부의 도시.

●● 헝가리 북부의 도시.

어 했어. 나는 두려웠지. 이것이 추후에 경력을 쌓는 방향으로 나를 이끌지나 않을까……. 물론 이 표현은 프란체스코 수도회에 국한되는 것이지만, 내가 어디에서 원장이 된다거나 총회장 곁에서 어떤 직위를 차지할 수도 있을 테니 말이야. 나는 그것을 원하지 않았어. 그래서 총회장 신부님께 여기, 구비오로 보내달라고 부탁드렸지."

"왜 하필 여기였어?"

"왜인지는 나도 모르겠어. 아마 오래된 전설, 구비오 늑대의 전설 때문인 것 같아. 우리가 학생 시절에 그 전설을 얼마나 좋아했는지 기억하지? 한번은 그 전설 때문에 아시시에서 이곳으로 잠시 온 적도 있었지. 이 수도원이 무척이나 마음에 들었어. 알다시피 이곳은 새도 찾지 않는 그런 외딴곳……."

"여기서 잘 지내고 있는 거지?"

"잘 지내고 있어. 세월이 흐르는 만큼 내 마음도 점점 평화로워져……. 하지만 '장황하게 늘어놓고' 싶지는 않아. (그는 야릇하고 옅은 미소로 이 말을 강조했다.) 왜냐하면 너는 세베리누스 신부가 아닌, 한때 에르빈이었던 이에게 왔다는 걸 알고 있기 때문이야. 그렇지 않아?"

"나도 잘 모르겠어……. 말해줄 수 있겠어? 그 모든 것에 대해 물어본다는 것이 너무 어려워……. 이곳이 지겹지는 않아?"

"지겹다니. 우리 삶에도 바깥의 삶과 마찬가지로 기쁨과 슬픔이 있지. 단지 그 척도가 다를 뿐이고, 중요하게 여기는 것이 다른 곳에 있을 뿐이야."

"왜 교단에서 경력을 쌓고 싶어 하지 않아? 겸손 때문이야?"

"그것 때문이 아니야. 내가 이를 수 있는 직위들은 겸손함과 양립할 수도 있어. 더군다나 그 직위들은 인간에게 교만함을 버릴 수 있는 기회를 제공하기도 해. 전혀 다른 이유로 나는 교단에서 경력을 쌓고 싶지 않았어. 그 이유는, 그러니까 한 단계씩 높은 직위로 가지 않았던 것은 내가 훌륭한 수도자라서가 아니라 한때 바깥세상에서 내게 있던, 더 나아가 나의 조상들로부터 유전된 자질 덕분이야. 나는 언어를 잘했고, 일정한 업무의 경우 동료들보다 조금 더 빠르고 매끈하게 글로 풀어낼 수 있었으며, 그런 일들이 나에게 더 적합하다고 생각했지. 말하자면 나의 유대인적인 자질 덕분이었던 거지 내가 원했던 것은 아니었어."

"에르빈, 수도원에서 너의 형제들은 네가 유대인이었다는 것을 어떻게 생각해? 너에게 해가 되는 것은 아냐?"

"전혀 아니야. 오히려 득이 될 뿐이야. 내가 유대인이라는 것을 내키지 않아 하는 듯한 감정을 몇몇 형제들에게서 느끼긴 했지. 하지만 그들은 나에게 온화함과 극기를 실천할 수 있는 기회를 제공해주었어. 이게 그 이유야. 그리고 헝가리의 시골 마을에서 사제로 있을 때는 어쩐 일인지 항상 내가 유대인이라는 이야기가 떠돌았어. 믿음이 견실한 시골의 신자들은 나를 별난 사람처럼 보기도 했지만, 그들 대부분은 더 주의 깊게 내 말을 경청했었지. 반면 여기 이탈리아에서는 그 누구도 그런 것에 신경을 쓰지 않아. 여기에서는 나도 내가 유대인이었다는 것을 거의 생각하지 않을 정도야."

"에르빈…… 어쨌든 하루 종일 뭘 하고 지내? 네가 하는 일이 무엇인지 얘기해줄 수 있어?"

"아주 많아. 주로 기도들과 영적인 수행들이지."

"이제 글은 쓰지 않아?"

에르빈은 다시 미소를 지었다.

"응, 벌써 아주 오래전부터. 짐작하겠지만 수도회로 들어왔을 때에는 펜으로 교회를 섬기고, 가톨릭적인 시인이 될 것이라고 상상한 것도 사실이야……. 하지만 그 이후에는……."

"그래? 영감이 더 이상 떠오르지 않았어?"

"그건 아니고, 내가 영감을 포기했던 거야. 그것 또한 전혀 필요 없다는 생각이 든 거지."

미하이는 생각에 잠겼다. 도대체 무슨 세상이기에 한때 에르빈이었던 세베리누스 신부와 자신이 이렇게 동떨어져 있는지 이제서야 진정 느끼기 시작했다.

마침내 미하이가 물었다. "여기 구비오에는 언제부터 있었어?"

"잠시만…… 내 생각에는 6년 정도 된 것 같은데. 아냐, 7년일 수도 있겠어."

"에르빈, 네가 생각날 때면 나는 여러 번이나 이런 생각을 했었어. 너희들도 시간의 흐름과 그 시간의 모든 입자가 별개의 현실이라는 것을 느낄까? 너희들에게 개인으로서 자신들의 역사가 있을까? 만약 네가 어떤 사건을 생각하면, 그것이

1932년에 있었던 일인지 아니면 1933년의 일이었는지 말할 수 있을까?"

"아니야, 하느님께서는 우리를 시간의 속박에서 구원하셨어. 이것 역시 우리의 상황과 함께 주어진 은총에 속해."

이때 에르빈은 심하게 기침을 하기 시작했다. 앞서도 이미 예후가 좋지 않은 마른기침을 하고 있었으나 이제야 그것이 미하이의 눈에 띄었다.

"에르빈, 폐에 무슨 문제가 있는 것은 아니지?"

"글쎄, 아마 폐가 그렇게 좋지는 않은…… 아니, 아주 좋지 않은 상태라고도 할 수 있을 것 같아. 알잖아. 우리 헝가리인들은 상당히 응석받이로 자란 것 말이야. 헝가리는 난방이 꽤 잘 되지. 여기 이탈리아의 겨울은 사람을 아주 기진맥진하게 해. 항상 난방이 되지 않는 방과 추운 성당…… 그리고 샌들과 돌로 된 바닥……. 이 수도복도 추위를 썩 막아주지는 못하는군."

"에르빈, 너는 환자라고 할 수도…… 치료는 안 받아?"

"미하이, 너는 정말 좋은 친구야. 하지만 그 때문에 나를 불쌍하게 여길 필요는 없어." 에르빈이 연신 기침을 내뱉으며 말했다. "알겠지만 내가 아프다는 것도 오직 축복일 뿐이야. 그렇기에 내가 로마에 머물지 않고, 이처럼 공기 좋은 구비오로 올 수 있도록 허락해주었던 거지. 아마 나을 거야. 더군다나 신체적인 고통은 우리 수도자들의 규율에도 있어. 다른 사람은 자신의 신체에 고통을 가하는데, 나의 경우에는 내 몸

스스로가 고통을 다루고 있는 거야……. 하지만 이런 이야기는 그만했으면 해. 너는 네 이야기를 하러 왔으니 그 소중한 시간을 너도 나도 어떻게 할 수 없는 이런 것에 낭비하지 말자고."

"하지만 에르빈, 그렇지 않아……. 너는 다르게 생활해야만 해. 사람들이 너를 돌보고, 너에게 우유를 제공해주는 곳으로 가야만 해. 또한 햇볕을 쬐며 누워 있어야 해."

"미하이, 나 때문에 걱정하지 마. 아마 언젠가는 네가 말한 대로 될 거야. 죽음에 대해서는 우리도 어떤 조치를 해야만 해. 병이 우리를 지배하도록 방치해둔다면, 그것은 자살의 또 다른 형태가 되기 때문이야. 만약 문제가 심각해지면, 나중에 의사가 올 거야……. 하지만 믿어줘. 그럴 때까지는 아직 한참이나 남았다는 것을. 그리고 이제 말해줘. 우리가 못 보게 된 이후, 너에게 무슨 일들이 일어났었는지 그 모든 것을 얘기해줘. 우선 나를 어떻게 찾게 되었는지부터."

"네가 움브리아, 또는 어딘가에 있다고 세페트네키 야노시가 이야기했었는데, 그도 네가 있는 곳을 정확하게는 알지 못했어. 그리고 우연히, 정말 넌지시 듣게 된 것을 통해 짐작했지. 네가 구비오에 있으며, 그 유명한 세베리누스 신부라는 것을 말이야."

"그래, 세베리누스 신부가 나야. 그럼 너에 대해 얘기해줘. 듣고 있어."

고해성사를 하는 신부들의 전형적인 모습으로 에르빈은

손바닥에 머리를 기대듯 갖다 댔다. 미하이는 이야기를 시작했다. 처음에는 어렵게, 말이 조금씩 끊기기도 했지만, 중간중간 에르빈이 던진 질문들이 놀랍게도 그가 말하는 데 큰 도움을 주었다. 미하이는 그가 오랫동안 고해성사를 봤던 게 괜한 일이 아니었다는 생각을 했다. 마음속에서 터져 나오는 고백을 거부할 수 없었다. 달아난 이후로는 그냥 본능적으로 지냈을 따름이라는 사실을, 그 모든 것을 미하이는 말하는 도중에 자각할 수 있었다. 자신이 얼마나 어른 또는 '가짜 어른'의 삶을 살았으며, 결혼은 또 얼마나 망쳐버렸는지, 그리고 어디에서부터 시작해야 하고 자신의 미래로부터 기대할 수 있는 것은 무엇이며, 진정한 자신에게로 어떻게 되돌아갈 수 있는지 미하이는 진정 모르고 있었다. 그 와중에 단지 본능적으로만 지내고 있었던 것이다. 또한 중요한 것은 향수 짙은 청년 시절과 그 시절의 친구들이 그를 매우 괴롭힌다는 사실이었다.

이를 각성하자 미하이는 강렬한 감정으로 혼란스러워졌으며, 목소리는 멈칫거렸다. 스스로 불쌍하다는 생각이 들었고, 동시에 에르빈 앞에서, 에르빈의 산정 같은 청명함 앞에서 자신의 감상적인 행태가 부끄럽기도 했다. 그러고는 갑자기 놀라서 물었다.

"너는 어때? 도대체 너는 어떻게 참고 있는 거야? 너는 고통스럽지 않아? 너는 그립지 않아? 너는 어떻게 한 거야?"

에르빈의 얼굴에 다시 그 옅은 미소가 떠올랐다. 에르빈은 고개만 숙였고, 대답하지 않았다.

"에르빈, 대답해봐. 이렇게 간청할게. 대답해봐. 너는 그립지 않아?"

"그립지 않아." 무채색의 목소리로, 침울한 얼굴로 그가 말했다. "나는 이미 그 어떤 것도 그립지 않아."

그들은 꽤 오랫동안 아무 말도 하지 않았다. 미하이는 에르빈을 이해하고자 했다. 이해하지 않고서는 안 된다. 아마도 그는 스스로 모든 것을 지운 듯했다. 실제로 에르빈은 모든 이와 단절해야 했고, 사람들 간에 감정의 싹이 틀 수 있는 뿌리들마저 영혼으로부터 덜어냈다. 지금, 이제 고통스럽지는 않지만, 여기 버려둔 땅에 그는 머물고 있다. 메마르고 척박한 이 산에서…… 미하이는 전율을 느꼈다.

갑자기 무언가가 떠올랐다.

"너에 대해 떠도는 이야기를 하나 들었어……. 여기 비아 데이 콘솔리의 어떤 성에서 망자들이 찾아들던 여성 한 명에게 네가 퇴마 의식을 했다고. 에르빈, 그 여자는 에버였지, 그렇지?"

에르빈은 고개를 끄덕였다.

미하이는 흥분한 채 벌떡 일어서더니 남아 있던 레드 와인을 들이켰다.

"아, 에르빈…… 말해줘……. 어땠는지…… 에버는 어땠어?"

'에버가 어땠냐고?' 에르빈은 생각에 잠겼다. "글쎄, 그녀는 어땠을까? 아주 아름다웠어. 항상 그랬듯이 그랬어……."

"그랬다니? 변한 것은 없었어?"

"없었어. 나는 그녀에게서 그 어떤 변화도 감지할 수 없었어."

"에버는 뭘 하고 있어?"

"그건 나도 잘 모르겠어. 잘 지내고 있다고, 서유럽의 여러 나라에서 많은 곳을 다니고 있다고만 했었어."

그들이 만났을 때, 에르빈의 마음속에서 어떤 감정이 터져 나오지는 않았을까? 하지만 미하이는 감히 이것을 물어볼 용기를 내지 못했다.

"지금은 그녀가 어디에 있는지 몰라?"

"내가 어떻게 알 수 있을까? 아마도 그녀가 여기 구비오에 있었던 것도 벌써 몇 년 전일 거야. 얘기했듯이 나의 시간 감각은 매우 불확실해."

"얘기해줄 수 있다면…… 부탁해……. 그 일은 어떻게…… 망자인 터마시를 어떻게 떠나보냈어?"

이에 대해 생각하자 미하이를 사로잡은 공포가 목소리에서도 드러났다. 다시금 예의 희미한 미소가 에르빈의 얼굴에 떠올랐다.

"어렵지는 않았어. 그 성이 에버를 '유령 보는 자'로 만들었던 것이고, 망자들의 문은 다른 이들 역시 방해하고 있었지. 내가 해야 할 일은 단지 그녀가 그곳에서 떠날 수 있도록 하는 것뿐이었어. 그리고 내 생각에는 그 후 그녀가 약간의 장난을 친 거야. 네가 아는 대로 말이야. 터마시나 그의 환영이 있었을 테지만, 그녀가 그러한 것들을 절대 본 적도 없다는 것이 오히려 두렵기만 해. 나도 모르겠어. 특히 여기 '망자들의 문'의 도시 구비오에서는 몇 년 동안 환영, 유령과 관련해 내가 상당히 회의적이 될 정도로 많은 일이 있었지……."

"그럼에도 불구하고…… 에버를 어떻게 치유했던 거지?"

"어떻게 한 것도 아니야. 이런 일들에 보통 하듯이 한 것뿐이야. 진지하게 이야기를 했고, 잠시 기도를 했더니 진정되었어. 그녀는 알게 되었던 거야. 살아 있는 사람의 자리는 살아 있는 사람 중에 있다는 것을 말이야."

"에르빈, 분명한 거지?"

"확실해." 에르빈은 매우 진지하게 대답했다. "내가 선택한 길을 택하지 않은 한, 그녀는 살아 있는 사람 중에 있을 거야. 그런데 내가 너에게 무슨 설교를 하고 있는 거지? 너도 다 알고 있는 것인데 말이야."

"터마시가 어떻게 죽었는지에 대해 에버는 어떤 말도 하지 않았어?"

에르빈은 대답하지 않았다.

"나한테서도 터마시와 에버, 그리고 너희들에 대한 기억을 물리쳐줄 수 있을까?"

에르빈은 생각에 잠겼다.

"그것은 매우 어려워. 아주 어려워. 그리고 그것이 좋은지 좋지 않은지도 알 수 없어. 그렇게 되면 너에게 뭐가 남게 될지 모르기 때문이야. 미하이, 너에게 무언가를 말하기가 너무 어려워. 너처럼 당혹스럽고, 조언을 해줄 수 없는 순례자가 성 우발도 수도원에 오는 경우는 꽤 드물어. 내게 조언에 대한 의무가 있는 어떤 것, 내가 줄 수 있는 조언, 그것을 너는 받아들이지 않잖아. 은총의 함(函)은 그 은총을 함께 나누길 원하는 사람들 앞에서만 열리는 법이야."

"그렇다고 해도, 아니 그럼 나는 어떻게 되는 거지? 내일과 모레, 나는 무엇을 해야 하지? 나는 너에게서 놀랄 만한 대답을 기대했어. 내게 조언을 해줄 것이라고 미신처럼 믿었어. 돌아온 탕자처럼 부다페스트로 돌아갈까? 아니면 새로운 삶을 시작할까? 노동자가 될까? 기술을 익혔으니 어쩌면 숙련공이 될 수도 있을 거야. 나를 내버려두지 마. 지금도 외롭게 혼자 있잖아. 내가 뭘 해야 할까?"

에르빈은 수도복 깊은 곳에서 농부들이 사용하는 커다란 시계를 하나 꺼내 들었다.

"이제 잠자리에 들자. 곧 자정이야. 나는 성당으로 가봐야 해. 자러 가자고. 내가 숙소로 데려다줄게. 새벽 기도를 하며 너를 생각할게. 아마 모든 것이 분명해질 거야……. 이전에도 그런 적이 있었어. 어쩌면 내일 아침에는 너에게 무언가를 말할 수 있을 거야. 지금은 잠자리에 들자. 가자고."

에르빈은 순례자들을 위한 방으로 미하이를 데려갔다. 수세기 동안 어떤 기적적인 치유를 위해 순례자들의 고통과 열망, 욕망으로 간절했던 그 희미한 공간. 이 공간은 미하이를 억누르고 있던 그 깊은 혼란으로 보자면 적절한 곳이었다. 침상의 대부분은 비어 있었으나 방에서 멀찍한 곳에 순례자 두 세 명이 잠들어 있었다.

"미하이, 자리에 눕고 한잠 푹 자. 평온한 밤이 되기를." 에르빈이 말했다.

그는 성호를 그었고, 서둘러 방을 떠났다.

미하이는 무릎에 양손을 엇갈리게 두고는 오랫동안 딱딱한 침상 가장자리에 앉아 있었다. 잠은 오지 않았고, 매우 슬픈 감정이 들었다. '에르빈이 나를 도울 수 있을까? 그는 나의 길을 또 다른 어떤 곳으로 인도할 수 있을까?'

미하이는 무릎을 꿇고 기도를 했다. 수많은 해가 지난 이후 처음으로.

잠자리에 들었다. 딱딱한 침대와 익숙하지 않은 환경에서 어렵게, 겨우 잠들 수 있었다. 순례자들은 잠자리가 불안한 듯 끊임없이 몸을 뒤척였다. 한숨을 쉬었고, 꿈결에 신음을 냈다. 그중 한 명은 성 요셉, 성 카타리나, 그리고 성 아가타를 부르며 도움을 청했다. 미하이가 잠들었을 때 날은 벌써 밝아오고 있었다.

에버에 관한 꿈을 꿨다는 달콤한 생각에 아침잠에서 깼다. 정확하게 어떤 꿈인지 기억나지 않았으나 오직 꿈을 통해서만 느낄 수 있는 비단같이 부드러운 도취감, 극히 예외적일 뿐인 그런 강렬한 사랑이 그의 온몸을 감쌌다. 이 딱딱하고 금욕적인 침상에서 이렇듯 부드러운 느낌은 이상했고, 역설적이었으며, 병적으로 달콤했다.

미하이는 일어나 구식 세면장에서 적잖은 불편함을 견뎌내며 몸을 씻었다. 그리고 마당으로 나갔다. 화창하고 선선하며 산들바람이 부는 아침이었다. 바로 그때 미사를 알리는 종이 울렸고, 수도자들, 평신도들, 수도원 종사자들, 그리고 순례자들이 곳곳에서 성당으로 급히 발걸음을 옮겼다. 미하이 또한 입당하여 전례 중 라틴어로 된 불멸의 단어들을 경건하게 경청했다. 장엄하고 행복한 감정이 북받쳤다. 분명히 에르빈은 미하이가 무엇을 해야 할지 말할 것이다. 아마 미하이는 속죄를 해야 할 것이다. 그렇다. 그는 단순한 노동자가 될 것이고, 그의 손은 노동으로 일용할 양식을 얻을 것이다……. 무언가가 시작되었고, 지금 그를 위해 노래가 울려 퍼지고 있으며, 신선하고 깊은 봄의 종소리가 그를 위해, 그의 영혼을 위해 울리고 있음을 미하이는 마음속으로 느끼고 있었다.

미사가 끝나자 그는 마당으로 다시 나갔다. 에르빈이 마주보며 오더니 미소를 지었다.

"잠자리는 어땠어?" 그가 물었다.

"아주, 너무 좋았어. 어제저녁과는 무척 다르게 느껴져. 왜 그런지 나도 모르겠어."

미하이는 어떤 대답을 기대하며 부푼 마음으로 에르빈을 바라보았으나, 그가 아무 말이 없자 그에게 물어보았다.

"내가 무엇을 해야 할지 생각해봤어?"

"그래, 미하이." 에르빈은 조용히 대답했다. "로마로 가야 한다고 생각해."

"로마로?" 미하이는 깜짝 놀라서 되물었다. "왜지? 왜 그런 생각이 든 거야?"

"어젯밤 성가를 들으며…… 너는 이런 종류의 명상을 알 수 없을 거야……. 내가 아는 바는, 네가 로마로 가야 한다는 거야."

"하지만 왜? 에르빈, 왜지?"

"수 세기를 걸쳐 많은 순례자, 은둔자와 난민이 로마로 갔고, 그곳에서 많은 일이 있어났지……. 실제로 항상 모든 것이 일어났던 곳이야. 그래서 모든 길은 로마로 통한다고도 하잖아……. 미하이, 로마로 가. 그럼 볼 수 있을 거야. 지금은 더 이상 말할 수 없어."

"그런데 로마에서 내가 뭘 해야 하지?"

"뭘 하든 상관없어. 가능하다면 4대 대성당을 가봐. 그리고 성당의 지하 묘지들에 들러봐. 네가 원하는 것을 하는 거야. 로마에서 지루하다는 것은 있을 수 없어. 그리고 무엇보다, 아무것도 하지 마. 우연에 너 자신을 맡겨봐. 일정 없이, 너 자신을 온전히 놔둬봐……. 그렇게 하겠어?"

"그래, 에르빈, 네가 그렇게 말한다면 네 말을 따르게."

"그럼 곧 출발해. 오늘 네 얼굴은 어제처럼 쫓기는 사람의 얼굴 같지 않아. 이 행운이 깃든 날을 맞아 길을 나서는 거야. 떠나는 거야. 신의 가호가 함께하길."

에르빈은 미하이의 대답을 기다리지도 않고 그를 안더니 성직자답게 양쪽 볼을 갖다 대고는 서둘러 자리를 떴다. 미하이는 놀란 듯 한동안 그 자리에 서 있었다. 그러고는 순례자의 봇짐을 챙겨 산 아래를 향해 길을 나섰다.

6

에르지는 미하이가 어린 극우정당 당원을 통해 보낸 전보를 받고, 더 이상 로마에 머물지 않았다. 부다페스트에서 그녀의 신혼여행 이야기를 늘어놓을 수 없었기에 헝가리로는 되돌아가고 싶지도 않았다. 알 수 없는 지리적인 이끌림을 좇아 어떤 희망도 없이 새로운 삶을 시작하고자 하는 사람들처럼 파리로 향했다.

그녀는 어릴 적 친구였던 톨너이 샤리를 찾기 시작했다. 샤리는 어렸을 때부터 이미 남성적인 성격과 남을 돕기 좋아하는 탁월한 친화력으로 유명했다. 결혼은 생각하지도 않았고, 그럴 시간도 없었다. 그녀가 몸담았던 중견 기업과 소규모의 회사, 신문사 등에서는 항상 그녀의 도움을 절실하게 필요로 했었다. 그녀는 연애도 출장자들처럼 바쁘고 깔끔하게 즐기곤 했다. 시간이 흐르고 이제 모든 것이 지겹기만 할 즈음 그녀는 새로운 삶을 시작하고자 파리로 거처를 옮겼다. 그리고 부다페스트에서 했던 것과 똑같은 일을 프랑스의 크고 작은 회사와 신문사에서 했다. 에르지가 파리로 왔을 때 샤리는 큰 영화제작사의 비서로 있었다. 직업으로 연상되는 에로틱한 분위기에는 어울리지 않았으나, 모두가 그녀의 분별력과 공정성을 신뢰했다. 그리고 그녀는 다른 사람들보다 더 많이 일하고 보수는 덜 받는, 그곳에서 유일하게 '못난' 사람, 볼품없으나 단단한 여성이었다. 은발로 변한 짧은 머리칼은 군종신부처럼 고매한 모습이었으며, 아직도 연약하고 소녀 같은 몸매를 간직하고 있었다. 모든 사람이 뒤돌아서 그녀를 보았는데, 그녀는 이를 매우 자랑스럽게 여겼다.

"어떻게 살려고 그러니?" 에르지가 부다페스트에서 있었던 몇 가지 이야기를 짧게 전하고, 결혼에 대해서도 에둘러 이야기하자 샤리가 물었다. "뭘 하며 살려고 그래? 아직도 그 정도의 재정적인 여유가 있는 거야?"

"내가 돈에 대해서는 약은 것을 너도 알잖아. 졸탄과 이혼했을 때, 그는 내 지참금과 우리 아빠의 유산 중 내 상속분을 위자료로 지불했어." 실제로 그것은 사람들이 생각하는 것보다 훨씬, 매우 적었다. "그 대부분을 미하이 가족의 회사에 넣어두었고, 나머지는 만일의 경우를 대비해서 은행에 맡겼지. 그러니까 먹고살 것은 있다고 봐야 하지만, 그 돈을 여기로 가져오기란 매우 어려워. 은행에 있는 돈을 공식적인 방법으로 여기에 가져오는 것은 거의 불가능해. 그래서 이전의 시아버지한테서 받은 것에 의지하게 되었어. 하지만 그것도 간단한 일은 아니야. 이전 시아버지는, 자기 손에서 돈이 빠져나가는 일에 관한 한 매우 까다로운 분이거든. 더군다나 이와 관련해 그분과 합의한 바도 없어."

"음, 그럼 그 회사에서 네 돈을 인출해야 하는구나. 그게 가장 시급한……."

"그래, 하지만 그러려면 미하이와 이혼해야 해."

"당연히 미하이와 이혼해야지."

"그렇게 당연한 건 아냐."

"미하이와 그런 일이 있었는데도?"

"그래, 하지만 미하이는 다른 사람과 같지 않아. 그래서 그와 결혼한 거고."

"그와 멋진 연애를 했군. 다른 사람과 같지 않은 사람을 나는 좋아하지 않아. 다른 사람도 꽤 역겹지만, 다른 사람과 같지 않은 사람도 그렇거든."

"샤리, 알겠어. 그만해. 나는 미하이에게 그냥 이혼만 하는 호의를 베풀지도 않을 작정이야."

"거기 네 돈이 있는데, 도대체 무슨 생각으로 부다페스트로는 가지 않겠다는 거야?"

"이 일들이 분명해질 때까지는 고향에 가고 싶지 않아. 거기서 사람들에게 무슨 이야기를 하겠어? 내 사촌 율리슈카가 무슨 얘길 할지 상상해봐."

"그 애는 그러지 않아도 무슨 얘기를 할 애야."

"여기에서는 최소한 그런 얘기는 듣지 않잖아. 게다가…… 아냐, 졸탄 때문에라도 고향으로 돌아갈 수 없어."

"너의 첫 남편 때문에?"

"응, 그 때문에. 벌써 기차역에서 꽃다발을 들고 나를 기다리고 있을걸."

"그런 말 하지 마. 그렇게 못되게 떠난 너에게 그 사람은 화도 안 내?"

"화는 무슨. 아주 옳은 길을 나에게 제시해줘. 그리고 내가 언젠가 다시 자기에게 되돌아갈지도 모른다고 조신하게 기다리고 있지. 슬픔에 빠져서 분명 모든 여자 타이피스트와의 관계도 끊은 채 순결한 생활을 하고 있을 거야. 만약 내가 고향으로 간다면, 그는 내 목을 붙잡고 떨어지려 하지 않을 거야. 나는 그런 건 참을 수 없어. 다른 모든 건 참을 수 있지만 누군가가 베푸는 선행과 용서만큼은 참을 수 없어. 그게 졸탄이라면 더더욱 그래."

"그 하나만큼은 네 말이 맞는다는 거 알지? 나 역시 남자들의 선행과 용서를 싫어해."

샤리가 살고 있는 파리 식물원 뒤쪽에 위치한 무색무취한 현대적인 호텔에 에르지도 방을 잡았다. 그곳에서는 레바논 삼나무를 볼 수 있었다. 그 나무는 낯선 동양적 기품으로 손바닥 모양의 폭신한 가지를 호전적인 파리의 봄에 뻗치고 있는 듯했다. 하지만 삼나무는 에르지에게 좋은 역할을 하지 못했다. 그 나무는 그녀의 소외감으로부터 다른 어떤 것, 말하자면 낯설고도 화려한 삶을 연상시켰는데, 그녀는 그런 삶이 오기만을 헛되이 기다리고 있었다.

처음에는 독방을 썼으나 비용 문제 때문에 그들은 함께 지내게 되었다. 호텔에서 금지했음에도 그들은 직접 챙겨 온 것들로 방에서 같이 식사를 했다. 나중에 안 사실이지만, 샤리는 다른 모든 일처럼 식사를 근사하게 차릴 줄도 알았다. 하지만 샤리는 시내에서 앉지도 못한 채 샌드위치와 커피로 점심을 해결하고 곧장 회사로 돌아가곤 했기에 에르지는 혼자서 점심을 때워야 했다. 처음에 그녀는 각종 멋진 식당에서 이런저런 음식들을 맛보았으나 나중에는 그 '멋진 식당'이 낯선 사람들의 주머니를 턴다는 생각이 들었다. 그때부터 '훨씬 저렴한 가격에 같은 것을 먹을 수 있는' 유제품 가게에 들르기 시작했다. 또한 품격 있는 파리의 블랙커피를 좋아해서 항상 점심 식사 후에 마셨으나, 시간이 지나자 그것도 필수 불가결한 것이 아니라는 생각에 그만두었다. 대신 일주일에 단 한 번, 월요일마다 그랑 불바르에 있는 메종 드 카페에 가서 그곳의 별미인 블랙커피를 한 잔 마셨다.

에르지는 파리에 도착한 다음 날, 마들렌 인근의 고급 상점에서 화려한 핸드백을 하나 샀으나 사치품 구입은 그것이 유일했다. 고급 상점들이 즐비한 곳에서 외부인들에게 상당히 비싼 가격으로 판매하는 물건과 동일한 것을 그녀는 좁은 거리에 있는 평범한 가게에서 찾기도 했다. 그런 외진 가게 또는 리볼리가나 렌가에 있는 잡화 시장 구역에서 훨씬 저렴하게 상품들을 구입할 수 있었다. 하지만 끝내는 어떤 것도 구매하지 않는 것이 가장 저렴하다는 생각을 하게 되었다. 이후 사고 싶은 물건들이 생각나면 그것은 그녀에게 또 다른 기쁨을 주었지만, 그럼에도 사지는 않았다. 그다음으로는 길을 두

번 건넌 곳에서 호텔 하나를 발견했는데, 그때까지 지내던 호텔처럼 현대적이지는 않았지만, 그곳에서도 방에서 찬물과 따뜻한 물이 제공되었다. 어쨌든 여느 호텔처럼 지낼 수 있는 곳이었는데, 비용은 지금의 3분의 1밖에 들지 않는 훨씬 저렴한 곳이었다. 에르지는 샤리를 설득해 그곳으로 거처를 옮겼다.

서서히 절약이 가장 주된 일상이 되었다. 그녀는 이전에도 자신이 항상 모든 것을 아끼려는 성향이 강했다는 생각이 들었다. 어렸을 때 초콜릿 세트를 받으면 곰팡이가 슬 때까지 줄곧 그것을 다른 곳에 챙겨두었었다. 아름다운 옷들도 어딘가에 숨겨두었기에 그녀의 보모들은 가끔씩 놀랄 만한 곳에서 더럽고 엉망이 된 비단 스카프나 결이 고운 스타킹 한 짝, 값비싼 장갑 등을 발견하곤 했다. 이후 에르지의 삶은 아끼는 것에 대한 열정을 맘껏 발산하며 살 수 있도록 그녀를 내버려두지 않았다. 젊은 여성으로 아버지 옆에서 모습을 드러내야만 했었고, 더군다나 아버지의 신용을 높이기 위해서는 '생각 없어' 보여야만 했다. 그리고 졸탄의 부인으로서는 절약을 꿈도 꿀 수 없었다. 한번은 비싼 신발을 사려다가 그만뒀는데, 다음 날 졸탄이 그보다 더 비싼 신발을 세 켤레나 사서 그녀를 놀라게 했다. 졸탄은 '선이 굵은 사람'이었다. 그는 예술과 여성 예술가들의 후원자였으며, 반드시 자신의 아내는 모든 것에 부족함 없이 풍족해야 한다고 고집했다. 한편으로 그것은 자신의 죄책감을 덜기 위한 것이기도 했다. 어쨌든 이런 와중에 그녀가 가장 중요시한 열정인 절약은 스스로를 만족시키지 못한 채 남겨지게 되었다.

지금 파리에서 그 억압된 열정이 압도적인 힘으로 분출되었다. 여기에는 프랑스의 분위기, 프랑스인들의 생활양식도 한몫했다. 그들은 가장 마음대로, 편할 대로 사는 사람들조차 아끼고자 하는 욕구를 가지고 있었다. 그리고 더욱 신비한 요인들, 즉 사랑을 잃은 자, 결혼 생활에 종지부를 찍은 자, 삶의 목적을 잃은 자, 이들 모두는 어떻게든 절약 속에서 보상을 찾았는데, 이 또한 그녀에게 영향을 주었다. 호텔에서 과도한 비용을 청구했기에 매일 하던 목욕 또한 포기했을 때, 샤리는 그녀에게 한 소리를 하지 않고는 지나칠 수 없었다.

"얘기해봐. 도대체 왜 그렇게 아끼는 거야? 내가 돈을 줄 수도 있어. 물론 형식이 필요하니 차용증을 쓴다면……."

"호의를 베풀어줘서 고맙기는 하지만 돈은 있어. 어제 미하이의 아버님한테서 3000프랑을 받았어."

"3000프랑? 이봐, 그건 어마어마한 돈이야. 어쨌든 나는 여자가 그 정도로 돈을 아끼는 건 싫어. 네 행동은 마치 어떤 여자가 하루 종일 청소하면서 죽은 듯 묻어 있는 먼지 하나하나를 사냥하는 것과 같아. 아니면 하루 종일 손을 씻는 어떤 여자가 손님으로 어디를 방문할 때 자기 손을 닦고자 따로 손수건을 챙겨 가는 것과도 같아. 여성의 집착에는 천 개의 형태가 있어. 지금 생각난 건데, 제발 말 좀 해봐. 내가 사무실에 있을 때 하루 종일 뭘 하는 거야?"

에르지는 이 질문에 별로 할 말이 없었다. 그녀가 할 수 있는 것이라고는 아끼는 일뿐이었다. 돈을 쓰지 않기 위해 여기도 저기도 가지 않고, 이것도 저것도 하지 않았다. 하지만 절약하는 일 외에 그녀가 하는 것, 그것은 모호하고 비몽사몽 같은 어렴풋한 것일 뿐…….

"미쳤어!" 샤리가 소리쳤다. "나는 항상 네 곁에 누군가가 있고, 네가 그와 좋은 시간을 보낸다고 생각했어. 하지만 하루 종일 멍하니 앞만 보고 있고, 가장 좋은 처지면서도 반쯤 미친 여자들처럼 백일몽만 꾸고 있잖아. 그사이에 살은 불어나지. 아무리 적게 먹는다고 해도 당연히 살은 붙어. 부끄러워할 줄 알아야 해. 자신을 그렇게 내팽개치면 안 돼. 사람들 사이로 가야 한다고. 그리고 무언가에 관심을 가져봐. 제기랄, 이 악취 나는 세상에서 내가 시간만 낼 수 있다면……."

"에르지, 오늘 저녁에는 흥청망청 놀아보는 거야." 한 이틀이 지난 후, 샤리가 밝은 표정으로 말했다. "헝가리 신사가 한 분 있는데, 내가 근무하는 영화제작사와 뭔가 매우 사기성 짙은 사업을 하려고 해. 그런데 내가 모시고 있는 사장님이 내 말을 얼마나 잘 듣는지, 그 헝가리 신사가 그걸 알고는 내게 계속 수작을 걸고 있지. 오늘 저녁 식사에 나를 초대했어. 그 분은 어떤 돈 많은 사람의 이름을 빌려 사업 이야기를 진행하고 있는데, 나를 그 돈 많은 사람에게 소개해주고 싶다는 거야. 나는 '못생긴' 부자들에게는 관심 없으며, 우리 사무실의 추남들로도 충분하다고 했지. 그 사람 말이, 전혀 못생기지 않았고 매우 멋진 페르시아인이라는 거야. 그래서 좋다고, 그러면 가겠다고 했어. 하지만 내 여자 친구 한 명도 데려가겠다고 했지. 이 말에 그가 아주 좋다고, 그렇지 않아도 모임에 여자가 한 명만 있으면 그러니 자기도 제안을 하려고 했다더군."

"샤리, 내가 갈 수 없다는 거 알잖아. 왜 그런 말을 한 거야! 나는 갈 기분도 아니고, 입을 만한 옷도, 아무것도 없어. 부다페스트에서 가져온 형편없는 것들뿐이야."

"겁먹지 마. 그런 사람들 틈에서 너는 매우 고상하다고. 이런 빼빼 마른 파리의 여자들과 비교하면, 정말 농담이 아냐……. 그리고 헝가리 신사는 고향 사람인 너를 분명 마음에 들어 할 거야."

"내가 가는 건 말도 안 돼. 하여튼 그가 헝가리 사람이라니, 이름이 어떻게 되지?"

"세페트네키 야노시라고 해. 적어도 그 사람 말에 따르면 그래."

"세페트네키 야노시…… 아는 이름이야! 그 사람 소매치기야!"

"소매치기? 그럴 법해. 그를 아예 도둑으로 보기는 했지만. 어쨌든 영화계에서는 모두 그렇게 시작하니, 부탁인데 그걸 제외하면 꽤 귀여운 사람이야. 어때, 갈 거야 말 거야?"

"알았어. 갈게……."

그들이 저녁 식사를 하러 갔던 작은 오베르주•는 체크무늬의 커튼과 식탁보로 꾸민, 중세 프랑스식으로 장식된 곳이었다. 드문드문 식탁이 놓여 있었으며, 비싸고 고급스러운 음식이 제공되었다. 졸탄과 파리를 다녔을 때, 에르지는 종종 이런 곳 또는 더 멋진 곳에서 식사를 했다. 하지만 저 깊은 곳에서 절약 기질이 고개를 내밀고 나타난 지금, 친밀하고 부티가 흐르는 식당 분위기에 그녀의 마음이 동했다. 그 감동은 한순간으로 그쳤는데, 더 크게 놀랄 만한 일, 세페트네키 야노시가 그들 앞에 황급히 나타났기 때문이다. 그는 매우 예의 바르고 멋진 신사의 예절을 갖추고는 에르지를 알아보지 못한 채 그녀의 손에 키스했다. 샤리에게는 능력 있게 멋진 여자 친구와 동반한 것을 두고 칭찬을 늘어놓았다. 그리고 벌써 와서 기다리고 있던 그의 친구가 있는 식탁으로 그녀들을 안내했다.

"루트팔리 쉬라트가 씨입니다." 그가 친구를 소개했다. 매부리코 뒤편에서 잔인할 정도로 강렬한 시선이 뚫을 듯한 기세로 에르지의 눈에 닿았다. 에르지는 전율했고, 샤리도 눈에 드러날 정도로 놀라워했다. 그들은 마치 겉으로는 온순하게 길든 호랑이와 식탁에서 마주 앉은 듯한 첫인상을 받았다.

그와 너무나 유려하게 파리의 언어를 잘 구사하는 소매치기인 세페트네키를 두고 에르지는 어느 쪽을 더 두려워해야 할지 몰랐다. 세페트네키는 오직 위험한 사기꾼들이나 할 법

● 숙박 시설이 있는 식당.

하게, 섬세함과 무심함의 완벽한 조화로써 식사 메뉴를 선정했다. 그때 에르지에게는 '졸탄 또한 우아한 장소의 종업원들을 얼마나 무서워했으며, 얼마나 공포에 질린 채 그들에게 포위되었던가?' 하는 생각이 떠올랐다. 어쨌든 이런 그를 두려워해야 할지, 아니면 말없이 앉아서 얼굴에 친절하고 유럽인다운 미소를 짓고 있는 저 페르시아인을 두려워해야 할지 알 수 없었다. 그의 미소는 얼마나 인위적이고 어색했는지 마치 손에 묶인 넥타이 같았다. 하지만 오르되브르•와 와인의 첫 잔을 음미한 다음 페르시아인의 입이 풀렸다. 그때부터 그는 가슴에서 울리는 듯한, 스타카토처럼 끊어 말하는 이상한 프랑스어로 대화를 주도했다.

그에게는 연설로 청중들을 완전히 압도하는 능력이 있었다. 그 사람에게서는 무언가 낭만적인 열정, 중세적이고 원시적인 어떤 것, 기계로 대치되지 않는 진정한 인간적인 무언가가 풍겼다. 그 사람은 펜괴나 프랑으로 살지 않고 장미, 바위, 그리고 독수리라는 교환 수단으로 사는 듯했다. 그럼에도 겉으로는 길든 호랑이와 식탁에서 마주하고 있다는 느낌이 여전했다. 그의 눈이 이 느낌을 전하고 있었다.

그는 고향인 페르시아에 장미 정원들과 철광산들, 특히 양귀비 농장들을 소유하고 있으며, 주된 직업은 아편 생산이라는 것을 알게 되었다. 아편 운반을 국제적으로 제한해 자신에게

• 식욕을 돋우기 위해 식사 전에 나오는 간단한 요리.

심각한 재정적 피해를 초래하고 있는 국제연맹에 대해 아주 좋지 않은 견해를 가지고 있었다. 중국으로 아편을 밀수하기 위해 그는 투르키스탄 국경에 강도 무리를 운영 중이었다.

"그러니까 선생님, 그럼 당신은 인류의 적인 거예요." 샤리가 말했다. "흰 독약을 퍼뜨리고 있는 거예요. 가난한 중국인 수십만 명의 생명을 당신이 앗아 가고 있어요. 그러고는 올바른 모든 사람이 당신을 상대로 연대하고 있다는 것에 지금 놀라고 있는 거지요."

"내 소중한 이여!" 페르시아인은 놀란 표정을 지으며 말했다. "잘 모르는 것에 대해 그렇게 말하지 마세요. 유럽 신문들의 바보 같은 인본주의적 목소리가 당신을 잘못 이끄는 거예요. 어떻게 아편이 그 '가난한' 중국 사람들에게 해를 끼칠 수 있겠어요? 그 사람들에게 아편을 살 수 있는 돈이 있다고 생각하세요? 그들은 그 돈으로 쌀을 사고, 그것에 행복해합니다. 중국에서 아편은 매우 부유한 사람들만 소비해요. 비싸기도 하며, 이 세상의 다른 좋은 물건들처럼 특권층만 향유하죠. 그것은 마치 파리의 노동자들이 그 비싼 샴페인을 지나칠 정도로 많이 마시면 어떡하나 하고 내가 걱정하는 것과 마찬가지예요. 파리의 부자들이 샴페인을 마시고 싶을 때는 그것을 금지하지 않으면서 중국인들에게 무슨 권리로 아편을 금지한다는 것이죠?"

"그 비유는 적절하지 않아요. 아편은 샴페인보다 훨씬 더 파괴적인 영향을 끼치잖아요."

"그것 또한 유럽인들의 상상이에요. 만약 유럽인이 아편을 시작하게 된다면, 그 유럽인이 아편에 중독될 것이라는 점은 사실이에요. 유럽인들은 모든 것을 절제하지 못하니까요. 폭식, 유혈 사태, 심지어 건축에 이르기까지 그들은 절제를 모르죠. 하지만 우리는 상황의 정도를 관리하며 유지할 수 있어요. 지금 제가 아편의 폐해를 겪고 있다고 생각하세요? 저는 아편을 정기적으로 피우는 데다 먹기까지 해요."

그는 커다란 가슴을 내밀더니 약간은 서커스를 하는 듯한 동작으로 카리스마를 보였다. 그리고 보여주려는 듯 발을 들어 올리려는 순간, 샤리가 손을 내저었다.

"어쩌시려고요. 다음을 위해서도 무언가는 남겨두셔야죠."

"부탁건대…… 유럽인들은 음주에 관해서도 절제를 모르는 사람들이에요. 와인을 지나치게 많이 마시면 얼마나 역겨운 감정이 드는지, 사람들은 곧 정신이 혼미해지는 것을 느껴요. 와인의 경우 취기가 점점 증가하다가 갑자기 정신을 잃게 되지요. 아편이 제공하는 일정한 도취, 이 땅에서 유일한 행복인 그것을 와인에 견줄 수는 없어요……. 당신네 유럽인들이 할 수 있는 것이 도대체 뭐죠? 세상일에 간섭하기 전에 먼저 실상을 인지해야만 해요."

"그 때문에 우리는 지금 당신과 이걸 전하는 선전용 영화를 만들고자 하는 거예요." 세페트네키는 샤리를 보며 말했다.

"어떻게요? 아편을 지지하는 선전 영화를 만들겠다고요?" 지금까지 페르시아인의 입장에 동조하던 에르지가 이제서야 놀란 듯 되물었다.

"아편 소비를 편든다는 것이 아니라 아편 반출의 자유와 일반적인 인간의 자유권을 옹호한다는 거예요. 이 영화의 의도는 모든 종류의 전제적인 행태를 반대하는 위대한 개인주의자들의 선언이에요."

"영화의 줄거리는 어떻게 되죠?" 에르지가 물었다.

세페트네키가 대답했다. "우선 평화롭고 가족적인 분위기 속에서 시작됩니다. 단순하고 마음씨 좋으며, 보수적인 페르시아인 아편 재배자를 소개하죠. 주인공인 그의 딸이 한 젊은 남자를 사랑하는데, 아버지는 연간 아편 산출량을 달성해야만 그녀를 자신의 신분에 맞는 그 남자에게 시집보낼 수 있어요. 이에 역시 그녀를 사랑하는 모략가이자 악당이며, 모든 짓을 서슴지 않는 공산주의자가 그녀의 아버지를 감독관청에 고발해요. 관청에서는 야밤에 습격하듯이 쳐들어가서 모든 아편을 점유하게 되지요. 자동차들과 요란한 사이렌 소리 등으로 이 장면은 매우 흥미진진할 거예요. 하지만 그 딸의 순진함과 고귀한 영혼은 무자비한 대령의 마음을 움직이게 되고, 그자는 점유한 아편을 되돌려줍니다. 결국 아편은 짤랑거리는 마차에 실려 유쾌하게 중국으로 옮겨지지요. 이것이 주된 이야기가 될 거예요……."

에르지는 세페트네키의 말이 농담인지 진담인지 분간할 수 없었다. 페르시아인은 진지하게, 아니 어떤 순진한 자부심까지 내보이며 듣고 있었다. 아마도 그가 이 이야기를 고안한 것 같았다.

저녁 식사 후, 그들은 고급 무도회장으로 자리를 옮겼다. 그곳에서 다른 지인들이 합류했는데, 그들은 시끌벅적한 분위기 탓에 대형 테이블에 앉아 두서없는 이야기들을 최대한 큰 소리로 나누고 있었다. 에르지는 그 페르시아인에게서 멀찍이 떨어졌다. 세페트네키 야노시가 그녀에게 청했고 둘은 춤을 추기 시작했다.

"어때요, 저 페르시아인이 마음에 드세요?" 춤을 추며 세페트네키가 물었다. "아주 흥미로운 사람이죠? 아주 낭만적인 사람이에요."

"저 사람을 볼 때마다 오래전, 미치광이였던 영국 시인의 시가 생각난다는 것 아세요?" 에르지의 오래된 지적 자아가 갑자기 번득였다. "호랑이, 호랑이, 밤의 숲속에서 활활 불타는……."

세페트네키는 놀란 눈으로 그녀를 쳐다보았고, 에르지는 부끄럽다는 생각을 했다.

세페트네키가 말했다. "호랑이, 하지만 끔찍할 정도로 어려운 나그네예요. 순진하기는 하지만, 쉽게 믿지 않고 매우 조심스러워해요. 영화제작자들조차 아직 그를 속이지 못했어요. 그는 사업적인 이유가 아니라 선전용으로 영화를 제작하려는 거예요. 그리고 제 생각으로는 여성 보조 출연자들로 구성된 자신의 하렘•을 만들려는 게 중요한 목적 같아 보여요. 그런데 당신은 이탈리아에서 언제 오셨어요?"

"알고 있었어요?" 에르지가 물었다.

"어떻게 모를 수 있겠어요? 이미 알고 있었어요. 벌써 며칠 전, 당신이 샤리 양과 함께 가고 있을 때 길에서 봤어요. 벌써 알았죠. 제게는 매의 눈이 있잖아요. 오늘 이 저녁 모임도 당신과 이야기하려고 제가 주선한 거예요……. 제 최고의 친구, 미하이는 어디에 남겨두고 오신 거예요?"

"당신 최고의 친구는 아마 아직도 이탈리아에 있을 거예요. 우리는 서로 편지를 주고받지 않아요."

"놀라운걸요. 신혼여행에서 각자 다른 길로 떠났다는 거예요?"

에르지는 고개를 끄덕였다.

"엄청나네요. 그렇군요. 그게 미하이의 스타일이죠. 나이만 들었지 그 아이는 어떤 것도 바뀌지 않았네요. 미하이는 살면서 항상 모든 것을 포기하곤 했어요. 그 어떤 것도 인내할 줄 모르는 친구예요. 예를 들자면, 그는 우리 고등학교 축구부에서만이 아니라, 감히 말하건대 전국의 고등학교를 통틀어서도 최고의 중앙 수비수였어요. 당시에 멋진 어느 날……."

"무슨 근거로 당신은 제가 그에게서 떠난 게 아니라 그가 저에게서 떠났다고 하시는 거죠?"

"아, 죄송해요. 그걸 물어보지도 않았네요. 묻지 않은 게 당

● 이슬람 문화에서 '여성들의 거처'를 의미하지만, 유럽에서는 '한 명의 남성에게 봉사하기 위한 여성들의 처소'로 잘못 알려진 경우가 많았다.

연하기도 하고요. 당신이 미하이를 그곳에 남겨둔 것이겠죠. 이해해요. 그런 녀석을 참아내는 것은 불가능하죠. 그런 포커페이스를 하고 있는 녀석 옆에서 산다는 게 얼마나 큰 고통이겠어요……. 화를 내는 법도 없고, 그런 녀석은…….”

“그래요. 그가 이탈리아에서 저를 떠났어요.”

“아, 그랬군요. 저도 그 생각을 하긴 했어요. 이미 라벤나에서요. 아시겠지만 지금 저는 매우 진지하게 말씀드리고 있어요. 미하이는 남편이라는 것에 어울리는 사람이 아니에요. 그는…… 뭐라고 말씀드려야 할까요……. 그가 찾는 사람…… 그는 평생 무언가를 찾고 있었어요. 뭔가 다른 것을요. 제 생각에는 이 페르시아인이 우리보다는 훨씬 많이 알고 있을 그 무언가를 말이에요. 어쩌면 미하이는 아편을 피워야 할 것 같아요. 그래요. 확실해요. 그래야 해요. 솔직히 고백하자면 저는 한 번도 그 친구를 이해한 적이 없어요.”

그러고는 포기했다는 듯이 손을 내저었다.

하지만 이렇듯 가볍게 그가 이야기를 마무리하는 것은 단지 제스처일 뿐이며, 자신과 미하이 사이에 어떤 일들이 있었는지 세페트네키가 몹시 궁금해하고 있다는 것을 그녀는 직감했다. 그는 에르지에게 바짝 붙어서 한 발짝도 움직이지 않았다.

그들은 나란히 앉았다. 세페트네키는 누구도 에르지 근처에 접근하지 못하게끔 했다. 그때는 벌써 나이 지긋하고 품위 있어 보이는 프랑스인이 샤리에게 구애하고 있었고, 그 페르시아인은 불타는 눈을 한 채 영화인처럼 보이는 여성 두 명 사이에 앉아 있었다.

에르지는 생각했다. '흥미롭군. 가까이에서 보니 모든 것이 얼마나 다른지, 그리고 얼마나 아무것도 아닌지.' 그녀가 처음으로 파리에 왔을 때였다. 그때 그녀는 여학생 시절에 가졌던 미신적인 생각들로 가득 차 있었다. 그녀 생각에 파리는 변태적이고 범죄적인 국제도시였다. 몽파르나스에 있는 돔과 로통드. 서로 마주 보고 있는 그 순수한 예술가와 이민자의 카페는 그녀의 눈에 마치 지옥 입구에서 작렬하는 두 개의 턱뼈 같았다. 그리고 이곳, 아마도 실제로 범죄적이고 변태적인 사람들 사이에 앉아 있는 지금 그녀는 그 모든 것이 저절로 이해되는 듯했다.

하지만 세페트네키의 말을 주의 깊게 들어야 했기에 그녀에게는 이런 생각에 빠질 만한 시간이 없었다. 그는 에르지로부터 미하이와 관련한 매우 중요한 어떤 것을 알아내고자 했다. 세페트네키는 그와 함께 보낸 시절에 대해 행복한 표정으로 이야기했다. 하지만 물론 그가 전한 모든 사실은 왜곡된 것이었으며, 미하이가 말한 것과 다르게 채색되었다. 단지 터마시만이 위대하게 남겨져 있었다. 삶이 가치 없었던 죽을 운명의 왕자. 너무나 이른 죽음에 앞서 타협을 해야만 했던 사람. 세페트네키에 따르면 터마시는 저 멀리 있는 세 번째 방에서 무언가가 움직이면 잠에 들지도 못할 정도로 섬세한 사람, 냄새에 있어서는 죽을 만큼 더욱 민감한 사람이었다. 오직 문제는 그가 여동생을 사랑한다는 것이었다. 그들은 관계를 했고, 에버가 임신하자 터마시는 양심의 가책으로 자살했다고 했다. 한편 모든 이가 에버를 사랑했다고도 했다. 에르빈은 절망적으로 에버를 사랑했기에 수도자의 길을 선택했고, 미하이 또한 어떤 희망도 가지지 못한 채 에버를 사랑하게 되었다. 그는 강아지처럼 에버 뒤를 따라다녔다. 희극 같은 이야기였는데, 에버는 그것을 이용해 그의 모든 돈을 뺏고 금장 시계도 훔쳤다. 자신이 아닌 에버가 시계를 훔쳤으나, 다감한 자신은 이것을 미하이에게 말하고 싶지 않았다고 했다. 하지만 에버는 그들 누구도 사랑하지 않았고, 오직 자신만을, 세페트네키 야노시만을 사랑했다고 했다.

"그럼 그 이후로 에버와는 어떻게 됐나요? 이후에 본 적이 있으세요?"

"제가요? 어떻게 안 볼 수 있었겠어요! 우리는 그 이후에도 아주 좋은 관계였어요. 에버는 대단한 경력을 쌓았는데, 제 도움이 완전히 없었던 것은 아니었어요. 아주 대단한 여성이 되었지요."

"그건 무슨 말씀이세요?"

"그러니까 당시에는 항상 최고의, 가장 고매한 후원자들이 그녀 곁에 있었어요. 언론 재벌들, 석유왕들, 실질적인 왕위 계승자들이 그들이었죠. 그녀 자신을 알리기 위해 필요했던 위대한 작가들, 화가들은 말할 것도 없고요."

"그럼 지금은 어떻게 지내고 있나요?"

"지금은 이탈리아에 있어요. 기회만 있으면 그녀는 항상 이탈리아로 가요. 이탈리아에 빠져 있어요. 그리고 그녀의 아버지처럼 오래된 물건들을 수집하죠."

"당신은 에버가 이탈리아에 있다는 것을 왜 미하이에게 말하지 않았어요? 그리고 그때, 도대체 어떻게 라벤나로 오게 된 거예요?"

"저 말인가요? 저는 잠시 부다페스트에 있었는데, 미하이가 결혼했고 베네치아에서 신혼여행 중이라는 이야기를 들었어요. 그 나이 든 소년과 그의 부인을 만나고 싶은 욕망을 떨칠 수 없었죠. 그래서 부다페스트에서 베네치아를 거쳐 파리로 되돌아온 거예요. 그리고 베네치아에 있을 때, 당신들이 라벤나에 있다는 것을 알게 되어 급하게 내려갔었죠."

"그럼 왜 에버에 대해서는 이야기하지 않았어요?"

"염두에 두고는 있었어요. 미하이가 그녀를 찾게끔 제가 이야기해야 했었나요?"

"그는 찾지 않았을 거예요. 아내와 함께 신혼여행 중이었으니까요."

"화는 내지 말아요. 하지만 신혼여행이 그를 저지했다고는 생각하지 않아요."

"글쎄요, 20년 동안 미하이는 에버를 찾아야겠다는 생각을 하지 않았어요."

"그녀가 어디에 있는지 몰랐기 때문이죠. 게다가 미하이는 훨씬 더 수동적이에요. 하지만 언젠가 알게 된다면……."

"만약 미하이가 울피우시 에버를 찾게 된다면, 뭐가 그렇게도 당신을 아프게 할까요? 질투를 하시나요? 지금도 여전히 에버를 사랑하세요?"

"제가요? 말도 안 돼요. 그런 적은 절대 없었어요. 에버가 저를 사랑했었죠. 하지만 미하이의 결혼 생활에 문제를 일으키고 싶지는 않았어요."

"당신은 천사같이 좋은 소년이군요. 그렇지 않나요?"

"아니에요, 만나자마자 당신은 나에게 꽤 동정이 가는 사람이었을 따름이에요."

"멋지군요. 라벤나에서는 정반대의 말씀을 하셨는데요. 당신은 그때 저에게 아주 무례하기도 했었고요."

"아, 그때는 미하이가 뺨을 때릴지 아닐지 궁금했기에 그렇게 말했을 뿐이에요. 미하이는 누구의 뺨도 때리지는 않습니다만, 그것이 그의 문제예요. 뺨 한 대가 그 모든 것을 풀어버리는데……. 하지만 되돌아가자면, 당신은 첫 순간부터 저에게 큰 영향을 주었어요."

"대단해요. 지금 저 자신을 영광스럽게 느껴야 하는 것 맞죠? 조금만 더 재치 있게 구애할 수는 없을까요?"

"저는 재치 있게 구애할 줄 몰라요. 무력한 사람들이나 그러는 거예요. 저는 만약 한 여성이 마음에 들면, 제가 좋아한다는 것을 그녀가 알아차리게 해야 한다는 생각뿐이에요. 그 다음에는 그녀가 반응하든지 말든지 둘 중 하나죠. 하지만 보통은 반응을 하곤 해요."

"저는 그 '보통'에 속하지 않는군요."

세페트네키 야노시는 실제로 굶주린 10대의 방법으로, 그 어떤 남성적인 지성도 없이 단순하고도 역겹게 그녀의 몸을 원하는 것이 분명했다. 또한 이것은 그의 기분을 좋게 해 술을 마실 때처럼 온몸에서 혈액순환을 촉진하기도 했다. 그녀는 이런 원시적인 본능에 익숙하지 않았다. 보통 남성들은 사랑과 달콤한 언어로써 그녀에게 접근하곤 했다. 그들의 사랑은 항상 교양 있고 훌륭한 가정 출신의 귀부인을 향했다. 하지만 세페트네키는 라벤나에서 당시 여성으로서 그녀가 가지고 있던 허영심에 깊은 상처를 주었다. 결혼 생활의 파탄은 아마도 그때 시작되었고, 에르지는 그 이후에도 세페트네키의 말들을 고통스럽게 마음에 간직하고 있었다. 그리고 지금 여기, 그 상처에 대한 약과 보상이 이것이다. 그녀는 스스로도 이런 행동을 한다는 게 믿기지 않을 정도로 교태를 부리듯 세페트네키에게 행동했다. 그리고 마지막에는 그보다 더 차갑게 그의 청을 거절했다. 라벤나에서 있었던 일에 대한 복수로서 말이나.

하지만 그것보다, 그 어떤 것보다 우선 이 문제는 자신이 미하이의 아내라는 것과 관련이 있음을 여성의 본능으로 알아차렸다. 그렇기 때문에 그녀는 세페트네키의 접근에 반응한 것이다. 세페트네키가 미하이와 이상한 관계를 맺고 있는지, 그리고 세페트네키가 모든 수단을 동원해 그들 둘 중 자신이 더 낫다는 것을 얼마나 증명하고자 하는지 그녀는 알고 있었다. 이 때문에 그는 지금 미하이의 아내를 사랑하고자 하는 것이다. 에르지는 이런 세페트네키의 욕망 속에서 약하고 홀로 남겨진 사람으로서 스스로의 위안에 흠뻑 젖어 있었다. 그리고 바로 지금, 세페트네키의 욕망과 그것을 깨달음으로써 그녀는 진정한 미하이의 아내가 되는 것이며, 지금 그 마법 같은 모임, 미하이에게는 유일한 현실이기도 한 그 울피우시의 모임에 발을 들이고 있다는 생각이 들었다.

"우리 다른 이야기 해요." 그녀가 말을 돌렸으나 테이블 아래에서 그들의 무릎은 서로 감질나게 부딪치고 있었다. "당신은 실제로 이곳 파리에서 무슨 일을 하고 있어요?"

"큰 사업을 엮고 있죠. 오직 큰 사업만요." 세페트네키가 대답하며 테이블 아래로 에르지의 허벅지를 쓰다듬기 시작했다. "'제삼제국'•과 매우 밀접한 관계를 맺고 있어요. 어떻게 보자면 제가 제삼제국의 이곳 무역 대표라고도 할 수 있지요. 루트팔리 씨와 마르티니-알바르트 영화사 간의 이 사업을 성사시키고자 하는데, 그건 제게 현금이 필요하기 때문이에요. 하지만 우리가 무슨 이유로 이렇게 많은 이야기를 하고 있죠? 춤추러 가요."

새벽 3시까지 그들은 흥겨운 시간을 보냈다. 페르시아인은 함께 유흥을 즐겼던 여성 영화인 두 명을 자신의 차에 태웠다. 그는 이번 일요일 오후에 다른 사람들을 오퇴이에 있는

• 나치스 독일.

자신의 별장으로 초대한다며 떠났다. 나머지 사람들 또한 서둘러 집으로 향했다. 함께 있던 프랑스 신사가 샤리를, 세페트네키는 에르지를 각각 집에 데려다주었다.

"당신이 머무는 곳으로 올라갈게요." 문 앞에서 세페트네키가 말했다.

"미쳤군요. 더군다나 저는 샤리와 함께 살고 있다고요."

"제기랄, 그럼 당신이 제게 오세요."

"세페트네키, 당신이 부다페스트를 떠난 지가 오래됐다는 게 보여요. 그게 아니라면 저 같은 여성을 당신이 그렇게나 오해할 수 있다는 점에 대해 설명할 길이 없군요. 당신은 그 말로써 모든 것을 망친 셈이에요."

그녀는 작별 인사도 없이, 하지만 매우 의기양양하게 그를 그곳에 남겨두고 떠났다.

"너는 세페트네키와 뭘 그렇게 시시덕거린 거야?" 침대에 들었을 때 샤리가 말했다. "조심해."

"이미 끝이야. 그 사람은 내가 자신에게 오기를 원하는 것 있지?"

"그래? 너는 아직도 부다페스트에 사는 것처럼 행동하는구나. 얘야, 잊어서는 안 된단다. 부다페스트는 유럽에서 가장 도덕적인 도시라는 것을 말이야. 여기에서는 이런 일들을 너처럼 그렇게 해석하지는 않아."

"하지만 샤리, 만나고 나서 첫 밤인데…… 어쨌든 여성에게 그 정도의 위엄은 있어야……."

"당연히 그래야지. 하지만 그렇다면 남자들과 말을 섞지 마……. 여자가 이곳에서 자신의 위엄을 지키기 위한 유일한 방법은 그거야. 나처럼 말이야. 하지만 왜 위엄을 지켜야 하지? 도대체 왜 그런 거야, 왜? 만약 그 페르시아인이 나를 불렀다면, 내가 기쁜 마음으로 그와 나가지 않았을 거라고 생각해? 하지만 그가 날 불렀어? 생각은 하고 있었겠지. 얼마나 훌륭한 사람이야! 어쨌든 세페트네키와 함께 있지 않은 것은 잘한 거야. 잘생겼고, 말은 않겠다만 내가 아는 한 매우 남성적이지……. 그래, 내가 말한 그대로야. 하지만 너도 알다시피 그는 사기꾼이야. 마지막에는 너의 돈까지 갈취할 거야. 얘, 그 녀석을 정말 조심해. 한번은 나도 비슷한 경우를 당해서 500프랑을 잃은 적이 있었어. 자, 이제 자자고."

'사기꾼.' 잠들지 않고 누운 채 에르지는 속으로 생각했다. '그래, 그 사람은 바로 그거야.' 에르지는 평생 모범이 되는 소녀였다. 유모들과 또래 소녀들로부터 사랑을 받았고, 아버지의 자랑이었다. 학년에서 제일가는 학생이었으며, 학업 경시대회에도 선발되어 참가한 적이 있었다. 선량한 시민의 삶을 위해 제정된 법령들을 철저히 준수하면서 그녀의 삶은 내내 보호받았고, 질서 있게 지나왔다. 결혼할 시기가 되어 부유한 이에게 시집을 갔다. 고상하게 차려입었고, 좋은 집안의 한 가정을 건사하던 모범적이고 이상적인 안주인이었다. 사회적으로 자신의 계층에 속하는 다른 부인들이 두르던 그런 모자들을 쓰고 다녔으며, 자신의 위치에 합당한 곳에서 휴가를 보냈다. 연극 무대들에 대해서도 합당한 의견은 그녀의 것이었고, 그녀의 발언 역시 합당한 것에 맞춰졌었다. 미하이가 말하는 것처럼 모든 일에 순응적이었다. 하지만 이후 그녀는 지루해지기 시작했다. 그 권태가 심장신경증으로까지 고조되었을 때 그녀는 스스로 미하이를 선택했다. 미하이는 완전히 순응적인 사람은 아니었다. 그의 내부에 시민적 삶의 틀과는 전혀 다른 생소한 무언가가 있다고 느꼈다. 미하이를 통해 나중에는 그녀도 그 벽들을 넘을 것이라고, 벽을 넘어 알 수 없는 먼 곳을 향해 펼쳐져 있는 침수지, 야생의 숲이 자라나 덮고 있는 그곳으로 나갈 수 있을 것이라고 믿고 있었다. 하지만 미하이는 그렇게 하기보다는 그녀를 통해 순응하고자 했다. 일상적인 시민이 되기 위해 오히려 그녀를 수단으로 이용했다. 그리고 순응하는 것에 싫증 날 때면, 혼자서만 몰래 그 침수지로 향하곤 했다. 달아나지 않고, 다시 그 야생의 숲으로 홀로 돌아가곤 했다. 세페트네키 야노시는 순응이라는 것을 원하지조차 않고, 거의 전문적으로 벽들 밖에서 어슬렁거렸으며, 미하이보다 훨씬 더 원초적이고 혈기가 넘쳤다. 그는 도대체 어떻게…… 호랑이, 호랑이, 밤의 숲속에서 활활 불타는…….

오퇴이에서 보낸 일요일 오후는 멋있고도 지루했다. 영화 같은 장면들은 더 이상 없었으며, 프랑스의 상류 부르주아를 대표할 정도로 모든 것이 근사했고 고급스러웠다. 하지만 부다페스트보다 더 순응적이고 야성이 없는 세계에 에르지는 관심이 없었다. 오퇴이에서 숙소로 돌아오는 길에 세페트네키 야노시는 저녁 식사를 위해 그녀를 다른 곳으로 데려갔다. 그제야 에르지는 숨을 돌릴 수 있었다. 식사 후 그들은 춤을 추러 갔다. 야노시는 사탄이었다. 그녀에게 술을 마시게 하고, 허풍을 떨었으며, 시를 낭독하고, 울고, 그리고 가끔 매우 남성적인 모습을 드러내기도 했다. 야노시는 지금도 자신의 임무를 과장했다. 하지만 이 모든 것은 거의 쓸데없는 일이었다. 그가 한마디 말도 하지 않았다 해도 에르지는 내적인 욕망에 이끌려, 불타는 호랑이들을 찾아 아마도 그의 집에서 밤을 보냈을 것이기에.

제3장 로마

그대, 로마로 가라. 낙원과 무덤,
도시와 광야가 한데 있는 그곳으로
—셸리, 〈아도네이스〉

1

미하이는 로마에서 몇 날을 보내고 있으나, 그에게 일어난 특별한 일이라고는 아직 아무것도 없다. 하늘에서는 그에게 길을 인도하는 그 어떤 종류의 전단도 내리지 않았다. 에르빈의 언급이 있은 후 미하이가 내심 바라고 있었던 그 낭만적인 전단 말이다. 말하자면, 그에게 일어난 일은 로마에 왔다는 것뿐이다.

로마에 비해 이탈리아의 다른 도시들은 모두 왜소했다. 에르지와 '공식적으로' 함께했던 베네치아는 로마와 견주면 작기만 할 뿐이었고, 밀리센트와 '우연하게' 함께했던 시에나도 마찬가지였다. 로마에서는 혼자였기에 그는 더 높은 인도(引導)하에 있다고 느꼈다. 로마에서 본 것은 예전에 새벽의 산책길에서 그랬듯이 모두 숙명의 징표였다. 어느 특별한 늦여름 오후, 드물지만 말로 표현할 수 없는 어떤 의미들로 모든 것이 채워지는 그런 순간에도 이러한 감정을 마주한 적이 있었다. 하지만 로마에서는 숙명적이라는 감정이 한순간도 그를 놓지 않았다. 다른 때에도 거리와 집들이 그의 마음속에 막연한 감정들을 일깨웠으나 로마의 거리, 궁전, 폐허, 정원들만큼은 아니었다. 마르첼로 극장의 웅장한 벽들 사이를 거니는 것, 고대의 기둥들 사이에서 작은 바로크 양식의 교회들이 어떻게 성장했는지 넋을 잃고 포룸•을 바라보는 것, 어느 언덕에서 레지나 코엘리 교도소의 별 문양을 내려다보는 것, 슬럼가의 골목들을 배회하는 것 또는 산타 마리아 소프라 미네르바 성당에서 독특한 정원들을 지나는 것, 풍차 바퀴 모양을 한 건물의 거대하게 뚫린 지붕을 통해 짙푸른 여름 저녁 하늘이 내려다보고 있는 판테온으로 가는 것, 미하이의 하루하루는 이런 것들로 채워졌다. 그리고 저녁에는 죽을 정도로 피곤에 절어 낡은 돌바닥으로 된 작은 호텔 방에서 쓰러지듯 침대에 누웠다. 호텔은 기차역 근처에 있었는데, 로마에 도착한 첫날 밤에 심신이 지친 채 급하게 찾은 곳이었다. 이후 다른 곳으로 옮길 여력조차 없었다.

엘슬리가 폴리뇨에서 받아 다시 그에게 보낸, 환희에 찬 티버더르의 편지가 미하이를 뒤흔들었다. 티버더르는 이렇게 적었다.

• 포룸 로마눔. 고대 로마 시대의 정치와 경제의 중심지를 일컫는다.

사랑하는 미시에게!

네가 아프다는 소식에 우리는 매우 걱정스러운 날들을 보내고 있어. 너는 종종 부정확하게 묘사하기에 실제로 어떤 문제가 있는지 알리는 걸 잊어버린 것 같아. 하지만 내가 그걸 매우 알고 싶어 한다는 건 모르지 않겠지. 나중에 꼭 알려주길 바라. 이제 완전히 나은 거야? 어머니께서 많이 불안해하고 계셔. 이제야 너에게 송금을 하게 된 걸 나쁘게 생각하지 마. 송금이 얼마나 어려운지는 잘 알고 있잖아. 송금이 지체되어 네가 불편해지지는 않았기를 바라. 너는 많은 돈을 보내달라고 썼지. 조금은 부정확하게 표현한 것 같은데, '많은 돈'이란 상대적이잖아. 네가 빚을 지고 있다고 알린 금액에서 아주 조금 더 보냈으니 송금한 돈이 적다고 여길 수도 있을 거야. 하지만 말하지 않는 것이 더 나을 것 같은 요즘의 사업 상황으로 보면 그 금액조차 우리에게는 큰돈이야. 최근 우리가 대대적으로 투자했던 것들을 회수하는 데 최소한 몇 년은 걸릴 것 같아. 어쨌든 그 금액은 네가 숙식비를 지불하고 귀국하는 데에는 충분할 거야. 귀국하는 것 외에 너에게 다른 여지가 없다는 건 말할 필요도 없겠지. 기차표를 왕복으로 끊었던 것은 다행이야. 현재 상황에서 이사 한 명의 값비싼 해외 체류를, 그것도 전혀 이유 없고 이해할 수도 없는 해외 체류를 지속적으로 지원하기에는 알다시피 우리 회사에 부담이 돼.

그보다 더한 것은, 너도 알고 있겠지만 현재의 상황에 따라 제수씨도 우리를 상대로 자신의 당연한 권리를 요구하고 있거든. 물론 그녀의 요구를 충족시키는 것은 우리의 첫째가는 의무이기도 해. 제수씨는 지금 파리에 체류 중이며, 현지 거주 비용을 우리가 감당하는 선에서 당분간은 만족할 거야. 최종 정산은 그녀가 귀국해서야 이루어질 테고. 그 최종 정산으로 공장이 특히 어려운 상황에 몰리게 될 것임을 내가 따로 설명할 필요는 없겠지. 제수씨가 회사에 투자한 금액은 우리가 투자로 모두 써버렸다는 사실을 잘 알고 있잖아. 기계들을 구입하고, 체계적인 광고를 하고, 회사를 다른 방법으로 발전시키기 위해 그녀의 투자금을 쏟아부었으니 그녀가 그것을 회수한다면 회사에 어려움을 초래할 뿐 아니라 아예 회사의 기반을 뒤흔들 수도 있겠지. 다른 사람이라면 신혼여행에서 아내를 남겨두고 떠나기 전, 이런 것들도 고려했을 것이라고 생각해. 아내를 두고 떠난 너의 행동 자체만으로도 올바르지 않아. 경제적인 측면을 고려하지 않더라도 그것은 남편으로서 자격이 없고 절대적으로 신사답지 못한 행동이야. 특히 제수씨처럼 흠잡을 데 없고 사리가 분명한 귀부인한테는 더욱 그래.

그러니까 이게 현재 상황이야. 아버지는 너에게 어떻게 알려야 할지 결정하지 못하고 계셔. 아버지가 이 일로 얼마나 마음이 상하셨고 절망하셨는지, 그리고 조만간 제수씨가 투자액을 회수할 것이라는 예상에 얼마나 불안해하시는지 너는 상상도 못 할 거야. 이 모든 것 때문에 아버지가 괴로워하시기에 조금이라도 기분 전환을 하시라고, 아직 확정은 못했지만 가슈타인•으로 휴가를 보내드리고자 해. 아버지는 휴가에 따른 비용을 생각하시고는 그 제안을 들으려고 하지도 않으시지만 말이야.
사랑스러운 미시, 그러니까 이 편지를 받으면, 부탁건대 짐을 싸서 고향으로 돌아와. 빠르면 빠를수록 좋아.

가족 모두의 인사를 전하며

가족 중에서 조금은 가볍고 유흥을 즐기던 티버더르가 착실하고 매사에 진지한 미하이에게 처음으로 윤리를 설파하는 상황에 놓인 지금, 티버더르는 분명 황홀한 마음으로 이 편지를 썼을 것이고 행복해했을 것이다. 평소에 공감할 것이라고는 거의 없는 형의 이런 우월적인 목소리 또한 미하이의 평정심을 잃게 했다. 미하이는 귀향이 강제로 징수하는 세금, 그 지긋지긋하고 혐오스러운 강제와 다를 바 없다고 생각했다. 그것 말고는 달리 이해할 방도가 없었다.

하지만 별다른 해결책은 실제로 없는 듯했다. 밀리센트에게 빚을 갚는다면, 계속 로마에 체류할 수 있는 비용은 얼마 남지 않는다. 티버더르가 아버지에 대해 쓴 것도 그를 매우

• 잘츠부르크 인근의 온천 휴양지.

불안하게 했다. 결코 티버더르가 과장한 것이 아님을 그는 알고 있었다. 아버지의 우울증적인 성향과 경제적, 사회적, 감정적인 불편함이 서로 복잡하게 얽혀 이 모든 것이 그분의 정신적 평화를 방해한다는 사실, 그것은 정확하다. 다른 것은 차치하더라도 당신이 가장 아끼는 아들이 그렇게 터무니없게 행동한 것만으로도 그랬다. 최소한 그것을 바로잡기 위해서는 그가 집으로 돌아가야 한다. 에르지를 위해서도 어쩔 수 없었다는 것을 아버지 앞에서 설명하려면 말이다. 자신은 지금 도망자가 아니며, 신사다운 행동을 보여야만 한다.

그리고 고향에서 일을 해야 한다. 오늘날엔 일이 전부다. 사회에 첫발을 디디는 젊은이에게는 학업에 대한 보상이고, 또한 실패한 사람들에게는 속죄와 처벌이다. 만약 고향으로 가서 착실하게 일을 한다면 아버지도 조만간 그를 용서할 것이다.

하지만 그 '일'의 세부적인 것들, 그의 책상, 그와 회의해야 하는 사람들, 그리고 일 외에 그의 시간을 뺏는 것들, 카드놀이, 다뉴브강, 귀부인들, 이 모든 것이 머리에 떠오르자 눈물이 날 정도로 절망스러웠다.

'아킬레우스의 그림자는 무엇을 말하는가?' 그는 생각에 잠겼다. "나는 망자들 가운데에 있는 왕자라기보다 아버지의 집에 있는 날품팔이 농부'라고 아킬레우스는 말했으나, 나는 그 반대이지 않은가. 아버지의 집에서, 고향에서 망자들 사이에 있는 왕자보다 차라리 나는 여기에서 날품팔이 농부가 되

겠어. 단지 그 날품팔이 농부의 의미에 대해 더 분명하게 알 수만 있다면…….'

여기, 죽은 자들 사이에서…… 죽은 자들이라 함은 그때 그가 이미 도성 담벼락을 지나 세스티우스의 피라미드 옆, 작은 개신교 묘지에 있었기 때문이다. 여기에는 북방 출신의 망자들, '그의 동료들'이 안식을 취하고 있다. 뭐라고 명명할 수 없는 향수가 그들을 이리로 이끌었고, 그들은 여기에서 죽음을 맞이했다. 나무들이 그늘을 드리우고 있는 이 아름다운 묘지는 최후의 안식처로서 여기가 더 달콤할 것이라는 환상을 심어주며, 북방의 영혼들을 유혹한다. 괴테의 로마에 대한 비가 중 한 작품 말미에 이곳을 떠올리는 구절로 이런 내용이 있다. "세스티우스의 묘지를 지나 조용히 오르쿠스•에게 내려가도록 해주오." 셸리는 그의 아름다운 편지에서 여기에 잠들고 싶다고 적은 바 있고, 실제로 그는 여기에서 안식을 취하고 있다. '마음 중의 마음'이라는 묘비명으로, 최소한 그의 마음만큼은 여기에 있는 것이다.

미하이가 그곳을 떠나려는 순간, 묘지 구석에 별도로 마련된 작은 무덤들이 그의 눈에 들어왔다. 그는 그곳으로 가서 제국의 단순한 비석들의 글귀를 읽고 있었다. 그중 하나에는 영어로 이렇게 적혀 있었다. "물 위에 자신의 이름을 쓴 사람이 여기 잠들다." 그리고 옆에 있는 묘비에는 위대한 영국 시인인

• 로마 신화에 나오는 저승의 신.

존 키츠의 가장 헌신적인 친구였으며, 절명해가는 그의 옆에서 함께했던 화가 세번이 잠들어 있다는 긴 글귀가 적혀 있었다. 키츠는 자신의 묘비에 이름을 새기는 것을 허락하지 않았으나, 후세는 이런 방법으로 그의 묘비임을 알렸다.

미하이의 눈에 눈물이 가득 고였다. 세상에서 가장 위대한 시인 키츠가 바로 여기에 잠들어 있다니……. 그의 몸은 이미 오래전에 이곳에서 평온함을 잃었을 것이다. 하지만 그의 시들은 어떤 묘혈보다 더욱 충실하게 그의 정신을 보존하고 있기에, 그 이유 하나만으로도 이 자리는 미하이에게 감동을 주었다. 그리고 그의 마지막 바람을 존중한 그 방법, 점잖게 타협적이고 악의 없이 위선적이기도 한 그 방법은 또 얼마나 대단하고, 또 얼마나 영국적인가. 이 때문에 묘비명에 그의 이름이 없더라도 여기 이 비석 아래에서 안식을 취하고 있는 자는 키츠라는 사실이 오해의 여지 없이 전해지는 것이다.

미하이가 고개를 들자 옆에 낯선 사람들이 서 있었다. 눈부시게 아름답고 누가 봐도 영국인인 간호사 복장의 여성과 매우 앙증맞은 영국인 소년, 소녀였다. 그들은 꼼짝도 않은 채 서서 그 무덤과 미하이를 당황스럽게 쳐다보고 있었다. 미하이는 그곳에 남아 그들이 무슨 말을 하기만을 기다렸으나 그들은 어떤 말도 하지 않았다. 잠시 후, 고상한 신사 한 명이 다른 사람들처럼 무표정한 얼굴로 그곳에 당도했다. 그는 그 부인과 매우 닮았는데, 쌍둥이는 아니더라도 최소한 남매는 되어 보였다. 그가 무덤 앞에 서자 부인이 무덤의 비문을 가리켰다. 그는 고개를 끄덕이더니 매우 심각하고 당황한 표정으로 무덤과 그곳에 있는 가족, 그리고 미하이를 번갈아 바라보았다. 그 역시 아무런 말도 하지 않았다. 어쩌면 자신의 면전에서 그들이 낯을 가린다고 생각했기에 미하이는 조금 물러났다. 하지만 그들은 여전히 그곳에 선 채 종종 고개를 끄덕였고, 혼란스럽다는 듯 서로를 쳐다보고 있었다. 옆에 있던 어른들처럼 두 아이의 얼굴에도 당황스러움과 무표정한 아름다움이 도드라져 보였다.

그들의 모습이 돌아서려는 미하이의 시선을 끌었다. 그는 누가 봐도 놀란 눈으로 사람들을 빤히 쳐다보았다. 그들은 인간이 아닌 유령 같은 인형들, 여기 시인의 무덤에서 당황한 인조인간들이거나 도저히 설명이 불가능한 존재들이라는 생각이 갑자기 들었다. 그렇게나 아름다운 모습이 아니었다면 그 정도로 놀라지는 않았을 테지만, 그들의 아름다움은 광고에 등장하는 듯한 인간의 그것이 아니었다. 곧 말로 표현할 수 없는 공포가 미하이를 사로잡았다.

이후 그 영국인 가족은 천천히, 고개를 끄덕이며 그곳을 떠났고, 미하이도 다시 마음을 가다듬었다. 차분한 의식으로 지나간 순간들을 돌이켜보니 그제야 진정 겁에 질렸다.

'내게 무슨 일이 일어난 걸까? 다시금 그 수치스럽고, 가장 암울했던 사춘기 시절, 그 시절의 신경 상태에 빠져버린 것일까? 그들은 여기에 키츠의 묘지가 있다는 것을 발견했고, 그것에 대해 어떻게 해야 할지 몰랐던 부끄럼 많고, 특히나 바보 같았던 영국 사람들이었을 뿐. 그 사람들에게는 무슨 특별한, 어떤 다른 것들도 없었어. 어쩌면 키츠가 누군지 몰라서 그랬을 수도 있어. 아니면 알고 있었지만, 키츠의 무덤을 앞에 두고 어떻게 하는 것이 올바른 행동인지 몰랐을 수도 있고. 이 때문에 그들은 서로에 대해, 그리고 내 앞에서 부끄러워했던 거야. 진정 이보다 더 의미 없을 것 같은 일상적인 장면을 상상할 수는 없겠지. 그럼에도 말을 꺼낼 수조차 없는 온 세상의 공포가 나를, 내 마음을 지배했어. 그래, 공포는 밤과 두려운 것들로 인해 극에 달하는 게 아니야. 그보다는 대낮에 어떤 일상적인 일로부터, 진열대로부터, 모르는 얼굴로부터, 나뭇가지 사이로부터 그것이 우리를 바라볼 때 진정한 공포에 휩싸이는 거지…….'

미하이는 손을 주머니에 찔러 넣고 급하게 왔던 길을 되돌아갔다.

그는 다음 날 집으로 돌아가려는 결심을 했다. 티버더르의 편지를 받은 건 정오 무렵이었다. 따라서 동봉한 수표를 환전해 밀리센트에게 진 빚을 갚으려면 다음 날 아침까지 기다려야 했기에 그날 바로 귀국할 수는 없었다. 그는 로마에서의 마지막 밤을 보냈다. 다른 때보다 더욱 느긋한 마음으로 좁은 길들을 이리저리 다녔으며, 모든 것이 훨씬 더 소중하게 보였다.

로마와 작별을 고했다. 그의 마음에 와닿은 것은 어떤 특정한 건축물들이 아닌 그가 둘러본 로마 전체의 일상이었다. 이 도시는 여전히 수천수만 개의 놀랄 만한 곳들을 숨기고 있다.

이제 다시는 그것들을 볼 수 없으리라는 느낌에 그는 목적 없이 절망한 채 거리를 방황했다. 그리고 중요한 것들은 지금 그가 걷고 있는 곳이 아니라 다른 곳에 있으리라는 느낌도 들었다. 로마에서 그는 어떤 비밀스러운 징표도 받지 않았고, 로마행이 그를 다른 어떤 곳으로 이끌지도 못했다. 미하이의 향수는 이제 영원히 그에게 고통스러운 것, 채울 수 없는 것으로 남았다. 최소한 그가 로마를 떠나기 전까지는 말이다. "세스티우스의 묘지를 지나 조용히 오르쿠스에게 내려가도록 해주오……."

어두워지고 있었다. 골목길에서 누군가와 부딪쳐 "미안합니다(Sorry)"라는 말을 들었을 때, 미하이는 고개를 숙인 채 이제 길에는 거의 눈길조차 주지 않고 걷고 있었다. 그 영어 표현에 미하이는 고개를 들었다. 키츠의 무덤에서 미하이를 그렇게나 놀라게 했던 그 영국인이 눈에 들어왔다. 영국인은 모자를 들고서 무언가를 중얼거리며 급히 어딘가로 가고 있었다. 그를 보자 미하이의 얼굴에는 묘한 표정이 떠올랐다. 미하이는 몸을 돌려 그의 뒷모습을 바라보았다.

순간적으로 멈칫했으나 곧 단호한 발걸음으로, 왜 그렇게 하는지는 생각지 않는다는 듯 미하이는 그의 뒤를 따라갔다. 어릴 적 추리소설의 영향으로 그는 놀이 삼아 갑자기 낯선 사람들의 뒤를 쫓곤 했다. 그들이 눈치채지 못하도록 조심하면서 가끔은 몇 시간 동안이나 그 놀이를 즐겼다. 그 시절에도 아무나 뒤쫓지는 않았다. 그가 뒤쫓는 사람은 어떻게든 무슨 비밀이, 이 젊은 영국인같이 중요한 뭔가가 있는 사람이어야 했다. 이 영국인도 그러했는데, 하루에 두 번이나 마주치게 된 것이 덧없는 우연이라고 할 수 없는 데다가 이런 중요한 날 이 큰 도시에서 일어난 두 번의 조우가 모두 미하이에게 이유를 설명할 수 없는 놀라움을 가져다주었기 때문이다. 그 배경에는 끝까지 알아봐야 할 그 무언가가 감춰져 있는 듯했다.

미하이는 형사가 된 듯한 긴장감으로 좁은 길들을 옮겨가며 영국인을 뒤따랐고, 코르소 움베르토 거리•로 빠져나왔다. 어린 시절의 재치가 남았는지 지금도 영국인이 눈치채지 못하게 그림자처럼 그의 뒤를 밟을 수 있었다. 영국인은 한동안 길을 왔다 갔다 하더니 카페의 테라스에 자리를 잡았다. 미하이 또한 그곳에 앉아 베르무트를 한잔 마시고는 긴장한 눈길로 그를 쳐다보았다. 어떤 일이 일어나야 한다는 것을 그는 알고 있었다. 영국인도 지금은 키츠의 묘지에서처럼 그렇게 평온하고 무표정한 얼굴이 아닌 듯했다. 잰 듯한 얼굴선과 놀랄 정도로 깨끗한 피부 아래에 무언가가 고동치고 있는 듯했다. 물론 그 불안함은 완벽한 영국인의 표정에 떠오른, 단지 새의 날개가 호수를 스칠 때와 같은 작은 움직임에 불과했으나 그가 불안한 것은 분명해 보였다. 미하이는 그가 누군가를 기다리고 있음을 알게 되었고, 그 기다림의 긴장감이 그

● 현재의 비아 델 코르소 거리.

자신에게도 전이되고 있었다. 그것은 확성기 소리같이 커져만 가고 있었다.

영국인은 시계를 보기 시작했다. 미하이는 이제 그곳에 머무를 수 없을 정도로 불안해했다. 베르무트를 한 잔 더, 그다음으로는 마라스키노를 주문했다. 내일이면 귀국할 터였기에 이제 돈을 아낄 필요가 없었다.

마침내 우아한 차 한 대가 카페 앞에 멈추었다. 차 문이 열렸고, 어떤 여성이 차 안에서 밖을 쳐다보고 있었다. 그 순간, 영국인이 급히 자리에서 일어나는가 싶더니 어느새 차 안에 앉아 있었다. 그들을 태운 차는 소리 없이, 부드럽게 떠났다.

한순간에 벌어진 일이었다. 여성의 모습은 자동차 문을 통해 잠시 비쳤을 뿐이지만 미하이는 눈이 아닌 직감으로 그녀가 울피우시 에버라는 사실을 알 수 있었다. 미하이 역시 급히 자리에서 일어났고, 에버의 눈길이 한순간 자신을 스치는 것을 보았다. 더군다나 에버의 얼굴에는 매우 엷은 미소가 비치는 듯했다. 이 모든 것은 한순간에 벌어진 일이었고 에버는 자동차와 함께 어둠 속으로 사라져버렸다.

미하이는 계산을 하고 비틀거리며 카페를 나섰다. 그럴 것이라는 예감은 맞았던 셈이다. 에버가 여기에 있을 것이라는 생각에 미하이는 로마로 와야 했다. 그의 향수의 항구는 바로 에버라는 것도 이제, 아니 벌써 그는 알았다. 에버라는 항구…….

그는 고향으로 돌아가지 않을 것이라는 사실도 알았다. 만약 여기에서 무거운 짐을 져야 한다 해도, 그리고 기다림의 시간이 50년이 된다 해도 그는 돌아가지 않을 것이다. 존재의 이유가 되는 세상의 어떤 곳, 의미를 지닌 그 어떤 곳이 마침내 생긴 것이다. 며칠 동안 로마의 좁은 길들에서, 집들에서, 폐허 속에서, 그리고 성당들과 그 모든 곳에서 무의식적으로 그는 바로 그 의미를 느끼고 있었다. 하지만 그 의미를 위해 '행복한 기다림으로 보냈던' 날들이라고는 말할 수 없었다. 어쨌든 행복은 로마와 로마의 수천 년 세월과는 어울리지 않는 것이다. 그가 미래에 대해 기대했던 바는 행복한 기다림 같은 것이 아니었다. 그는 자신의 운명을, 의미 있는 운명을, 로마에 걸맞은 운명을 기다렸다.

미하이는 즉시 티버더르에게 자신의 건강 상태가 긴 여행을 허락하지 않는다는 편지를 썼다. 그리고 밀리센트에게 돈을 송금하지 않을 것이다. 그 돈이 중요하지 않을 정도로 밀리센트는 풍족하다. 그녀는 지금까지 기다렸으니 조금 더 기다릴 수 있을 것이다. 티버더르가 더 많은 돈을 미하이에게 보내지 않았기에 늦어진 데 대한 책임은 티버더르에게 있다.

그날 저녁, 설레는 마음과 들뜬 기분에 미하이는 혼자 술을 많이 마셨다. 크게 고동치는 심장 탓에 잠을 깬 그는 에버에 대한 그의 젊은 날의 사랑에 동반되던 상실감을 다시금 느꼈다. 미하이는 고향으로 돌아가야 한다는 것을 잘 알고 있을 뿐만 아니라 무수한 이유로 인해 전날보다 지금 훨씬 더, 분명히 그것을 알고 있었다. 그럼에도 에버 때문에(그가 에버를 실제로 볼 수 있는지는 또 얼마나 불확실한가!) 그는 로마에 머물러 있으며, 이것은 매우 큰 모험과 다름없다. 그의 가족에게는 물론 중산층 시민이라는 신분에도 어쩌면 회복 불가능할 정도로 실수를 저지르는 일일지 모른다. 그는 아주 불확실한 날들과 직면해야 하는 것이다. 하지만 그가 다르게 행동할 수 있다는 생각은 한순간도 들지 않았다. 이 모험과 상실감, 그 또한 게임에 속하는 것이다. 내일도 아니며 모레도 아닐 테지만, 언젠가 한 번 그들은 만날 것이다. 그리고 그때까지 살고, 또 살 것이다. 지나간 세월 속에서 비춰진 그런 모습이 아닌 채로 말이다. 인치피트 비타 노바.●

2

미하이는 매우 복잡한 감정으로 매일 이탈리아 신문들을 읽었다. 이탈리아어는 표현이 홍수처럼 거대하고 풍부하지만, 그 언어가 그날그날의 기사로 흩어지면 마치 재봉틀을 돌리는, 범람하는 물줄기 같았다. 그에게는 이 역설이 흥미로웠다. 하지만 이러한 신문 기사들은 그를 깊은 우울감에 빠지게 했다. 마치 인간이 아니라 완벽한 국가 체제를 찬양하기 위해 프라 안젤리코의 그림에서 지금 막 내려온 의기양양한 성인

● '새로운 삶이 시작된다'라는 뜻의 라틴어.

들이 작성한 듯 이탈리아 신문들은 항상 행복에 도취되어 있었다. 어떤 때는 무슨 기관이 11주년이 되었고, 또 어떤 때는 도로 건설 12주년이 되었다는 등 행복감에 도취할 이유는 항상 있었다. 몇 주년이 되었다는 이런 대규모 행사에서 누군가가 연설을 했고, 국민들은 또 열광적으로 축하했다. 최소한 언론이 증언하는 바에 따르면 그랬다.

신문이 전하는 것처럼 과연 국민들이 열광적으로 그 모든 것을 축하하는지, 그리고 지속적으로 지칠 줄 모르게 행복해하는지에 대해 미하이는 흥미를 가졌다. 모든 외국인이 그렇듯 말이다. 물론 외국인의 경우 이탈리아인들의 행복도와 그들의 진솔성을 측정하기란 곤란하다는 점에는 어떤 이견도 없다. 특히 누구와도 대화를 나누지 않고, 이탈리아의 삶과 연관되는 그 어떤 것도 없을 때는 더욱 그러하다. 하지만 이렇게 멀찍이, 그리고 이렇게 별생각 없이 판단하는 것도 가능하다면, 미하이가 느낀바 이탈리아 국민들은 이 경향이 유행한 이래 실제로 지칠 줄 모르게 행복해하고 열광적이었다. 반면에 인간이(개인적이든 집단적이든) 행복해지기 위해서는 얼마나 작은 것들로도, 또는 얼마나 바보 같은 것들로도 충분한지 미하이는 잘 알고 있었다.

그는 이 문제를 깊이 다루지는 않았다. 실제로 이탈리아에서 어떤 사람들이 권력을 쥐고 있으며, 어떤 이념의 이름으로 국민들을 다스리는지는 전혀 중요하지 않다는 것을 그는 본능적으로 알고 있었다. 정치는 단지 표면만을 건드릴 뿐이다.

그리고 자발적이지 않고 대양 같은 이탈리아 국민들은 놀라울 정도의 수동성으로 시대의 변화를 등에 짊어질 뿐이다. 그들은 자신들의 위대한 역사에 무감하게 지낸다. 거대한 활동, 영웅심, 그리고 추한 것들로 뒤섞였던 공화정과 왕정 로마 역시 단지 겉으로 드러난 남성적인 연극에 불과했으며, '로마적인 것' 또한 몇몇 천재적인 배우의 사적 사건일 뿐이라고 미하이는 의심했다. 그러는 동안 이탈리아인들은 평온하게 파스타를 먹었고, 사랑을 노래했으며, 무수히 많은 자손을 두게 된 것이다.

하루는 《포폴로 디탈리아》라는 신문에 실린 '라 콘페렌차 발트하임'이라는 제목의 기사 중 낯익은 이름이 눈에 띄었다. 기사에 따르면, 세계적으로 유명한 헝가리의 고대 문헌학자이자 역사가인 로돌포 발트하임이 '고대 종교에서 죽음의 양상'이라는 제목으로 왕립 학술원에서 강연을 했다는 것이었다. 그 정열적인 이탈리아 기자는 고대 종교에서 죽음에 대한 개념뿐 아니라 일반적인 죽음의 실상에 대해서도 완전히 새로운 면을 밝혔다며 강연에 찬사를 보냈다. 그리고 이는 오래된 이탈리아-헝가리 간 친선의 중요한 예증이었음을 전했다. 기사에는 청중이 그 탁월한 교수에게 열렬한 찬사를 보냈고, 그의 젊은 시절 또한 청중에게는 놀랍고도 신선한 소재였다고 적혀 있었다.

미하이는 그 발트하임이 발트하임 루디가 아닌 다른 사람일 수 없다고 확신했다. 한때 그를 좋아했기 때문에 무언가 신선한 감정이 미하이를 사로잡았다. 그들은 함께 대학을 다녔다. 둘 중 어느 누구도 쉽게 친구를 사귀는 성격이 아니었다. 미하이는 울피우시의 집에 내왕하지 않는 외부인들을 무시했고, 발트하임은 모든 이가 자신에 비해 무식하고, 따분하며, 저급하다고 느꼈다. 그럼에도 그들 사이에는 종교사를 매개로 한 일종의 우정이 싹텄다. 그 우정은 그렇게 오래가지 못했다. 발트하임은 그때에도 벌써 많은 것을 알고 있었으며, 읽어야 할 모든 것을 원서로 읽었다. 듣는 것을 좋아했던 미하이에게 그는 그 내용을 기꺼이, 게다가 탁월하게 설명해주었다. 하지만 종교사에 대한 미하이의 관심이 그렇게 깊지 않다는 것을 알게 된 후 그는 미하이가 어설프다는 생각을 했고, 주저하며 한 걸음 뒤로 물러섰다. 반면 미하이는 발트하임의 엄청난 지식에 놀랄 뿐이었다. 종교사를 이제 시작하는 학생이 그 정도의 지식을 가지고 있다면, 턱수염을 기르고 현역으로 활동하는 종교사가는 얼마나 더 많은 것을 알고 있을지를 생각해보았다. 그러자 공부를 하고자 했던 용기가 모두 사라졌다. 더군다나 얼마 지나지 않아 미하이는 대학을 그만두게 되었다. 한편 발트하임은 종교사 대가들의 발치에서 자신의 학업을 더욱 정교하게 익히고자 독일로 갔다. 따라서 그들이 더 이상 함께할 가능성은 완전히 사라져버렸다. 몇 년이 지나 미하이는 발트하임의 빠른 연구 경력에 대한 일부 업적들을 신문에서 읽었다. 발트하임이 대학교수가 되었을 때, 그는 축하 서신을 보낼 수 있을 정도로 가까운 곳에 있었다. 하지만 그러지 않았고, 개인적으로 그를 찾지도 않았다.

그의 이름을 읽은 지금, 미하이에게는 그동안 까맣게 잊고 있었던 발트하임의 매우 독특한 취향이 생각났다. 그는 삭발을 해 빛나고 둥근 머리에 폭스테리어처럼 에너지가 넘쳐났고, 놀라울 정도로 다변가였다. 항상 큰 소리로 긴 문장을 오류 없이 완벽하게, 무엇보다도 흥미롭게 설명하곤 했다. 사람들은 그가 잠을 자면서도 그럴 것이라고 했다. 대적할 자가 없을 정도의 활력과 아울러 여성에 대한 갈망이 끝이 없었다. 그 갈망은 아주 매력적인 동료 여성들에게만 향한 것은 아니었다. 조금은 마지못해 괴테 다음가는 '집착'으로 일컬어지기도 했는데, 그런 성향도 특징적이었다. 어쨌든 그는 지속적이고 치열하게 학문과 그 분과들, 그리고 그 추상적인 전체성과 영혼의 개념을 연구 주제로 삼았다. 어떤 것이라도 대수롭지 않게 여기지 않았으며, 항상 열정적으로 무언가를 다루었다. 그는 영혼의 출현, 가능한 한 고대 시기의 그것에 흠뻑 빠져 있었다. '따분한' 어떤 것이라든지 '저급'하거나 '수준 낮은' 바보짓은 혐오했고, 항상 이 단어, '영혼'에 도취돼 있었다. 이 단어는 그에게 어떤 중요한 의미가 있어 보였다.

발트하임의 활력에 대한 기억이 미하이에게는 뜻하지 않게도 신선한 영향을 주었다. 최소한 잠시만이라도 발트하임과 만났으면 하는 갑작스러운 욕구가 그를 사로잡았다. 동시에 그가 지금 몇 주 동안 얼마나 외롭게 지내고 있는지 인식하게 되었다. 고독은 어쨌든 피할 수 없는 것, 운명과 그 기다림에 해당하는 것, 로마에서 다룬 유일한 것, 그리고 그 누구와도 공유할 수 없는 것이기도 했다. 하지만 그는 이 지긋지긋하고 몽환적인 기다림과 상실감 속에서 침몰하기 시작했다는 것을 이제서야 알게 되었다. 그것들은 심연 속의 독특하고도 불가사의한 존재를 향해 수초로 뒤덮인 미하이를 끌어내리는 것 같았다. 미하이는 갑자기 물 위로 박차듯이 머리를 내밀고 올라와 숨을 내쉬었다.

발트하임과 만나야 한다. 미하이의 문제를 해결할 수 있는 실질적 가능성도 그에게서 찾을 수 있을 것이다. 발트하임의 강연을 소개한 기사에는 팔라초 팔코니에리에 있는 헝가리학 센터에서 개최된 어떤 리셉션에 대한 언급도 있었다. 로마에는 헝가리학 센터가 있으며, 그곳에서 예술인과 학자를 지망하는 젊은이들이 장학금으로 생활하고 있다는 사실이 생각났다. 발트하임이 그곳에서 지내지 않는다 해도 분명 그의 소재는 알 수 있을 것이다.

팔라초 팔코니에리의 주소를 찾는 것은 어렵지 않았다. 그곳은 비아 줄리아가에 있으며, 마르첼로 극장으로부터 멀지 않았다. 미하이가 기분 좋게 거닐던 로마의 외곽 지역이기도 했다. 게토 지역의 골목들을 가로질러 곧 아름답고 고풍스러운 팔라초 앞에 다다랐다.

수위는 미하이의 물음에 호의적으로 응하며, 발트하임 교수가 이 센터에 머물고 있기는 하지만, 지금은 잠들어 있다고 했다. 미하이는 놀라서 시계를 보았다. 시계는 벌써 오전 10시

30분을 가리켰다.

"그래요." 수위가 말했다. "교수님은 매일 정오까지 주무시는데, 깨워서는 안 되지요. 워낙 푹 주무시기에 그럴 수도 없어요."

"그럼 점심 이후에 다시 오겠습니다." 미하이가 말했다.

"유감스럽게도 교수님은 점심 식사 이후에 다시 누워서 잠을 청합니다. 그때도 그분을 화나게 해서는 안 되지요."

"그럼 언제 깨어 있을까요?"

"한밤에요." 수위는 경건하게 대답했다.

"그럼 여기에 제 이름과 주소를 남겨두는 것이 제일 좋겠네요. 만약 교수님이 저와 만나고자 한다면 나중에 연락하겠지요."

그날 저녁나절, 미하이가 집에 도착했을 때 벌써 전보가 그를 기다리고 있었다. 발트하임이 저녁 식사를 함께하자며 그에게 연락한 것이다. 미하이는 즉시 트램을 타고 팔라초 팔코니에리에서 내렸다. 그는 환상적인 C 노선을 좋아했다. 역으로부터 도시의 절반을 도는 노선인데, 곳곳에서 숲을 통과했고, 콜로세움 앞에서도 정차했다. 팔라티누스 언덕의 유적을 스치듯 지나 테베레 강변을 달리며, 철로 양변에는 수천 년의 화려한 행렬이 도열해 있었고, 전체 노선이 이십오 분밖에 걸리지 않았다.

"들어와." 미하이가 노크하자 발트하임이 밖을 향해 외쳤다. 하지만 문이 무언가에 걸린 듯했다.

"잠시만, 금방……." 발트하임은 방 안에서 다시 외쳤다. 약간의 시간이 흐른 후 문이 열렸다.

"문에 무언가가 살짝 걸렸었군." 바닥에 쌓인 책과 원고들을 가리키며 발트하임이 말했다. "괜찮으니까 더 안쪽으로 들어와."

바닥 전체가 각종 물건으로 가득 차 있었기에 안쪽으로 더 들어가기는 쉽지 않았다. 그곳은 책과 원고들 외에 발트하임의 속옷, 강렬하게 밝은 색상의 여름 옷가지들, 놀랄 정도로 많은 신발, 수영을 비롯한 각종 운동 장비, 신문, 통조림, 초콜릿 상자, 편지, 복사물들과 여성의 사진들로 가득 차 있었다.

조금은 당황한 채 미하이는 주변을 둘러보았다.

"알다시피 내가 여기 있는 동안 사람들이 청소하는 것을 좋아하지 않아." 발트하임이 설명했다. "청소하는 여자들이 얼마나 엉망으로 만들어놓는지 내가 도무지 찾을 수가 있어야지. 앉아. 아, 잠시만, 내가 금방 자리를……."

그는 책 더미 중 한 곳에서 책을 몇 권 내려놓았는데, 알고 보니 그것이 의자였다. 미하이는 소심하게 앉았다. 정돈되지 않은 상태는 항상 미하이를 혼란스럽게 했으나, 지금의 무질서는 어떤 이유에서인지 신성한 학문에 대한 경외심을 불러일으키는 기품을 내뿜고 있었다.

발트하임도 자리에 앉았다. 왜 방이 엉망인지 곧 그 이유를 설명하기 시작했다. 그의 무질서함에는 여러 가지 추상적이고 영적인 이유가 있지만, 유전적인 영향도 한몫했다.

"분명히 말했던 것으로 기억하는데, 내 아버지는 화가였어. 아마 아버지의 이름도 생각날 거야. 아버지 역시 그 누구라도 당신의 작업실에 쌓인 물건들에 손대는 것을 허락하지 않았어. 시간이 지남에 따라 이제 오직 아버지만 그 작업실에서 움직일 수 있었지. 당신 혼자만 알고 있었던 거야. 빠지지 않고 발을 내디딜 수 있는 그 섬들이 어디에 있는지 말이야. 하지만 그 섬들 역시 피할 수 없는 물건들의 범람 속에 묻혀버렸어. 그럴 때 아버지는 작업실을 닫고, 다른 곳을 차려서 새로운 삶을 시작했어. 아버지가 돌아가셨을 때 작업실이 다섯 군데나 된다는 것을 알게 되었지. 하나하나 모두 잡동사니들로 꽉 차 있었어."

그리고 그는 미하이를 마지막으로 본 그때부터 시작해 자신의 이력과 대학에서의 경력, 문헌학에서 얻은 세계적인 명성에 대해 들려주었다. 마치 어린아이처럼 상냥하고도 순진하게 자랑했다. '우연하게 그에게 들러'라는 제목의 신문 기사들은 여러 언어로 매체에 실렸는데, 그의 강의 하나하나에 대해 매우 정중한 어조로 게재되었다고 했다. 미하이가 《포폴로 디탈리아》에서 읽은 그 기사 속 강연도 그중 하나였다. 그다음으로는 편지들이 등장했다. 유명한 외국 학자, 작가들과의 우정을 나타내는 것들과 도른•의 초청장에 대한 언급도 있었다. 독일 전 황제의 고고학 연구 모임이 여름마다 그곳에서 개최

● 네덜란드 중부의 도시.

된다고 했다. 그는 마법을 부리듯 어딘가에서 은잔을 내어놓았는데, 거기에는 전 황제의 모노그램이 새겨져 있었다.

"봐, 그분한테서 받은 거야. 그 모임에 왔던 모든 사람이 나에 대한 경의로 헝가리의 토커이 와인을 마신 후에 말이야."

다음으로 그는 큰 뭉치로 얽혀 있던 사진들을 가리키더니 빠르게 보여주었다. 어떤 사진들 속에서는 학문에 종사하는 듯한 신사들과 함께인 그를 볼 수 있었으나, 또 어떤 것들은 학문과는 거리가 먼 듯한 부인들과 찍은 사진이었다.

"파자마를 입은 나의 품격이야." 그가 설명했다. "내 품격은 완전 알몸으로…… 저 부인은 부끄러움에 얼굴을 가리고 있군……."

그다음 사진 속에서 발트하임은 아주 평범하다못해 추하게 보이는 여성 한 명과 소년 한 명과 함께였다.

"이 사람은 누구지? 이 추한 여자와 소년 말이야." 미하이가 재빨리 물었다.

"아, 그건 내 가족이야." 그가 대답하고는 크게 웃었다. "내 아내와 아들이지."

"너에게 가족도 있단 말이야?" 미하이는 놀라서 물어보았다. "지금은 어디에 있어?"

발트하임의 방, 그의 행동, 인간으로서 그의 됨됨이는 어떻게 해볼 도리가 없는 만년 대학생의 그것이었다. 절대 어른이 될 수 없는 문헌학 전공 학생이라는 인상이 각인되어 있었기에 그가 부인과 자녀를 둔다는 것은 상상할 수 없었다.

"오, 내가 결혼한 지가 벌써 수백 년이나 지났잖아." 발트하임이 말했다. "이 사진은 아주 오래되었어. 내 아들은 그동안 매우 컸지. 아내는 더 못생겨졌고. 대학 3학년 때, 그녀를 하이델베르크에서 만났어. 케츠헨이라고 하는데 멋있지 않아? 마흔여섯 살이야. 하지만 우리는 서로 간섭은 많이 하지 않고 지내지. 아내와 아들은 독일의 친애하는 장인어른 댁에서 살고 있는데 나를 꽤 경멸해. 최근에는 나의 윤리적인 태도 때문만이 아니라 내가 독일인이 아니라서 그러기도 해."

"하지만 너는 독일인이잖아. 최소한 인종적으로 봐서는 말이야."

"그래, 맞아. 하지만 이런 재외 독일인, 브라티슬라바에 사는, 다뉴브강 유역에 사는 초병이라는 이유로 나를 현지의 독일인과 같은 등급으로 여기지 않아. 적어도 내 아들은 자기 친구들 앞에서 나를 매우 부끄럽게 여긴다는 이야기를 하더군. 글쎄, 내가 어떻게 할까? 할 것은 아무것도 없겠지. 자, 한 입 먹어. 아, 아직 내가 저녁 식사를 가져오지 않았나? 잠깐만 기다려. 금방…… 차는 벌써 끓여놨어. 그렇다고 차를 꼭 마셔야 한다는 것은 아냐. 레드 와인도 준비해뒀어."

그는 바닥에 감춰진 어딘가에서 큰 짐을 꺼냈고, 책상 위에 있던 여러 가지 물건과 원고를 아래로 내려놓았다. 그리고 그 큰 짐을 책상에 올려두고 풀었다. 따로 요리하지 않은 이탈리아 햄과 살라미, 그리고 빵이 가득 차려졌다.

"알다시피 나는 차게 식은 고기만을 먹고 다른 것은 먹지 않아." 발트하임이 말했다. "하지만 식사가 지루하지 않게끔 너를 위해 무언가 다른 것들도 준비했어. 잠깐 기다려. 내가 금방……."

오랫동안 무언가를 찾더니 그는 바나나를 하나 '건져'내고서 미하이에게 미소를 띠며 말했다.

"이런 세심한 집주인을 본 적 있어?"

학생 때처럼 서투른 그의 행동과 투박함에 미하이는 완전히 매료되었다.

'여기, 이 친구는 불가능을 가능하게 한 사람이야.' 발트하임이 생고기로 된 햄을 게걸스럽게 먹으며 설명하는 동안 미하이는 그를 생각하며 부러워했다. '그래, 그는 자신에게 걸맞은 나이에 갇힌 사람이야. 모든 사람에게는 그들 자신에게 어울리는 나이가 있어. 그건 분명해. 사는 동안 줄곧 어린아이로 남아 있는 사람들이 있는가 하면, 서투르고 소심하게 한평생 자신의 자리를 찾지 못하다가 갑자기 현명하고 멋진 할머니, 할아버지가 되는 사람들도 있어. 나이가 제자리를 찾은 셈이지. 이 친구에게서 놀라운 점은 그가 정신적으로 대학생 시절의 그로 남아 있다는 거야. 그렇다고 해서 세상사, 성공, 그리고 영적인 삶을 포기하지도 않은 채 말이야. 눈에 드러날 정도의 정신적인 지체는 아닌 것 같지만, 오히려 그것이 장점이 될 수도 있는 경력에 들어선 거야. 현실적인 것은 자신의 집착과 양립 가능할 정도까지만 받아들이는 거지. 그래, 좋아! 내게도 그런 것들이 갖춰진다면…….'

저녁을 먹고 얼마 지나지 않아 발트하임이 시계를 보더니 흥분한 표정으로 말했다.

"젠장, 지금 여기 가까운 곳에서 여자와 관련된 매우 급한 일이 하나 있어. 미안하지만 특별한 사정이 없다면 나와 동행해 그곳에서 조금 기다려줄 수 있겠어? 오래 걸리지는 않을 거야, 정말로. 그런 다음에 어디 작은 선술집에 가서 흥미진진한 대화를 계속하자고."

'나는 한마디도 하지 않았다는 것을 분명 알아차리지도 못했을 거야.' 미하이는 이렇게 생각하곤 답했다. "기쁜 마음으로, 기꺼이 동행하지."

"지긋지긋할 정도로 여자들을 좋아해." 가는 도중에 발트하임이 말했다. "아마 심할 정도로 말이야. 알잖아. 10대 시절에 나는 당시 용인되는 수준까지도 여자들에게 접근하지 못했지. 어릴 적 그 나이 때는 여자와 만나고 싶었으나 어떤 면에서는 조금 바보 같기도 했고, 또 어떤 면에서는 우리 집안의 엄격한 교육 때문에 그러지 못했어. 목사의 딸인 어머니께서 나를 키우셨는데, 외할아버지는 진정한 독일 제국의 목사였지. 어릴 적에 외갓집에 갔던 적이 있는데, 왜 그랬는지는 모르겠지만 그때는 모차르트가 누구인지 몰라서 외할아버지에게 물어보았어. 그분께서는 '데어 바르 아인 쇼이네푸르츨러'라고 했는데, 이를 대략 옮겨보자면, 헛간에서 공중제비로 청중들을 즐겁게 한다는 의미지. 이 말로 외할아버지는 예술을 요약했던 거야. 그리고 요즘 느끼는 건데, 내가 스물다섯 살 때까지 여자들을 도외시했던 것, 그건 앞으로 절대 만회되지 않을 것 같아. 이제 다 왔군. 자, 조금만 기다려줘. 곧 돌아올게."

그는 어두운 문으로 사라졌다. 미하이는 생각에 잠겨, 그러나 기분 좋게 이곳저곳을 걷고 있었다. 얼마나 지났을까. 이상하고도 익살맞은 기침 소리가 들려왔다. 고개를 들어보니 발트하임이 그 반짝이고 둥근 머리를 창밖으로 내밀고 있었다.

"아, 그래. 이제 내려가는 길이야."

"아주 친절한 여자야." 내려와서는 그가 말했다. "가슴이 조금 출렁이지만, 문제 될 것은 아니야. 여기서는 그것에 익숙해지면 돼. 포룸 로마눔에서 그녀를 알게 되었는데, 흑석•에는 어쩌면 남근숭배의 의미가 있다는 말을 하면서 그녀를 사로잡았지. 물론 너는 종교사 얘기로 여자들을 얼마나 혹하게 할 수 있는지 상상도 하지 못할 거야. 종교사 덕분에 그녀는 나에게 매우 순종적이지. 반면에 누군가가 적당한 수준으로 설명만 한다면, 미분이나 복식부기로도 여성들을 유혹할 수 있다는 점이 걱정되기도 해. 어차피 그들은 내용에는 주의를 기울이지 않고, 주의를 기울인다고 해도 이해하지 못해. 그럼에도 때때로는 사람을 기만하기도 하지. 가끔은 정말 사람들 같기도 해. 괜찮아. 나는 그들을 좋아해. 그들도 그래. 그것이 중요하지. 자, 여기로 들어가자고."

• 메카에 있는 이슬람교 성전인 카바 신전의 흑석을 의미한다.

발트하임이 가려고 하는 선술집을 보자 미하이는 자신도 모르게 인상을 찌푸렸다.

"멋있지는 않은 곳이야. 멋있다고는 할 수 없지만 얼마나 저렴한 곳인데." 발트하임이 말했다. "마치 대학생일 때처럼 너는 언제나 고운 아이인 게 보여. 너를 위해 조금 더 좋은, 다른 곳으로 한번 가보는 것도 괜찮아."

스스로의 관대함을 인정하듯 다시 지어 보이는 그 미소. 미하이를 위해 더 비싼 곳에서도 기꺼이 지불할 용의가 있다는 것이다.

그들은 약간 더 나은 선술집으로 들어갔다. 발트하임은 잠시 이야기를 이어가더니 조금은 피곤해진 듯했다. 한동안 앞만 바라보며 생각에 잠긴 것 같았는데, 갑자기 미하이 쪽으로 놀란 듯 몸을 돌렸다.

"그런데 너는 그동안 뭘 하고 지냈어?"

미하이는 미소를 지었다.

"전문성을 키웠지. 아버지 회사에서 일했어."

"일을 했다는 것뿐이야? 전에 그랬다는 거지? 그럼 지금은?"

"지금은 아무것도 하지 않아. 고향에서 도망친 셈이지. 여기서 배회하며 생각 중이야. 무엇을 해야 할까 하고 말이야."

"무엇을 해야 할지에 대해? 그걸 질문이라고 하는 거야? 종교사를 공부해. 종교사는 오늘날 가장 실질적인 학문이라는 내 말을 믿어봐."

"도대체 왜 내가 학문을 배워야 한다고 생각하는 거지? 내가 어떻게 학문에 다가가겠어?"

"왜라니? 바보가 아니라면 모든 사람은 자신의 정신적인 구원을 위해 학문을 배워야만 하니까 그렇지. 그것은 인간에게 합당한 유일한 일이야. 예술이나 음악도 그럴 테지만, 그것들에 대해서는 말을 않겠어……. 하지만 완전히 바보가 아닌 누군가가 다른 일을 한다는 것, 예를 들자면 무역 회사에서 일을 한다는 것은…… 그것이 무엇인지 말해줄게. 그것은 가식이야. 그런 척하는 거라고."

"가식이라니, 그런 척하는 거라니? 무슨 말이야?"

"생각해봐. 나는 네가 제대로 된 종교사 공부를 시작했었다는 것을 기억해. 네가 이해력이 부족한 아이였다고는 말할 수 없지. 그러니 부지런하게 많은 것을 따라잡을 수 있을 거야. 게다가 너보다 훨씬 재능이 없는 사람들도 벌써 뛰어난 학자들이 되었는데 뭘……. 그리고 시민적인 너의 정신세계에서 무슨 일이 일어났는지 정확하게 알 수 없지만, 상상은 할 수 있어. 너는 알게 되었을 거야. 학문의 길이 생계를 보장하지 않으며, 지루하게 반복되는 일을 하는 고등학교 선생님은 되고 싶지 않다는 것을 말이야. 또한 이런저런 것들 때문에, 그러니까 현실적인 길을 가야 한다고, 경제적인 필요성도 고려해야 한다는 것을 생각했을 테지. 가식, 그런 척하는 것이란 이를 두고 한 말이야. 경제적인 필요성이란 없어. 너도 잘 알고 있을 거야. 현실적인 삶은 신화고 허무맹랑한 것이야. 정신적인 것을 다룰 만한 능력이 없는 사람들이 자기 위안으로 만들어낸 것이지. 하지만 그들에게 속하지 않을 정도로, 너는 그들보다 더 현명해. 너는 단지 가식적으로, 그런 척하고 있었던 거야. 지금이 그 생각을 버리고 다시 돌아갈 가장 좋은 시간이지. 너에게 맞는 그곳, 학문적인 삶으로 말이야."

"그럼 생계는 어떻게 하고?"

"맙소사, 그건 문제가 아냐. 봐, 나도 생계를 유지하며 살고 있잖아."

"그래, 너는 대학교수의 월급으로 살고 있지."

"맞아. 하지만 그게 아니라도 살아갈 수 있어. 사람은 낭비해서는 안 돼. 살라미와 차(茶)로 어떻게 살 수 있는지 나중에 가르쳐줄게. 아주 건강한 삶이지. 너희는 절약을 할 줄 몰라. 그게 문제야."

"하지만 루디, 다른 문제도 있어. 나도 너만큼 학문을 다루며 그 정도로 만족할 수 있을지 확신이 서지 않아……. 내게는 그런 대단한 열정이 없어……. 이런 일의 중요성에 그만한 확신이 들지 않아……."

"이런 일이라니, 무슨 일을 말하는 거야?"

"글쎄, 예를 들자면 종교사에서 말하는 사실 같은 거지. 왜 하필이면 늑대가 로물루스와 레무스를 키웠는지 잘 모르겠지만 가끔은 그게 뭐가 중요할까 싶어."

"어이쿠, 그게 중요하지 않다니 완전 제정신이 아닌 것 같군. 아니, 네가 그냥 가식적이거나 그런 척할 뿐일지도 모르지. 어쨌든 충분히 이야기를 나눈 것 같아. 이제 돌아갈게. 일을 해야 하거든."

"지금? 벌써 자정이 지났는데!"

"그래, 이럴 때 일을 할 수 있어. 그 어떤 것도 나를 방해하지 않는 이런 때 말이야. 무슨 이유인지 이런 시간에는 여자들도 머리에 떠오르지 않아. 지금부터 새벽 4시까지 일을 하고, 한 시간 동안 조깅을 해."

"뭘 한다고?"

"조깅을 한다고. 그걸 하지 않으면 잠들 수 없어. 테베레 강변으로 내려가서 이곳저곳을 뛰어다니지. 경찰들도 이제는 나를 알아봐서 아무 소리도 하지 않아. 고향에서처럼 말이야. 자, 가자고. 가는 길에 지금 내가 어떤 작업을 하고 있는지 얘기해줄게. 아주 화젯거리가 될 만한 일이야. 알잖아. 소프론•의 작품 일부가 얼마 전에 발견되었다는 것……."

그의 설명이 끝날 무렵 그들은 팔코니에리궁에 도착했다.

"네가 무엇을 해야 할 것인지에 대해 다시 돌아가자면." 갑자기 발트하임이 말했다. "단지 처음이 어려워. 너를 위해 내일은 조금 일찍 일어날 텐데, 알고 있지? 여기로 와줘. 그러니까 11시 30분에. 너를 발레 줄리아로 데리고 가지. 네가 아직 에트루리아 박물관에 가본 적이 없다는 데에 걸겠어. 그렇지? 글쎄, 만약 그곳에서도 종교사라는 실을 다시 엮어볼 마음이 들지 않는다면, 그럼 너는 정말 절망적이야. 그렇다면 아버

• 고대 그리스의 극작가.

지의 공장으로 되돌아가. 자, 그럼 조심해서 가."

발트하임은 어두운 궁전으로 서둘러 돌아갔다.

3

다음 날, 그들은 발레 줄리아에 갔다. 무덤과 석관들 겉면에는 오래전에 망자가 된 에트루리아인들이 흥겹게 생활하며, 먹고 마시고, 그들의 아내를 껴안는 모습들이 그려져 있었다. 이는 에트루리아의 철학을 나타내는 것이었는데, 그들은 현자들이었기에 글로는 자신들의 철학을 절대로 묘사하지 않았다. 문화적인 생활을 즐기면서도 문학은 전혀 발전시키지 않았다. 그러나 조각들의 얼굴로부터 오해의 여지 없이 그들의 철학을 읽을 수 있다. 오직 순간만이 중요하며 아름다운 순간은 사라지는 법이 없다는 것이다.

발트하임은 넓게 만든 음수용 접시들을 보여주었다. 옛 이탈리아인들은 와인을 이러한 접시로 마셨는데, 거기에 이렇게 적혀 있었다. "포이에드 비놈 피파포, 크라 카레포."

"오늘 나는 와인을 마신다네, 내일이면 없을 테니." 발트하임이 번역했다. "글쎄, 이보다 더 간결하고 더 적절한 말이 있을까. 어때? 옛것의 위대함 속에서 이 문장은 절대적이며, 다각형으로 축조한 성벽이나 키클롭스의 요새들처럼 한 치의 오차도 허용하지 않아. '포이에드 비놈 피파포, 크라 카레포.'"

한 전시대 안에 조각상들이 여러 묶음으로 모여 있었다. 여자들에게 끌려가는 몽환적인 남자들, 그리고 사티로스•에게 끌려가거나 매료된 몽환적인 여성들이었다.

"이것들은 뭐지?" 미하이가 놀라서 물었다.

"그건 죽음이야." 발트하임이 말했다. 무언가 진중한 학문에 대해 그가 이야기할 때 항상 그렇듯 목소리가 갑자기 날카로워졌다. "그건 죽음이야. 아니, 죽어가는 것이라는 말이 더 나을 것 같군. 두 표현이 같은 것은 아니니까 말이야. 남자들을 유혹하고 있는 저 여자들과 여자들을 사로잡은 저 사티로스들은 죽음의 악령들이지. 저기 보여? 남자 악령들이 여자들의 넋을 빼앗고 있고, 여자 악령들은 남자들에게 그렇게 하고 있잖아. 이 에트루리아인들은 죽어가는 것이 에로틱한 행위라는 것을 매우 잘 알고 있었던 거야."

미하이는 무언가 오싹해지는 것을 느꼈다. 그와 울피우시 터마시 외에 다른 누군가도 그걸 알고 있었다는 것일까? 그 옛날 에트루리아인들에게는 삶의 이 기본적인 감정이 묘사될 수 있는 것이자 저절로 깨칠 수 있었던 영혼의 진리였다는 것일까? 그렇다면 고대인들이 그 다양한 신비와 공포를 이해한 것처럼 발트하임의 천재적인 종교사적 직관이 이 진리를 완전히 이해했다는 것도 가능할까?

미하이는 매우 혼란스러웠다. 그는 박물관에서도, 되돌아

• 술, 음악, 춤과 여자를 좋아하는 반인반수의 정령.

오는 전철에서도 말 한마디 하지 않았다. 하지만 저녁에 또 다시 발트하임을 찾았을 때 레드 와인을 마시고 용기를 얻어 물어보았다. 목소리가 떨리지 않게 조심하면서.

"죽어가는 것이 에로틱한 행위라는 것을 네가 어떻게 이해했는지 말해주겠어?"

"나는 상징주의 시인이 아니야. 내가 이해하고 있는 모든 것은 내가 말한 그대로야. 죽어가는 것은 에로틱한 행위, 네가 알아듣게 쉽게 말하자면 성적 쾌락이지. 최소한 고대 문화를 향유한 사람들, 즉 에트루리아인들, 호메로스의 그리스인들, 켈트인들에게는 말이야."

"이해가 안 돼." 미하이는 짐짓 모르는 척했다. "그리스인들은 죽음을 매우 두려워했다고 항상 생각했어. 로데•의 책을 오독하지 않았다면, 호메로스의 그리스인들에게는 내세가 위로가 되지 않았잖아. 그런데 순간을 즐겼던 이 에트루리아인들은 죽음을 더 두려워했어."

"모두 사실이야. 그 민족은 아마 우리보다 훨씬 더 죽음을 두려워했었지. 삶의 대부분의 순간, 우리가 한번은 죽는다는 것을 잊고 지낼 만큼 우리는 문명으로부터 이미 대단한 정신적인 장치를 얻은 상태야. 신의 존재를 옆으로 밀쳐놓은 것처럼 죽음을 천천히, 그렇게 의식의 가장자리로 밀어두는 거야. 그것이 문명이야. 하지만 고대인들에게 죽음과 망자보다 더

• 19세기 독일의 신화학자이자 고전 문헌학자인 에르빈 로데(1845~1898).

현실적인 것은 없었어. 그들은 망자가 된 그 사람, 계속해서 등장하는 그 망자의 신비스러운 환영과 망자의 운명, 그리고 복수를 지속적으로 다뤄야 했지. 그들은 죽음과 망자들을 매우 두려워했던 거야. 단지 그들의 정신세계는 우리처럼 모든 것이 양가적이었어. 완전히 상반된 것들이 서로 가까이 있었던 거지. 죽음에 대한 공포와 죽음에 대한 욕망은 그들 정신세계에서 아주 가까운 이웃이었으며, 공포가 종종 욕망이었고, 욕망이 종종 공포였어."

"맙소사, 죽음의 욕망이 옛것이 아니라 영원한 인간의 것이라니." 미하이는 짐짓 자신의 생각들을 억눌렀다. "죽음으로부터 구원을 기대하는 사람들, 피곤에 지치고, 삶에 지친 그런 사람들은 늘 있어왔고, 항상 있을 테지."

"바보 같은 소리. 이해하지 못하는 것처럼 시치미 떼지 마. 나는 지금 지치고 아픈 사람들이나 자살을 시도하는 사람들이 품는 죽음의 욕망에 관해 이야기하는 것이 아니야. 그런 사람들이 아닌 충만한 인생을 보내고 있는 사람들, 더군다나 삶이 충만하기 때문에 궁극의 황홀경을 향하듯 치명적인 사랑처럼 죽음을 갈망하는 사람들, 그들이 품는 죽음의 욕망에 대해 말하는 거야. 네가 이것을 이해하든 이해하지 못하든 설명할 수는 없어. 하지만 고대 사람들의 경우, 그들은 자연스럽게 이해했다는 거지. 나는 그런 이유로 죽어가는 것이 에로틱한 행위라고 말하는 거야. 왜냐하면 그들은 에로틱한 행위를 갈망했으며, 결과적으로 모든 욕망은 성적이거나 에로스

신과 같으니까. 그 욕망이 성(性)에 둘러싸여 있는 것을 우리는 에로틱하다고 하잖아. 우리들의 친구, 에트루리아인들은 남자가 항상 여자를 갈망했다고 하니 여자는 죽음 또는 죽어가는 존재인 거야. 남자에게는 여자가 죽음이지만 여자에게 남자는 폭력적인 사티로스인거지. 오늘 오후에 네가 본 그 조각물들은 이것을 이야기하고 있는 거야. 너에게 다른 것들도 기꺼이 보여줄 수 있어. 다양한 고대의 부조들 속에 새겨진 '죽음의 창부(娼婦)'에 대한 이미지들이 그것이지. 죽음은 젊은 남성을 유혹하는 매춘부야. 엄청나게 큰 여성의 성기로 묘사되었지. 그리고 그건 다른 많은 것을 의미하기도 해. 우리는 그곳에서 왔으며, 그곳으로 간다고 사람들이 이야기해. 에로틱한 행위를 통해, 그리고 여자를 거쳐 우리는 태어났고, 에로틱한 행위를 통해, 그리고 어머니와 정반대에 있으면서도 그 역할을 보조하는 죽음의 창부인 여자를 거쳐 죽어가야만 하는 것이지……. 이해가 돼? 어쨌든 이전에 왕립 학술원에서 했던 내 강의는 '죽음의 양상'이라는 제목이었는데, 이에 관한 것이었어. 이탈리아 신문들에서 아주 많이 다뤘었지. 어쩌면 내게도 있을 텐데, 잠시만 기다려봐……."

미하이는 유쾌한 혼돈이 산재한 발트하임의 방에서 소스라치며 주변을 둘러보았다. 그 옛날 울피우시 집의 그 방과 어느 정도 유사하다는 생각이 들었다. 미하이는 어떤 상징을, 터마시가 가까이에 있고, 터마시의 것임을 분명한 형태로 확인할 수 있는 무언가를 찾고 있었다. 이 여름밤, 발트하임이 이곳에서 학문적인 명료함과 객관성으로 펼쳐 보인 것은 터마시의 생각과 다름없었다. 발트하임의 설명이 '핵심적인 것'을 지목할 때 항상 그랬듯이 그의 목소리는 이제 찌를 듯 날카롭고 예리했다. 미하이는 급하게 와인 한 잔을 들이켜고는 숨을 고르고자 창가로 걸음을 옮겼다. 무언가가 그를 억누르는 것 같았다.

"죽음에 대한 욕망은 신화를 탄생시킨 가장 중요한 원동력 중 하나야." 발트하임이 계속 설명했다. 이제는 흥분한 채 오히려 자기 자신에게 말하는 것 같았다. "《오디세이》를 잘 읽어보면, 글쎄, 그 이야기 전부는 다른 것에 대한 언급이 전혀 아냐. 그러니까 그곳에 죽음의 창부들, 키르케와 칼립소가 있는 거지. 그들은 행복한 망자의 섬에서 여행객들을 자신의 동굴로 유혹해 그들이 더 이상 여행하지 못하게끔 해. 모든 죽음의 제국들, 로토파고스족과 파이아의 땅들이 그랬으며, 바로 그 이타카• 또한 망자의 섬이 아니라고 누가 할 수 있겠어? 서쪽의 저 먼 곳, 낮에 망자들은 항상 서쪽으로 항해를 하지……. 그리고 오디세우스의 향수와 이타카로의 귀환은 아마도 그의 부재 이후의 향수와 환생을 의미할 거야……. 페넬로페••는 단지 오리를 의미할 수도 있어. 애초에는 영혼의 새였으나, 어쨌든 아직 이것에 대해서는 증명할 수 없어.

• 오디세우스의 고향으로 알려져 있다.

•• 오디세우스의 아내. '페넬로페'는 '오리', '원앙'을 의미한다.

알겠지. 이건 무조건 시급하게 다뤄야 하는 주제야. 너한테도…… 종교사적 방법에 네가 익숙해지기 위해 한 부분을 맡아줄 수 있다면 좋을 텐데. 예를 들어 영혼의 오리로서 페넬로페에 관해 무언가 쓴다면, 매우 흥미로울 거야."

미하이는 위임받은 작업을 정중하게 사양했다. 그 순간에는 이 주제가 그렇게 흥미롭지 않았다.

"왜 유독 고대 그리스가 죽음의 실재성에 민감했을까?" 미하이가 물었다.

"그리스인들도 그랬지만, 문명의 본성은 어디에서나 인간의 관심을 죽음의 실재성으로부터 외면하게 하는 것이야. 그리고 문명으로 인해 삶의 원초적인 욕망 또한 줄어들 때, 죽음의 욕망도 동시에 상쇄되는 거야. 기독교 문명 역시 이를 행했어. 하지만 기독교에 순응했어야 할 민족들은 그리스인들보다 더 크게 죽음을 숭배했지. 실제로 그리스인들은 죽음을 사고의 중심에 둔 민족은 아니었어. 그들은 단지 다른 민족들보다 그 모든 것을 잘 표현할 수 있었던 것뿐이야. 사실 죽음을 받들던 사람들은 북방의 민족들, 울창한 숲속에서 깊은 밤에 잠겨 있던 게르만족과 켈트족이었는데, 무엇보다 켈트족이 그랬지. 켈트족의 신화는 망자의 섬들로 가득해. 나중에 기독교의 기록자들이 그들만의 특징적인 방법으로 이 망자의 섬들을 행복한 사람들의 섬으로 바꿔놓았지. 그리고 바보 같은 민속학 연구자들이 대개 그들의 기록을 답습하곤 했어. 하지만 그 섬의 사절(使節)인 요정을 강제로 브란 왕자에게 보내는 것을 두고 행복한 사람들의 섬이라고 할 수 있을까? 아니, 행복했던 사람이 그 섬을 떠나자마자 갑자기 먼지와 재로 변하게 되는 것에 대해서는 어떻게 생각해? 그리고 다른 섬에서 웃고 있던 사람들, 그들이 왜 웃고 있었는지, 이에 대해서는 어떻게 생각해? 행복해서 그럴까?• 젠장! 그들은 죽었기 때문에 웃고 있는 거야. 그들의 웃음은 죽은 사람의 쓰디쓴 웃음이지. 인디언의 가면과 페루의 미라 얼굴에서 볼 수 있는 그런 것 말이야. 하지만 유감스럽게도 이 주제, 켈트족은 내 전공이 아냐. 네가 그들을 다룰 수 있다면 좋을 텐데. 어쨌든 다른 할 일이 없다고 하니 아일랜드어와 웨일스어를 빠르게, 무조건 배워야 해. 그리고 더블린으로 가야겠지."

"좋아." 미하이가 말했다. "계속 얘기해줘. 그 얘기는 네가 상상도 못 할 정도로 내겐 흥미로워. 망자의 섬들 이후 죽음에 대한 인간의 욕망은 어떻게 사라질 수 있었을까? 아니면 지금도 여전히 그런 욕망을 가지고 있는 걸까? 그러니까 그 끝은 어떻게 되는 거지?"

"아주 조금은 나 자신의 생각이 첨가된, 슈펭글러••의 이론으로 대답할 수 있지. 북방의 민족들이 기독교 민족 연합으로 유럽 문명에 편입된 것, 그것의 첫 번째 결과는 너도 기억

• 모두 켈트 신화에 등장하는 내용.

•• 독일의 문화철학자인 오스발트 슈펭글러(1880~1936). 그의 저작 중 특히 《서구의 몰락》은 유럽 사상계에 큰 영향을 주었다.

하겠지만 두 세기에 걸친 죽음 외에 다른 것은 아니었잖아? 10세기와 11세기는 클뤼니 교단의 개혁의 세기였지. 초기 로마 시대에 기독교를 위협한 것은 멕시코 인디언의 종교처럼 기독교가 그런 유의 가장 암울한 죽음의 종교가 될 것이라는 사실이었어. 하지만, 그럼에도 차차 지중해적이고 인간적인 특징이 발현되었지. 도대체 무슨 일이 벌어졌던 걸까? 지중해인들은 죽음의 욕망을 정화시키고 이성화하는 데 성공했어. 헝가리식으로 말하자면 죽음의 욕망을 내세 이후의 욕망으로 희석시킨 거야. 죽음의 세이렌•이라는 두려운 성적 매력을 천상의 합창단과 수도회들의 소명으로 변형시킨 거지. 천사의 노래를 하는 것으로 말이야. 오늘날 신자들은 이미 편안하게 아름다운 사후 세계를 갈망할 수 있어. 죽어가는 이교도의 쾌락에 대한 갈망이 아니라 천국의 문명화되고 응당한 기쁨에 대한 갈망 말이야. 반면에 본원적이고 원시적이며 이교도적인 죽음의 욕망은 종교 아래의 층위들인 미신, 마법, 사탄 숭배의 여러 갈래로 쫓겨났어. 문명이 강해지면 강해질수록 죽음에 대한 사랑은 더욱 의식의 아래편으로 스며들지.

내 말은, 그러니까 문명화된 사회에서는 죽음이 철저히 금기시된 용어 중 하나라는 거야. 죽음에 대해 거론하는 것은 적합하지 않으며, 무언가 상스러운 것처럼 그 이름을 에둘러 사용하곤 한다는 거지. 그리고 표현에서도 망자, 시체가 고

• 그리스 신화에서 여성의 유혹을 상징하는 바다의 정령.

인, 떠난 사람, 하직이 되잖아. 죽음의 이해에 대한 인식 작용을 완곡하게 하듯이 말이야. 그리고 거론하지 않는 것, 그것은 죽음에 대한 생각조차 적합하지 않다는 거야. 삶에 대한 인간의 본능은 그에 반하는 본능, 즉 매우 교활하고 달콤하며, 강력한 미끼로 우리를 죽음으로 이끄는 본능으로도 이루어져 있고, 이러한 끔찍한 위험에 대한 문명의 방어가 죽음에 대한 완곡한 표현이나 죽음을 생각조차 하지 않게 한다는 것이지. 문명화된 인간들에게 이 본능이 더 위험한 이유는 그들의 원초적이고, 생기 충만한 욕망이 어떤 이유에서든 감소했기 때문이야. 그러니 모든 수단을 동원해서 죽음의 욕망도 억제해야만 하는 거지. 그러나 억제가 항상 성공적이지는 않아. 퇴폐의 시대에는 죽음의 욕망이 발현하여 놀라울 정도로 정신의 영역 일부를 채워나가지. 프랑스 혁명 전의 귀족들처럼 가끔은 사회의 모든 계층에서 거의 의식적으로 자신들의 무덤을 파기도 해. 그래서 나는 두려워. 오늘날 가장 실제적인 예가 헝가리 서부 지역의 헝가리인들인데…….

내가 하는 말을 이해하고 있는지 잘 모르겠군. 이 주제에 대해 이야기할 때, 보통은 많은 사람이 아주 놀랄 정도로 잘못 이해하곤 해. 한번 시험해볼 수도 있어. 그 느낌 알아? 내가 반들반들한 길을 걷다가 미끄러지는 거야. 한쪽 다리가 미끄러져서 뒤로 넘어지기 시작해. 균형을 잃은 바로 그 순간, 나는 갑자기 행복한 감정에 사로잡혀. 물론 그것은 찰나에 벌어지는 일이야. 나는 저절로 뒷걸음질 치듯 발을 빼서 균형을 되찾지. 그리고 넘어지지 않았다는 것을 기쁜 마음으로 인지해. 하지만 앞서 그 순간! 그 순간 나는 갑자기 평형의 공포스러운 법칙들로부터 풀려났고, 벗어났으며, 무언가 파괴적인 자유를 향해 날아가기 시작했던 거야……. 뭔지 알겠어?"

"네 생각보다 그 모든 것에 대해 훨씬 더 잘 이해하고 있어." 미하이는 조용히 말했다.

발트하임은 갑자기 놀란 표정으로 그를 바라보았다.

"어…… 그런데 이 친구가 말을 이상하게 하는군! 그리고 얼굴은 또 왜 그렇게 창백해! 무슨 일이야? 테라스로 나가자고."

테라스에서 미하이는 곧 정신을 차렸다.

"빌어먹을!" 발트하임이 말했다. "뭐야? 더위를 먹은 거야 아니면 히스테리가 있는 거야? 경고하건대, 만약 내가 한 말의 영향을 받아 자살이라도 한다면 나는 언젠가 너를 알았다는 사실조차 부정할 거야. 내 말은 항상 엄격하게 이론적인 것일 뿐이야. 나는 학문적 사실들로부터 뭔가 실용적인 결과를 도출하는 사람들을 혐오해. 그들은 '교리를 생활로 옮기는 사람들'이야. 화학적 성분들로 대담하게 살충제를 뚝딱 조합해 내는 기술자처럼 말이야. 반대로 괴테가 말한 것 같은 사람들도 있지. "모든 삶은 회색이지만, 이론의 황금나무는 녹색"• 이라는 말. 이 같은 주제는 특히나 아직 녹색의 이론에 대한

• 괴테의 《파우스트》에 등장하는 대사 "벗이여, 모든 이론은 회색이고, 인생의 황금 나무는 초록색이네"를 변형한 것으로 보인다.

것이야. 그럼, 내가 너의 정신적인 균형을 맞춰준 거라고 해도 되겠지? 그리고 절대로…… 영적인 삶을 살지는 마. 내 생각에 너의 문제는 바로 그것 같아. 지적인 인간에게 영적인 삶은 없어. 그리고 내일 미국 고고학 연구소의 가든파티에 나와 함께 가자고. 너는 조금은 유흥을 즐겨야 해. 자, 그럼 이제 돌아가. 나에게는 아직 일이 남았어."

4

미국 고고학 연구소는 멋진 저택으로서 자니콜로 언덕의 넓은 정원 한가운데에 위치하고 있다. 매년 한 차례 개최되는 가든파티는 로마에 거주하는 앵글로색슨 사회에서 큰 행사다. 미국의 고고학자들 외에도 로마에 머무는 미국 화가들, 조각가들이 주최 측으로 참가했다. 그리고 그들과 가깝거나 먼 관계에 있는 사람 모두가 행사에 참석했다. 참석자들이 매우 다양하기에 특히나 흥미로운 모임이 이루어지곤 했다.

미하이는 이 모임이 얼마나 다양한 사람들로 구성되어 있으며, 얼마나 흥미로운 모임인지 알지 못했다. 모든 것이 베일을 통해, 안개를 거쳐 어렴풋이 그에게 다가왔다. 그의 영혼은 또다시 그런 상태였다. 자신만을 위한 여름밤의 짜릿한 행복, 그리고 무곡(舞曲)과 술과 한동안 대화를 나누었던 여자들이 함께 뒤섞였다. 자신도 뭐가 뭔지 알 수 없었다. 피에로 복장에 파티용 가면을 쓴 미하이는 다른 사람들의 관심으로부터 완전히 벗어나 있었다. 그곳에서 그는 파티용 가면을 쓴 채 잠에 겨운 다른 누군가였다.

기분 좋게, 멍한 상태로 몇 시간이 흘렀다. 벌써 꽤 늦은 시간이었다. 잔디로 덮인 언덕 위의 소나무 아래, 그는 다시금 그곳에 섰다. 그리고 또다시 특별하고, 달리 설명할 방도가 없는 그 소리들을 듣고 있었다. 밤새 계속해서 그를 불안하게 했던 그 소리들을.

소리는 큰, 아주 큰 벽 뒤에서 들려왔다. 밤이 깊어질수록 그 소리는 끝 간 데 없이 높아져만 갔다. 벽 뒤의 소리는 어떤 때는 강렬하게, 어떤 때는 실낱같이, 어떤 때는 귀에 대고 외치는 듯 격렬하게, 또 어떤 때는 먼 곳에서의 신음같이 들렸다. 잿빛 하늘 아래, 어딘가 저 먼 호수나 바닷가에서 들려오는 사람들의 통곡같이……. 그러다가 잠잠해졌고, 한동안 조용했다. 미하이는 그 소리를 잊고, 자신이 가든파티에 참석한 사람이라는 점을 점차 인지했다. 그 소리가 다시 들려왔을 때, 놀라울 정도로 편안하게 파티를 즐기던 발트하임이 그에게 새로운 여성 한 명과의 자리를 마련해주었다.

그 순간, 파티 분위기가 아주 유쾌하게 흐르기 시작했다. 참석자들은 그때 술이 아니라 이미 밤의 미묘하고 강한 취기에 휩쓸리고 있었다. 사람들은 잠의 경계를 지나고 있었다. 결국 그들이 잠들곤 하던 시간은 지나가버렸고, 이제는 거리낌도, 양심을 찌르는 그 무엇도 없이 평온하게 자신들을 그

밤에 맡겼다. 발트하임은 〈아름다운 엘렌〉의 몇 소절을 노래했고, 미하이는 폴란드 부인과 시간을 보내고 있었으며, 모든 것이 더할 나위 없이 즐거웠다. 그때 다시금 그 노래가 들렸다. 미하이는 미안하다는 말을 남기곤 언덕 위로 올라가서 혼자 그곳에 서 있었다. 심장이 약하게 두근거렸고, 긴장한 채 주변을 둘러보았다. 마치 모든 것이 이 수수께끼 같은 것을 푸는 데 달린 듯했다.

대부분은 남자들이 부르는 듯한 노랫소리가 지금은 분명하게 벽 뒤에서 들려왔다. 일부 내용이 들리기는 했지만, 이해할 수는 없었다. 무슨 통곡 같은, 그 어떤 노래와도 비교할 수 없는 가사가 리듬을 타고 울려 퍼졌다. 노래 속에는 심오하고 깊은 울림을 주는 고통이 있었다. 하지만 무언가 인간의 것이 아닌, 인간과 가까우면서도 밤에 길게 이어지는 동물의 울부짖음을 연상시켰다. 삼림의 시대, 소나무의 시대로부터 남겨진 그 어떤 고통 같았다. 미하이는 소나무 아래에 앉아 눈을 감았다. 아니다. 저 건너에서 노래 부르는 사람들은 남자들이 아닌 여자들이며, 미하이는 벌써 그 여자들을, 그 독특한 모임을 눈앞에서 본 적도 있었다. 그들은 광인이 되어버렸던 굴라치가 그린 신비한 나라, 나콘시판•의 주민들을 연상시키듯 강렬하고도 눈부신 보랏빛 옷을 입고 있었다. 그들은 신들도 통곡하게 할 수 있을 것이라고 미하이는 생각했다. 아티스도,

---

• 헝가리의 화가 굴라치 러요시(1882~1932)가 상상한 이탈리아의 가상 도시.

아도니스도…… 그리고 터마시도. 태초에 어떤 한탄도 없이 죽었고, 지금은 저 벽 너머 관대에 누워 있으며, 내일 새벽 여명이 그의 얼굴에서 비춰질 터마시.

눈을 떴을 때, 어깨를 소나무에 기대고 괴테의 추종자들이 그리스인들을 상상했을 때와 같은 고전적인 복장을 한 여성이 가면을 쓴 채로 그를 내려다보고 있었다. 미하이는 정중하게 자세를 가다듬고는 영어로 그 부인에게 물어보았다.

"저기 너머에서 노래를 부르는 신사 숙녀 분들이 누구인지 혹시 아시나요?"

"당연히 알지요." 그 부인이 대답했다. "근처에 시리아 수도원이 있어요. 그곳 수도사들이 두 시간마다 성가를 부르는 거예요. 으스스하지요. 그렇지요?"

"그래요." 미하이가 말했다.

그들은 잠시 아무 말도 하지 않았다. 마침내 부인이 입을 열었다.

"당신께 메시지를 하나 전해야 해요. 아주 오래된 당신 지인의 이름으로요."

미하이가 벌떡 일어났다.

"울피우시 에버?"

"그래요. 울피우시 에버가 전하는 거예요. 그녀를 찾지 마세요. 찾더라도 만날 수 없을 거예요. 이미 늦었어요. 런던의 그 집에서 그녀가 커튼 뒤에 몸을 숨기고 있었던 그때, 당신은 그녀를 찾았어야 했다고 그녀가 전하는군요. 하지만 그때 당신이 터마시의 이름을 외쳤다고 해요. 그리고 지금은 이미 늦었다고 하네요."

"제가 울피우시 에버와 이야기를 나눌 수 있을까요?"

"어떤 식으로든 불가능해요."

벽 너머 통곡의 노래는 지금 다시, 이전보다 더 큰 소리로 노래하듯 새벽을 맞이하고, 지나는 밤을 애도하는 듯했다. 이제는 목이 메고, 간헐적인 외침으로 때로는 자신들을 찢는 듯, 살인을 하듯 울어댔다. 그녀가 몸서리를 쳤다.

"보세요. 성 베드로 성당의 돔이에요." 그녀가 말했다.

돔은 그 자체가 대적할 수 없는 영원한 것처럼 하얗게, 그리고 아주 차갑게 도시 위를 떠다니고 있었다. 그녀는 서둘러 언덕 아래로 내려갔다.

미하이는 극도의 피로를 느꼈다. 지금까지는 두 손에 경련이 일어날 정도로 자신의 삶을 꼭 붙들고 있었으나, 이제는 놓아주려는 듯이.

그러다 갑자기 정신을 차리고, 곧장 그 사라진 여성을 따라 급하게 뛰어갔다.

저 아래, 그곳은 매우 소란스러웠다. 대부분은 여기저기에서 작별을 고하고 있었으나, 발트하임은 《향연》• 중 일부를 낭독하고, 해설을 덧붙이고 있었다. 미하이는 군중 틈에서 이곳저곳을 뛰어다녔다. 차에 탑승하는 사람 중에서 혹시나 그

• 플라톤의 저작.

녀를 찾을 수 있지 않을까 싶어 정원의 출입문 앞으로 달려 나갔다.

딱 맞춰 도착한 셈이었다. 그 부인이 멋지고 고풍스러운 개방형 차에 탑승하고 있었다. 안에는 이미 다른 여성이 한 명 탑승해 있었고, 차는 빠르게 출발했다. 미하이는 그 여성을 바로 알아보았다. 에버였다.

5

은행 간의 회의는 결론 없이 길게 늘어지고 있었다. 실제로 그 건은 아주 간단하게 처리할 수도 있는 것이었다. 양측 모두 현명한 사람이 협상 테이블에 자리했다면 말이다. 하지만 삶에서 그런 경우는 좀처럼 벌어지지 않는다. 법률가들은 날선 문장들에도 쓰러지지 않고 매끈하게 미끄럼을 탈 수 있는 능력을 발휘했다. 현란하게 서로를 경탄하게 만들었다. 대단한 은행가들은 많은 말을 하지 않았다. 미심쩍은 눈초리로 듣기만 했다. 경청하는 그들은 그 어떤 말을 할 때보다 예술적으로 "나는 돈을 내지 않겠소"라고 말하고 있었다.

'이러면 무슨 사업이 되겠어?' 에르지의 첫 번째 남편 퍼터키 졸탄은 체념한 듯했다.

그는 점점 더 신경질적이고 성격이 급해졌다. 회의 중에 자신의 집중력이 떨어졌다는 것을 최근 들어 몇 번이나 느끼고 있었다. 그것을 인지한 이후에는 더욱 신경질적이고 급한 성격으로 변했다.

지금, 창 아래에서 자동차 경적 소리가 길게 들려온다. 이전에는 회의가 지리멸렬해질 즈음이면, 에르지가 아래에서 기다리곤 했다.

'에르지…… 그녀에 대해 생각하지 말아야지. 아직 마음은 아프지만 시간이 지나면 나아질 거야. 계속 나아가자. 계속. 사람들이 내린 저 자동차처럼 텅 비어 있으나, 우리는 나아가야 해.'

그는 포기한다는 듯한 손짓을 하고, 이상한 모양으로 입을 씰룩거렸다. 극도의 피로감이 몰려왔다. 틱 장애가 있는 사람한테서 나타나는 경련같이 이 증상들은 서로 연결되어 있었다. 자동으로 이어지는 네 가지 과정이 최근에 다시 등장했다. 에르지를 생각하고, 체념의 몸짓을 하고, 입을 씰룩거리며 극도의 피로감을 느끼는 것이 하루에도 세 번씩이나 반복되었다. 이러한 피로 때문에라도 의사를 찾아야 하는 것일까? '무슨 소리! 이겨내야 해. 힘을 내야 해. 견뎌내야 해.'

그는 다시 회의에 집중했다. 누군가가 파리 현지로 가서 자신들이 출자한 회사와 협상해야 한다는 이야기가 나왔다. 삼베와 아마를 다루는 그 회사의 재무팀과 담판을 짓는 문제였다. 다른 누군가는 그것이 전혀 쓸모없는 일, 서신으로도 처리할 수 있는 업무라고 했다.

'에르지가 지금 파리에 있어……. 미하이는 이탈리아에…….

에르지는 말 한마디 않고 있으나 지독하게 외로이 지내고 있을지도 몰라. 돈은 충분히 가지고 있을까? 불쌍한 그녀는 아마도 지하철로 다녀야 하겠지. 9시 이전에 집을 나서서 2시 이후에 귀가한다면, 그녀는 훨씬 저렴한 지하철 왕복표를 끊을 수 있을 텐데. 불쌍한 그녀는 분명 이렇게 지내고 있을 거야. 하지만 그녀는, 어쩌면 혼자가 아닐 수도 있어. 파리는 여자가 혼자 지내기 어려운 곳이고, 에르지는 화려해 눈에 띄는……'

이 생각이 들자 포기의 손짓이 아닌, 머리에 피가 도는 듯했다. '죽음, 죽는 것, 다른 해결책은 없어……'

그 와중에 그곳에 모인 사람들 사이에서 누군가를 현지로 보내야 한다는 의견이 나왔다. 퍼터키는 발언을 청했다. 자신들이 출자해 설립한 그 프랑스 회사와 개인적으로 협의를 진행하는 것이 반드시 필요하다고, 모든 에너지를 동원해 역설했다. 말을 꺼냈을 때는 무슨 이야기인지 자기 자신에게조차 불분명했으나, 이야기를 하는 도중에 반박할 수 없는 주장들이 떠올랐다. 그리고 마침내 참가자들을 납득시켰다. 그때 다시 극도의 피로감이 그를 엄습했다.

"물론 파리로 가야만 해요. 하지만 저는 갈 수 없습니다. 지금 여기에서 은행을 떠날 수 없어요. 게다가 제가 가야만 할 이유도 없고요. 에르지의 연락이 있었던 것도 아니에요. 내가 그녀를 쫓아간다고 해도 그녀는 분명 거절할 텐데, 거절당할 가능성이 매우 높은 것을 무릅쓰는 것은 절대로 불가능해요……. 궁극적으로 인간에게는 자존심 또한 필요하니까요."

그는 갑작스레 말을 마쳤다. 사람들은 그의 의견에 수긍했다. 그리고 대형 은행가의 사위, 프랑스어를 유창하게 구사하는 젊은 임원을 파견하기로 결정했다. '많이 배울 수 있는 기회가 될 거야.' 나이 든 은행가들은 아버지 같은 심정으로 그렇게 생각했다.

회의를 마치고 나니 하루 중에서 가장 힘든 시간, 저녁이 되었다. 기혼자와 미혼자의 가장 결정적인 차이는 가정이 있는 사람의 경우 항상 그날 저녁 식사를 누구와 해야 하는지를 알고 있다는 점이라고 어디선가 읽은 적이 있다. 실제로 에르지가 떠나간 후, 이것이 퍼터키의 삶에서 가장 큰 문제였다. 누구와 함께 저녁 식사를 할 것인가? 남자들과 저녁 식사를 하고 싶었던 적은 일절 없었고, 우정이라는 것도 알지 못했다. 그럼 여자들은? 이것이 무척이나 이상한 일이었다. 에르지의 남편이었을 때에는 많은 여성이 필요했고, 지속적으로 새로운 여성들을 만났다. 모든 여자가, 그러니까 어떤 여자는 마른 체형이라서, 다른 여자는 풍만한 체형이라서, 또 어떤 여자는 딱 그 중간 체형이라서 마음에 들었다. 시간이 날 때마다, 대부분의 경우에는 시간이 나지 않을 때도 여성들과 함께 시간을 보냈다. 그중에는 연극 극장과 불분명한 관계를 맺고 있던 메트레상티트르•도 있었다. 그녀에게 많은 비

• 왕의 공식적인 후궁.

용이 들어갔으며, 은행 광고에 그녀를 등장시키기도 했다. 이후 그의 여성 편력은 가끔씩 신사의 연인들로, 몇몇 동료의 부인으로, 가장 흔한 경우 여자 타이피스트들로 이어졌다. 이따금 변화를 주고 싶은 그의 기분에 따라 하녀 몇 명도 그 대상이 되었다. 끔찍한 여성 편력이었다. 당연히 에르지는 슬퍼했고, 낙관적일 때 그는 에르지가 이 때문에 자신을 떠났다고 이해했다. 하지만 비관적일 때에는, 에르지가 다른 이유 때문에 자신을 홀로 남겨두었음을 분명하게 알았다. 에르지는 채울 수 없는 부족함 때문에 그를 떠난 것이며, 이러한 인식은 그에게 비참할 정도로 굴욕적이었다. 에르지가 떠났을 때, 상당한 퇴직금을 지불하며 메트레상티트르를 해고했고, 오래전부터 이러한 '특권'을 누리고자 했던 나이 든 동료에게 곧 그녀를 소개했다. '부서 재배치'를 통해 여자 비서들의 자리를 옮겼으며, 은행에서 가장 볼품없는 직원을 자기 옆에 앉혔다. 그렇게 해서 퍼터키는 이제 금욕적인 삶을 살게 된 것이다.

'아이가 있어야 했어.' 그는 생각했다. 만약 아이가 있었더라면, 그 아이를 매우 사랑했을 것이라는 생각이 갑자기 들었다. 그의 사촌 여동생에게는 특히 귀여운 아이 둘이 있었다. 서둘러 그녀에게 전화를 했다. 함께 저녁 식사를 하기 위해 사촌 여동생의 집으로 가는 길에 그는 끔찍할 정도로 많은 과자를 샀다. 그들은 나중에 사흘 동안이나 배앓이를 했는데, 귀여운 두 아이는 아마도 복통의 이유를 절대 알 수 없을 것이다.

저녁 식사 후에 그는 카페에 앉아 신문을 읽었다. 그리고 카드놀이를 하러 클럽에 들를까 잠시 고민했으나 그냥 귀가했다.

에르지가 없는 집이 지금도 그에게는 말로 표현할 수 없을 정도로 고통스럽다. 이제 정말 에르지의 가구들을 어떻게 해야만 할 것이다. 언제라도 그녀가 집에 올 수 있도록 에르지의 방을 놔뒀으나, 마냥 그럴 수만은 없다……. 다락이나 창고로 옮겨야 한다. '거대한 안락의자들과 함께 클럽 같은 방으로 꾸미겠어.'

다시 포기한다는 듯한 손짓을 하더니 입을 씰룩거렸다. 극도의 피로감이 그를 엄습했다. 이 집에서는 분명 더 이상 견딜 수 없다. 다른 곳으로 거처를 옮겨야 한다. 예술인들처럼 호텔에서 지낼 필요가 있다. 그리고 그 호텔 또한 자주 옮겨야 한다. 또는 요양소도 좋을 것이다. 퍼터키는 평온함이 깃든 흰색 건물, 안전한 의사의 치료가 보장된 요양소를 좋아했다. '그래, 나는 슈바브산으로 가야겠어. 지금 나의 신경 상태가 매우 필요로 하는 그곳으로. 나를 떠난 그녀. 나는 미쳐가고 있어.'

자리에 누웠다. 하지만 어쨌거나 잠들지 못할 것이라는 생각에 다시 일어났다. 옷을 차려입었으나, 어디로 가야 할지 아무런 생각도 들지 않았다. 효과가 없으리란 것을 확신하면서도 진정제를 복용한 후 다시 잠옷으로 갈아입었다.

침대에 눕자마자 또다시 처절한 고통 속에 빠져 있는 그의 앞에 선택의 기로가 놓였다. 파리의 에르지. 그녀는 혼자 있을까? 누가 알까. 그녀가 지독한 외로움 속에서 어쩌면 제대로 먹지도 못하고 있을지. 작은 프리픽스• 음식점들을 전전하는 것은 얼마나 부끄러운 일일까? 반면 그녀가 혼자가 아니라면? 이 생각만큼은 견딜 수 없었다. 미하이는 어떤 식으로든 그에게 이미 익숙해진 존재였다. 실제로 미하이가 에르지를 자신에게서 달아나게 했음에도 불구하고, 이상하게도 그는 미하이에 대해서는 심각하게 생각하지 않았다. '미하이는 중요하지 않다. 미하이는 인간의 존재가 아니다. 미하이는 아니라는 것이 언젠가, 어떻게든 밝혀질 것이다…….' 그의 의식 깊은 곳에서는 이러한 확신이 들었다. 에르지와 미하이는 우연히 관계를 가졌고, 결혼 생활을 했으나 남녀로서는 어울리지 않았다. 미하이가 그녀와 어울린다는 것은 상상할 수도 없는 일이다. 어쨌든 그녀는 지금 파리에 있다……. 누군가가 그녀 옆에 있다면, 그 알 수 없는 남자…… 모든 것을 알고 있는 유혹자보다 그 알 수 없는 남자가 몇백 배나 더 큰 고통을 준다. 그렇다. 이것만큼은 참을 수 없다.

그는 파리로 가야만 한다. 에르지가 무엇을 하고 있는지 봐야만 한다. 혹시 굶고 있는 것은 아닌지. 하지만 그렇게 한다면 그의 자존심은 어떻게 되는 것일까? 에르지는 그를 무시할 것이다. 그는 에르지에게 필요 없는 존재이고, 에르지는

• 정해진 가격으로 지정된 음식 중 몇 가지를 선택하는 식사.

그를 보고 싶어 하지 않을 것이다…….

'그럼 어떻게 될까? 내가 그녀를 보고 싶어 하는 것으로 충분하지 않을까? 나머지는 나중에 어떻게든 될 거야.'

그 안에서 어떤 울림이 있었다. '자존심! 퍼터키 선생, 당신은 언제부터 이렇게 자존심을 내세웠지요? 만약 사업적인 면에서도 항상 이렇게 자존심을 내세웠더라면, 당신 사업은 지금 어디쯤 있을까요? 친애하는 당신의 아버지처럼 아마도 당신은 서버드커•에서 번창하는 향신료 가게를 하고 있겠지요. 왜 하필 에르지에 대해서만 자존심을 내세우나요? 인간은 위험이 동반되는 자리에서 자존심을 내세워야 해요. 대통령을 상대로 아니면 국무 차관인 크리칠로바츠를 상대로 말이에요 (글쎄, 이것은 아니다. 또다시 과장이라고 할 수 있을 것이다). 하지만 여성을 상대로 자존심을 운운한다고요? 그것은 기사도도 아니고, 신사답지도 않아요. 우스운 일이에요.'

다음 날, 그는 폭풍과도 같은 활동을 펼쳤다. 은행을 포함해 모든 이해 당사자에게 대형 금융사 사주의 그 젊은 사위는 최적의 인물이 아니라는 점을 설득했다. 프랑스 신사들과 회의하려면 경험 많은 사람이 필요하다는 점을 강조했다.

그들은 바로 그 경험 많은 사람이 퍼터키 자신을 가리킨다는 것을 점차 알아차렸다.

"회장님, 하지만 프랑스어를 하실 수 있으신지요?"

• 현재 세르비아의 수보티차.

"아주 잘하지는 못합니다만, 어느 정도는 알고 있어요. 게다가 우리와 사업을 하는 사람들은 분명 당신이나 나처럼 독일어를 할 거예요. 독일어를 하지 못하는 은행가를 본 적이 있으세요? 독일어는 국제어예요."

다음 날 아침, 그는 파리로 떠났다.

그는 사업과 관련된 업무를 삼십 분 만에 처리했다. 뢰브라는 이름의 프랑스인과 회의를 했는데, 실제로 그는 독일어를 구사할 줄 알았으며, 매우 똑똑했다. 전문적인 지식이 부족하거나 없는 사람들과는 달리 퍼터키는 경제적이고 재정적인 것들을 심각하게 여기지 않았다. 일이 순조로웠던 것은 이 덕분이기도 했다. 그는 마치 의사가 환자를 다루듯 했다. 다른 분야와 마찬가지로 그 분야에서도 종종 재능이 없는 사람들이 재능 있는 사람들보다 훨씬 크게 성공하는 경우가 많다. 전문성이 없는 사람들이 전문성을 갖춘 사람들보다 더 나은 결과를 낸다는 것을 그는 알고 있었다. 그는 또 알고 있었다. 진정 영향력 있는 사람들이 정신 병동•과 교도소에서 명상하는 동안 가짜 금융업자들 일부가 가장 중요한 위치에서 세상의 경제를 쥐락펴락한다는 것을. 존재하지 않는, 거짓된 진실을 찾아내는 학문의 세계처럼 여기에서도 전설 같은 것들과 근거 없는 허구에 대한 싸움이 벌어진다. 더군다나 이곳 금융계는 이미 그 규모에서 시작해 어떤 의미도 전혀 없는 자산을 취하

• 제1장에 등장하는 머르코가의 병원과 같다.

기 위해 의미 있는 자산을 희생시키기도 한다. 결국 이런 모든 난리는 하찮은 것일 뿐이다. 세상의 다른 일들처럼 말이다.

미하이 같은 사람들은 모르지만, 자신은 이런 것을 알고 있다는 데 그는 자부심을 가졌다. 미하이는 지식인이며, 바로 이 때문에 여전히 돈을 믿으면서도 다른 모든 것에 회의적이었다. 예를 들자면, 미하이는 이런 말들을 했다. "오늘날의 심리학은 완전히 신뢰할 수 없는 초창기의 학문……"이라든가 "서정시는 오늘날 그 어떤 의미도 가지지 않은 것……" 또는 "휴머니즘? 우리는 전쟁에 반대해 그렇게나 외쳐대지만 전쟁은 소리 없이 다가오는 것……". 반면 삼베와 아마를 취급하는 회사 '바럴려이'의 경우, 그렇다. 그 회사에 대해서는 무슨 말이라도 하지 않을 수 없다. 그것은 돈에 관한 것이며, 돈에 관한 한 농담의 여지는 없다. 이런 생각을 하며 퍼터키는 속으로 웃었다. '바럴려이', 맙소사…… 만약 미하이와 그의 동료들이 이 회사와 관련된 문제들을 알게 된다면…… 그들에게는 오히려 서정시가 더 진지한 주제가 될 것이다.

'그러면 이제 작은 공연의 두 번째 무대를 편안하게 시작할 수 있겠군.' 퍼터키는 미하이의 가족을 통해 파리에서 에르지가 머무는 곳의 주소를 알아냈다. 그는 모든 사람과 그렇게 지내듯이 미하이의 가족과도 좋은 관계를 유지하고 있었다(그들은 그럴 수밖에 없었다). 미하이의 여동생이 에르지에게 보내는 선물도 가져왔다. 퍼터키는 에르지가 의심스러운 보헤미안과 이민자들이 거주하는 파리의 부더, 즉 강의 북안이 아닌 남안 에투알 가까이로 이미 옮겨 왔다는 사실을 알게 되어 기뻤다.

12시였다. 파리 사람들과 전화로 옥신각신할 만큼 능숙하게 프랑스어를 구사한다고 생각하지 않았으므로, 퍼터키는 카페의 웨이터에게 부탁해 에르지가 묵고 있는 호텔에 전화를 했다. 그녀는 호텔에 없었다. 퍼터키는 '현장 답사'를 나갔다.

그 작은 호텔로 가서 방 하나를 청했다. 어쨌든 그의 프랑스어는 서툴렀고, 바보 같은 외국인을 연기하는 것은 그다지 어렵지 않았다. 보여준 방이 너무 비싸다는 몸짓을 한 후 그곳을 떠났다. 룸 메이드의 인상이 조금은 께름칙했으나, 그곳은 정갈하고 신사다운 작은 호텔이며, 영국인으로 보이는 투숙객들도 있음을 알 수 있었다. 그곳에는 나이 든 프랑스인들이 피에아테르•로 임대한 방 또한 있을 법했다. 그들은 한 달 비용을 지불하지만 매주 두어 시간 정도만 이용하곤 한다. 에르지는 왜 강변 너머에서 이곳으로 이사했을까? 더 우아하게 지내고 싶었던 것일까, 아니면 더 우아한 애인이 생긴 것일까?

오후 4시에 다시 한번 전화를 했다. 이번에는 에르지가 있었다.

"여보세요, 에르지? 졸탄이에요."

"오, 졸탄……."

마음의 동요로 에르지가 울컥한 것이라고 퍼터키는 생각했

• 도심 속 휴양처.

다. 이것은 좋은 의미일까?

"에르지, 어떻게 지내고 있어요? 괜찮아요?"

"그래요."

"나는 여기 파리에 있어요. 알다시피 삼베와 아마 회사 '바럴려이'에 각종 복잡한 문제들이 있었잖아요. 그래서 여기로 와야 했어요. 쫓아다녀야 할 일들이 너무 많아서 앞으로 사흘 동안은 쉴 새 없이 움직여야 할 것 같아요. 벌써 이 도시가 어찌나 지겨운지……."

"그래요, 졸탄."

"이곳으로 온 데다가 오늘은 조금 숨을 돌릴 시간이 있어서 어떻게 지내는지 물어봐야겠다고 생각했어요."

"그래요…… 당신은 정말 친절하세요."

"잘 지내고 있어요?"

"잘 지내요."

"대답해줄 수…… 여보세요…… 한번 만날 수 없을까요?"

"왜죠?" 에르지가 아주 동떨어진 질문을 했다. 퍼터키는 조금 비틀거리더니 벽에 몸을 기댔다. 하지만 이 때문에 더 쾌활하게 대화를 이어나갔다.

"왜라니요? 이미 파리에 와 있으니, 왜 볼 수 없겠어요. 아닌가요?"

"맞아요."

"내가 찾아가도 될까요?"

"그래요, 졸탄. 아니에요, 오지 마세요. 다른 곳에서 만나요."

"좋아요. 여기에 있는 아주 근사한 카페를 하나 알고 있어요. 리볼리가에 스미스라는 영어 도서 전문 서점이 있는데, 어디인지 알겠어요?"

"대충은요."

"그 서점 2층에 영국식 카페가 있어요. 서점을 거쳐 올라가야 해요. 그럼 거기에서 기다릴 테니 그곳으로 와요."

"좋아요."

에르지와 관련해서는 프랑스적인 모든 것이 의심스러웠으므로 퍼터키는 이곳을 선택했다. 파리와 프랑스적인 것은 그에게 부족한 것, 그가 그녀에게 건넬 수 없는 모든 것을 의미한다고 여겼다. 프랑스 카페에서는 프랑스적인 모든 요소가 그녀를 상대로 한 투쟁에서 그녀를 지지할 것이다. 그래서 에르지가 우위에 서게 될 법했다. 더군다나 손님에 대한 종업원들의 접대도 만족스럽지 못하고, 커피를 주문해도 물을 가져다주지 않기에 그는 프랑스 카페를 좋아하지 않았다. 어쨌든 공정한 경기를 위해 그는 차갑고 중립적 '치외법권' 지역인 영국식 카페를 선택했다.

드디어 에르지가 나타났다. 그들은 주문을 했고, 퍼터키는 그들 사이에 마치 아무런 일도, 결혼도 이혼도 없었던 듯 행동하고자 했다. 한 명의 여성과 한 명의 남성, 현명한 두 명의 부다페스트인이 파리에서 조우한 것이다. 그는 서로 아는 사람들에 대한 이야기를, 새로운 부다페스트의 소소한 이야기들을 세세하고 맛깔나게 전했다. 에르지는 그의 말을 경청하고 있었다.

그 와중에 퍼터키는 생각했다.

'여기에 있는 에르지. 나의 아내였던 시절 이후 많은 시간이 지난 것은 아니기에 본질적으로 변한 건 없군. 파리에서 구입한 것 같은 옷을 한두 가지 걸치고 있어. 유행에 따른 옷이지만 최고의 옷감은 아닌 듯해. 조금은 힘겨워 보여. 무언가 매우 약하고 쉰 듯한 목소리, 그 목소리가 내 마음을 아프게 하는군. 불쌍한 에르지! 그 악당 같은 미하이 녀석! 도대체 그 녀석이 에르지에게 필요한 것이기나 할까? 그녀는 아직도 그 녀석에게서 헤어 나오지 못하는 것 같군……. 아니, 어쩌면 파리에서 또 다른 실망스러운 일들이 있었던 것일까? 그 알 수 없는 남자…… 아, 맙소사, 하느님 맙소사. 나는 여기에서 보드로기 페테르의 처제에 대해 이야기하고 있으나 이야기를 하면서도 죽고 싶은 마음뿐이야.

여기에 있는 에르지. 실제 그대로야. 그녀 없이는 내가 살 수 없는, 그 여자가 여기에 있어. 왜, 도대체 왜일까? 그러니까 지금 나는 누구도 원하지 않건만, 왜 그녀에게는 마음이 끌리는 거지? 기지나 마리어•를 언급하지 않더라도 다른 여자 중에서 훨씬 '나은 여성'들도 있었잖아……. 그들을 보자마자 피가 들끓었었지. 그녀들이 훨씬 더 젊기도 했었어. 에르지는 이제 그런 나이는…… 그럼에도 나는 왜 지금 여기에

• 헝가리에서 흔한 여성의 이름. '기지'는 기젤러의 애칭이다.

서 어떤 열정적인 뜨거움도 없이 냉정한 이성으로 그런 생각을 할까? 그녀와 함께 밤을 보낼 수 있다면 내 재산의 절반이라도 건넬 수 있다는 그런 생각을.'

에르지는 가끔 졸탄을 쳐다보았으나 주로 미소를 지으며 그의 시시콜콜한 이야기들을 듣고만 있었다. 그리고 이렇게 생각했다.

'봐, 모든 사람에 대해 얼마나 많이 알아! 그는 사람을 편안하게 하지. 미하이는 누가 누구인지 알지도 못했어. 누구의 제부가 누구이고, 누구의 여자친구는 누구인지 알려고 하지도 않았어. 내가 졸탄을 왜 두려워했고, 왜 그에게 화를 냈는지 알 수 없군. '버려진 남편'의 그 뻔하고 상투적인 진부함이 이 사람 속에 얼마나 남아 있을까? 졸탄이 비극적인 상황에 처하는 일은 조금도 없을 것이라는 사실을 잘 알고 있지. 그의 눈에는 항상 어떤 미소가 깃들어 있어. 그는 크고 위대한 모든 것을 혐오하지. 그의 운명이 피의 순교를 맞이하게 된다면, 그 날 선 비극적 상황을 누그러뜨리고자 분명 화형불 위에서도 농담이나 시시콜콜한 이야기를 할 사람이야. 반면에 이전보다 흰머리가 더 많은 것을 보니 분명히 많은 아픔을 겪은 것 같아. 동시에 그는 어떤 식으로든 그 아픔들을 덮어버렸을 거야. 그리고 가끔은 최고의 기분을 만끽하기도 했을 테고. 그를 불쌍하게 여길 수는 없어.'

"당신은 어떻게 지내나요?" 갑자기 졸탄이 물어보았다.

"저요? 어떻게 지내야 할까요? 아마 당신은 제가 왜 파리로 왔는지 모든 것을 알고 있기에…….”

“그래요. 그와 관련해서는 대충 알고 있어요. 하지만 왜 모든 것이 그렇게 되어야 했는지는 몰라요. 말해주겠어요?”

“졸탄, 아니에요. 미안해요. 나와 미하이에게 일어난 일을 왜 당신에게 이야기해야 하는지 그건 생각도 못 할 일이에요. 미하이에게도 당신에 대한 그 어떠한 것도 이야기하지 않았어요. 당연한 거겠지만요.”

‘여기에 있는 에르지.’ 졸탄은 생각했다. ‘그녀는 섬세하고 매우 훌륭한 교육을 받았지. 그 어떤 재앙도 그녀의 분별력을 흐트러뜨리지 못할 거야. 그녀는 살아 있는 규율 그 자체지. 또 저 눈은 얼마나 냉철하면서도 예의를 갖춰 나를 단죄하고 있는가! 나를 보는 것만으로도 나는 당신의 매서움을 느낄 수 있어. 아직 당신은 그 능력을 잃지 않았어. 하지만 내가 그렇게 쉽게 겁먹을 수는 없지.’

“그렇다면 앞으로에 대한 당신 생각 정도는 이야기해줄 수 있지 않을까요?”

“당분간 어떤 계획도 없어요. 여기 파리에 머물 거예요.”

“여기에서 편안하게 지내고 있어요?”

“그래요. 매우 좋아요.”

“이혼 청구서는 제출했어요?”

“아니요.”

“왜 안 했지요?”

“졸탄, 당신은 정말 많은 것을 묻고 있네요! 청구하지 않았어요. 아직 그럴 때가 아니니까요."

"글쎄, 아직이라니…… 미안하지만, 그가 당신에게 다시 돌아올까요?"

"모르겠어요. 그럴 수도 있어요. 그가 돌아오는 것을 내가 바라고 있는지 아닌지도 모르겠어요. 어쩌면 그와 말도 나누지 않을 것 같아요. 우리는 서로 어울리지 않기 때문이에요. 하지만…… 미하이는 다른 사람과는 달라요. 그의 생각이 어떤지 우선 알고 싶어요. 잘은 모르겠지만 어느 좋은 날, 그가 잠에서 깨어 제가 어디에 있는지 주위를 둘러볼 수도 있겠지요. 그러고는 저를 그곳에서, 그 열차에서 잊고 내렸다는 것을 절망에 빠진 채 알게 되는 거예요. 그리고 저를 위해 이탈리아를 샅샅이 뒤지는 거예요."

"그럴 거라고 생각해요?"

에르지는 고개를 떨구었다.

"당신 말이 맞아요. 그렇게 될 거라고 생각하지 않아요."

'왜 나는 그렇게나 솔직했을까?' 이 의문에 그녀는 뜨끔해했다. '아무에게도 그러지 않았는데, 왜 내 마음을 털어놓았을까? 나와 졸탄 사이에는 아직도 무언가가 남아 있는 것 같아. 없애버릴 수 없는 친밀한 무엇 말이야. 4년의 결혼 생활, 다시 되돌릴 수는 없어. 하지만 지금까지 미하이에 관한 이야기를 나누고자 했던 사람은 어디에도 없었어.'

'나의 시간은 아직 오지 않았어.' 졸탄은 생각했다. '그녀는 지금도 여전히 그 녀석을 사랑하고 있어. 다행히도 미하이는

시간이 지날수록 많은 것을 망쳐버리게 될 거야.'

"미하이에 대해 들은 건 없어요?" 퍼터키가 물었다.

"전혀 없어요. 이탈리아에 있다고 짐작만 할 뿐이에요. 나도 알고 있는 세페트네키라는 그의 친구 한 명이 여기에 있어요. 그가 벌써 미하이의 행적을 추적 중이며, 어디에서 무엇을 하고 있는지 곧 알 수 있을 거라고 해요."

"어떻게 알아낼 수 있지요?"

"그건 모르겠어요. 세페트네키는 매우 독특한 사람이에요."

"그래요?" 졸탄은 고개를 들어 강렬하게 에르지를 바라보았다. 에르지는 완고하게 그의 눈길을 마주 보았다.

"그래요. 정말 독특한 사람이에요. 지금까지 제가 봤던 사람 중에서 가장 독특해요. 그리고 이곳에는 페르시아 사람도 한 명……."

퍼터키는 고개를 떨구고 천천히 한 모금 차를 마셨다. 두 명 중 누구일까? 아니면 두 명 모두일까? 맙소사, 하느님 맙소사. 죽는다면 가장 좋을 것을…….

그들은 곧 자리에서 일어섰다. 에르지에게 일이 있었는데, 무슨 일인지는 밝히지 않았다.

"어디에 살아요?" 별생각 없이 그녀가 물어보았다.

"에두아르 세트에서 지내고 있어요." 졸탄이 말했다.

"그럼 졸탄, 안녕히 계세요. 당신을 봐서 정말 좋았어요. 그리고…… 평온하게 지내시고 제 생각은 하지 마세요." 그녀는 조용하게, 슬픈 미소를 띠며 말했다.

퍼터키는 그날, 키 작은 파리의 여자 한 명을 데리고 호텔로 갔다. '파리에 오면, 그래도……'라고 그는 생각했다. 그러고는 침대에서, 자신의 옆에서 가쁜 숨을 몰아쉬던 그 작고 냄새나는 낯선 이에게 말할 수 없는 역겨움을 느꼈다.

아침에 그녀가 떠나자 퍼터키는 일어나서 면도를 했다. 누군가가 노크를 했다.

"들어오세요!"

큰 키에 지나칠 정도로 우아하게 차려입은, 이목구비가 뚜렷한 사람이 들어왔다.

"아주 중요한, 당사자분께는 매우 중요한 일로 퍼터키 회장님을 찾고 있습니다."

"접니다. 만나 뵈어 영광입니다만, 누구신지요?"

"저는 세페트네키 야노시입니다."

제4장 지옥의 문

주님, 지옥의 문에서
그의 영혼을 구하소서
—위령 성무일도

1

저녁이 되었다. 미하이는 천천히, 터벅거리는 걸음으로 테베레강을 건넜다.

제법 오랫동안 그는 자니콜로에 거주하고 있었다. 발트하임이 발견한 매우 낡고 작은 방에서 지냈는데, 노파 한 분이 사는 집이었다. 연세가 많은 할머니는 점심으로 주로 파스타를 요리해주었다. 미하이는 작은 치즈를, 가끔은 오렌지를 가져다드렸다. 방은 낡았음에도 호텔보다 훨씬 방다웠다. 가구들도 크고, 귀족풍의 오래된 진짜 가구였다. 호텔에서 종종 볼 수 있는 그런 모조품 같은 것들이 아니었다. 만약 목욕과 위생이라는 부차적인 환경으로 인해 자신이 줄곧 나락으로 떨어진다는 고통스러운 감정만 들지 않았더라면, 그는 이곳을 좋아했을 것이다. 불평도 해봤으나 발트하임은 웃기만 하곤 그의 욕구를 그다지 자극하지 않는, 그리스와 알바니아에서 경험한 것들에 관한 강의만 길게 늘어놓을 뿐이었다.

가난은 이렇게 그를 맞이했다. 지금은 진정 동전 하나라도 소비하기 전에 생각해봐야 했다. 블랙커피를 끊었다. 그리고 많이 피울 수조차 없는 조악한 담배를 피웠기에 항상 목에 염증을 달고 살았다. 지금 있는 돈도 머지않아 바닥날 것이라는 생각이 머릿속을 떠나지 않았다. 발트하임은 조만간 자리를 잡을 수 있을 것이라는 이야기로 미하이를 거듭 안심시켰다. 이곳에는 제정신이 아닌 미국인 노파들이 꽤 많다고 했다. 그중 누군가가 미하이를 비서나 손자들을 돌보는 사람으로, 아니 어쩌면 집사로 고용할 것이며, 그 직업은 무척이나 편한 것이라고 했다. 하지만 그 미국인 노파는 단지 발트하임의 상상 속에서만 존재했고, 그렇지 않더라도 미하이는 모든 종류의 직업에 두려움을 가지고 있던 터였다. 직업은 부다페스트에서도 찾을 수 있었다.

어쨌든 그에게는 두 가지 직업이 있었고, 그 두 직업만으로도 충분했다. 하나는 발트하임의 지시에 따라 에트루리아와 관련된 학술적인 것에서 '자신을 읽어낼 수' 있도록 도서관과 박물관들을 쫓아다니는 일이었다. 그리고 또 하나는 저녁마다 발트하임 또는 가끔은 발트하임의 동료 연구자들의 이야기를 경청하는 일이었다. 미하이는 그 주제에 대해 발트하임과 같은 진정으로 대단한 열정을 한순간도 느끼지 못했으나 이 방법론적인 학습에 필사적으로 매달렸다. 왜냐하면 이것이 부르주아로서 그의 숨을 죄고 있는 죄의식을 조금이나마 누그러뜨려주기 때문이었다. 무위의 생활 중에도 그는 자신의 잘못을 인지하고 있었다. 미하이는 일하는 것을 좋아하지 않았지만, 소시민이던 시절에는 아주 많은 일을 했다. 낮에 자신이 했던 일을 저녁에 알게 되는 것, 그는 그것을 즐겼다. 그리고 공부를 하는 그 짧은 시간에는 다른 더 중요한 것으로부터 주의를 돌릴 수 있었다. 그가 업으로 삼고 있던 것은 에버와 만나기 위해 기다리는 일이었다.

그녀를 더 이상 보지 못한다는 것을 그는 받아들일 수 없었다. 잊을 수 없는 밤을 지내고, 다음 날 그는 무기력하게 도시를 배회했다. 무엇을 원하는지 스스로도 알지 못했다. 하지만 만약 여기에서 '원하다'라는 단어를 사용할 수 있다면, 그가 원하는 것은 오직 하나뿐임을 분명하게 알 수 있었다. 스콜라 철학자들은 존재에 등급이 있으며, 오직 '절대자'만이 완전하고, 실제로 존재할 수 있는 것이라고 가르쳤다. 에버를 찾으며 보낸 시간들이 에버가 없었던 시절, 그 세월보다 훨씬 더 존재의 의미가 있고, 더욱 실제적인 시간이었다. 좋든 싫든 에버가 없던 시절에는 얼마나 끔찍한 불안감과 상실감에 휩싸였었는지 그는 알게 되었다. 그것이 삶이고, 에버 없이는 에버를 생각하고 기다리는 것 외에 다른 현실이 없음을 알았다.

피곤했다. 자신이 매우 덧없는 존재로 여겨지기도 했다. 절뚝거리듯 터벅터벅 발걸음을 옮겼다. 테베레 강둑에 다다랐을 때, 그는 점점 더 또렷이 뒤에서 나는 인기척을 느낄 수 있었다. 하지만 불안한 정신이 빚어낸 상상에 불과하다고 확신했고 그 생각을 물리쳤다.

트라스테베레 지구의 골목길을 가로질러 힘없이 걷고 있던 바로 그때, 그 느낌이 점점 더 강렬해졌다. 바람이 강하게 불기 시작했고, 골목길에는 여느 때보다 인적이 드물었다. '누군가가 나의 뒤를 밟고 있다면, 그 사람을 봐줄 필요가 있겠지'라는 생각에 가끔 뒤를 돌아보았다. 그의 뒤로 여러 명이 오고 있었다. '누군가가 뒤따라오는 것일 수도, 아닐 수도 있어.'

좁은 길들을 따라 위쪽으로 접어들었을 때, 누군가가 따라온다는 느낌이 점점 더 그를 힘들게 했다. 이 때문에 언덕 위쪽으로 굽이진 왼쪽 길이 아닌 트라스테베레의 골목길들을 정처 없이 계속 걸었다. 그리고 나중에 적당한 장소에 이르러 따라오는 그 사람을 기다려야겠다고 생각했다. 미하이는 작은 선술집 앞에서 걸음을 멈추었다.

'만약 나를 공격한다면?' 그는 생각했다. '이곳에서는 도움을 청할 수 있겠어. 내가 고함을 치면 선술집에서 누군가가 나오겠지. 어쨌든 여기서 한번 두고 보겠어.'

미하이는 작은 선술집 앞에 서서 기다렸다. 그의 뒤에서 오던 많은 사람이 지나갔으나, 미하이에게 신경 쓰는 사람은 누구 하나 없었다. 모두 자기 갈 길을 계속해서 가고 있었다. 그도 이제 가야겠다고 생각하던 그때, 어둠에 가려 잘 분간할 수는 없었으나 누군가가 가까이 다가왔다. 미하이는 그가 자신을 따라오던 사람이라는 것을 즉시 알았다. 자신에게로 곧장 오는 것을 보자 가슴이 두근거렸다.

그 사람과 가까워졌을 때, 미하이는 그가 세페트네키 야노시임을 알아보았다. 이 모든 이야기 중 가장 특별한 단 하나가 있다면, 미하이가 별로 놀라지 않았다는 것이다.

"안녕." 미하이가 조용하게 말했다.

"미하이, 안녕." 세페트네키가 큰 소리로 진심을 담아 말했다. "네가 나를 기다릴 때도 있군. 좋아. 그렇지 않아도 이 선술집으로 너를 데려가려 했어. 자, 들어가자고."

그들은 그 작은 선술집으로 들어갔다. 냄새 외에 그곳에서 가장 특징적인 것은 어둠이었다. 냄새는 견딜 수 있었다. 미하이는 냄새에 민감했지만 이상하게도 이탈리아의 냄새는 그를 방해하지 않았다. 게다가 이탈리아에서는 악취 속에도 무언가 놀랍고 낭만적인 것이 있었다. 그러나 어둠은 좋아하지 않았다. 세페트네키가 곧 램프를 가져오라고 고함을 쳤다. 단정치 못한 옷차림의 아름다운 이탈리아 소녀가 램프를 가져왔다. 큰 귀걸이를 한, 눈이 반짝이는 소녀는 놀랄 정도로 가냘팠다. 크고 하얀 치아를 드러내며 미소를 짓자 세페트네키가 그녀를 가볍게 톡톡 쳤다. 그들은 벌써 오랫동안 친분이 있는 것 같았다. 그녀는 트라스테베레 방언으로 이야기를 거들었다. 미하이는 말 그대로 한마디도 이해하지 못했다. 하지만 언어 감각이 뛰어난 야노시는 보통 사기꾼이 그러듯이 전문적인 견해를 늘어놓았다. 그녀가 와인을 가져왔다. 그리고 자리에 앉아 본격적으로 이야기에 동참했다. 야노시는 즐겁게 그녀의 말을 들었고, 미하이에 대해서는 완전히 잊은 듯했다. 가끔 헝가리어로 이렇게 말을 거는 것이 고작이었다.

"멋진 여자야. 안 그래? 이런 애들이 이탈리아인이지!"

"그녀의 눈을 잘 봐. 어때? 부다페스트에서 누가 이런 눈을 가지고 있겠어?"

"자신의 약혼자들이 모두 교도소로 갔다는군. 그리고 나도 분명 그럴 것이라고……. 재치도 있어. 그렇지 않아?"

미하이는 신경질적으로 와인을 연거푸 들이켰다. 그는 세페트네키 야노시를 알았다. 그는 하고 싶은 말을 재빨리 꺼내지 않을 터였다. 항상 무언가, 그것에 적합한 낭만적인 상황이 갖춰져야만 했다. 이 때문에 이탈리아 소녀와의 코미디가 끝나기를 기다려야 했다. 트라스테베레에서 그가 도둑 떼를 조직했을 수도 있으며, 이 소녀와 선술집 또한 최소한 '소품'으로서 그의 계획에 포함된 것일 수도 있었다. 하지만 그가 여기에 온 이유는 도둑 떼를 조직하려는 것이 아니라 미하이로부터 원하는 무언가가 있어서였다. 미하이도 그 정도는 알고 있었다. 그가 원하는 바가 무엇인지, 바로 이 때문에 미하이는 말할 수 없을 정도로 초조해졌다.

"그 여자를 그냥 놔둬. 그리고 네가 왜 나를 쫓아왔는지, 나에게 뭘 원하는지 얘기해봐. 나는 시간도 없고, 너의 코미디에 맞장구쳐줄 만한 기분도 아니야."

"왜라니?" 세페트네키는 아무것도 모르겠다는 표정으로 되물었다. "너는 이 여자가 마음에 들지 않나봐? 아니면 이 술집이 별로야? 우리가 함께했던 적이 한참 전이었으니 즐겁게 한번 논다고 생각했는데……."

세페트네키는 다시 소녀와 말을 주고받기 시작했다.

미하이는 자리에서 일어나 나갈 채비를 했다.

"오, 맙소사. 미하이, 아니야. 가지 마. 나는 너와 이야기를 하려고 로마에 온 거잖아. 잠시만 여기 있어봐." 그리고 소녀에게로 몸을 돌렸다. "너는 잠시 조용히 있어줘."

"내가 로마에 있다는 걸 어떻게 알았어?" 미하이가 물었다.

"아, 이 친구야. 나는 항상 너에 관한 모든 것을 알고 있잖아. 수년 동안 말이야. 하지만 너에 대해 알 만한 가치가 있는 건 지금까지 아무것도 없었지. 너는 이제 흥미로워지기 시작한 거야. 그래서 지금 우리가 이렇게 꽤 자주 만나게 된 거잖아."

"좋아. 그럼 제발 나에게서 뭘 원하는지 얘기해줘."

"너와 협상을 해야 해."

"협상을 한다니? 무슨 협상?"

"아마 너는 웃을걸. 사업에 대한 것들이야."

미하이의 얼굴이 어두워졌다.

"혹시 우리 아버지와 이야기했었어? 아니면 형제들과?"

"아니, 아직까진 그러지 않았어. 당분간 그분들이 연관될 일은 없을 거야. 오직 너하고만 관련이 있지. 그런데 정말 얘기해봐. 이 여자애 대단하지 않아? 봐, 저 고운 손은 또 어떻고. 한 가지 안타까운 점은 깨끗하지 않다는 것인데……."

그는 다시 소녀에게 몸을 돌리더니 이탈리아어로 시시덕거리기 시작했다.

미하이는 서둘러 뛰쳐나갔다. 언덕 저 위쪽으로 빠르게 걸음을 옮겼다. 세페트네키가 그를 쫓아오더니 이내 따라잡았다. 미하이는 등을 돌리지 않고 계속 걸었다. 그의 왼쪽 어깨 뒤에서 세페트네키가 악령처럼 이야기하도록 그냥 그대로 두었다.

언덕길을 올라오느라 조금 숨이 찼던 야노시는 빠르고 조용하게 말했다.

“미하이, 들어봐. 어쩌다보니 퍼터키 졸탄이라는 신사분과 인사를 나누게 되었어. 그가 네 아내의 전남편이라는 것을 알게 되었지. 하지만 그건 아무것도 아니야. 또 하나 알게 된 것은, 네가 믿든지 말든지 그 퍼터키라는 분이 지금도 죽을 정도로 자신의 황후 폐하를 사모한다는 거야. 그녀에게 되돌아가고 싶은 거지. 네가 그녀를 떠났으니 그녀가 정신을 차려서 전남편에게 돌아갈 것이라고, 그는 지금 그걸 바라고 있어. 이것이 너희 세 명에게 최선의 해결책이라는 점에는 의문의 여지가 없어. 왜 아무 말이 없어? 좋아. 사업과 관련된 것이 무엇인지, 나와는 또 어떤 관계가 있는지 너는 이해 못 하는군. 알잖아. 나는 벌써 오래전에 분별이니 사리니 하는 것들과는 작별을 고했다는 것을 말이야. 내 분야에서는…… 그러니까 들어봐. 너의 부인 폐하께서는 너와 이혼하기를 원하지 않아. 그뿐만 아니라 속으로는 아직도 두 사람이 언젠가는 행복하고 평화로운 부부가 될 것이라고 생각하지. 하늘도 너희들의 가약을 어쩌면 아이들로써 축복할 것이라고 믿고 있어. 그녀는 네가 뭔가 다르다고 알고 있어. 하지만 누군가가 다르다고 할 때 그것이 무엇인지, 그것이 무엇을 의미하는지는 전혀 모르지. 그녀는 너에 대한 생각을 아주 많이 해. 짜증날 정도로 많이. 그럴 필요가 없을 때조차도 말이야. 하지만 그렇다고 불쌍해하지는 마. 뒷말들을 전하고 싶지는 않지만, 아주 잘 지내고 있어. 너 없이도 아주 잘 있어……."

"도대체 네가 원하는 게 뭐야?" 미하이는 잠시 걸음을 멈추고는 큰 소리로 외쳤다.

"원하는 것은 아무것도 없어. 이것은 조그마한 사업에 대한 일일 뿐이야. 네가 분명한 조치를 취하기만 한다면, 네 아내는 너한테서 어떤 기대도 할 수 없을 거야. 퍼터키 씨는 그렇게 되면 이 일이 이제 완전히 끝나는 거라고 생각하지."

"분명한 조치라니, 무슨 이야기를 하는 거야?"

"예를 들자면, 네가 이혼 청구서를 제출하는 것이랄까."

"제기랄, 나보고 이혼을 청구하라고? 내가 그녀를 그곳에 두고 떠난 거잖아. 아니, 그녀가 나를 여기에 두고 떠났다고 해도 나는 그렇게 하지 못해. 그건 여자가 해야 하는 일이야."

"그래, 맞아. 물론이지. 하지만 그녀가 그렇게 하려고 하지 않는다면 네가 해야지. 최소한 퍼터키 씨의 견해는 그래."

"나는 퍼터키의 견해와는 아무런 상관도 없어. 이제 이 모든 것과 나는 상관이 없다고. 너희가 에르지와 이야기해봐.

나는 그녀가 원하는 대로, 그대로 할게."

"자, 미하이. 한번 보자고. 바로 여기에 사업이 있다는 거야. 조금 현명해져봐. 퍼터키 씨는 너에게 대가 없이 이혼소송을 청구하라는 게 아냐. 금전적으로 상당한 희생을 기꺼이 감수하려고 하지. 그는 상상을 초월하는 부자지만, 에르지 없이는 살 수 없어. 여기에서, 즉시 너에게 선금 일부를 치르는 것도 나에게 위임해둔 상태야. 너에게는 흡족하고, 그에게는 약소한 금액이지."

"허튼소리. 무슨 근거로 에르지에게 이혼 청구서를 들이민다는 거야? 내가 그녀를 떠난 거라고, 그곳에서 말이야. 만약 법원이 부부 관계의 회복과 그녀가 나에게 돌아갈 것을 결정한다면, 나는 어떻게 되는 거지?"

"글쎄, 보라고, 미하이. 그건 문제없을 거야. 네가 이혼 청구서를 제출하면, 나머지는 우리가 처리할 거야."

"무슨 명분으로?"

"외간 남자와의 불륜이지."

"완전히 미쳤군!"

"내가 미쳤다니. 그냥 나만 믿어. 순백의 옷감처럼 그렇게 깔끔하게 그녀의 불륜을 증명해줄게. 내게는 이런 쪽으로 실전 경험이 많잖아."

그들은 벌써 미하이의 집 앞에 당도했다. 미하이는 어서 빨리 자기 방으로 올라가고 싶었다.

"잘 가, 세페트네키 야노시. 이번에는 악수하지 않겠어. 네가 말한 것은 수치스럽고 더러운 수작이야. 한동안 만나지 않으면 좋겠어."

미하이는 서둘러 방으로 올라갔다.

2

"뭐에 대한 이야기인지는 모르겠지만 나는 네가 불안해하는 것은 허튼 일이라고 확신해." 발트하임이 활기차게 말했다. "백발의 아버님께서는 항상 존경받는 분이고, 너는 소시민이자 그분의 아들이야. 만약 누가, 어디선가 너에게 돈을 주고자 한다면 받아들여야 해. 그것은 모든 종교사적 시각과도 일치하지만, 너는 아직도 배우지를 못했군. 돈…… 그건 한마디로 중요하지 않다는 것을 말이야. 핵심적인 것들이 중요하게 여겨지는 그런 곳에서 돈은 중요하지 않아. 돈은 항상 필요하고 있어야만 하는 것이야. 사람들이 돈에 신경 쓰지 않는다고 해도 돈은 항상 존재해. 돈이 얼마인지, 언제까지 그것을 가지고 있을지, 그리고 그 출처가 어디인지는 모두 근본적인 질문이 아니야. 돈과 관련된 모든 것이 근본적이지 않은 것처럼 말이야. 중요한 그 어떤 것도 돈으로는 살 수 없어. 돈을 주고 얻을 수 있는 것은 생활필수품 정도겠지만 중요하지는 않지.

삶에서 진정 가치 있을 만한 것에는 절대 돈이 들지 않아.

어떤 대상들에 내포된 수천 가지의 위대함, 즉 너의 영혼이 학문을 받아들이는 데는 단 한 푼의 돈도 필요하지 않잖아. 네가 이탈리아에 있다는 것, 이탈리아의 하늘 아래에 있다는 것, 이탈리아의 골목길들을 다니고 이탈리아의 나무 그늘 아래에 앉아 있을 수 있다는 것, 그리고 저녁이 되면 너의 머리 위로 이탈리아의 해가 지는 것, 이런 것들에 돈은 한 푼도 들지 않아. 어떤 여자가 너를 마음에 들어 하고, 너와 사랑에 빠지는 것도 돈 한 푼 들지 않는 일이야. 가끔씩 네가 행복하다고 느끼는 것에도 돈은 한 푼도 들지 않지. 행복의 주변, 그 근처에 있는 어리석고 지루한 장식품들에만 돈이 드는 거야. 이탈리아에 네가 있다는 것에는 돈이 들지 않지만 그곳으로 가고, 그곳의 어느 지붕 아래 잠자리를 구하기 위해서는 돈이 필요해. 그 여성이 너의 연인이라는 것은 돈이 드는 일이 아니지만, 그녀의 옷자락을 내리기 위해 먹고, 마시고, 복장에 신경을 쓰는 데는 돈이 필요하지. 돈은 단지 그럴 때 들어. 하지만 부르주아들은 벌써 오래전부터 근본적이지 않은, 돈이 드는 것들을 서로 주고받으며 지내고 있어. 그래서 돈이 들지 않는 일들을 이미 잊고 지내는 거야. 오히려 큰돈이 드는 것들을 근본적이라고 여기지. 그것이 가장 미친 짓이야. 그래, 미하이. 돈을 의식하면 안 돼. 인간이 숨을 들이쉬는 것처럼 돈을 받아들여야 해. 냄새가 나지 않으면 그것이 어디에서 왔는지 묻지 않는 것처럼 말이야.

제기랄, 이제 가버려. 오늘은 옥스퍼드에서 예정된 강의를 위해 글을 써야 해. 나를 옥스퍼드로 초청한 그 편지를 내가 벌써 보여줬지? 아, 잠시만 기다려. 내가 금방……. 나에 대해 적은 이 글을 봐. 대단하지 않아? 물론 어떻게 보면, 뭐 그렇게 많은 것을 알리는 내용은 아냐. 하지만 영국 사람들이 '언더스테이트'하는 것, 즉 그들이 생각하는 것보다 조금 더 삼가는 표현을 즐긴다는 점을 고려한다면 이해할 수 있을 거야. 그들이 내 연구 성과에 대해 표현한 '메리토리어스', 즉 '충분한 가치가 있다'는 것이 무슨 의미인지 말이야……."

미하이는 생각에 잠긴 채 발트하임의 숙소를 떠났다. 테베레강을 끼고 도시의 남부 외곽에 위치한 버려진 땅 마렘마 쪽으로 갔다. 도시의 경계에는 몬테 테스타초라는 이상한 언덕이 있었다. 그는 그곳에 올라갔다. 이 언덕 전체가 깨진 옹기들에서 연유되었기에 '옹기산'이라는 이름으로 불렸다. 로마 시대에는 이곳에서 와인 시장이 열렸었다. 스페인 와인들이 암포라에 담겨 여기로 운반되었고, 사람들은 암포라를 깨어 와인을 가죽 부대에 옮겨 담았다. 반면 깨진 옹기들은 언덕을 이룰 때까지 이곳에 쌓였던 것이다.

미하이는 꿈을 꾸듯 붉은색의 옹기 조각 몇 개를 집어 주머니에 넣었다.

'유물들이야.' 그는 생각했다. '가짜가 아닌 제국의 진짜 암포라들이야. 모든 유물은 진위를 가려야 하겠지만, 이것들의 진위 여부는 의심의 여지가 없어.'

그 언덕에서 로마의 소년들, 퀴리테스•의 먼 후손들이 전쟁 놀이를 하고 있었다. 소년들은 어떤 감정도 없이 2000년 된 그 옹기 조각들을 서로에게 던지고 있었다.

'이게 이탈리아야.' 미하이는 생각했다. '그들에게 2000년은 시골에서 풍기는 거름 냄새처럼 자연스러운 것이야. 그래서 역사를 저렇게 서로에게 내던지는 거지.'

트라스테베레 지구에 있는 작은 선술집, 어제저녁에 세페트네키 야노시와 만났던 그곳 앞에 도착하니 벌써 저녁이었다. 주변 사람들이 하는 대로 미하이도 허름한 모자를 눌러쓰고 연기 자욱한 술집에 들어섰다. 세페트네키는 보이지 않았으나 곧 그의 목소리가 들려왔다. 그는 지금도 그 소녀와 노닥거리고 있었다.

"내가 방해하는 거 아냐?" 미하이가 웃으며 물었다.

"악마가 방해를 하는군. 앉아. 매우 초조하게, 진작부터 기다리고 있었어."

미하이는 불끈 화가 치밀어 올랐으나 곧 그런 자신이 부끄러워졌다.

"미안하지만…… 이 지역에 들렀다가 와인 한잔 마시러 온 것뿐이야. 여기에 네가 있을 것이라는 예감이 들기는 했지."

"넌 역시 착한 녀석이야. 그런 말은 하지 않아도 돼! 그 일은 이미 처리된 것으로 생각하자고. 나의 이름, 그리고 이해관계가 있는 모든 이의 이름으로 그렇게 처리된 것이 정말

● 고대 로마 시민.

기뻐. 어쨌든 이제 내 말을 들어봐. 이 작은 마녀 반니나가 손금을 볼 줄 아는데 정말 대단해. 내가 누구인지 뭐 하는 사람인지를 맞혔어. 듣기 좋은 소리만 하는 게 아니라 나에 대해 딱 맞는 그림을 그리잖아. 나한테 넘어오지 않은 첫 번째 여자야. 내가 사기꾼이라는 것도 믿지 않아. 하지만 좋지 않은 결말을 내게 예언하는군. 길고 불안한 노년을……. 너도 지금 부탁해봐. 무슨 말을 할지 궁금해."

그들은 램프를 가져왔고, 소녀가 미하이의 손금을 자세히 들여다봤다.

"오, 시뇨레, 당신은 운이 좋은 사람이에요." 그녀가 말했다. "뜻밖의 돈이 생기는군요."

"거봐, 어때?"

"외국에서 어떤 부인이 시뇨레 당신을 많이 생각하고 있어요. 대머리 남자 또한 시뇨레를 많이 생각하고 있지만, 그 남자는 그렇게 좋은 사람이 아니에요. 손금의 이 선은 숱한 전쟁을 의미해요. 시뇨레는 편안하게 여자들을 만나면 돼요. 아이들은 없을 거예요."

"그건 무슨 말이죠?"

"당신이 아이를 낳지 못한다는 것이 아니라, 어쨌든 아이들은 없을 거라는 말이에요. 손금의 아버지 선이 모자라네요. 여름에 굴을 드시지 마세요. 조만간 영세식에 참여하실 거예요. 산들 너머로부터 나이 든 분이 도착하시네요. 망자들이 자주 찾아와요……."

미하이는 갑자기 손을 빼고는 와인을 청했다. 소녀를 더욱 유심히 보았다. 큰 가슴에 마른 체형이 어제보다 오늘 더 예쁘게 보였고 더 두렵고 더 마녀 같아 보이기도 했다. 그녀의 눈은 여느 이탈리아인들처럼 반짝였다. 눈의 흰자위가 더욱 도드라져 보였다. '이탈리아인들은 미쳤으며, 이것이 그들 안에 있는 위대한 것'이라는 북방인들의 생각이 다시금 미하이의 머릿속을 스쳐 지나갔다.

그녀는 미하이의 손을 잡더니 계속해서 예언했다. 이번에는 더욱 진지했다.

"조만간 아주 나쁜 소식이 들려올 거예요. 여자들을 조심하세요. 모든 문제는 여자들 때문에 생겨요. 오…… 시뇨레는 매우 좋은 영혼을 가진 분이지만 이 세상과는 맞지 않아요. 오, 디오 미오!● 불쌍한 시뇨레……."

이 말을 하며 그녀는 미하이를 자기 쪽으로 끌어당겼다. 눈물이 고인 채 가련한 마음에서 우러나오는 강렬한 입맞춤을 했다. 야노시는 크게 웃으며 '브라보'라고 외쳤고, 미하이는 당황했다. "시뇨레, 다음에도 여기에 오세요." 반니나가 말했다. "그래요. 다음에도, 그리고 자주 오세요. 이곳에서 당신은 편안하고 즐거울 거예요. 다음에도 오실 거죠. 그렇죠? 오시는 거죠?"

"그래요. 왜 안 오겠어요. 이렇게 간절히 청하는데……."

● '맙소사'라는 뜻의 이탈리아어.

"정말 오시는 거죠? 그거 아세요? 제 사촌이 머잖아 출산할 예정이에요. 그 애는 항상 자기 아이의 대부가 외국인이기를 바랐어요. 아주 근사한 일이죠. 밤비노•의 대부가 되어주시지 않겠어요?"

"좋아요. 기꺼이 그러겠어요."

"약속하세요."

"약속해요."

야노시는 분별 있는 악당이었다. 그 시간 동안은 '사업 건'에 대해서 언급하지 않았다. 시간이 늦어지고, 미하이가 천천히 떠날 준비를 하자 그제야 소녀를 보내고 말을 꺼냈다.

"미하이, 부탁건대 퍼터키 씨는 네가 이 건에 대한 편지를 자필로 상세히 써주기를 원해. 너의 이름으로, 에르지를 상대로 이혼소송을 제기할 수 있도록 자신에게 모든 것을 다 위임한다는 내용 말이야. 그리고 2만 달러를 두 번에 걸쳐 너에게 지불할 거라는 걸 네가 인지하고 있다는 점도 써줬으면 해. 알다시피 퍼터키 씨는, 어쨌든 나를 100퍼센트 신뢰하지는 않아. 내겐 놀랄 일도 아니지만. 그는 너와 직접 접촉하고 싶어 해. 그때는 그때라고 해도 지금 너에게 계약금으로 5000리라를 줄게."

야노시는 돈을 세고는 탁자에 올려놓았다. 미하이는 당황해 급히 주머니에 그 돈을 밀어 넣었다. '자, 주사위는 이렇게

• '아이'라는 뜻의 이탈리아어.

던져지는군. 누가 알아차리지도 못할 정도로 이렇게 쉽게, 그렇게 루비콘강을 건너게 되었어.' 미하이는 생각했다.

"부탁인데 퍼터키 씨에게 이 말도 써줘." 세페트네키가 말했다. "그가 보낸 돈을 나에게서 받았다고 말이야. 하지만 받은 금액을 표시할 필요는 없어. 영수증이나 사무적인 증서같이 쓰지도 말고. 알잖아. 그게 우아한 것은 아니니 말이야."

미하이는 그 말을 이해했다. 퍼터키가 보낸 돈에서 도대체 얼마를 세페트네키가 자신의 주머니에 챙겼을지 생각해보았다. 아마도 절반은 자기 몫으로 떼었을 텐데, 어떠한 경우라도 그 이상은 아니었을 것이다. 그가 돈을 벌자고 하는 게 문제 될 것은 아니다.

"자, 그럼 잘 가." 야노시가 말했다. "나는 이로써 내 일을 마쳤고, 내일이면 떠날 거야. 하지만 오늘 밤은 반니나와 함께 보내야지. 멋진 여자라고 할 만하지. 내가 여기 없을 때는 그녀를 자주 찾아와."

3

점점 더 더워지는 듯했다. 미하이는 맨몸으로 침대에 누웠으나 잠이 오지 않았다. 퍼터키의 돈을 받고 그에게 서신을 보낸 이후로 마음이 불편했다.

일어나서 샤워를 했다. 여름밤, 그는 정처 없이 길을 나섰다. 곧 아콰 파올라 분수에 이르러 그 고전적인 물줄기에 도취되었다. 시간을 초월한 평온함, 도도함, 품위가 달빛 속에서 장인의 기교를 뽐내고 있었다. 헝가리학 센터에서 발트하임을 통해 알게 된 키 작은 헝가리 조각가가 생각났다. 그는 드레스덴에서 플라미니아 가도를 거쳐 로마까지 걸어왔다고 했다. 로마를 상대로 승승장구하던 북방의 적군들에게 그 길은 항상 진격로였었다는 것을 고등학생 시절에 배웠었다. 그 조각가는 첫날 저녁 이 언덕, 자니콜로에 도착했다. 공원 폐장 시간에 맞춰 모든 사람이 쫓겨나고 입구가 닫힐 때까지 기다린 후 담을 넘어 들어가 어느 덤불 안에서 잠들었다. 로마 위에 몸을 눕히고, 발치에 로마를 둔 채. 새벽에 일어나서 탈의를 하고 아콰 파올라 분수의 고전적인 수조, 그 속에 몸을 담갔다.

정복자 한 명이 그렇게 로마에 입성했다. 그 조각가는 어쩌면 큰 성공을 거두지 못할 것이다. 혹여 영원한 빈곤이 그의 운명일 수도 있겠으나, 그 누가 알 수 있으랴? 그럼에도 그는 정복자다. 단지 그의 군대가 없는, '운만 있고, 다른 것은 없는' 정복자다. 설령 그 길에서 죽음을 맞더라도 그의 삶은 고매하여 저 높은 곳을 향하고 있다. 미하이의 길은 내리막이다. 만약 그가 살아남는다면, 그 모든 것을 이겨낸다면 평온하고도 지루한 노년을 맞을 뿐이다. 오르막과 내리막. 우리가 가는 길의 방향은 우리 속에 있으며, 우리 안에 그 영원한 별들, 운명을 상징하는 그 별들이 반짝이는 것이다.

미하이는 자니콜로, 테베레 강변, 그리고 트라스테베레의 골목길에서 오랫동안 배회했다. 늦은 밤, 바로 그런 일상적인 이탈리아의 여름밤이었다. 그런 이탈리아의 여름밤이기에 사람들이 제각각의 모습으로 깨어 있는 것이다. 로마인들은 북방 민족들의 '수면', 그 신성한 '비몽사몽'의 시간을 알지 못하고 야밤에도 쉼 없이 망치질을 하거나 노래를 부른다. 새벽 3~4시까지 거리에서 구슬치기를 하는 아이들을 뜬금없이 맞닥뜨리기도 한다. 또는 이발사가 갑자기 가게를 열고 새벽 3시 30분에 홍에 겨운 신랑 몇 명의 수염을 다듬기도 한다.

테베레강에는 예인선들이 천천히, 고전적인 모습으로 오스티아•를 향해 나아가고 있었다. 그것은 선박이 아니라 '나비스'였다. 고등학생 시절 라틴어 교과서에 실린 사진들에 나비스, 즉 배라는 설명이 적혀 있었는데, 바로 그것이었다. 배에서는 한 남자가 기타를 치고 있었고, 여자 한 명은 스타킹을 빨고 있었으며, 작은 강아지 한 마리가 짖고 있었다. 그 배 뒤로 다른 것이 유영하고 있었다. 그것은 유령선인 티베리나섬••이었다. 그 섬이 영원할 것이라고, 변함없이 그곳에 있을 것이라고 믿지 않았던 옛날 사람들은 티베리나섬을 배 모양으로 만들었다. 그리고 그 배 모양의 섬이 병원과 죽어가는 사람들을 싣고 가끔 바다를 향해 아마도 밤 나들이를 떠나는

• 테베레강 어귀의 항구도시.

•• 선박 모양의 섬으로, 교량에 의해 두 부분으로 나뉜다.

것이다.

달은 저 건너 강변에, 마르첼로 극장의 거대하고 위압적인 폐허들 위에 정박해 있었다. 그리고 수염을 길게 기른, 고대 유대인 무리가 주변의 유대교 회당인 시너고그로부터 행렬을 이루어 나오는 듯했다. 그들은 목에 망자의 수의를 걸치고 있었다. 테베레 강변으로 가서 곡소리를 내며, 그들의 죄를 강에 뿌리고 있었다. 공중에서는 비행기 세 대가 선회하며, 가끔 상향등으로 서로 동체의 옆면을 비추었다. 그러고는 마치 거대한 조류들처럼 돌출된 바위에서 휴식을 취하고자 로마성 방향으로 날아갔다.

이후 귀를 찢는 듯한 굉음을 울리며 커다란 트럭 한 대가 도착했다. 미하이는 이제 동이 튼다고 생각했다. 트럭에서 짙은 회색 복장을 한 사람들이 무서운 속도로 내리더니 그들 앞에 열린 아치 모양의 구조물로 내달렸다. 곧 워낭 소리가 들렸고, 목동이 노래를 부르며 멋진 베르길리우스의 암소에게 길을 재촉했다.

지금 막 선술집 문이 열렸다. 노동자 두 명이 미하이에게 다가와 레드 와인을 주문해달라고 하며 그의 인생 이야기를 청했다. 미하이는 와인을 주문했고, 그들과 함께 마셨다. 치즈도 주문했지만, 그의 인생 이야기는 언어 문제 때문에 꺼내지 않았다. 미하이는 그들에게 매우 친근감을 느꼈다. 그들은 분명 외로웠기에 미하이를 가슴 깊이 품었고, 무척이나 좋은 말들을 건넸다. 하지만 안타깝게도 미하이는 그들의 말을 이해하지 못했다. 그러고는 갑자기 그들이 두려워지기 시작했다. 미하이는 계산을 하고서 급히 자리를 떴다.

트라스테베레 지구의 좁은 골목길에서였다. 10대 때 울피우시가에서 했던 '연극'에서처럼 미하이의 영혼은 또다시 폭력적인 죽음의 이미지들로 채워졌다. 그 노동자들과 말을 나눈 것은 얼마나 경솔한 짓이었던가! 그들은 고작 30포린트를 받고자 미하이를 죽였을 수도, 다뉴브강이나 테베레강으로 던져버렸을 수도 있었다. 트라스테베레 지구는 입을 벌리고 있는 대문의 아치 아래에서 대문이 열리기 전에 세 번이라도 맞아 죽을 수 있는 곳이다. 이런 시간에 여기 악마의 트라스테베레 지구를 돌아다니는 것은 광기다……. 그를 죄와 죽음으로 유혹하는 것이 그의 영혼 속에 있다는 것도 광기다!

이제 미하이는 반니나가 사는 집 앞에 서 있다. 벽돌로 마감한 집은 작고 어두웠으며, 아치형 창문이 달려 있었다. 지붕이 평편한 이탈리아 집이었다. 이런 집에는 어떤 사람이 살고 있을까? 이런 캄캄한 집에는 어떤 악행들이 도사리고 있을까? 미하이가 들어간다면 어떤 끔찍한 일들이 일어날까? 도대체 반니나는…… 그래, 저번에 그녀가 미하이의 방문을 그렇게나 재촉했던 데에는 분명 그럴 만한 이유가 있었다. 그녀는 미하이가 야노시로부터 많은 돈을 받은 것도 알고 있었을 것이다. 그녀의 모든 약혼자가 갇혀 있다니…… 그래, 반니나는 그럴 법하다……. 만약 미하이가 지금 모든 것을 분명히 알고 있다면, 그녀의 집으로 들어갔을 것이다.

병적인 상상들에 사로잡힌 채 미하이는 그 집 앞에서 오랫동안 서 있었다. 갑자기 묵직한 피로감과 이탈리아의 여정 중 역에서 역으로 전해지던 그때의 향수가 다시 느껴졌다. 하지만 피로는 이제 그가 종착역에 가까워졌음을 알리고 있었다.

4

다음 날, 미하이는 편지를 받았다. 단번에 익숙한 글씨체임을 알아보았다. 하지만 그 누구의 글씨체인지 알 수 없는 것은 수치라고 느꼈음에도 익숙한 글씨체의 주인공이 떠오르지 않았다. 그것은 에르지가 쓴 편지였다. 그녀는 미하이에게 아주 중요한 일에 관해 꼭 이야기를 나누고 싶어서 로마에 왔다고 했다. 여자의 변덕에 관한 것이 아니며, 미하이와의 관계를 모색하는 것은 자신의 자존심도 허락하지 않는다고 썼다. 아주 난처한 일과 관련된 것인데, 그를 위한 일이 아니라면 찾아오지 않았을 것이라고 적었다. 자신은 아직도 얼마간의 빚을 그에게 지고 있다고 생각하니 오후에 호텔로 와 달라며 간청했다.

미하이는 난감했다. 어쨌든 에르지와 만나는 것은 두렵기 그지없었다. 특히 지금은 양심이 떳떳하지 못했기에 더욱 그랬다. 게다가 에르지가 자신에게 원하는 것이 무엇인지 상상조차 할 수 없었다. 반면에 이미 에르지에게 그토록 큰 상처를 주었는데, 지금 그녀와 만나지 않는다면 더 큰 상처를 줄 수 있다는 생각도 들었다. 그는 퍼터키에게 받은 돈으로 새 모자를 사서 에르지가 묵고 있는 호텔로 서둘러 갔다.

에르지를 찾았다. 그녀는 곧 내려오더니 미소 없는 얼굴로 미하이에게 인사했다. 미하이는 그녀와 만나자마자 그녀에게서 많은 것을 기대할 수는 없겠다는 인상을 받았다. 에르지는 화를 낼 때처럼 눈썹을 치켜올렸고, 올라간 눈썹은 내려오지 않았다. 그녀는 아름다웠으며, 키도 훤칠하고 취향마저 모두 우아했지만, 불타는 검을 가진 천사다……. 여행에 대해, 서로의 건강에 대해 짧은 문답을 마친 후 그들은 말없이 나란히 걸었다.

"어디로 갈까?" 미하이가 물었다.

"어디든지 괜찮아. 날이 덥네. 카페에 가서 앉자."

아이스크림과 오렌지에이드가 잠시 더위를 식혀주었다. 그들은 곧 본론으로 들어갔다.

"미하이." 에르지가 절제된 감정으로 말을 꺼냈다. "나는 알고 있어. 당신은 현실 생활에 맞는 사람이 아니고, 세상에서 일어나는 그 어떤 일에도 신경 쓰지 않는다는 것을. 하지만 당신의 그 어리석음에도 한계가 있다고 생각해."

"얘기 잘했어." 미하이가 말했다. 하지만 에르지가 자신을 악당이 아닌 바보로만 생각하는 것 같아 속으로는 조금 기쁜 마음도 들었다.

에르지의 말은 분명 사실이었다.

"어떻게 이런 걸 쓸 수 있어?" 에르지가 편지를 꺼내 탁자에 두었다. 미하이가 세페트네키의 요청으로 퍼터키에게 쓴 편지였다.

미하이의 얼굴이 빨개졌다. 부끄러워서 말을 할 수도 없을 정도의 피곤이 몰려왔다.

"말해봐!" 에르지가 소리쳤다. 불타는 검을 가진 천사.

"에르지, 내가 무슨 말을 하겠어?" 미하이는 마지못해 대답했다. "당신은 현명하니 내가 왜 그것을 썼는지 알잖아. 돈이 필요했어. 수천 가지 이유로 부다페스트로는 돌아가고 싶지 않았고…… 돈을 구할 수 있는 방법이 이것뿐이었어……."

"미쳤군."

"그럴지도 몰라. 하지만 내가 얼마나 비윤리적인지, 나를 여자나 소개하는 그런 호객꾼이라고 구구절절 이야기하지는 말아줘. 그러지 않아도 알고 있어. 이 더위에 그걸 말하기 위해 로마까지 왔다면……."

"악마의 모습을 한 호객꾼이야, 당신은." 에르지가 격분했다. "최소한 당신이 그 정도만이라도 된다면 좋겠네. 당신은 그냥 바보야."

그녀는 입을 닫았다. '사실 이런 목소리로 말을 하면 안 되는데. 이제 나는 미하이의 아내가 아니니……'

시간이 조금 지나자 미하이가 말했다.

"에르지, 이 편지가 어떻게 당신에게 전달된 거야?"

"어떻게 전달되었냐니? 어떻게 지금도 이 모든 것을 이해

못 해? 세페트네키 야노시와 그 파렴치한 졸탄이 당신을 속인 거야. 졸탄은 당신의 부도덕함을 글로 써달라고 했어. 그리고 곧 나에게 그 편지를 보냈지. 하지만 그 전에 공증인을 통해서 법적으로 유효한 사본을 만들었고, 그 사본은 자기가 보관하고 있어."

"졸탄이? 그가 공증인을 통해 법적으로 효력 있는 서류를 만들고, 나라면 상상도 할 수 없는 이런 더럽고 지저분한 일을 했다고? 이해할 수 없어."

"물론 당신은 이해 못 하겠지." 에르지가 조금 누그러진 듯 말했다. "당신은 여자나 소개하는 호객꾼이 아닌 그냥 바보니까. 그리고 유감스럽게도 졸탄은 이 모든 것을 분명하게 알고 있어."

"하지만 그는 나에게 그렇게나 친절한 편지를 보냈는데……."

"그래, 졸탄은 좋은 사람이기도 하지만 현명하기도 해. 당신은 좋은 사람이 아닌 데다가 바보이기도 하고."

"그럼 도대체 왜 그가 이 모든 것을 꾸몄을까?"

"왜냐고? 내가 그 사람에게 다시 돌아가기를 원한 거지. 당신은 이런 사람이라고 나에게 보여주고자 했던 거야. 하지만 졸탄이 그런 사람이라는 것을 내가 이전부터 알고 있었다는 생각은 미처 못 했지. 게다가 졸탄의 선한 마음과 신사다운 호의 뒤에는 어떤 비열함이 있다는 것도 나는 알고 있어. 만약 그가 단지 나의 마음을 되돌리길 원했다면, 그는 원했던 것과 정반대의 결과를 이룬 셈이지. 그러니 똑똑하다는 게 그렇게 좋은 건 아니지. 그런데 지금 이 이야기만 하려는 것은 아니야."

"뭔데?"

"들어봐." 에르지의 표정에서 지금까지의 분노가 공포로 바뀌었다. "졸탄은 당신을 제거하고자 해. 미하이, 그가 당신을 이 땅에서 없애버리려 한다고."

"무슨 말을. 그가 그 정도까지 대단한 인물은 아니야. 왜 그런 상상을 하는 거지?"

"봐, 미하이. 나는 졸탄처럼 교활한 사람은 아니기에 정확하게는 알지 못하고, 그냥 짐작만 할 뿐이야. 우선 당신 가족과 관련해 당신이 어떻게 할 수 없는 지경이 되도록 그 사람은 할 수 있는 모든 것을 할 거야. 그에게는 어려운 일이 아니지. 최소한 일시적으로는 말이야. 당신 아버지가 이 편지를 보면 어떤 표정을 지을지. 아니, 어쩌면 벌써 지었을 수도 있겠군. 당신은 아마 그 모습을 상상할 수 있겠지?"

"아버지께서? 그가 아버지께 편지를 보여줬을 거라고 생각하는 건 아니지?"

"그랬을 거야. 분명해."

미하이는 겁에 질렸다. 아버지와 아버지의 자애를 잃어버릴 수도 있다는 오래된 두려움과 사춘기의 공포가 그를 사로잡았다. 그는 탁자에 잔을 놓더니 머리를 움켜쥐었다. 미하이는 에르지가 자신의 행동을 이해한다는 것을 알고 있었다. 미하이는 아버지에게 모든 것을 설명할 수 없다. 그는 아버지

앞에서 단번에, 그리고 영원히 신뢰를 잃은 것이다.

"그 이후에는 부다페스트에서 작업이 이어질 거야." 에르지가 계속했다. "당신이 골목 끝까지도 갈 수 없을 정도로 소문들을 만들어낼 거야. 당신이 저지르고자 했던 그런 파렴치한 짓이 요즘은 뭐 그렇게 드물지 않다는 것도 알고 있어. 많은 사람이 어떤 형태로든 부인을 팔아버리고도 평소 같은 존경을 받으며 부다페스트를 활보하지. 특히 재력이 있고, 계속되는 사업에 신의 축복이 동반되는 사람이라면 더욱 그렇지. 하지만 주간지와 여론을 주도하는 언론은 당신이 여유롭게 골목길도 지날 수 없도록 이 일을 다룰 거야. 그 배후에는 졸탄이 있겠지. 당신은 해외에 체류해야만 할 거야. 당신은 경제적인 것에 별로 신경 쓰지 않겠지만, 당신 가족은 당신을 거의, 아니면 아예 지원하지 못할 거야. 졸탄은 분명 자기가 할 수 있는 모든 것을 동원해서 당신 아버지의 회사를 파산시킬 테니까."

"에르지!"

"그래, 예를 들어 졸탄은 내가 당신 아버지의 회사에서 어쩔 수 없이 투자금을 회수하게끔 어떤 방법을 찾을 거야. 만약 이런 소문이 돌게 되면, 나는 언젠가 그렇게 하겠지. 어쩌면 당신의 아버지, 그분께서 원할 거야. 그리고 당신들 입장에서 그것은 이미 그 자체로 끔찍한 타격이 될 거야."

그들은 오랫동안 아무 말도 하지 않았다.

"최소한 이것만은 알고 싶어." 미하이가 마침내 입을 열었다. "졸탄은 왜 그렇게 나를 증오할까? 이 모든 것이 자연스럽게 받아들여지지 않을 정도로 그는 이해심이 많았고, 용서를 해줬어."

"바로 그 때문에 그는 지금 당신을 그토록 증오해. 그의 선함 뒤에 어떤 원한이 도사리고 있는지, 그리고 바로 그 용서가 그의 어떤 절박한 증오에서 비롯되었는지 당신은 알 수 없잖아. 그 자신도 분명 용서했다고 믿었을 거야. 복수할 기회가 오기 전까지는 말이야. 우유로 키운 야생동물이 갑자기 고기를 받으면……."

"나는 그를 항상 부드럽고 듣기 좋은 말만 하는 인물로 알고 있었어."

"나도 마찬가지야. 그리고 지금에서야 고백하지만, 그는 샤일록•에 버금갈 정도로 나에게는 훨씬 더 좋은 인상을 주고 있어. 그러면서도 예의를 아는 사람……."

다시금 오랫동안 그들은 말이 없었다.

"말해주겠어?" 미하이가 말했다. "내가, 아니 우리가 무엇을 해야 할지에 대해 분명 당신은 어떤 계획이 있을 거잖아. 그것 때문에 로마로 온 거고."

"우선 당신에게 주의를 주고 싶어. 졸탄은 당신이 이 덫에 걸렸듯이 계속된 덫에도 의심 없이 걸려들 것이라 믿고 있어. 예를 들면 당신의 귀국을 위해, 부다페스트로 당신을 부르

• 셰익스피어의 희곡《베니스의 상인》에 나오는 고리대금업자.

기 위해 대단한 일자리를 당신에게 주고자 해. 스캔들이 터질 때, 현장인 그곳에 당신이 있어야 한다는 거지. 하지만 당신은 지금 어떤 이유로든 귀국을 해서는 안 돼. 그리고 나는 당신을 보호하고 싶었어. 당신 친구로부터…… 누구인지는 알고 있겠지?"

"세페트네키 야노시?"

"그래."

"파리에서 당신은 어떻게 그와 만난 거야?"

"모임에서 만났어."

"그와 자주 만났어?"

"그래, 아주 자주 만났어. 졸탄 또한 나를 통해 그를 알게 되었어."

"그래, 당신은 야노시를 어떻게 생각해? 정말 아주 독특하지?"

"그래, 매우 독특해."

그러나 미하이에게 어떤 짐작이 들 정도로 그녀는 고통스럽게 대답했다. 과연 실제로는 어땠을까? 얼마나 이상했을지……. 하지만 미하이는 곧 대단한 분별력이 들었고, 호기심을 억눌렀다. '만약 둘이 그런 사이라면, 세페트네키 야노시에 대해 더 이상 이야기해서는 안 돼.'

"에르지, 나에게 경고를 해줘서 고마워. 당신은 내게 매우 좋은 사람이야. 또한 나는 당신에게 얼마나 가치 없는 사람인지도 알고 있어. 시간이 흐른 뒤 당신 역시 퍼터키 졸탄처럼 맹렬하게 나에게 등을 돌릴 것이라고는 생각하지 않아."

"나도 그러리라고는 생각하지 않아." 에르지가 매우 심각하게 말했다. "당신에 대해 그 어떤 복수심도 들지 않아. 실제로 그럴 이유도 없어."

"아직 무언가 더 말하고 싶은 게 있는 것 같아. 내가 또 무엇을 하면 될까?"

"당신의 주의를 일깨우기 위해 아직 더 필요한 것이 있지만, 매우 미묘한 거야. 내가 왜 그 이야기를 하는지 경우에 따라 당신이 오해할 수도 있기 때문이지. 아직도 내 속에 있는 질투심 때문에 이런 이야기를 한다고 생각하는 것 같아서."

"질투심? 나는 그렇게 자기중심적이지 않아. 당신이 질투심을 가질 정도의 지위는 벌써 나에게서 모두 날아가버렸어. 나도 알고 있어."

에르지가 지금도 자신에게 관심이 있다는 것을 미하이는 그 누구보다 잘 알고 있었다. 그렇지 않다면 로마로 오지 않았을 것이다. 하지만 미하이의 기사도 정신은 에르지가 여전히 자신에게 끌리고 있다는 사실에 대해 모른 척할 것을 요구했다. 다른 한편으로는 '남자들 특유의 여유' 또한 에르지의 마음을 애써 외면하도록 부추겼다.

"내 감정에 대한 이야기는 하지 말았으면 해." 에르지가 화를 내며 말했다. "그것은 이 일과 아무 상관이 없어. 그러니까…… 말하자면…… 봐, 미하이. 나는 당신이 누구 때문에 로마에 있는지 잘 알고 있어. 야노시가 말해줬어. 그 당사자가 야노시에게 편지를 썼어, 당신들 둘이 만났었다고."

미하이는 고개를 떨구었다. 그가 에버를 사랑한다는 사실이 에르지에게는 끝 간 데 없는 고통이라는 것을 알고 있었다. 하지만 바뀔 수 없는 그 사실을 자신이 어떻게 바로잡는다는 말인가. 그가 무슨 말을 할 수 있을까?

"그래, 에르지. 당신이 알고 있다면, 좋아. 당신은 그 이전 이야기들도 알고 있어. 나에 관해 알 수 있는 그 모든 것을 라벤나에서 당신에게 말했지. 모든 것이 그렇게 되어야만 했던 대로, 그대로 된 거야. 단지 당신에게는 그렇게 나쁜 것이 아니기를……."

"부탁이니 그만해. 나는 내게 나쁘다는 말을 한마디도 하지 않았어. 정말로 그런 이야기가 아니야. 하지만 말해줘……. 그녀가 누구인지 당신은 알잖아? 지금까지 당신은 어떤 인생을 산 거야?"

"나도 모르겠어. 그녀의 행적을 좇아본 적은 여태 없었어."

"미하이, 나는 항상 당신의 냉철함에 놀랐지만 이제 당신은 자기 자신마저도 능가하는구나. 누군가가 어떤 여성을 사랑하는데, 그녀가 누구인지 어떤 사람인지에 대해 관심도 가지지 않는다는 말을 나는 한 번도 들어본 적이 없어……."

"그건 울피우시의 집에 있던 당시의 그녀가 누구였는지에만 관심이 있기 때문이야."

"그녀가 이제 여기에 얼마 머무르지 않는다는 것도 당신은 모르겠네? 그녀는 젊은 영국인 한 명을 낚는 데 성공했고, 그 영국인이 그녀를 인도로 데려간다는 것과 그들이 며칠 후면 떠난다는 것도."

"그건 사실이 아니야."

"아니, 사실이야. 이걸 봐."

그녀는 핸드백에서 또 한 장의 편지를 꺼냈다. 에버의 필체였다. 야노시에게 쓴 그 편지는 에버의 인도행 준비에 관해, 그리고 유럽으로 다시 돌아올 계획이 없다는 것에 관해 짧게 알리고 있었다.

"이것도 모르고 있었어?" 에르지가 물었다.

"당신이 이겼어." 미하이가 말했다. 그는 일어나서 계산을 하고 밖으로 나갔다. 그곳에 놓아둔 모자도 잊은 채.

밖에서 그는 한동안 거칠게, 멍한 듯이 몸을 비틀거렸다. 손으로 가슴을 움켜쥐었다. 한참이 지난 다음에야 에르지가 옆에 와 있다는 것을 알아차렸다. 그녀의 손에 그의 모자가 들려 있었다.

에르지는 이제 완전히 다른 사람이었다. 온유하고, 겁에 질린 듯했으며, 눈에는 눈물이 그득했다. 큰 키에 위엄이 충만했던 이 여성은 이러한 소녀의 모습으로, 거의 감동받은 듯 손에는 모자를 들고 말없이 그의 옆에 서 있었다. 미하이는 미소를 짓고는 모자를 건네받았다.

"고마워." 그가 에르지의 손에 입을 맞추며 말했다. 에르지는 수줍게 미하이의 얼굴을 쓰다듬었다.

"당신 핸드백에 더 이상의 편지가 없다면, 저녁을 함께할까?" 한숨을 쉬며 미하이가 말했다.

저녁 식사 동안 서로 많은 말을 하지 않았지만 분위기는 친밀하고 온화했다. 에르지에게는 위로를 전하는 선한 마음이 가득했다. 미하이는 아픔과 그 아픔을 달래고자 한껏 마신 와인으로 마음이 풀려 있었다. 그는 에르지가 지금도 얼마나 자신을 사랑하는지를 보았다. 자신 또한 에르지를 사랑한다면, 그리고 과거와 망자들로부터 벗어날 수 있다면 얼마나 행복할까. 하지만 그것은 불가능하다는 걸 그는 알고 있었다.

"에르지, 우리 둘 사이의 일에 대해 마음 깊은 곳에서는 나 자신이 매우 억울하다고 생각해." 미하이가 말했다. "그래, 이렇게 말하는 것은 쉽겠지. 하지만 당신도 봤잖아. 나는 이 세상에 순응하고자 몇 년 동안 모든 것을 다 했어. 그리고 이제 모든 것이 제대로 되었다고, 이 세상과 화해했다고 생각했을 때 당신을 아내로 맞아들였지. 그것은 나 자신에 대한 보상이었어. 그때 내게서 그 모든 악령, 나의 청춘 시절, 그리고 향수와 반항심이 터져 나왔던 거야. 향수에는 어떤 치료제도 없어. 어쩌면 이탈리아로 오면 안 됐었는지도 몰라. 이곳은 황제들과 시인들의 향수로 세워진 나라야. 이탈리아는 지상의 낙원이지만 단테가 봤던 그대로일 뿐이야. 지상의 낙원은 연옥의 산정•에 있는 임시 정거장이자 저승으로 가는 항구일 뿐이야. 베아트리체가 베일을 벗고, 영혼은 '오래된 욕망의

• 단테의 《신곡》에 등장하는 산.

거대한 힘'을 느끼는 그때, 영혼들은 그 항구로부터 저 멀리 있는 천계를 향해 떠나는 거야……."

"오, 미하이. 세상은 인간이 향수에 굴복하는 것을 참지 못해."

"참지 못하지. 세상은 규범에 어긋나는 것도, 그 어떤 도피와 도전도 용납하지 않아. 그러고는 곧 졸탄 같은 사람들을 풀어놓는 거지."

"무엇을 하고 싶어?"

"모르겠어. 에르지, 당신 계획은 어때?"

"파리로 돌아갈 거야. 이제 모든 이야기를 다 한 것 같아. 집으로 돌아갈 시간이 됐어. 내일 아침 일찍 떠날 거야."

미하이는 계산을 마치고 에르지를 숙소까지 바래다줬다.

"당신에게는 잘된 일이라고 이해하고 싶어." 길을 가며 미하이가 말했다. "무언가 위안이 되는 말을 해줘."

"당신이 생각하는 것보다 내 상황은 그렇게 나쁘지 않아." 에르지가 대답했다. 그녀는 이제 진정 뿌듯하고 만족한 듯한 미소를 띠었다. "내 삶은 지금도 매우 충만해. 아직도 얼마나 대단한 일들이 나를 기다리고 있을지 누가 알겠어. 파리에서 나는 나 자신을, 그리고 세상에서 내가 찾고 있던 것을 조금 찾았어. 단지 유감스러운 것은 당신이 내 인생에서 낙오되었다는 거야."

그들은 에르지의 호텔 앞에서 멈춰 섰다. 미하이는 작별을 하며 다시 한번 에르지를 유심히 바라보았다. 그렇다. 에르지는 많이 변했다. 좋게 변했는지, 나쁘게 변했는지 그 누가 알랴. 이전처럼 그렇게 고운 모습은 아니었다. 그녀 안에서 무언가 깨진 듯 파리식으로 과장되게 화장을 했다. 그녀의 복장에서 드러난 것처럼 어떤 내적인 헝클어짐이 눈에 띄었다. 에르지는 조금은 평범해졌다. 그리고 그녀 주변에서 낯선 남자의 존재가 느껴졌다. 비밀스럽고, 부러워할 만한 그 어떤 낯선 이. 어쩌면 그의 적인 야노시일 수도……. 오래전부터 알고 있던 여성으로부터 느껴지는 이 새로움은 무언가 말로 표현할 수 없을 정도로 매혹적이었고 그를 평온하게 했다.

"미하이, 이제 뭘 할 거야?"

"나도 모르겠어. 수천 가지 이유로 숙소로 갈 마음은 없어. 혼자 있고 싶은 기분도 아니고."

한순간 그들은 1년을 함께 보내며 만들어냈던 그 공모자의 눈길로 서로를 쳐다보았다. 더 이상의 말은 나누지 않았다. 그들은 함께 에르지의 방으로 올라갔다.

에르지가 아직 졸탄의 아내였을 때, 그토록 고통스럽게 그들을 한데 묶었던 열정이 타올랐다. 당시에도 둘은 자신들 속에서 타오르던 그 욕망에 저항했으나, 그것은 더 강해져만 갔었다. 저항은 단지 그들을 더욱 거칠게 만들 뿐이었다. 지금도 그들은 거센 저항을 거쳐 서로에게 닿았다. 그들 사이에서 벌어진 돌이킬 수 없을 것 같은 상처들이 그들을 끔찍하게도 갈라놓았다. 하지만 그것보다 서로의 품에 자신들을 내맡긴 열정이 더 강할 뿐. 미하이는 놀라운 희열을 느꼈다. 다른 어떤 여성의 몸보다 지금 자신이 절실하게 갈망하는 에르지의 몸을 다시 발견했다. 그리고 에르지의 부드러움과 야성을, 한 밤의 존재로서의 그녀를 발견했다. 그 에르지는 환한 곳에서 말과 행동으로 보였던 에르지와 어떤 닮은 점도 없었다. 열정적이고, 사랑스러웠으며, 사랑을 아는 에르지였다. 반면 에르지는 최근 대부분의 시간을 생기 없이 무관심하게 지내던 미하이가 최대한 그것들로부터 벗어날 수 있기를 바랐다.

모든 것이 풀어진 듯했다. 매우 피곤하고도 만족한 채 그들은 서로를 놀란 눈으로, 행복하게 쳐다보았다. 그제야 무슨 일이 일어났는지 그들은 점차 깨달았다. 에르지는 웃음을 터뜨렸다.

"오늘 아침, 당신은 이런 걸 생각지도 못했을 거야. 그렇지 않아?"

"맞아. 당신은?"

"나도 생각지 못했지. 아니, 모르겠어. 나는 후회하지 않기 위해 여기에 왔던 거야."

"에르지! 이 세상에서 당신이 최고야."

실제로 미하이는 그렇게 생각했다. 에르지에게서 발산되는 여성의 따스한 기운이 그를 뒤흔들었다. 고마웠고, 어린아이처럼 행복했다.

"그래, 미하이. 당신에게 나는 항상 좋은 사람이어야 해. 당신이 상처를 받으면 안 된다는 생각이 들어."

"말해줘……. 우리가 다시 한번 결혼할 수 있을까?"

에르지는 깊은 생각에 빠졌다. 어쨌거나 그녀는 이 질문을 기다렸었다. 그녀의 야릇한 허영심도 바라던 바였으나…… 실제로 그것이 가능할까? 그녀는 오랫동안 주저하더니 찬찬히 탐색하듯 미하이를 바라보았다.

"다시 한번 해봐야 해." 미하이가 말했다. "우리 몸이 서로를 잘 알고 있잖아. 진실은 보통 몸에 있어. 몸은 자연의 언어지. 그렇게 생각하지 않아? 영혼으로 우리가 망쳤던 것을 몸이 바로잡을 수 있을 거야. 우리는 다시 한번 삶을 같이 살아봐야 해."

"만약, 만약에 그렇다면…… 당신은 왜 나를 그곳에 두고 떠났었어?"

"에르지, 향수야 그건. 하지만 지금은 어떤 마법에서 풀려난 것 같아. 노예와 죄수가 되고 싶었던 것은 사실이야. 하지만 지금은 나 자신이 조금 더 일상적이고, 또 강해졌음을 느껴. 나는 당신과 함께 있어야만 해. 그건 분명해. 물론 이기적이지. 문제는 무엇이 당신에게 더 나을까 하는 거야."

"나는 모르겠어, 미하이. 당신이 나를 사랑하는 것보다 내가 당신을 훨씬 더 사랑하는 것 같아. 그리고 당신이 내게 많은 고통을 줄 것 같아 두려워. 게다가, 아니면 그 다른 여성과…… 모르겠어."

"에버 말이야? 그러니까 내가 그녀와 이야기를 했다고 생각해? 그러기를 원할 뿐이야. 정신적인 병이지. 나는 나을 거야."

"우선 나은 다음에 이야기를 할 수 있지 않을까."

"좋아. 머잖아 우리가 그 이야기를 나누게 될 테니 두고 봐. 내 사랑, 잘 자, 내 사랑."

미하이는 뜬눈으로 밤을 지새웠다. 에버를 향해 팔을 뻗었다. 이불 위에 있던 그녀의 손을 잡았을 때에야 그것이 에르지의 손이라는 것을 알았다. 커다란 양심의 가책을 느끼며 그녀의 손을 놓았다. 쓸쓸하고, 슬프며, 피곤했던 그때, 그럼에도 에버는 전혀 다르다는 생각이 들었다. 종종 강렬한 욕망에 에르지를 좇지만, 그 욕망이 채워진 후에는 합당하고 지루한 사실들에 대한 인식뿐 그 외에 어떤 것도 남지 않았다. 에르지는 바람직한 여성이며 심성이 올바르고 똑똑한 데다 모든 것을 갖추었다. 하지만 그녀에게서는 신비감이 채워지지 않았다.

끝난 것이다. 에르지가 인간 세상과의 마지막 관계였다. 이제 존재하지 않는 사람만 있다. 에버, 에버…… 언젠가 에버가 가버리게 된다면 파멸만이 남을 것이다.

반면에 에르지는 새벽에 잠에서 깨어 이렇게 생각했다.

'미하이는 변하지 않았으나 나는 변했어. 이전에 나에게 미하이는 대단한 모험, 반란, 낯설고 신비한 사람을 의미했었어. 외부의 힘에 그가 사로잡혔던 것은 자신의 수동적인 성격이 그렇게 되도록 스스로를 방기했던 것뿐이지. 이제는 알아. 그는 호랑이가 아니야. 최소한 미하이보다 훨씬 더 독특한 사람들이 있지. 세페트네키 야노시가 그렇고, 내가 아직 알지 못하는 사람들도 많을 거야. 미하이가 지금 나에게 다시 돌아오고 싶어 하는 것, 그것은 바로 그가 내 안에서 부르주아의 질서와 안전을 찾고 있어서야. 내가 그에게로 도망치게 되었던 그 모든 것을 그는 지금 내 안에서 찾고 있어. 아니야, 아무런 의미도 없어. 미하이로부터 나는 회복되었어.'

그녀는 일어나 씻고, 옷을 입기 시작했다. 미하이도 일어났다. 어떻게 된 일인지 그는 모든 상황을 즉시 명확하게 알 수 있었다. 그 역시 옷을 차려입었다. 대화도 거의 없이 그들은 아침 식사를 했다. 미하이는 기차역으로 에르지를 배웅했고, 떠나는 그녀 뒤로 손을 흔들었다. 둘은 알고 있었다. 그들 사이의 일은 이제 끝이라는 것을.

5

에르지가 떠난 후 끔찍한 날들이 이어졌다. 머잖아 발트하임 역시 옥스퍼드로 가버렸고, 미하이는 완전히 혼자 남게 되었다. 그 어떤 것도 할 마음이 없었고, 집 밖으로 나가지도 않았다. 하루 종일 옷을 입은 채 침대에 누워 있기만 했다.

에르지가 전한 사실들, 그 소식들은 무슨 독약처럼 미하이의 몸에 퍼지는 듯했다. 점점 더 커져가는 걱정으로 아버지 생각을 하며 오랜 시간을 보냈다. 아버지는 미하이의 행동과 긴박한 재정적 위기 때문에 분명 끔찍한 정신 상태로 내몰려 있을 터였다. 나이 든 그분께서 미하이 앞에 등장했다. 상심한 채 가족이 함께 모인 저녁 식사 자리에서 아버지는 상석에 앉아 있다. 아버지는 슬픔에 잠겨 콧수염을 꼬거나 무릎을 만져대며, 마치 아무런 문제도 없다는 듯이 행동하고자 한다. 다른 가족들은 아버지의 억지웃음에 더욱 우울해하고, 아버지의 농담에 어떤 대답도 하지 않는다. 천천히 모두가 말을 잃었다. 되도록이면 빠르게, 가족이 함께 고통에서 벗어나고자 모두가 뛰는 듯한 속도로 식사를 하고 있다.

아버지에 대해 어렵사리 잊게 될 때에는 에버가 생각났다. 에버는 닿을 수 없을 정도의 먼 땅으로, 아마도 영원히 떠난다. 이것이 그 어떤 것보다도 끔찍하다. 에버가 그에 대해 알고 싶어 하지 않는 것도 비참하지만, 그녀가 인도로 가버린다면 미하이에게는 어떤 것도, 그 어떤 것도 남아 있지 않기 때문이다. 같은 도시에서 그녀와 함께 살고, 우연히라도 만날 수 있다거나 최소한 멀리서나마 볼 수 있다는 것을 안다면 그녀의 무관심은 그나마 견딜 만했다.

어느 날 오후, 폴리뇨에서 편지가 도착했다. 엘슬리가 쓴 편지였다.

친애하는 마이크,

당신께 매우 슬픈 소식을 전해야 하는군요. 구비오의 성직자, 세베리누스 신부가 중병에 걸렸습니다. 이미 오래전부터 폐 질환이 있었고, 지금의 상황에 이르게 된 것입니다. 수도원에 더 이상 머무를 수 없게 되자 여기 병원으로 그분을 이송했습니다. 질환도, 독실함도 그분을 어떻게 하지 못한 시간에 나는 그분과 이야기를 나눌 수 있었으며, 그분의 놀랄 만한 정신세계를 잠시 들여다볼 수 있었습니다. 옛날, 수 세기 전이라면 그분은 성인으로 존경받았을 것이라고 생각합니다. 세베리누스 신부는 여러 번이나, 그리고 가장 큰 사랑을 담아 당신에 관한 이야기를 했습니다. 그분으로부터 당신들이 학창 시절의 친구였으며, 항상 서로를 좋아했었다는 것을 알게 되었습니다. 하느님의 섭리는 얼마나 놀라운가요! 만약 불가피한 일이 발생한다면, 당신에게 알릴 것을 그분이 제게 부탁했습니다. 그분의 이 요청을 저는 지금 수행합니다. 왜냐하면 세베리누스 신부는 어제, 정확하게는 오늘 새벽에 돌아가셨습니다. 마지막 순간까지 의식이 있었으며, 떠나시는 그 순간이 왔을 때, 병상 옆에 앉아 있던 동료 수도사분들과 함께 기도를 했습니다.

친애하는 마이크, 만약 저처럼 당신도 영원한 삶을 분명하게 믿는다면, 이 부음을 차분하게 받아들일 것입니다. 지상의 존재가 영원과 합당한 보상을 받는 그곳에 지금 당신의 친구가 있다고 저는 믿기 때문입니다.

가끔은 당신의 지지자에게 편지 쓰는 것을 완전히 잊지는 마십시오.

엘슬리

추신. 밀리센트 잉그럼은 돈을 잘 받았으며, 당신이 구한다는 용서를 두고 친구 간에 웃음이 터질 만한 표현이라고 여깁니다. 당신에게 인사를 전해달라고 여러 번이나 말했으며, 애정 어린 마음으로 당신을 생각하고 있습니다. 동시에 저는 이 말도 전할 수 있겠네요. 그녀는 제 약혼녀입니다.

지독히도 더운 날이었다. 미하이는 오후에 보르게세 공원을 멍하니 이리저리 쏘다녔다. 일찍 잠자리에 들었고, 피곤한 상태에서 잠에 빠져들었다. 그러고는 다시 깼다.

비몽사몽간에 미하이의 앞에 갈라지고 험준한 풍광이 펼쳐졌다. 낯익은 풍경이었다. 이 협소한 계곡, 이 화난 듯한 나무들, 이 진부하게 보이는 폐허들을 어떻게 알고 있을까? 잠결에 생각했다. 아마 볼로냐와 피렌체 구간, 그 황홀한 여행길의 열차에서 본 풍경인 듯하다. 어쩌면 정처 없이 돌아다니다 스폴레토 인근에서, 또 어쩌면 어떤 박물관에 있던 살바토레 로사의 그림에서 본 장면일 수도 있었다. 이 풍경에는 불길한, 상실의 어떤 분위기가 느껴졌다. 달빛 아래에서 지팡이에 기댄 채 그곳을 지나가는 작은 여행자 한 명도 덧없어 보였다. 미하이는 이 여행자가 매우 오래전부터 점점 더 버려진 지역들을 다니고 있음을 알고 있었다. 화난 듯한 나무들과 그 낡은 폐허 더미 아래에서 그는 폭풍과 늑대들에 대한 공포에 질려 있었다. 아마 그 외에는 누구도 이런 밤에, 그것도 혼자서 배회하는 사람은 없을 듯했다.

초인종이 울렸다. 미하이는 불을 켜고 시계를 보았다. 자정이 벌써 지나 있었다. 누구일까? 아니, 분명 초인종은 울리지 않았다. 몸을 뒤척여 다른 쪽으로 돌아누웠다.

다시 초인종이 울렸다. 긴장한 상태에서 일어나 손에 무언가를 쥐고서 밖으로 나갔다. 문가에 에버가 서 있었다.

미하이는 당황해 인사를 하는 것도 잊었다.

말하자면 이런 것이다. 인간은 망상과 상실감에 사로잡혀 지옥과 죽음의 경계에 섰을 때는 누군가를 갈망한다. 그 누군가를 찾고 쫓아가지만, 그것은 헛된 것이며, 그의 삶은 향수에 잠긴 채 위축되어간다. 미하이가 로마에 머문 이래 그는 계속해서 이 순간을 기다렸고 준비했으나, 에버와 다시는 이야기를 나눌 수 없다는 것을 이제 거의 확신하고 있었다. 그런데 갑자기 그녀가 나타난 것이다. 그는 싸구려 잠옷의 가슴 부위를 움켜쥐고서 면도도 하지 않은 초췌한 자신의 모습과 누추한 집이 부끄러워졌다. 말할 수 없을 정도로 갈망했던 그 사람이 이곳에 없다면 제일 좋겠다는 생각이 들었다.

하지만 에버는 아무것도 개의치 않았다. 어떤 말도, 인사도 없이 서둘러 미하이의 방으로 들어갔다. 그러고는 안락의자에 앉아 꼿꼿하게 앞만 응시했다.

그녀를 따라 미하이가 들어왔다.

에버는 변한 것 없이 그대로였다. 사랑은 한순간을, 그 사랑이 태어났던 그 순간을 영원히 간직한다. 그리고 사랑을 받는 사람은 늙는 법 없이 사랑하는 사람의 눈에 항상 열여섯 살로 머문다. 그 운명적인 순간에 불었던 바람은 그의 삶에서 떠나지 않았다. 그때와 똑같은 친근한 바람이 다시 불어온다. 그 바람에 헝클어진 머리와 가볍게 걸친 여름옷이 펄럭였다.

미하이는 얼마나 당황했던지 할 수 있는 질문이 이것뿐이었다. "내 주소는 어떻게 알았어?"

에버는 불안한 모습으로 손을 내저었다.

"부다페스트로 전화를 했어. 너의 형에게. 미하이, 에르빈이 죽었어."

"알고 있어." 미하이가 대답했다.

"어떻게 알았어?" 에버가 물었다.

"의사 엘슬리가 편지를 보냈어. 너도 언젠가 구비오에서, 망자들의 문이 열렸던 그 집에서 만난 적이 있다고 알고 있어."

"그래, 기억해."

"그가 마지막 순간에 에르빈을 보살폈어. 폴리뇨의 병원에서 말이야. 여기 그의 편지가 있어."

에버는 편지를 읽고서 생각에 잠겼다.

"에르빈이 입고 있던 큰 회색 외투가 생각나." 그리고 그녀가 말했다. "머리를 떨구고 느긋하게 걸으며, 언제나 외투 깃을 세웠던 것도 생각나.

또 왜인지 항상 머리를 내민 채 몸이 머리를 뒤따라가듯이 걸었어. 마치 앞으로 내민 머리 뒤로 몸이 미끄러지며 나아가는 큰 뱀같이……. 게다가 어찌나 담배를 많이 피우던지! 그 앞에 내가 담배를 얼마나 많이 놓든 에르빈은 다 피웠어.

기분이 좋을 때나 술을 마셨을 때는 또 얼마나 상냥했던지……."

세베리누스 신부는 가버렸다. 특별했던 소년이자 그의 친구, 그리고 청춘의 가장 아름다운 추억이었던 에르빈이 폴리뇨의 병원에서 죽음을 맞이한 것이다. 폴리뇨의 망자 중 이제 그가 알던 유일한 사람이 되었다.

"에르빈이 매우 아프다는 것은 알고 있었어." 미하이가 말했다. "치료를 받으라고 설득도 했었지. 너는 내가 더 강하게 설득했어야 한다고 생각해? 내가 그의 치료를 위해 구비오에 남아서 어떤 진전이 있을 때까지 계속 머물렀어야 한다고 생각해?"

"내 생각에는 우리의 보살핌, 우리의 애정과 염려가 세베리누스 신부에게 닿지도 않았을 거야. 그에게 병이란 다른 사람들처럼 불행이 아니라 어쩌면 선물이었을 거야. 거기에 우리가 무엇을 할 수 있지? 그리고 그에게 죽는다는 것은 얼마나 쉬운 일이었겠어."

"죽음의 문제가 그에게는 아주 일상적인 것이었기 때문이야. 내가 알기로 최근 몇 년 동안 그는 다른 것은 다루지 않았어."

"그럼에도 불구하고 죽는다는 것을 끔찍하게 여겼을 수 있지. 터마시같이 자신의 죽음을 맞이하는, 그렇게 죽는 사람은 극히 적어……."

전등갓의 따뜻한 노란빛이 반사되어 에버의 얼굴에 떨어졌다. 울피우시 집에서의 그 얼굴, 그녀는 이제 더욱더 그 얼굴을 하고 있었다. 그때…… 그들이 놀았던, 터마시와 미하이가 그녀를 위해, 아니면 그녀를 통해 죽었던 그때의 얼굴. 지금 어떤 환상과 기억들이 그 속에서 떠오르고 있을까? 미하이는 아프기도, 두근거리기도 하는 가슴에 굳게 쥔 손을 갖다 댔다. 천 가지의 일들이 스쳐갔다. 옛날 놀이들의 병적인 기쁨에 대한 기억, 발레 줄리아의 에트루리아 조각상들, 발트하임의 해석, 그리고 죽음의 욕망과 죽음의 창부.

"에버, 네가 터마시를 죽였어." 미하이가 말했다.

에버는 기겁을 했다. 표정이 완전히 바뀌었고, 손으로 이마를 감쌌다.

"아냐! 사실이 아니라고! 어떻게 그런 생각을 해?"

"에버, 네가 터마시를 죽였어."

"미하이, 아니야. 아니라고 맹세해. 내가 오빠를 죽인 게 아니야……. 그 일을 그렇게 이해해서는 안 돼. 터마시는 자살했어. 에르빈에게도 말했고, 에르빈도 신부로서 오빠의 죄를 사했어."

"나에게도 말해봐."

"그래, 말할게. 들어봐. 터마시가 어떻게 죽었는지 얘기할게."

미하이가 잡은 에버의 손은 얼음처럼 차가웠다. 미하이도 전율에 휩싸였고, 마음이 더없이 무거웠다. 그들은 주저하지 않고 갱도를 향해 내려갔다. 복도들, 수직갱들, 그리고 지하 염호(鹽湖)를 거쳐 이제 동굴에 다다랐다. 그 일들, 그 밤들의 가장 안쪽 중앙에 있는, 비밀과 공포가 깃든 그곳에.

"어땠었는지 기억하지? 아버지가 얼마나 강압적이었는지, 어쩔 수 없이 받아들여야만 했던 그 구혼자에게 내가 요청을 했었잖아. 그와 결혼식을 올리기 전에 며칠 동안 오빠와 여행할 수 있도록 해달라고 말이야."

"기억해."

"할슈타트로 갔었어. 오빠가 그 장소를 생각해뒀었지. 거기에 도착했을 때, 나는 모든 것을 알게 되었어. 너에게 어떻게 말로 할 수는 없는데……. 죽은 호수. 검은 호수 옆의 태곳적 검은 도시. 이탈리아에도 산악 도시들이 있지만 할슈타트는 훨씬 어둡고, 훨씬 소름 끼치는, 오직 죽는 것만이 가능한 곳이야. 가는 길에 조만간 죽을 것이라고 오빠는 이미 말했었지. 아마 너도 기억할거야. 그 관공서……. 그리고 오빠는 강제로 결혼에 내몰린 나와 헤어져야 한다는 것을 받아들이지 못했어……. 게다가 기억하겠지만, 오빠는 항상 얼마나 죽음을 갈망했는지. 알다시피 오빠는 우연하게 죽음에 이르는 것을 원하지 않았고, 조심스레 그것을 준비했지…….

나는 알고 있어. 다른 사람들이라면 아마 오빠와 정신적 교감을 시도했을 거야. 아니면 여기저기로 전보를 보내 친구들, 경찰, 구급대 등에 도움을 요청했겠지. 하지만 나는 어떻게 해야 하는지 몰랐어. 나 또한 처음 든 생각은 내가 무언가를 해야만 한다, 도움을 청해야만 한다는 것이었어. 그러나 나는 그러지 않았고, 절망에 빠져 오빠의 그 과정을 지켜보고만 있었지. 그런 다음에 갑자기 내 안에서 오빠가 옳다는 생각이 들었어. 어떻게 그런 생각을 할 수 있었는지는 말할 수 없지만…… 우리가 항상 얼마나 서로 가까웠고, 오빠에게 일어나는 일을 내가 얼마나 잘 알고 있었는지 너도 기억할 거야. 나는 그때 오빠를 도울 수 없다는 것을 알았어. 만약 그때가 아니었다면, 머지않아 알았을 거야. 내가 없더라도 오빠는 혼자 죽을 것이라는 사실도 말이야. 그리고 우리 둘 모두에게 그것은 끔찍한 일이라고 생각했지.

오빠는 내가 묵인했다는 것을 알고서 언제 그 일을 진행할지 말해줬어. 그날도 우리는 그 죽음의 호수에서 보트를 탔지만, 오후에 비가 내려서 숙소로 돌아갔지. 세상에 절대 그런 가을은 다시없을 거야, 미하이.

오빠는 공허한 단어들로, 어떤 원망도 없는 유서를 썼어. 그다음에 독약을 만들어달라고 했지…….

왜 이 일을 내가 해야만 했을까……. 그리고 나는 왜 그것을 했을까……. 그 시절에 우리와 함께 있었던 너, 너만은 이해할 수 있을 거야.

그 이후로도 나는 어떤 양심의 가책을 느낀 적이 없었어. 오빠는 죽기를 원했고, 나는 어쨌든 저지할 수 없었어. 오빠에게 그것이 더 나은 선택이란 걸 알고 있었기에 저지하고 싶지도 않았지. 그의 마지막 소망을 내가 완수했던 거야. 나는 그것을 잘 수행했으며, 절대 후회하지 않았어. 만약 내가 거기에 없었거나 오빠에게 독극물을 건네지 않았다면 어땠을까? 오빠는 정신력이 그렇게 강하지 않았기에 몇 시간 동안이나 자신과 씨름하다가 끝내 그것을 들이켜기는 했을 거야. 그리고 자신의 비겁함에 부끄러워하며, 어색한 죽음을 맞았을 거야. 하지만 오빠는 과감하고 망설임 없이 자신을 죽였어. 내가 자신을 죽이는 것 같은 놀이를, 그런 연기를 한 거야. 우리가 집에서 그토록 많이 했었던 그런 연극을 공연한 거야.

그다음에 오빠는 편안하게 침대에 누웠고, 나는 침대 가장자리에 앉았어. 죽음에 이르는 깊은 잠이 다가오자 오빠는 나를 잡고서 입을 맞췄지. 그의 팔이 나에게서 떨어지는 순간까지 입을 맞췄어. 미하이, 그것은 남매간의 입맞춤이 아니었어. 사실이야. 그때 우리는 이미 남매가 아니라 계속 살아가는 누구와 죽어가는 누구였지……. 내 생각에 그때는 이미 자유롭게……."

아주 오랫동안 둘은 아무 말도 하지 않았다.

"에버, 나보고 너를 찾지 말라고 한 것은 왜 그랬던 거지?" 마침내 미하이가 물어보았다. "왜 나와 만나고 싶어 하지 않았어?"

"오, 미하이. 그럼 너는, 너는 그것이 가능하다고 생각해? 만약 우리 둘이 있다면, 그건 우리 둘이 있는 게 아니야……. 오빠는 어쩌면 모든 순간 이곳에 있는지도 몰라. 그리고 이제 에르빈도……. 나는 너와 함께 있을 수 없어, 미하이. 그럴 수 없어……."

에버가 일어섰다.

"아직, 잠시만 앉아줘." 화가 치밀어 올랐을 때, 오히려 그것을 억누르고 조용히 말하는 듯한 투였다. "인도로 가는 건 사실이야?" 그가 물었다. "오랫동안?"

에버는 고개를 끄덕였다.

미하이는 자신의 손을 꽉 쥐었다.

"너는 정말 떠나고, 나는 두 번 다시 너를 볼 수 없는 걸까?"

"정말이야. 그런데 너는?"

"오직 한 가지만 가능하겠지. 나 자신의 죽음으로 죽음을 맞는 것. 그처럼, 터마시처럼……."

그들은 아무 말도 하지 않았다.

"진심으로 그렇게 생각해?" 마침내 에버가 물었다.

"더할 수 없이 진심이야. 로마에 머무를 그 어떤 의미도 나에겐 없어. 고향으로 가는 건 로마에 있는 것보다 더 의미가 없지. 이제 그 어떤 것에 그 어떤 의미도 없어."

"내가 너를 도울 수 있을까?" 어떤 확신도 없이 에버가 물었다.

"없어. 아니, 도울 수 있는 방법이 하나 있어. 에버, 나를 위해 뭔가를 해줄 수 있다면 말이야."

"뭐지?"

"너무 어려운 일이라서 감히 말을 꺼내지 못하겠어."

"말해."

"에버…… 내가 죽을 때, 내 곁에 있어줘……. 터마시를 곁에서 지켰던 것처럼."

에버는 깊은 생각에 잠겼다.

"할 수 있어? 그렇게 할 거야? 에버, 너한테 오직 이것만을 원해. 그 외에는 이 세상이 이 세상으로 남아 있는 한 그 어떤 것도 바라지 않아."

"알겠어."

"약속해?"

"약속할게."

6

에르지는 파리로 돌아와서 야노시에게 전화를 했다. 그와 약속한 저녁 식사 때문에 늦은 시각에도 불구하고 파리로 온 것이기도 했다. 그녀는 세페트네키가 건망증이 심하다고 생각했는데, 특히 이 점이 마음에 들지 않았다. 통화 중 야노시의 대답이 이 의심을 확인해주었다.

"오늘 그 페르시아인과 저녁 식사를 해요."

"왜요? 내가 돌아온 첫날이잖아요!"

"그래요. 하지만 저도 어떻게 할 수 없었어요. 그 사람이 자꾸 그러자고 하는데, 어쩔 수 없이 그 사람 기분에 맞춰야 한다는 걸 알잖아요."

저녁 식사 내내, 야노시는 듣고만 있었다. 대화는 에르지와 페르시아인 사이에서 오갔다.

페르시아인은 자신의 고향에 대해 이야기했다. 그곳에서 사랑은 어렵고도 낭만적인 기교이며, 지금도 그렇다고 했다. 사랑하는 여자가 시종과 함께 아버지의 집 정원에서 산책할 때, 그녀를 사랑하는 청년은 그 순간을 놓치지 않기 위해 3미터 높이의 석벽을 올라야 하고, 정원에 미리 몸을 숨겨야 한다고 했다. 그렇게 그들은 비밀스럽게 한두 마디를 주고받을 수 있지만, 이것은 청년이 목숨을 걸고 하는 행동인 것이다.

"그게 좋은 걸까요?" 에르지가 물었다.

"그래요. 아주 좋은 것이죠." 페르시아인이 대답했다. "아주 좋아요. 사람은 기다려야 하고, 싸워야 하고, 고통을 겪어야 하는 것에 훨씬 더 높은 가치를 부여합니다. 유럽인들은 사랑이 무엇인지 알지 못한다고 저는 자주 생각해요. 그들은 기술적인 부분을 모르기 때문이에요."

그의 눈이 빛났다. 몸짓은 과장되었음에도 고상했다. 길들여지지 않은 몸짓이었다.

"마담, 다시 돌아오셔서 매우 기쁩니다." 갑자기 그가 말했다. "계속 이탈리아에 머무시는 것은 아닌지 두렵기까지 했어요. 그랬다면 아주 아쉬웠겠지요……. 매우 유감스러웠을 겁니다."

에르지는 순간적으로 페르시아인의 손 위로 자신의 손을 가볍게 올려 감사함을 표현했다. 그녀의 손 아래에서 페르시아인의 손이 움츠러들더니 발톱처럼 되었다. 에르지는 놀라서 손을 뗐다.

"당신에게 진정 청하고 싶은 무언가가 있습니다." 페르시아인이 말했다. "이 작은 선물을 거둬주세요. 당신이 돌아와서 기쁘다는 표식으로 말이죠."

그는 아주 정교하게 마감된, 금으로 장식된 코담뱃갑을 꺼냈다.

"실제로는 작은 아편 상자예요." 그가 말했다. "하지만 담배도 넣을 수 있지요."

"어떤 이유로 제가 이것을 받을 수 있는지 모르겠어요." 에르지는 당황하며 말했다.

"어떤 이유도 없어요. 선물을 드려서 제 기분이 좋다는 이유뿐이에요. 저는 유럽인이 아니에요. 사람들이 쉽게, 그리고 선의로 선물을 주고받는 곳에서 왔죠. 사람들이 선물을 받을 때 그 선물을 주는 사람도 감사해하는 곳에서 왔죠. 받아주세요. 왜냐하면 제가 바로 루트팔리 쉬라트가이기 때문이에요. 그리고 누가 알겠어요. 살면서 언제 다시 저 같은 이런 새를 볼 수 있을지 말이에요."

에르지는 의견을 묻는 듯 야노시를 쳐다보았다. 코담뱃갑이 매우 마음에 들었기에 받고 싶기도 했다. 야노시가 동의한다는 눈짓을 했다.

"그럼 받겠어요." 에르지가 말했다. "정말 고마워요. 다른 누군가가 줬다면 받지 않았을 거예요, 오직 당신이기에 받는 거예요. 살면서 언제 다시 당신 같은 새를 볼 수 있을지 그 누구도 모르기 때문이죠."

세 명의 식사비는 페르시아인이 지불했다. 마치 야노시가 그 페르시아인을 모시는 듯했기에 에르지는 조금 짜증이 났다. 좋게 말하자면 페르시아인 자신은 겸손하게 무대 뒤로 물러나 있는 것 같았다. 마치 단장(團長)이라도 되는 듯……. 하지만 그녀는 이 생각을 곧 접었다. 야노시에게는 분명 또다시 돈이 없을 터였기에 페르시아인이 지불하도록 놔뒀을 것이다. 아니면 페르시아인이 동방 사람의 의젓함으로 굳이 자신이 지불하는 것에 집착했을 수도 있다. 게다가 파리에서는 여러 명이 함께 있어도 지불하는 사람은 항상 한 명이기에.

그날 밤, 야노시는 곧 잠이 들었고, 에르지에게는 생각에 잠길 시간이 있었다.

'야노시와는 이제 끝이 시작된 거야. 이것에는 의문의 여지가 없고, 유감스럽지도 않아. 그의 내면에 있는 흥미로운 것들이 이미 겉으로도 드러나는걸. 언젠가 그가 나를 칼로 찌르거나 내 돈을 훔쳐 갈 것이라고 꽤 두려워했었지만, 그럴 필요도 없었던 것 같아. 그에게 조금 실망도 드는군. 그다음에는 어떻게 될까? 어쩌면 페르시아인? 그가 나를 마음에 들어 하는 것 같아.'

아주 가까이에서 본 그 페르시아인이 어떤 사람인지에 대해 그녀는 오랫동안 생각에 잠겼다. "호랑이, 호랑이, 밤의 숲 속에서 활활 불타는." 그는 분명 이 시구에 진정 잘 어울리는 인물일 법했다. 타오르는 그의 눈……. 어쩌면 그것은 공포일 수 있다. 그렇다. 공포일 수 있다. 그가 어떤 사람인지 한 번은 자세히 봐야 한다. 사랑에는 아직 미지의 외딴곳들이 많다. 사랑의 비밀, 사랑의 위대함, 사랑의 낙원…….

이틀 뒤, 페르시아인은 파리 플라주로 드라이브를 가자며 그들을 초대했다. 그들은 해변에서 수영을 하고 함께 저녁을 먹은 후, 어두워진 시간에 귀갓길에 올랐다.

돌아오는 길은 꽤 걸렸는데 자동차를 운전하던 페르시아인이 점점 불안해하기 시작했다.

"오던 길에 우리가 이 호수를 봤던가요?" 야노시에게 물었다.

야노시는 의아해하며 어둠을 응시했다.

"당신은 봤을지도 모르겠지만, 나는 아니에요."

그들은 차를 멈추고, 지도를 자세히 들여다보았다.

"악마는 알겠군요. 우리가 어디쯤 있는지 말이에요. 여기에는 어떤 호수도 보이지 않아요."

"얘기했었잖아요. 운전하는 사람이 그렇게 마시면 안 된다고요." 야노시가 화를 내며 말했다.

그들은 불안해하며 계속 가고 있었다. 주변에는 사람도, 차도, 그 어떤 것도 없었다.

"차가 뭔가 이상해요." 야노시가 말했다. "이따금 꿀렁거리는데, 들려요?"

"그래요. 정말 그러네요."

가면 갈수록 그 소리는 더 확연해졌다.

"자동차에 대해 좀 알아요?" 페르시아인이 물었다. "나는 전혀 몰라서 그래요. 나에게 자동차 구조는 여전히 악마의 발명

품이에요."

"세워보세요. 뭐가 문제인지 내가 한번 볼게요."

야노시가 내려서 보닛을 열었고, 여기저기 살펴보기 시작했다.

"팬 벨트가 완전히 망가졌어요. 어떻게 이런 벨트로 달릴 수 있었죠? 가끔은 차 상태를 봤어야 해요……."

큰 소리로 한번 말을 뱉더니 귀에 거슬릴 정도의 욕을 했다.

"젠장, 벨트가 끊어졌잖아요! 정말 잘 말아먹었네요."

"당신이 말아먹은 거죠." 페르시아인이 말했다.

"그래요. 내가 그랬어요. 어쨌든 여기서부터는 다른 벨트를 구할 때까지 차로 갈 수 없어요. 차에서 내려도 될 것 같은데요."

그들은 차에서 내렸다. 그 와중에 비가 내리기 시작했고, 에르지는 비옷을 꺼내 입었다.

페르시아인은 화를 내며 안절부절못했다.

"이런! 이제 어떻게 하지요? 여기 국도 중간에 서 있는 거잖아요. 아니, 여기는 국도도 아닌 것 같아요."

"저기 집이 보여요." 야노시가 말했다. "저곳에서 운에 한번 맡겨보자고요."

"글쎄, 이렇게 늦은 밤에요? 프랑스 시골에서 이런 시간에는 벌써 모두 잠에 들었을 거예요. 깨어 있다고 해도 수상한 외국인들과는 말도 하지 않을 거예요."

"하지만 저기 밝은 곳이 있잖아요." 에르지가 멀리 집을 가리키며 말했다.

"한번 가봅시다." 야노시가 말했다.

차를 잠그고 모두 그 집 쪽으로 서둘러 갔다. 언덕 아래에 위치한, 담으로 둘러싸인 집이었으나 대문은 열려 있었다. 조금 경사진 그 집으로 올라갔다.

겉으로 봐서는 지주의 저택 같았다. 어둠 속에서 그것은 미니어처 성처럼 보였으며, 큰 차양과 귀족풍의 프랑스식 건물 형태가 특히 돋보였다.

문을 두드렸다. 농군의 부인인 듯한 노파가 문에 있는 작은 구멍으로 머리를 내밀었다. 야노시는 자신들이 어떤 연유로 왔는지 설명했다.

"주인님께 곧 전해드리지요."

잠시 후, 시골풍으로 차려입은 중년의 프랑스인이 그들에게 다가왔다. 야노시가 다시 사정을 설명하는 동안 그 프랑스인은 유심히 그들을 훑어보았다. 곧이어 그의 얼굴이 점점 밝아지더니 매우 친근한 투로 말했다.

"신사 숙녀 여러분, 저희 집에 오신 것을 환영합니다. 안으로 들어와서 이야기를 나눕시다."

집주인은 오래된 사냥용 오두막을 연상시키는 곳으로 그들을 안내했는데, 그곳에는 부인 한 명이 탁자 옆에서 뜨개질을 하고 있었다. 분명 그의 아내인 듯했다. 그는 아내에게 상황을 짧게 설명하고, 손님들에게는 자리를 권했다.

"당신들의 불행이 저희에게는 행운이군요." 부인이 말했다.

"시골의 밤이 얼마나 지루한지 상상할 수도 없을 거예요. 하지만 이 계절에도 땅을 버려두고 떠날 수는 없겠지요. 그렇지 않아요?"

에르지는 왠인지 기분이 좋지 않았다. 이 성 전체가 비현실적으로, 혹은 지나치게 현실적인 사실주의 연극처럼 느껴졌다. 이 두 명은 계속 여기 램프 아래에 앉아 말없이 자신들을 기다리고 있었거나 자신들이 그곳에 도착했던 바로 그 순간에 나타난 듯했다. 에르지는 뭔가 잘못되었음을 피부로 느끼고 있었다.

차고가 있을 만한 가장 가까운 마을은 3킬로미터 정도 떨어져 있다는 것을 알게 되었다. 하지만 남자 직원이 그날 밤 야외 농장에서 잠을 자는 바람에 손님맞이를 마다하지 않는 이 부부에게는 그곳으로 보낼 만한 사람이 아무도 없었다.

"오늘 밤은 여기에서 지내세요." 부인이 제안했다. "집에 세 분 모두의 잠자리가 있어요."

하지만 야노시와 페르시아인은 그 밤에 파리로 가야 한다고 고집했다.

"저를 기다리는 사람이 있어요." 여성과 관련된 것임을 진중한 미소로 알리며 페르시아인이 말했다.

"다른 방도가 없어요." 야노시가 말했다. "우리 중 한 명이 그 마을까지 걸어가야 해요. 3킬로미터는 그렇게 먼 거리가 아니에요. 내가 그 벨트를 망가뜨렸다고 하니 내가 가죠."

"무슨 말을요." 페르시아인이 말했다. "당신들은 나의 손님들이니 내가 돌봐야만 해요. 내가 가겠어요."

"그럼 제비뽑기를 하죠." 야노시가 제안했다.

제비뽑기로 야노시가 가기로 결정되었다.

"곧 돌아올게요." 그는 이 말을 남기고는 급히 떠났다.

집주인은 자신이 직접 담근 와인을 내왔다. 그들은 탁자 주변에 둘러앉아 와인을 마시며 조용하게 대화를 나누었다. 가끔 창에서 빗방울 부딪히는 소리가 들려왔다.

에르지의 마음속에서는 비현실적인 느낌이 계속 커져만 갔다. 집주인과 그의 아내가 무슨 이야기를 하는지 이미 그녀의 귀에는 들리지도 않았다. 그들은 한목소리로, 마치 빗소리처럼, 자장가처럼 시골 생활의 단조로운 일상을 읊조리는 듯했다. 비현실적이라는 느낌, 왜인지 모를 일이었다. 비가 창을 두드리는 소리가 흔들리는 요람처럼 편안하게 들려서였을까? 아니면 이제 이 세상에서 자신은 누구에게도 속하지 않고, 아주 우연히 여기 세상의 끝에 있는, 이름 모를 프랑스의 성에 앉아 있어서였을까? 세상의 다른 끝에서 다른 성에 똑같이 앉아 있다고 해도 그런 일은 아주 우연히 일어날 수밖에 없기에 비현실적인 느낌은 다를 바 없었을 것이다.

그런데 빗소리가 아니라 가끔 부드럽게 쓰다듬는 듯한 페르시아인의 눈길이 그녀를 요람처럼 흔드는 것 같았다. 온화하고 따뜻하며 감상적인 눈길, 그것은 유럽인들의 차고 푸른 눈동자의 그것과는 완연히 달랐다. 페르시아인의 시선에는 동물적인 따뜻함과 안전함이 깃들어 있었다. 요람처럼 흔드는 눈길. 그렇다. 이 사람은 여성들을 좋아한다. 그렇지만 보통과는 다르게⋯⋯ 그가 남자라서 여자들을 좋아하는 것이 아니라 그녀들이 상냥하며, 사랑을 갈구하기 때문에 그러는 것이다. 그렇다. 동물 애호가가 진심으로 강아지를 좋아하는 것처럼 그는 그렇게 여성들을 좋아한다. 아마 이것은 여자가 받을 수 있는 최고의 것일지도 모른다.

에르지는 반쯤 잠에 취해 자신이 탁자 아래에서 페르시아인의 손을 잡고 쓰다듬고 있다는 것을 알았다.

페르시아인은 꿈쩍도 하지 않으며, 어떤 내색도 하지 않았다. 예의 바르게 집주인 내외와 이야기를 나누고 있었다. 그럼에도 화염이 분출하기를 기다렸다는 듯 마치 화산과도 같은 온몸의 열기가 에르지에게 전달되었다. 페르시아인은 오직 기다리고만 있었다. 이렇게 늦은 밤, 어떤 계획도 생각지 않고서⋯⋯.

'나 역시 근접하기 어려운 페르시아 여성이라고 생각하는 걸까? 맙소사, 산책을 해야겠어⋯⋯. 하지만 비가 내리는군.'

갑자기 누군가 문을 두드렸다. 그들을 처음 맞았던 노파가 비에 젖은 하녀 한 명을 데리고 들어왔다. 집주인은 이웃의 그 하녀를 알고 있었는데 그녀가 전하는바, 야노시가 이웃 마을에 도착했으나 그곳에서 적합한 부품을 찾지 못하고 오히려 발을 삐었다고 했다. 그래서 최선의 방안으로 그곳의 마음씨 좋은 의사 집에서 야노시가 밤을 보내게 되었노라고 그녀는 전했다. 그리고 나중에 어떤 식으로든 자동차를 수리하게 되면, 자신을 데리러 와달라고 야노시가 청했다고 했다.

이 소식에 그들은 깜짝 놀랐다. 일이 이렇게 된 데다 벌써 자정도 훨씬 넘었기에 잠자리에 드는 것이 좋겠다고 생각했다. 안주인이 위층으로 그들을 데려갔다. 에르지와 페르시아인은 서로 맺어진 관계가 아니라고 분별 있게 말했다. 안주인은 그들에게 방을 따로 소개해주고 내려갔다. 에르지 또한 페르시아인에게 취침 인사를 하고, 집안일을 하는 노파가 침상을 정리해둔 그녀의 방으로 들어갔다.

마치 모든 것이 미리 준비되었던 듯했다. 에르지는 이 모든 것이 준비된 것이라고, 그때는 의심조차 하지 않았다. 분명 야노시가 지금 그녀를 위해 연기하고 있는 이 작은 연극을 기획했을 터였다. 자동차의 고장, 길가의 작은 성, 야노시의 사고, 그리고 이제 마지막 막이 펼쳐질 것이다. 그가 생각한 해피 엔드의 마지막 막이.

에르지는 방을 둘러보았다. 주의 깊게 문을 잠그고, 그녀는 미소를 지었다. 방에는 문이 또 하나 있었는데, 거기에는 열쇠가 없었다. 조심스럽게 문을 열어보니 캄캄한 방이 그녀 앞에 펼쳐졌다. 하지만 그 어두운 방 맞은편 벽에 문이 또 하나 있었고, 그 바닥의 문틈으로 밝은 빛 한 줄기가 비쳤다. 에르지는 조용하게, 사뿐한 걸음으로 그곳에 다가갔다. 옆방에서는 누군가가 걸어 다니고 있었다. 마치 복도를 통해 걸어가듯 방들의 위치를 다시 떠올려보았다. 그리고 그 문 뒤에는 페르시아인의 방이 있다는 것을 그녀는 확신했다. 페르시아인은 분명 문을 잠그지 않을 것이다. 편안하게 에르지의 방으로 건너올 것이다. 그들이 아래층에서 매우 친밀하게, 전등 아래 앉아 시간을 보낸 후이기에 당연한 일일 수도 있다. 에르지는 자신의 방으로 되돌아갔다.

거울을 보니 그녀의 얼굴이 붉으락푸르락했다. 마치 송아지처럼 야노시가 그녀를 페르시아인에게 팔았고, 페르시아인은 그녀를 산 것이다. 코담뱃갑은 그녀에게 준 선불인 셈이다(코담뱃갑의 경우, 사람들이 처음 보고 생각하는 것보다 훨씬 더 값어치가 나가는 것이라고 샤리는 확신에 차서 말했었다). 야노시는 분명 현금을 받았을 것이다. 극한의 굴욕감과 분노가 그녀를 감쌌다. 페르시아인을 사랑할 수도 있었을 텐데……. 하지만 물건처럼 그녀를 다루다니! 오, 남자들은 얼마나 바보 같은가! 이걸로 모든 것을 망쳤으니.

'왜, 어떻게 모든 사람이 나를 파는 거지? 미하이는 졸탄에게 나를 팔았어. 편지에서 거래가 있었다는 것이 확인되었잖아. 그리고 지금 야노시는 페르시아인에게 나를 파는 거야. 페르시아인은 나중에 어떤 그리스인이나 아르메니아인에게 나를 팔겠지. 누구도 모를 일이야. 그 외에도 나에 대해 어떠한 권리도 가지고 있지 않은 남자들이 계속해서 나를 팔 거야.' 남자들이 왜 자신을 파는지, 자기에게 무슨 이유가 있는 것은 아닌지 에르지는 깊이 생각해보았다. 그 잘못은 어쩌면 그녀 안에 있는 것이 아니라 그녀가 마주했던 남자들에게 있을 터였다. 미하이와 야노시 안에, 또 한 명의 팔려 가는 여자인 에버를 사랑하는 두 사람 모두에게 있는 것이다. 그들은 다른 식으로 생각할 수 없는 걸까?

몇 분 후, 페르시아인이 들어와 세상에서 가장 자연스러운 방법으로 그 거래를 마치고자 할 것이다. 짐승같이! 그녀는 무언가를 해야 한다. 큰 소동을 일으키고, 자기를 보호해달라고 아래층의 안주인에게 내려가야 할까? 집주인 내외도 페르시아인이 매수한 사람들이기에 그것은 우스운 일일 수 있다(그 사람들은 누구일까? 그들은 자신의 배역을 아주 잘 수행했다. 페르시아인이 영화제작자이니 어쩌면 영화배우일 수도 있을 것이다). 그녀는 절망적인 생각에 방 안을 서성거렸다.

하지만 에르지가 오해한 것이라면? 페르시아인이 방에 들어올 생각도 하지 않는다면?

만약 그렇다면 그가 자신의 방에 들어올 것이라는 가정만큼이나 그녀는 상처받을 것이다.

만약 그가 방으로 들어온다면…… 어쩌면 그렇게 큰 모욕도, 굴욕도 아닐 수 있다. 에르지가 페르시아인을 마음에 두고 있다는 사실을 그도 잘 알고 있다. 방으로 들어오라고, 에르지 자신이 그에게 여지를 준 것이다. 그는 첩이나 여자 노예에게 다가오는 것이 아니라 자신이 좋아하고 자신을 사랑하는 한 여자에게, 여행길에서 장애가 되는 것들을 조심스레 물리친 다음 그렇게 다가오는 것이다. 정말 그녀를 팔아버린 것일까? 그렇다. 그녀는 팔린 것이다. 실제로 남자들이 이를 위해 엄청난 금액을 지불하는 것도 사실이며, 이는 전혀 굴욕이 아닐 수도 있다. 오히려 그들이 에르지에게 매우 아첨을 떠는 것일 수도 있다. 사람은 자신에게 가치 있는 것들을 위해 돈을 소비하기 때문이다……. 에르지는 갑자기 옷을 벗기 시작했다.

거울 앞에 서서 한동안 만족스럽게 '남자들이 엄청난 금액을 지불하고자 하는' 전신의 일부로서 자신의 어깨와 팔을 유심히 바라보았다. 이 생각은 그녀를 분명 즐겁게 했다. 그럴 만한 가치가 있을까? 만약 그들이 그럴 만한 가치가 있다고 생각한다면…….

앞서 아래층에 있었을 때, 램프 아래에서 그녀는 페르시아인을 무척 안아보고 싶었다. 순수한 욕망보다는 내적인 호기심, 이국적인 것에 대한 끌림이 더 컸다. 이런 이유로 그때는 실제 행동으로 이어질 수 있다고 생각하지 않았다. 반면 지금, 그녀는 곧 온몸으로 페르시아인 속에 있을 법한 그 작렬하는 화산을 느낄 터였다. 이렇게 그녀가 준비하고 기대하고 있다는 것은 얼마나 이상하고 두려운 일인가!

그녀는 이가 떨릴 정도로 흥분에 휩싸였다. 그녀의 삶에서 대단한 밤이 될 것이다. 지금까지 그녀에게 모든 길은 목적이나 성취를 가리키고 있었다. 지금, 마침내, 이제야 그녀는 부르주아적 관습, 그 모든 것을 놓아버리는 것이다. 깊은 밤, 프랑스의 어느 고풍스러운 성에서 자신을 돈으로 구매한 어느 남성에게 에르지는 스스로를, 자기 안에 여전히 남아 있는 부다페스트 시절의 모든 것을 건네는 것이다. 귀부인으로서의 모든 것을 잃은 채 마치 성경이나 《천일야화》에 등장하는 동양의 창부처럼 이국적인 야생동물에게 자신을 던져주는 것이다. 이 욕망의 이미지가 항상 상상의 기저에 숨어 있었다. 심지어 그녀가 미하이와 함께 졸탄을 속였을 때, 이미 그때에도…… 당시에 그녀의 본능은 올바른 선택을 했다. 왜냐하면 미하이와 함께했던 그녀의 길이 실제로 여기까지 이어졌기 때문이다.

그리고 지금 여기, 어쩌면 마지막일지도 모를 이 남자가 있다. 진정한 호랑이. 이국적인 사람. 사랑을 품은 열정적인 남자. 몇 분 후면 에르지는 알 수 있을 것이다. 그녀는 떨고 있었다. 추운 것일까? 아니다. 두려웠다.

서둘러 다시 블라우스를 입고, 복도로 이어지는 문 앞에 섰다. 영화에서 항상 보던, 순진하고 솔직한 몸짓처럼 손을 꼭 쥔 채 가슴에 댔다.

그녀의 상상 속에서 형체도, 머리도 없는 끔찍한 모습으로 그 비밀이 모습을 드러냈다. 동양의 비밀, 남자들의 비밀, 사랑의 비밀이 나타난 것이다. 낯선 그 사람, 낯설고도 낯선 그 사람이 얼마나 위협적이며, 괴롭고 고통스러운 몸짓과 행동으로 그녀에게 다가오는지 누가 알 수 있을까? 한때 신들의 품에서 죽어가는 여자들처럼 형체도 없이 사라지는 것은 아닌지 누가 알 수 있을까? 그리고 또 누가 알 수 있을까? 얼마나 비밀스럽고 끔찍한 일들이 벌어질지…….

그때 갑자기 그녀로부터 어딘가로 사라졌던 그 모든 것이

다시 그녀를 지배하기 시작했다. 제대로 교육받은 사람, 귀부인, 그리고 착실한 학생의 특징과 신중함. 아니, 아니야, 그녀는 감히 그럴 수 없다……. 두려움이 그녀를 강하고 현명하게 변모시켰다. 한순간에 에르지는 열쇠가 없는 문 쪽으로 가구들을 끌어다 놓았다. 게다가 울기도, 눈물을 삼키기도 하며 무거운 침대까지 붙잡고 그것을 문 앞으로 끌고 갔다. 그러고는 지쳐서 바닥에 쓰러졌다.

시간이 딱 맞았다. 옆방에서 페르시아인의 사뿐한 발걸음 소리가 들렸다. 페르시아인이 문 앞에 섰다. 그는 귀를 기울이더니 문의 손잡이를 돌렸다.

방에 있던 모든 가구로 막아둔 까닭에 문은 열리지 않았다. 페르시아인은 억지로 문을 열지 않았다.

"엘리셔베트."• 그가 조용하게 불렀다.

에르지는 대답하지 않았다. 페르시아인은 다시 문을 열려고 했다. 이번에는 문에 어깨를 대고 시도하는 것 같았다. 가구들이 조금 밀렸다.

"여기로 오지 마세요!" 에르지가 소리쳤다.

페르시아인은 멈춰 섰다. 잠시 어떤 소리도 들리지 않았다.

"엘리셔베트, 문을 열어주세요." 페르시아인은 조금 더 큰 소리로 말했다.

에르지는 대답하지 않았다.

• '에르지'는 엘리셔베트의 애칭.

페르시아인은 씩씩거리는 듯하더니 온 힘을 다해 문을 열려고 했다.

"들어오지 마세요." 에르지가 다시 외쳤다.

페르시아인은 문에서 손을 뗐다.

"엘리셔베트." 다시 한번 그가 말했다. 하지만 아주 멀리서부터 들리는 죽어가는 듯한 목소리였다.

약간의 시간이 지난 후 그가 말했다.

"잘 주무세요." 그러고는 자신의 방으로 돌아갔다.

에르지는 이를 떨며, 옷도 벗지 않고 침대에 누웠다. 눈물이 났고, 지독히 피곤했다. 이 통찰의 순간은 인간이 자신의 삶을 온전하게 이해할 때 비로소 얻을 수 있는 것이었다. 그녀는 자신 앞에서 일어났던 이 일을 스스로 미화하지 않았다. 페르시아인을 자신의 방으로 들이지 않은 것은 굴욕적인 주변 상황들에 상처받았거나 그녀가 단정한 여성이기 때문이 아니었다. 자신이 겁쟁이였기 때문이라는 것을 그녀는 잘 알고 있었다. 계속 찾고 있던 그 신비로운 것이 그녀에게 다가왔고, 그녀는 그 비밀 앞에서 도망간 것이다. 에르지는 평생 부르주아 여성으로 살았고, 앞으로도 그럴 것이다.

오, 만약 지금 페르시아인이 다시 온다면, 그녀는 이제 그를 안으로 들일 것이다……. 죽을 일이 아니며, 진정 그 어떤 끔찍한 일도 일어나지 않을 것이다. 오, 그 유치한 공포는 얼마나 바보스러웠던가. 만약 지금 페르시아인이 다시 온다면, 어쩌면 그녀의 이 지독한 피곤과 그 모든 것, 모든 것이 사라져버릴 것이다…….

하지만 페르시아인은 다시 돌아오지 않았다. 에르지는 옷을 벗고, 침대에 누워 잠이 들었다.

한두 시간이 지났을까? 그녀는 눈을 떴다. 밖은 이미 동이 트고 있었다. 새벽 3시 30분이었다. 침대에서 일어나 세수하고 옷을 챙겨 입은 후 복도로 조심스럽게 빠져나왔다. 생각할 필요도 없이 그녀는 그곳에서 도망가야 한다는 것을 알고 있었다. 그리고 그 페르시아인을 두 번 다시 봐서는 안 된다는 것도 알고 있었다. 온전한 몸으로 도망간다는 것이 부끄럽기도, 기쁘기도 했다. 기분이 좋았다. 그녀는 사춘기 시절의 용기가 솟아나 그 집의 대문을 열고 밖으로 나왔다. 빗장이 걸려 있었으나 열쇠는 채워져 있지 않았다. 그리고 누구의 시선도 끌지 않고 정원을 가로질러 국도에 이르렀다. 겁쟁이임에도 그녀가 승리자이며, 성공한 자는 그녀라는 생각이 들었다.

행복한 심정으로 국도 끝까지 달려가니 곧 작은 마을이 나타났다. 아주 가까이에 기차역도 있는 데다 새벽 상인들을 싣고 파리로 가는 열차 편이 있다는 것도 그곳에서 알게 되었다. 여전히 이른 아침, 파리에 도착했다.

숙소에 다다르자 침대에 쓰러져서 깊이, 행복한 표정으로 오후까지 잠에 취했다. 일어났을 때, 에르지는 무언가 길게 지속되었던 아름답고도 무서운 꿈에서 진정 깨어난 것 같았다. 버스나 지하철로도 편안하게 갈 수 있었으나 그녀는 택시를 타고 서둘러 샤리에게 갔다. 그녀가 깨어난 지금은 검소함 또한 지난날의 것이었다.

여자들이 사랑에 대해 이야기를 나눌 때 그러듯이 그녀는 샤리에게 냉소적이지만 솔직하게 모든 것을 털어놓았다. 샤리는 가끔 탄식과 현명한 조언을 곁들이며 에르지의 이야기에 진심으로 귀를 기울였다.

"그래, 이제 어떻게 할거야?" 종국에는 위로하듯 샤리가 온화하게 물어보았다.

"뭘? 아니, 아직 몰랐어? 졸탄에게 돌아갈 거야. 그것 때문에 여기에 온 거야."

"졸탄에게 돌아간다고? 그럼, 그것 때문에 거기를 떠나온 거야? 그리고 그게 더 낫다고 생각해? 네가 그를, 그러니까 아주 사랑한다고 할 수는 없잖아. 너를 이해할 수 없어……. 하지만 네 말은 분명히 맞아. 절대적으로 맞는 말이야. 나도 네 상황이라면 그렇게 할 것 같아. 그래, 확실한 것이 확실한 거지. 늙을 때까지 파리에서 학생처럼 살아가고, 마치 그러기 위해 사는 것처럼 애인들을 바꿔가며 사는 것이 너에게는 본성적으로 맞지 않아."

"맞아. 나는 정말 그런 것에 타고나지 않았어. 바로 그 때문에…… 이해해주면 좋겠어. 어제 내가 두려워했던 것의 기저에 무엇이 있었는지 이제 알 것 같아. 그 길이 나를 어디로 데려갈지 생각해봤어. 페르시아인 다음에는 베네수엘라인, 그다음에는 일본인과 어쩌면 흑인이 등장할 수도 있을 거야……. 만약 인간이 한번 그 길로 접어들면, 멈출 수 없을 것이라는 생각이 들었지. 도대체 어떤 악마가 그 인간을 멈춰 세우겠어? 그리고 그것도 아니야. 내가 그런 사람이 될 수 있다는 것도 아니라는 거지. 그렇지 않아? 그 모든 것이 될 수 있고, 그 모든 것이 일어나도 이상할 것 없는 나, 나는 그런 나 자신이 두려웠던 거야. 한 여자를 다시 잡아주기 위해서는 무언가가 있어야 해. 그럼 졸탄이 가장 낫지."

"가장 낫다는 게 뭐야? 탁월한 거지. 부자에다가 사람 좋고, 너를 정말 좋아하잖아. 네가 어떻게 그 사람에게서 떠날 수 있었는지 이해가 되지 않아. 지금 그 사람에게 편지를 써. 짐을 싸서 여행을 가자고 말이야. 에르지…… 얼마나 좋아. 나는 네가 정말 그리울 거야."

"아니, 내가 아니라 네가 그에게 편지를 써야 해."

"혹시 그가 너를 원하지 않을까봐 두려운 거지?"

"아니야, 그건 정말 두렵지 않아. 하지만 내가 그에게로 달아난다는 것을 그가 알 필요는 없을 것 같아. 그래서 내가 편지를 쓰고 싶지는 않아. 그가 유일한 해결책이라는 것을 그 또한 알 필요는 없잖아. 내가 그를 가엽게 여기고 있다고 믿도로 해야지! 아니면 너무 기고만장해할 거야."

"그래, 정말 네 말이 맞는 것 같아!"

"그에게 편지를 써. 내게 다시 돌아가라고, 네가 나를 붙잡고 얼마나 많은 이야기를 했는지 말이야. 그리고 네가 알기로는 나에게 그럴 마음이 있으나 단지 자존심 때문에 그러지 못한다고 쓰는 거야. 만약 그가 파리로 와서 나에게 대화를 시도한다면 가장 좋겠지. 나중에 네가 이 일을 준비해줘. 샤리, 똑똑한 편지 한 장을 그에게 써줘. 분명히 졸탄은 너를 아주 후하게 대할 거야."

"대단해! 곧 쓸게. 여기 이 자리에서, 지금 쓸게. 에르지, 나중에 부다페스트로 가게 되면, 그리고 다시 졸탄의 아내가 되면 나한테 고운 신발 하나를 보내줘. 너도 알다시피 부다페스트에서 파는 신발이 여기 것보다 훨씬 싸고 좋잖아. 더 오래 신을 수도 있고."

7

"오늘 나는 와인을 마신다네, 내일이면 없을 테니." 와인은 동이 났다. 일어날 만한 가치를 부여하며, 환상 속으로 인간을 어르고, 아침마다 깨우는 내면의 그 신비스러운 샘이 동난 것이다. 와인이 줄어드는 정도에 비례해 대양으로 이어지는 바다와 산정 호수가 점점 수위를 높이듯 삶과 반대되고, 삶보다 더 강렬한 '저편의 욕망'은 커져갔다.

미하이 속에 씨앗과도 같았던 터마시의 그것이 이제는 자라서 현실이 되었다. 자신의 죽음이라는 것이 미하이의 마음속에서 커져갔고, 그는 터마시의 삶의 샘으로부터 영양분을 취했다. 또한 터마시의 사상으로 생각하고 똑똑한 흉내를 낸 데다가 이 모든 것이 완전해질 때까지 아름다운 광경들을 담아

왔었다. 그리고 이제 실재하는 세상으로 나갈 때가 온 것이다.

에버에게 그 시각을 적어 보냈다. "토요일 자정." 에버가 회신했다. "거기로 갈게."

이뿐이었다. 그는 에버의 간결하고 사무적인 대답에 내심 놀랐다. '그녀에게는 단지 이것이 전부인가? 죽음에 대한 그녀의 일상적 태도가 이 정도라니!' 공포가 엄습했다.

미하이는 환자들에게 나타나는 야릇한 한기가 자신 속에서 번져나가는 것을 느꼈다. 마치 국부마취로 인해 신체의 일부분이 점차 무감각해질 때, 우리 자신의 몸이 낯설고, 공포스럽게 체감되는 것과 비슷했다. 그렇게 그의 마음속에서 에버였던 그 어떤 것이 천천히 괴사되어갔다. 사랑이 가장 불타는 시기에 사랑하는 그 사람이 갑자기 전혀 무심한 존재로 변해버리면, 우리는 놀란 눈으로 과연 그 여인이 그녀가 맞는지 그 아름답고도 낯선 얼굴을 쳐다보고는 한다……. 미하이는 이러한 사랑의 휴지기, 단속기에 대해 잘 알고 있었다. 지금도 그랬다. 하지만 지금까지의 그 어떤 때보다 더 강렬한 휴지기를 직감했다. 에버는 식어가고 있었다.

마지막 순간, 터마시의 그 감미로움이 미하이에게는 어떻게 펼쳐질까?

이상하고 시의적절하지 않은 농담이 떠올랐고, 이는 대단한 행동이 분명 잘못 시작되고 있다는 것을 말하고 있었다.

토요일 오후였다. 얼마 남지 않은 시간을 어떻게 보낼 것인지에 대해 미하이는 심각한 질문들과 마주했다. 이미 그 어떤 것에도 의미가 없을 때 인간은 무엇을 할까? 그는 자신에게 적용할 수 있는 것으로 '자살자의 마지막 시간들'이라는 표현을 떠올렸다. 그 표현은 앞서 '사랑에 도취되어'라든지 '그 사람 없이는 살 수 없어'라고 자신에 대해 생각한 것보다 스스로를 더욱 놀라게 했다. 우리 삶의 가장 결정적인 순간들과 그 상황들이 가장 진부한 표현들로만 이해될 수 있다는 것은 얼마나 끔찍한가! 어쩌면 그러한 순간들이 실제로 우리가 겪는 가장 진부한 순간들이라는 것은 또 얼마나 끔찍한 일인가! 이럴 때 우리는 타인들과 다를 바 없다. 미하이는 지금, 곧 죽어야 하는 다른 사람이 하는 대로 '살아서 죽음을 준비'하고 있다.

그렇다. 해야 할 다른 일은 없다. 그는 법칙에서 벗어날 수 없으며, 마지막 순간에도 어쩔 수 없이 이에 순응해야 한다. 그 또한 관례에 맞게 유서를 쓸 것이다. 만약 작별 없이 아버지와 어머니를 이곳에 남겨둔다면, 그것은 제대로 된 것이 아닐 테니까. 그는 부모님께 편지를 쓴다.

첫 번째 고통스러운 순간은 이것이 머리에 떠올랐던 그때였다. 지금까지는 무디고 피곤한, 불편한 감정뿐이었다. 그리고 푸른색의 신비로운 인광을 발하게 될 마지막 순간의 완성과 터마시에 대한 생각이 안개처럼 어우러지고 있음을 느꼈다. 하지만 부모님에 대해 생각하는 지금, 미하이는 큰 고통, 강렬하고 분명한 고통을 느꼈다. 안개는 걷혔고, 부모님이 불쌍하게 여겨지기 시작했다. 또한 그 반대로 바보 같고 감상적인 자신이 가엽고 부끄러웠다. 하지만 침착하고, 분명하며, 죽음에 익숙한 듯이 온화한 표현으로 자신의 마지막을 부모님께 알리고자 모범생처럼 절도 있고 초연하게 만년필을 꺼냈다.

만년필을 들고 규율이 잡힌 전형적인 문장들이 떠오르기만을 기다리는데, 갑자기 초인종이 울렸다. 미하이의 몸은 심하게 떨리고 있었다. 7시라면 이 집에 들르는 사람이 아무도 없을 텐데, 하필 지금, 누구일까? 이름은 떠오르지 않았으나 한순간 여러 짐작이 그를 스쳤다. 주인 할머니는 집에 있지 않았다. 아니다. 미하이는 문을 열지 않을 것이다. 문을 연다는 것은 진정 어떤 의미도 없고, 이제 정말 누구와도, 어떤 일도 있을 수 없다.

하지만 초인종 소리는 점점 인내심을 잃고 커져갔다. 마치 '이렇게 억지스럽다면 어쩔 수 없지!'라는 듯 미하이는 어깨를 으쓱하며 나가보았다. 조금의 안도감이 느껴졌다.

전혀 생각지도 못했던 인물인 반니나와 또 한 명의 이탈리아 소녀가 문 앞에 서 있었다. 그녀들은 축일 복장을 하고 검은색 비단 스카프를 머리에 두르고 있었다. 그녀들은 평소보다 더 오랫동안 욕실에 있은 듯했다.

"오!" 미하이가 말했다. "아주 반가워요." 이 상황을 전혀 이해하지 못했기에 그는 말을 더듬기 시작했다. 미하이는 이탈리아어를 당혹함을 숨길 정도로 잘하지는 못했다.

"시뇨레, 그럼 오세요." 반니나가 말했다.

"내가요? 어디로요?"

"어디기는요, 영세식이요!"

"누구의 영세식이죠?"

"그러니까 제 사촌의 밤비노, 그 아기의 영세식이에요. 제가 보낸 편지를 못 받은 건 아니겠지요?"

"못 받았어요. 당신이 나에게 보냈어요? 내 이름과 주소를 어떻게 알았죠?"

"당신 친구가 이야기해줬어요. 여기 있네요. 보세요. 여기 적혀 있잖아요."

그녀는 구겨진 종이쪽지를 꺼냈고, 미하이는 세페트네키의 글씨체를 알아보았다. 미하이의 주소와 함께 그 쪽지에는 "둥근 것은 양배추"•라고 적혀 있었다.

"이 이름으로 보냈나요?" 미하이가 물었다.

"그래요. 이상한 이름이네요. 제 편지를 받지 못하셨어요?"

"못 받았어요, 정말 받지 못했어요. 이해가 안 되네요. 왜 못 받았는지. 어쨌든 안으로 들어오세요."

그들은 방으로 들어왔다. 반니나가 방을 둘러보더니 물었다.

"시뇨라는 집에 안계세요?"

"없어요. 제게 시뇨라는 없어요."

"정말이에요? 여기에 머무는 것도 정말 좋겠지만…… 영세식에는 가야 하니까요. 오세요. 빨리요. 사람들이 벌써 모이

• 헝가리 동요의 제목.

기 시작해요. 신부님을 기다리게 해서도 안 되죠."

"그런데 보세요……. 저는…… 아주 유감이지만, 저는 당신의 편지를 받지 못했어요. 그리고 전혀 준비가 되어 있지 않아요. 오늘……."

"그건 아무 문제도 아니에요. 어쨌든 아무 일도 없잖아요. 외국인에게 일이 있을 수 없죠. 모자를 챙겨서 가요. 자, 어서요."

"하지만 저에게는 바로 지금, 많은 일이…… 중요한 일이 매우 많아요."

미하이는 우울해졌다. 머리에는 온갖 것이 떠올랐고, 일상적인 그 상황은 공포스럽게 느껴졌다. 영세식에 참석하자며, 그들은 유서를 작성하고 있는 미하이를 방해한다. 그는 갑자기 이렇게 사랑스럽고도 엉뚱한 일들과 마주하게 된 것이다. 끔찍하거나 숭고한 인생의 순간에 항상 사랑스럽고 엉뚱한 일들이 발생했으며, 사랑스럽고 엉뚱한 때에는 항상 끔찍하고 숭고한 것들이 그의 머릿속에 떠올랐다. 인생은 정해진 형식이 없는 것이거나 최소한 뭔가 매우 복합적인 장르다.

반니나는 일어서서 그에게 다가갔다. 그리고 미하이의 어깨에 손을 올렸다.

"그 중요한 일이라는 것이 뭐죠?"

"그러니까…… 편지들을 써야 해요. 매우 중요한 편지들을 말이에요."

반니나가 그의 얼굴을 쳐다보았다. 미하이는 당황해 고개를 돌렸다.

"지금 오시면 당신에게도 좋을 거예요." 그녀가 말했다. "축하하는 의미로 영세식 후에 저희 집에서 성대한 저녁 식사가 있을 거예요. 와인도 조금 곁들일 텐데요. 그때에도 여전히 편지들을 써야겠다는 생각이 든다면 그때 쓰세요."

미하이는 깜짝 놀라 그녀를 쳐다보았다. 그녀의 예지력이 떠올랐다. 반니나가 자신을 꿰뚫어 보고 있으며, 그 말이 무슨 뜻인지 알고 있다는 생각이 들었다. 마치 잘못된 행동을 하다 들통난 학생처럼 갑자기 자신이 부끄러워졌다. 죽고 싶다는 것에서 그 어떤 숭고함도 찾을 수 없었다. 항상 그렇듯이 평소에는 더 큰 사람이 양보하는 법이다. 실제로 신부님을 기다리게 해서는 안 되니...... 지갑에 돈을 넣고 모자를 집었다. 그리고 그들은 함께 방을 나섰다.

미하이는 어두운 계단실에서 자신 앞으로 두 여자에게 길을 양보했다. 그렇게 그들 뒤에 혼자 남았을 때, 지금 영세식을 위해 알지도 못하는 이탈리아의 프롤레타리아들에게 가는 것은 지극히 맞지 않는, 허튼 짓이라는 생각이 갑자기 들었다. 이것 역시 오직 미하이한테만 일어날 수 있는 일이다. 되돌아 뛰어가서 안쪽에서 문을 잠가야겠다고 생각한 바로 그때였다. 그녀는 마치 이를 직감한 듯 그의 팔짱을 끼더니 길가로 그를 이끌었다. 그리고 트라스테베레 방향으로 그를 송아지같이 끌고 갔다. 연극을 했던 그 시절, 자신이 희생자의 역할을 맡았을 때 느꼈던 그 황홀감이 떠올랐다.

작은 선술집에는 영세식과 관련된 사람들이 벌써 열다섯에서 스무 명 정도 모여 있었다. 아주 시끌벅적했다. 사람들이 미하이에게 말을 걸었으나, 트라스테베레 방언이었기에 그는 전혀 이해하지 못했다. 게다가 미하이는 말을 걸던 그들에게 큰 주의를 기울이지도 않았다.

하지만 젊은 엄마가 아기를 보듬고 나타났을 때는 두려움이 느껴졌다. 메마르고 병약해 볼품없는 그녀와 레몬같이 샛노란 아기의 모습에 미하이는 매우 놀랐다. 그는 아이들을 전혀 좋아하지 않았다. 신생아도 마찬가지였으며, 그 시기를 지난 아이들한테서도 거리감을 느꼈고, 그들을 두려워했다. 또한 엄마들에 대해서도 항상 불편한 감정이 들었다. 하지만 이 엄마, 그리고 갓 태어난 그녀의 아기는 특히나 끔찍했다. 볼품없는 엄마의 온화함과 볼품없는 신생아의 나약함 속에서 그 어떤 악마적인 마돈나의 패러디가 느껴졌다. 유럽인들의 위대한 상징에 대한 어떤 장난스러운 조롱이 느껴졌다. 그것은 마치 인류 최후의 어머니가 최후의 아기를 출산한 것처럼 '한참 뒤에 일어날 만한 일'이었다……. 그리고 여기에 있는 주변 사람들은 이 모자가 최후의 인간임을 알지 못하고 있는 것이다. 이 모자가 역사의 부산물로 퇴적된 것임을 그들은 알지 못하고 있다. 죽어가는 시간의 신이 보여주는 마지막이자 자조 섞인 완벽한 몸짓이라는 것을 그들은 알지 못하고 있다.

그때부터 미하이는 기괴할 정도로 먼발치에서 보이는 슬픈 마지막 낮과 밤의 모습으로 그 모든 것을 겪었다. 그가 분명하게 본 것은 트라스테베레의 좁은 골목길에서 사람들이 떼를 지어 몰려다니자 여기저기에서 그들에게 고함을 내지르던 장면이다. 그리고 작은 성당으로 물밀듯 들어갔는데, 그들의 모든 행동이 무척이나 이상할 정도로 날렵했고, 축소되어 보였다. 이 모든 일이 그의 앞에서 분명하게 보였던 것이다.

'이들은 들쥐야. 여기 폐허 더미 사이에서 서식하는 들쥐들. 그래서 이렇게 민첩하고, 흉하며, 빠르게 퍼지는 거야.'

자의식이 없는 미하이가 대부의 역할을 수행할 수 있게끔 반니나는 옆에 서서 그에게 모든 것을 알려주었다. 영세식을 마치며 그는 200리라를 아이의 엄마에게 주었다. 그리고 벌써 미켈레라는 이름을 가지게 된 대자(代子)에게 힘겹게 입을 맞추었다.

"성 미카엘 대천사님, 싸움 중에 있는 저희를 보호하소서. 사탄의 악의와 간계에 대한 저희의 보호자가 되소서. 오, 하느님! 겸손되이 하느님께 청하오니 그를 감금하소서. 그리고 천상 군대의 영도자시여, 영혼을 멸망시키기 위하여 세상을 떠돌아다니는 사탄과 모든 악령을 지옥으로 쫓아버리소서. 아멘."

영세식은 오래 지속되었다. 식이 끝나자 모든 사람이 작은 선술집으로 돌아갔다. 선술집 마당에는 벌써 저녁 식사가 차려져 있었다. 여느 때처럼 미하이는 배가 고팠다. 이제 자신의 의무를 충실히 수행했으며, 집으로 돌아가서 편지들을 써야 한다는 것을 그는 인지하고 있었다. 하지만 인지만 할 뿐이었다. 저녁 식사로 어떤 흥미로운 축일 음식들이 차려졌을

지 마음속에서 강렬한 미각적 호기심이 일었다. '과연 다른 사람들도 이런 상황에서 배가 고프고, 파스타에 호기심을 가지게 될까?' 미하이는 자문해보았다.

저녁 식사는 좋았다. 특히 산뜻한 야채 맛의 녹색 파스타는 특이했다. 실로 특별한 음식이었으며 미하이의 호기심을 충족시킬 만했다. 그들은 트라스테베레 지구에서 흔하게 먹는 음식이 아닌 고기 요리에 자부심을 가지고 있었으나 미하이는 좀처럼 그 음식에 끌리지 않았다. 그보다는 그가 모르던 종류, 그에게 큰 경험이기도 했던 치즈에 더 많은 관심이 갔다. 그에게는 그곳의 모든 치즈가 처음 보는 것들이었다. 그러는 동안 미하이는 많은 술을 마셨다. 반니나가 그의 옆에서 넘치도록 술을 따랐고, 미하이는 그들의 대화를 한마디도 이해하지 못했기에 술을 더 많이 마실 수밖에 없었다. 그로서는 최소한 이런 방식으로라도 흥겨운 분위기에 동참하고 싶었다.

하지만 와인을 마셔도 기분이 좋아지기는커녕 불안함만 더 커져갔다. 극도의 불안감이 엄습했다. 이제 벌써 저녁이었고, 에버는 곧 그의 집에 도착할 터였다……. 자리에서 일어나 집으로 가야 했다. 지금은 방해가 될 만한 어떤 것도 없다. 단지 이 이탈리아 소녀가 허락하지 않을 뿐이다. 하지만 이때는 모든 것이 이미 아주 멀리에 있었다. 에버, 그의 의도, 그리고 욕망, 이 모든 것이 밤에 떠다니는 티베리나섬처럼 멀리서 부유하고 있었다. 마당에 있는 오디나무같이 자신은 이제 인성이 없는 식물이라는 느낌이 들었다. 그리고 그의 마지막 밤이 아닌 세상의 마지막 밤에 그는 무성한 잎사귀들을 흔들고 있는 것이다.

밤이 되었고 마당 위로 이탈리아의 별들이 한적하게 떠 있었다. 미하이는 일어났다. 그때, 만취했다는 생각이 들었다. 아주 많이 마신 기억은 없었기에 그는 어찌 된 영문인지 알 수 없었다. 술을 들이켤 때 얼마나 마시는지 그다지 신경 쓰지 않았다. 어쩌면 많이 마셨을 수도 있다. 하지만 평소 술에 취하기 전, 정점을 향해가는 그 기분을 미하이는 느끼지 못했다. 한순간에서 다음 순간으로 이어지는 그 찰나에 그는 완전히 취해버린 것이다.

마당에서 몇 발자국을 떼고 비틀거리다가 쓰러졌다. 매우 상쾌했다. 땅을 쓰다듬었고, 행복감이 밀려왔다. '아, 얼마나 좋아!' 그는 생각했다. '이제 벌써 여기에 다다랐군. 지금, 이제는 더 이상 쓰러질 수 없잖아.'

이탈리아인들이 자신을 들어 올렸다는 것을 인지했다. 미하이는 겸손하게 그들에게 용서를 구하며 사과했다. 자신은 누구에게도 진정 부담을 주고 싶지 않으며, 이 최고의 연회를 계속하라는 말을 하는 동안 사람들은 매우 많은 이야기를 하며 그를 집으로 데려갔다.

그는 침대에 누워 곧 잠이 들었다.

일어났을 때는 캄캄한 밤이었다. 머리가 아팠고, 심장이 크게 두근거리며 불안했을 뿐 정신은 꽤 또렷한 듯했다. 그는 왜 이 정도로 술에 취했을까? 아마도 술자리에서 거부감이 거의 없었던 그의 정신 상태 또한 영향을 끼쳤을 것이다. 아니, 그의 마음속에는 어떠한 거부감도 없었기에 이탈리아 소녀는 자신이 원하는 만큼 그에게 술을 따라준 것이다. 과연 그가 이 정도로 취하는 것도 원했던 것일까?

미하이는 매우 불안했다. 내내 로마의 골목들을 배회했던 그 밤이 생각났다. 이 작은 집 앞으로 버려지듯 오게 되었던 그 밤이었다. 그때 침묵하는 벽들 뒤로 신비롭고 범죄적인 그의 상상이 펼쳐졌었다. 그의 상상 속 살인 행위들이 자행되었던 그 집이었다. 그리고 그는 지금 그 집 안에 있는 것이다. 벽들은 놀라울 정도로 침묵하고 있으며, 그는 원했던 대로 이곳에서 어둠에 내맡겨져 있다.

점점 더해지는 불안감에 한동안 꼼짝하지 않고 누워 있기만 했다. 이제 일어나려고 했으나, 움직임이 여의치 않았고, 맥박은 머리를 찌르는 듯했다. 그대로 누워 있는 편이 나을 것 같았다. 귀를 기울였다. 눈은 어둠에, 귀는 침묵에 익숙했다. 천 개의 소음. 가까이에서 이상하게 들리는 이탈리아의 소음이 모든 방향에서 들려왔다. 집 안 모든 곳이 깨어 있었다. 문 아래로 희미하게 밝은 빛이 새어 나왔다.

만약 이 사람들이 무엇인가를 꾸미고 있다면…… 돈을 가져온 것은 얼마나 미친 짓이었던가! 그는 어디에 돈을 두었던가? 옷을 입은 채 누워 있었으니 지갑 안에 돈이 있어야 한다. 지갑을 더듬어 찾아본다. 있어야 할 자리에 지갑이 없다. 어떤 주머니에도 없다.

그렇다면 미하이의 돈을 그들이 훔친 것만큼은 분명하다. 아마 200리라일 것이다. 괜찮다……. 혹시 그들이 다른 짓도 하려는 것은 아닐까? 미하이가 여기에서 나가 신고하도록 그들이 방관만 하고 있을까? 그들은 미쳤을 것이다. 아니다. 그들은 미하이를 죽일 것이다. 틀림없이.

이때 문이 열렸다. 손에는 작은 양초 같은 것을 들고 반니나가 들어왔다. 염탐하듯 침대 쪽을 쳐다보더니 미하이가 깨어 있는 것을 알고는 놀란 표정을 지었다. 그러고는 침대 가까이 왔다. 무슨 말을 했으나 미하이는 알아듣지 못했다. 좋은 말로 들리지는 않았다.

그녀는 초를 내려놓고, 침대의 가장자리로 가서 앉았다. 미하이의 머리카락과 얼굴을 쓰다듬었다. 그러고는 평온하게 잠들기만을 재촉했다. 이탈리아어로.

'물론 당신은 이 미하이가 잠들기를 기다리겠지. 잠들고 나면…… 그래, 나는 잠들지 않겠어!'

그러고는 두려운 기억이 떠올랐다. 그녀에게 얼마나 대단한 암시력이 있는가! 그녀가 원한다면 그는 분명 잠들게 될 것이다. 실제로 그녀가 그의 눈꺼풀을 쓰다듬자 눈이 감겼고, 갑자기 윙윙거리더니 그는 선잠에 빠졌다.

선잠에 든 채로 그는 옆방에서 사람들이 이야기하는 듯한 소리를 들었다. 큰 소리로 거칠게 내뱉는 남자 목소리가 들렸으며, 간간이 다른 남자의 빠른 대화 소리, 그리고 중간에 스타카토 같은 속삭임도 들렸다. 의심의 여지 없이 그들은 미하이를 살해할 것에 대해 이야기하고 있다. 어쩌면 그 소녀가 미하이를 보호할 수도, 아닐 수도 있을 것이다. 이제 일어나야만 한다. 아, 그는 얼마나 많은 꿈을 꾸었던가. 무언가 끔찍한 위험이 다가오고, 아무리 힘을 써도 일어나지 못하는 그런 꿈을. 그리고 지금, 그 꿈은 실제 상황이 되었다. 눈앞에서 무언가가 반짝이는 꿈을 꾼 후 그는 신음을 내며 깨어났다.

방 안은 밝았다. 초가 탁자에서 타고 있었다. 미하이는 일어나 앉았다. 두려움에 떨며 주위를 둘러보았으나, 방에는 아무도 없었다. 옆방에서는 여전히 중얼거리는 대화 소리가 들려왔다. 지금은 아주 조용한 목소리였으나, 이야기를 나누는 그들이 누구인지 알 수 없었다.

죽음의 공포가 엄습했고, 온몸이 떨렸다. 들쥐 같은 사람들이 칼을 들고 미하이를 향해 다가오는 것을 느꼈다. 그는 긴장과 절망으로 손을 꼭 움켜쥘 뿐이었다. 무언가가 짓누르고 있었고, 침대에서 뛰쳐나갈 수 없었다.

촛불만이 그를 조금 진정시켰다. 펄럭이던 초는 어린 시절 그의 방에서처럼 벽에 그림자를 드리웠다. 초는 매우 고운 선을 가진 반니나의 손을 연상시켰다. 앞서 그녀가 초를 들고 있을 때, 그가 주의를 기울이지는 않았으나, 물끄러미 바라만 봤던 그 손이었다.

'왜 내가 두려워하지?' 그는 흠칫 놀랐다. 이제, 지금에서야 그가 원했던 일, 그가 계획했던 일이 일어날 텐데, 왜? 그는 죽을 것이다. 그가 원하는 바이기도 했다. 그리고 그의 옆에는 아마 가해자로서도 역할을 했을 법한 소녀 한 명이 있을 것이다. 아름답고, 특별한 비밀을 가졌으며, 에트루리아인들의 무덤에서처럼 죽음의 악마로서 그녀가 있을 것이다.

이제, 지금에서야 미하이는 그것을 갈망했다. 떨리는 이, 공포로 마비된 팔. 그것이 발생하기를 그는 갈망했다. 문이 열리기를, 열린 문으로 소녀가 들어오기를, 미하이의 침대 곁으로 다가오기를, 살인의 칼이 그 임무를 수행하는 동안 자신에게 입을 맞추고 자신을 껴안기를…… 그녀가 들어오기를, 자신을 껴안기를…… 이제 그녀가 오기만 한다면…….

그러나 문은 열리지 않았고, 밖에서는 새벽 수탉이 울었다. 옆방에는 오직 정적만이 흘렀고, 초 또한 꺼져 있었다. 미하이는 깊은 잠에 빠졌다.

여느 때처럼 아침이 밝았다. 한잠 잘 잤는지 물어보며 들어서는 반니나의 인사에 그는 깨어났다. 환한 방에서, 그 안락하고 환한 방에서 깨어났다. 아침이었다. 친근하고 일상적인 이탈리아의 여름 아침이었다. 곧 끔찍하게 더워질 것이지만, 지금은 상쾌하다. 단지 어제 만취의 여운에 괴로울 뿐 다른 것은 없었다.

전날 밤에 미하이가 얼마나 취했었는지 그녀가 말해주었다. 하지만 취해서 더 좋았고, 연회에 모인 사람들 사이에서 큰 인기를 누렸다고 했다. 그의 귀갓길이 걱정되어 사람들이 여기에서 자신을 하룻밤 묵게 했다고 했다.

귀가라는 말에 에버가 생각났다. 그녀는 어제저녁에 분명 그를 찾았을 것이다. '그 순간'을 그와 함께하기 위해…… 에버는 과연 미하이에 대해 어떤 생각을 할까? 그가 도망간 것이라고, 자신 앞에서 달아난 것이라고 생각하지 않을까?

밤 내내 깨어 있는 상태로 환영에 사로잡혀 있으면서 에버를 생각지도 않았다는 사실이 그제서야 떠올랐다. 휴지기. 그의 삶에서 가장 큰 휴지기였다. 밤 내내 머릿속에 떠오르지도 않은 한 여자, 그녀를 위해 죽는다는 것은 이상한 일이다. 그것도 '그 밤'에 말이다!

그는 대충 옷을 챙겨 입고, 선술집의 야외 바에 앉아 있던 몇몇 사람들에게 작별 인사를 했다. 그들은 가깝고 오래된 친구인 양 미하이에게 덕담을 건넸다. 태양이 작은 창을 통해 선술집 안을 비추자 들쥐 같은 것들은 하나 없었고 건실한 이탈리아 노동자들만 그곳에 있었다.

'이 사람들이 나를 살해하고자 했던 그들인가?' 미하이는 생각에 잠겼다. '그래, 그들이 나를 죽이려고 했다는 것은 확실치 않아. 하지만 지갑을 훔치고도 나를 죽이지 않고, 호의까지 베푸는 것은 이상하군. 이탈리아 사람들은 전혀 다른 사람들이라는 것이 괜한 말은 아니야.'

그의 손은 무의식적으로 지갑을 찾아 더듬고 있었다. 지갑은 가슴 위쪽, 상징적인 중요성으로도 부족함이 없는 그 자리, 중유럽인이 돈을 지니는 그곳에 있었다. 미하이는 놀라서 멈춰 섰다. 그리고 지갑을 꺼냈다. 200리라와 동전 몇 개, 10리라짜리 몇 장이 고스란히 그 안에 있었다.

그가 자는 동안 그들이 지갑을 제자리에 다시 가져다두었을 수도 있다. 하지만 훔치고 제자리에 두는 것은 전혀 의미 없는 행동이다. 그 가정보다 더 확실한 건 그들이 훔치지도 않았다는 것이다. 사라졌다고 확신했을 때, 그때에도 주머니 속 그곳에 지갑이 있었던 것이다. 그가 살면서 하얀 것을 검게 본 적, 그리고 그의 심증과 근거 없는 믿음이 객관적인 사실과 전혀 일치하지 않았던 적도 이번이 처음은 아니었다.

반니나가 문 앞까지 그를 배웅하는가 싶더니 자니콜로 방향으로 그와 함께 꽤 걸어왔다.

"다음에도 들르세요. 대자도 보셔야 해요. 대부의 의무들도 있잖아요. 그 의무들을 저버리시면 안 돼요. 다음에도 오세요. 자주, 항상……."

미하이는 그녀에게 200리라를 건넸다. 그러고는 갑자기 그녀의 입술에 입을 맞추고, 갈 길을 재촉했다.

8

그는 방으로 올라갔다.

'휴식을 조금 취하고, 내가 무엇을 원하는지, 내가 원하는 그것을 정말 원하는지 생각해봐야겠어. 그런 후에야 에버에게 편지를 쓸 수 있을 것 같아. 그녀에 대한 나의 입장이 조금은 이상하니까. 왜 내가 어젯밤에 집에 오지 않았는지를 설명

하면, 그녀는 아마 그런 바보 같은 일은 믿지도 않을 거야.'

그는 무의식적인 동작으로 옷을 벗고 씻기 시작했다. 여전히 몸을 씻는다는 것, 그것이 그에게 의미가 있을까? 하지만 주저했던 것은 단 한순간일 뿐, 그는 몸을 씻고, 차를 끓였다. 그리고 책을 꺼내 누웠는데, 잠이 들어버렸다.

초인종 소리에 잠을 깼다. 서둘러 나가며 충분한 휴식 뒤의 상쾌함을 느꼈다. 그동안 밖에는 비가 내렸다. 앞선 날들보다 그렇게 더운 날씨는 아니었다.

미하이는 문을 열고 나이 든 신사 한 분을 집 안으로 모셨다. 아버지였다.

"얘야, 잘 지내고 있지?" 아버지가 말했다. "낮 열차로 방금 도착했어. 글쎄, 집에서 너를 만나니 기쁘구나. 허기가 지는군. 함께 점심을 먹으러 가면 좋겠구나."

아버지가 방을 둘러보았다. 초라한 환경에서 느껴지는 거북함을 아버지는 표정으로 드러내지 않고자 경련이 일어날 정도로 참고 있는 듯했다. 이때 미하이를 지배한 감정은 당혹감과 부끄러움은 아니었다. 생각지도 않았던 아버지의 방문에 미하이는 말할 수 없을 정도로 놀랐지만, 그를 지배한 감정은 놀라움도 아니었다. 이러한 것들이 아닌 다른 감정이 그를 감쌌다. 비교적 최근 그가 외국에 자주 머물던 시절에 인식하게 된 감정이었다. 외국에서 장기 체류 후 귀가했을 때마다 그를 사로잡던 감정이기도 했다. 그동안 더 연로해진 아버지에 대한 불안감이 그것이었다. 하지만 이 정도는 아니었다.

이 정도로 노구의 아버지를 여태 본 적이 없었다. 마지막으로 아버지를 보았을 때, 그때는 항상 명령이 몸에 밴 자신감 있는 남자, 미하이가 평생 그렇게 알고 있던 그런 남자였었다. 최소한 그에게는 아버지의 노화가 지금은 눈에 띌 정도로 비춰졌다. 미하이가 벌써 몇 년 동안은 고향에 살고 있으며, 만약 그동안 아버지에게 어떤 변화가 일어났다고 해도 천천히 발생한 그 변화를 눈치채지 못했을 수도 있기 때문이었다. 몇 달 동안 아버지를 만나지 못한 뒤, 지금은 그보다 더 분명하게 연로해진 아버지가 보였다. 시간이 아버지의 얼굴과 몸에 스며들어 있었다. 대단한 것은 아니래도 부정할 수 없는 노쇠함을 읽을 수 있었다. 입은 이전의 굳건함을 잃었고, 눈은 피곤하고 움푹 들어가 보였으며(밤새 여행한 것도 사실이다. 누가 알랴. 어쩌면 근검한 사람들이 타는 삼등칸으로 왔을지), 머리는 더욱 하얬다. 말은 다소 정확하지 않았고 무언가 이상했다. 처음에는 깜짝 놀랄 정도로 시옷 발음이 부정확하게 들렸다. 그것이 무엇인지는 분명하지 않지만 여기 이 끔찍한 모든 현실 속 하나의 사실, 그것은 미하이의 아버지가 이미 연로하다는 것이다.

이에 비하면 에버, 죽음의 계획, 그리고 이탈리아까지, 이 모든 것은 아무것도 아닌 듯했다.

'지금 눈물을 흘려서는 안 돼. 지금은 안 돼. 아버지께서 싫어할 거야. 그리고 어쩌면 당신 때문에 흘리는 눈물임을 알아차릴 거야.'

미하이는 정신을 차리고 최대한 무표정한 얼굴을 했다. 평소에 가족과 관련된 일을 대하던 습관적인 표정을 지었다.

“여기에 와주셔서 정말 고마워요. 이 무더운 날씨에 긴 여행을 하신 중요한 이유가 분명히 있겠지요…….”

“있다마다. 얘야, 중요한 이유들이 있어. 하지만 불쾌한 것들은 전혀 아냐. 아무런 문제도 없어. 네가 묻지는 않았다만, 어머니와 형제들은 모두 잘 있어. 그리고 지금 보니 너한테도 특별한 문제는 없는 것 같구나. 자, 그럼 지금 식사를 하러 가자. 기름진 음식이 없는 곳으로 네가 안내를 하려무나.”

“그저께 에르지와 퍼터키 졸탄이 왔었어.” 식사 도중에 아버지가 말했다.

“네? 에르지가 부다페스트에 있어요? 그들이 함께 있어요?”

“그래, 퍼터키가 파리로 갔어. 그곳에서 그들은 화해했고, 에르지를 부다페스트로 데려왔지.”

“아니, 왜, 어떻게요?”

“얘야, 그건 나도 전혀 알 수 없는 일이고, 내가 그 일에는 관심도 두지 않는다는 것을 너도 알겠지. 우리는 사업 이야기만 나눴어. 너도 알겠지만…… 뭐라고 할까…… 이상했어. 나에게는 네 행동이 그렇게 놀랄 만한 것은 아니었는데, 에르지와 관련해선 아주 이상한 상황에 처하게 되었지. 이상한 재정 상황 말이야. 지금 상황에서 에르지의 투자금을 되돌려주는 것……. 티버더르가 너에게 모든 것을 편지로 알렸기에 너도 알고 있으리라고 생각해."

"그래요. 알고 있어요. 아마 믿지 않으실 텐지만, 어떻게 될지 몹시 걱정하고 있었어요. 에르지가 말한 바로는 졸탄이…… 아니에요, 계속 말씀해주세요."

"다행히 아무런 문제도 없어. 그들은 어떤 조건으로 그 투자금을 상환할 것인지에 대해 논의하고자 나를 찾은 거였어. 하지만 어찌나 정중하던지 나 자신도 놀랄 정도였어. 세부적인 조건들에 대해 합의를 했지. 가혹한 조건은 전혀 아니니 나는 큰 어려움 없이 이 일들이 잘 처리되기를 바라고 있어. 게다가 네 형 페테르가 아주 대단한 새로운 거래처를 한 곳 확보했기에 더욱 다행이야."

"하지만 졸탄, 그러니까 퍼터키가 정말 올바르게 행동했는지 말씀해주시겠어요? 저는 이해가 되지 않아요."

"완벽할 정도의 신사적인 방식으로 행동했어. 우리끼리 이야기인데, 내 생각에는 에르지가 다시 그에게 돌아가서 그 기쁨으로 그랬던 것 같아. 그리고 분명 에르지의 뜻을 따랐을 거야. 에르지는 정말 멋진 부인이지. 그리고 미하이, 그 큰 문제는…… 그래, 너에게 어떤 비난도 하지 않겠다고 다짐했어. 너는 항상 독특한 아이였고, 무엇을 해야 하는지 아는 아이였지."

"졸탄이 저를 비난하지 않았나요? 그런 이야기를 하지 않았……."

"어떤 말도 하지 않았어. 너에 대해서는 한마디도 꺼내지 않았어. 현재 상황에서는 그것이 자연스럽기도 하지. 에르지가 너에 대한 이야기를 했었어."

"에르지가요?"

"그래, 그녀는 로마에서 너를 만났다고 하더군. 자세한 이야기는 하지 않았고. 물론 나도 묻지 않았어. 하지만 그녀는 네가 매우 위급한 상황에 처해 있다고 얘기했어. 또한 네가 우리 가족 모두 너에게서 돌아섰다고 생각한다는 말도 전해주었어. 아니, 아무 말도 하지 마. 우리는 항상 서로에게 분별 있게 행동했고, 앞으로도 그랬으면 해. 나는 자세한 일들에 대해서는 궁금하지 않아. 하지만 에르지가 조언했지. 만약 가능하다면, 내가 로마로 가서 부다페스트로의 귀향에 대해 너와 이야기를 해보라고 말이야. 게다가 에르지는 내게 너를 부다페스트로 데려오라는 표현까지 쓰더군."

아버지가 어떻게 그를 부다페스트로 데려갈 수 있을까? 그렇다. 에르지는 해야 할 말을 알고 있으며, 무엇보다 미하이를 잘 알고 있다. 가출한 학생 같은 미하이를 아버지가 부다페스트로 데려갈 수 있음을 에르지는 정확하게 알고 있다. 또한 순종이 미하이의 본성이며, 붙들린 학생처럼 그가 고분고분해질 것이라는 사실도 그녀는 분명하게 알고 있다. 물론 기회가 주어지면, 어쩌면 다시 탈출할 것이라는 심적인 유예는 여전히 남아 있겠지만.

에르지는 현명하다. 미하이에게 귀향 외에 다른 것은 가능하지도 않다. 여전히 하나의 해결책이 있을 수 있지만……. 그가 죽음으로 달아나고자 했던 그 외부적인 조건들이 이제 모두 사라진 것처럼 보인다. 졸탄은 화해했고, 미하이의 가족은 그를 간절히 기다리고 있으며, 그의 뒤를 쫓는 사람은 아무도 없다.

"이렇게 해서 지금 내가 여기 있게 된 거야." 아버지가 말을 이었다. "그리고 만약 네가 이곳의 모든 일을 즉시 정리하고 고향으로 돌아갈 수 있다면, 오늘 저녁 열차로 함께 갔으면 하는구나. 알겠지만 나에게는 시간이 별로 없어."

"부탁이에요. 그 일은 조금 갑작스럽기도 해요." 백일몽에서 깨어나며 미하이가 말했다. "오늘 아침만 해도 모든 것에 대해 생각했으나, 부다페스트로 돌아가는 것만큼은 생각지 못했어요."

"그랬을 거야. 하지만 고향으로 돌아가는 것에 무슨 문제라도 있니?"

"어떤 문제도 없어요. 제가 한숨 돌릴 수 있도록 조금만 기다려주세요. 보세요. 지금 여기 제 방에 아버지께서 잠시 누워 한잠 청하신다면 그것도 좋을 것 같아요. 그사이에 저도 생각을 정리해볼게요."

"네 생각대로 하려무나."

미하이는 아버지를 편안하게 침대에 모셨다. 그리고 곰곰이 생각해보리라는 심정으로 자신은 큰 안락의자에 앉았다. 그의 숙고는 우선 자기 안에서 분명한 감정들을 하나하나 떠올리고, 그다음은 그 감정의 깊이들을 비교해보는 것이었다. 이렇게 그는 무엇을 원하는지 또는 원할 수 있다면 어떻게 해야 하는지를 결정하곤 했다.

과연 그는 실제로 죽고 싶어 하는가? 과연 그는 여전히 터마시의 죽음을 좇으려고 하는가? 미하이는 자신의 마음속에서 이 욕망을 떠올렸고, 이에 동반하는 달콤한 것들을 찾아보았다. 그러나 지금, 그 어떤 달콤함도 느껴지지 않았다. 그보다는 오히려 이성과의 잠자리 후에 그가 느끼던 역겨움과 피곤함이 밀려왔다.

그리고 왜 그러한 메스꺼움을 느끼는지 깨달았다. 10대 시절부터 그를 사로잡고 있던 그 욕망이 지난밤, 그 이탈리아인의 집에 머물며 공포와 환상 속에서 이미 실현된 것이다. 외적인 현실 속에서는 아니라고 할지라도 정신적인 현실에서는 욕망이 성취되었다. 이로써 그 욕망은 최소한 적절한 때에 영구적이지는 않더라도 절정의 만족을 얻은 셈이고, 미하이는 그 욕망과 터마시의 혼령으로부터 벗어난 것이다.

그럼 에버는?

책상에 놓인 편지 한 장이 눈에 띄었다. 점심 식사를 하러 간 사이에 누군가가 그곳에 둔 것 같았다. 분명 어제저녁에 도착한 편지였으나, 이웃집 부인이 전하는 것을 잊은 듯했다. 미하이는 자리에서 일어났다. 그리고 에버가 쓴 그 한 줄 한 줄을 읽어 내려갔다.

미하이, 네가 이 편지를 읽을 즈음이면 나는 벌써 봄베이를 향해 가고 있을 거야. 나는 너에게 가지 않아. 너는 죽지 않을 거고. 너는 터마시가 아니야. 터마시의 죽음은 오직 터마시에게만 해당되는 거였어. 모든 이가 자신만의 죽음을 찾기를. 신의 가호가 함께하길. 에버.

저녁에 그들은 열차에 앉아 있었다. 사업에 관한 대화를 나누었다. 아버지는 미하이가 없는 동안 회사에 무슨 일들이 일어났는지를 이야기했다. 그리고 사업의 전망과 그에게 맡기고자 하는 새로운 업무에 대해 설명했다.

미하이는 조용히 듣고 있었다. 그는 집으로 가고 있다. 순응하는 것, 지난 15년 동안 성공하지 못했던 이것을 그는 또다시 시도해본다. 아마 이번에는 성공할 것이다. 이것이 그의 운명이다. 그가 굴복하는 것이다. 실재하는 것들은 그보다 더 강했다. 달아나는 것은 불가능하다. 항상 아버지들, 졸탄들, 회사들, 그리고 그 사람들, 그들이 더 강했다.

아버지는 잠들었고, 미하이는 물끄러미 창밖을 바라보았다. 달빛 속에서 토스카나 산들의 굽이진 능선을 읽어내고 있다. 살아남아야 한다. 폐허 속의 들쥐처럼 그 또한 살아남을 것이다. 어떠한 일이 있어도 살아남을 것. 인간은 살아 있어야 항상 뭔가가, 여전히 뭔가가 일어날 수 있는 것이다.

해설

되살아난 꿈과 절망의 시절

세르브 언털은 1901년 부다페스트에서 태어나 1945년 벌프에서 삶을 마감한 헝가리의 작가다. 문학사가이자 번역가, 문학비평가, 고등학교 교사, 그리고 대학 강사이기도 했다. 시, 드라마, 수필, 소설 등 다양한 장르의 글을 집필하거나 관련 활동을 했으며, 스무 권이 넘는 외국 도서를 번역했다. 특히 그는 소설이 서사시를 보완하는 장르라고 여겼고, 실제로 그가 집필한 장편소설은 큰 성공을 거두어 소설가로서 그의 이름을 널리 알렸다. 이와 더불어 1934년에 발표한《헝가리 문학사》는 지금도 많은 이들이 애독하고 있으며, 몇몇 이들은 작가보다 문학비평가로서의 그의 업적을 더 높이 평가하기도 한다.

비록 마흔네 살이라는 나이에 죽음을 맞았으나 그의 삶에는 헝가리의 굴곡진 근현대사가 깊이 반영되어 있다. 그는 고등학생 시절까지 오스트리아·헝가리 제국•의 교육을 받았으며, 제1차 세계대전에서 패전하여 국토의 3분의 2가 줄어든 헝가리 소비에트 공화국••에서 가장 혈기 왕성한, 대학 입학을 앞둔 시기를 보냈다. 이후 그가 죽음을 맞이할 때까지 약간의 외국 체류 기간을 제외하고는 헝가리 왕국에서 생활했는데, 당시 헝가리는 왕이 직접 통치하는 전통적인 의미의 '왕국'도 아니고, 군주제를 채택했으나 군주가 있는 국가형태도 아니었다. 명명할 수 없는 정체(政體)의 실질적인 권력을 이후 헝가리의 극우주의자들이 접수하자 유대인 출신•••인 세르브 언털은 결국 강제 노동에 동원되어 벌프에 있던 수용소에서 사망하게 된다.

그는 두 권의 장편소설을 남겼는데, 두 편 모두 국내외 소설을 망라하여 헝가리에서 가장 인기 있는 작품 100선에 포함되었으며,•••• 영화화되었고, 지금까지도 다양한 언어로 계속해서 출판되며 작품성을 인정받고 있다. 《여행자와 달

• 당시 면적으로는 유럽에서 러시아 제국 다음으로 컸으며, 인구수로는 세 번째로 많았다.

•• 1917년 러시아 사회주의혁명 이후, 1919년 헝가리에서 두 번째로 소비에트 정부가 실권을 장악하지만 6개월도 되지 않아 (형식만 존재하는) 왕정으로 복귀한다.

••• 세르브 언털은 여섯 살 때인 1907년 12월에 아버지와 함께 가톨릭으로 개종했으나, 1939년에 공포된 '제2차 유대법'에 따라 박해를 피할 수 없었다.

•••• 영국 BBC에서 주관한 '빅 리드'의 헝가리판 설문 조사를 통해 레프 톨스토이, 토마스 만, 마러이 샨도르 등과 함께 작품을 목록에 올렸다.

빛》은 첫 번째 장편소설인 《펜드래건의 전설》(1934)과 함께 그의 대표작이라고 할 수 있다. 1937년에 처음 출간된 이 소설은 영어, 독일어, 프랑스어, 스페인어 등으로 번역되었으며, 1974년에는 영화로, 1996년에는 연극으로 각색되었다. 최근에는 국제적으로도 널리 알려진 영화감독 사스 야노시가 헝가리·이탈리아·독일의 공동 제작으로 다시 한번 이 작품을 영화화한다는 소식이 발표되었다. 헝가리의 저명한 문학사가인 터랸 터마시가 출판한 《죽기 전에 꼭 읽어야 할 헝가리 소설 303권》에는 세르브 언털의 작품 중 유일하게 포함되기도 했다. 또한 2022년에 한 월간지가 발표한 '외국인이 반드시 읽어야 할 헝가리 작품' 목록에서는 네 번째로 꼽힌 바 있다.

세르브 언털은 30대였던 1930년대에 문학적으로 가장 활발하고 왕성한 활동을 펼쳤다. 1933년에는 '젊은 연구자들의 모임'을 표방하며 신설된 헝가리 문학 협회의 회장으로 선출되었고, 1934년에는 문학사가로서 자신의 입지를 후대에까지 각인시키는 《헝가리 문학사》 두 권을 출판했다. 같은 해에 출간된 《펜드래건의 전설》이 독자와 비평가 들로부터 큰 찬사를 받았고, 1935년에는 당시 최고의 문학상 중 하나였던 바움가르텐상을 수상했으며, 대학교과 라디오극 등에서 강의와 많은 작품을 선보였다. 《여행자와 달빛》은 그의 문학 세계의 정점에서 쓰인 작품이라고 할 수 있는데,• 이후에는 유대인에 대한 유무형의 차별이 더욱 심해지면서 직접적으로 활

동의 제약을 받았기 때문이다.••

《펜드래건의 전설》이 1년 동안의 영국 체류 경험을 토대로 쓰인 데 반해《여행자와 달빛》은 그의 삶 전반에 걸친 경험과 상황을 유추해볼 수 있는 모티프들로 가득하다. 소설에 등장하는 다수의 중산계급 시민(부르주아), 고등학생 시절 선생님과 친구들 사이의 일화, 트리아농 조약•••에 따른 국토의 상실과 그때의 암울했던 사회 분위기까지. 또한 소설 속 울피우시가의 할아버지가 시계공으로 등장하는데, 실제로 세르브 언털의 아버지는 한때 시계 제조업자였다. 또한 소설에서처럼 고등학교 시절은 아니었으나, 대학 시절 그는 '바라바••••들'이라는 모임의 친구들과 가까이 지내기도 했다. 그 모임의 친구들이 나중에 카르멜 수도원의 수도사와 프란체스코 수도사가 되었고, 그중 한 명인 세되 라슬로는 수도사로서 이 소설에 등장하는 세베리누스 신부와 같은 이름을 선택하기도 했다. 더불어 작품에는 고전 문헌학에 대한 방대한 내용이 등

• 세르브 언털의 부인에 따르면, 그는 1936년 이탈리아 여행 후 1년이 지난 1937년에 이 작품을 집필하기 시작했다고 한다. 따라서 이 작품은 집필한 그해에 출판된 셈이다.

•• 1940년대 초, 뉴욕의 컬럼비아 대학교에서 그를 초빙교수로 초청했으나, 유대법에 의한 실질적인 피해가 예상되는 상황에서도 이를 거절했다.

••• 1920년에 연합국과 헝가리가 프랑스의 트리아농 궁전에서 맺은 조약. 이 조약으로 헝가리는 영토의 70퍼센트 이상을 잃는다.

•••• 신약성경에 등장하는 인물이다. 빌라도가 예수를 재판할 때 예수 대신 석방된 살인강도다.

장하는데, 작가 또한 1년 동안 오스트리아 그라츠에서 지내며 고전 문헌학을 공부했고, 영적인 이야기에 심취했다(작품 속 터마시가 자살을 감행한 할슈타트 역시 그라츠와 멀지 않다). 영국에 대한 흥미로운 묘사 또한 영국 체류의 경험을 바탕으로 했음을 어렵지 않게 짐작해볼 수 있다.

이 소설은 베네치아를 배경으로 시작된다. 신혼여행지로 이탈리아를 선택한 미하이와 에르지. 에르지는 부유한 사업가인 졸탄과 이혼하고 젊은 나이에 미하이와 재혼한다. 미하이는 사업을 하는 아버지 밑에서 중산층의 교육을 받으며 자랐으나 자주 환영을 겪었고, 죽음의 그림자를 드리우고 있던 친구 터마시, 그리고 그의 여동생 에버와 함께 어울리며 암울한 청춘 시기를 보낸다. 이후 터마시가 자살하고, 에버마저 사라지자 그는 대학을 졸업하고 아버지 회사에서 이사로 바쁘게 지내면서도 그 시절의 고민들을 풀지 못한다. 에르지와 결혼해 떠난 신혼여행에서 자신의 결혼 소식을 듣고 쫓아온 고등학생 시절의 친구 세페트네키가 나타나고, 마음속에 묻어두었던 학창 시절, 그 시절의 향수, 그리고 에버와 이후 수도사가 된 친구 에르빈•이 다시 그를 사로잡는다. 또한 그에게 가장 큰 의문이었던 터마시의 자살 경위가 알고 싶어졌으며, 자신도 죽음의 망령에 지배를 받고 있음을 어렴풋이 느끼게 된다. 우연한 사건으로 이탈리아의 한 기차역에서 아내인

• 소설에서 에르빈은 고등학생 때 유대교에서 가톨릭으로 개종한다.

에르지와 헤어지고 되고, 그는 혼자 이탈리아의 움브리아와 토스카나 지역을 여행하기로 결정한다. 이전에 그를 괴롭혔던 환영들이 다시 나타나며 그는 정신적인 혼란과 과거에 대한 향수, 그리고 그때 풀지 못한 의문들로 점점 더 혼란스러워지고, 급기야 병적인 상태에까지 이른다. 결국 병원으로 이송되어 엘슬리라는 영국 출신 의사에게 치료를 받고, 그곳에서 알게 된 미국인 여학생과의 로맨스도 경험한다. 하지만 이 모든 것으로도 그의 병적인 정신 상태는 치료되지 않는다. 영혼의 존재를 믿는 의사 엘슬리의 조언에 따라 그는 영적 치료를 위해 세베리누스라는 신부를 찾게 되는데, 그 신부는 다름 아닌 학창 시절의 친구 에르빈이다. 세베리누스 신부의 조언으로 그는 다시 로마로 향하고, 그곳에서 에버를 우연히 보게 된다. 그리고 고향에 되돌아가지 않고 에버와의 만남을 갈망하며, 자신이 그동안 묻어두었던 학창 시절의 의문과 함께 죽음에의 유혹을 더욱 절실하게 느낀다. 그 와중에 신혼여행에서 혼자 남겨진 에르지는 파리로 가서 자신의 오랜 친구인 샤리와 함께 지내며 새로운 삶을 시도한다. 하지만 어떤 계기로 인해 자신이 안주할 곳은 현실의 세계, 부르주아의 삶이라는 것을 인지하고는 자신을 기다리던 전남편 졸탄에게 돌아간다. 미하이는 결국 에버와 만나 그녀로부터 직접 터마시의 자살에 대한 이야기를 듣게 되고, 자신도 터마시의 길을 따를 것이라고 결심한다. 하지만 우연히 참석하게 된 영세식에서 벌어진 일들로 자살을 실행하지 못한다. 이후 자신을 찾아온 아버지와 함께 부다페스트로 돌아가는 것으로 소설은 마무리된다. 그리고 이 마지막 장면에서 작가는 말한다. "살아남아야 한다. 폐허 속의 들쥐처럼 그 또한 살아남을 것이다. 어떠한 일이 있어도 살아남을 것. 인간은 살아 있어야 항상 뭔가가, 여전히 뭔가가 일어날 수 있는 것이다."

이 작품은 지금까지도 다양하게 해석된다. 그도 그럴 것이 86년 전에 출판된 소설이지만 2022년에도 두 곳의 출판사에서 새로이 출간할 정도로 강인한 생명력을 유지하고 있기 때문이다. 하지만 늘 그래왔던 것은 아니다. 세르브 언털은 마러이 샨도르와 함께 최근 몇십 년간 특히 많은 사랑을 받는 헝가리 작가이며, 그들의 작품이 때늦게 재평가되고 있는 것도 사실이다. 이 작품이 출간된 후인 1940년대 초에 그가 썼던 문학사(《헝가리 문학사》 및 《세계 문학사》) 도서들이 정치적인 이유로 판금 조치 되었고, 사회주의 시절에도 소련 문학을 비판적으로 기술했다는 이유로 그 책들은 원본대로 출판될 수 없었다. 물론 《여행자와 달빛》이 판금 조치를 당한 것은 아니나, 비평가들이 '정치적인 낙인이 찍힌' 작가의 작품을 '기꺼이 비평'하는 것이 쉬운 일은 아니었을 테다. 그 밖에도 당시 사실주의와 이후 해석학적, 그리고 민족적 관점이 비평의 주된 경향을 이루었던 까닭에 외국에서의 성공에도 불구하고 헝가리 내에서의 작품에 대한 평가는 축소되어 있었다. 그나마 심리학적 관점에서의 분석은 종종 있어왔는데, 이는 프로이트와 융에 대한 세르브 언털의 관심이 잘 알려졌던 바에 따른 것이다. 현재는 이 작품에 등장하는 이름, 달, 성(性), 신화, 종교, 장소 등의 수많은 모티프에서부터 등장인물의 소재가 된 실존 인물, 동성애적 관점,• 이후 발견된 자료,•• 가다머의 놀이로서 미적 경험, 바흐친과 루카치의 서사 형식과 이 소설 속의 영적 모티프에 대한 분석에 이르기까지 실로 다양한 연구들이 진행되고 있다.

이 소설은 근엄하고 엄중한 철학적 사상이나 역사적 사실의 재현을 중심으로 삼지는 않는다. 그렇다고 즉각적인 재미나 즐거움을 주지도 않는다. 사랑과 죽음이라는 모티프 역시 진부하다 싶을 만큼 문학을 포함한 다양한 예술 장르에서 시대를 불문하고 다루어진다. 그럼에도 이 소설이 헝가리뿐 아니라 수많은 나라에서 성공을 거두고, 지금까지 애독되는 이유는 무엇일까? 어떻게 21세기의 독자가 20세기 초반에 출판된 작품의 에피스테메를 이해하고, 고전의 반열에서 이 소설을 읽고 있을까?

그것은 누구나 뜨겁지만 어쩐지 자주 어두워졌던 청춘의 시절을 지나왔기 때문일 것이다. 강렬했던 그 시절, 벅찼지만

• 세르브 언털의 일기에서는 동성애를 직간접적으로 연상시키는 몇 차례의 언급이 나온다. 그는 한 여성과 두 번, 그리고 다른 여성과 한 번 결혼했다.

•• 예를 들면 1992년에 사망한 그의 부인 발린트 클라러가 강제 노동 수용소에 있던 세르브 언털에게 보낸 마지막 편지는 1995년에 발견되었다. 남편의 사망 이후 재혼하지 않았던 그녀는 1951년 한 아이를 세르브 언털의 영적인 자녀로 여기며 '세르브 야노시'라는 이름을 지어줬는데, 안타깝게도 그는 1988년, 오스트리아 빈에서 자살로 생을 마감한다.

암울했고, 희망을 꿈꾸었으나 어둠 속 현실에 더 절망했던 그 시절, 돌이켜보면 누구나 '생의 한순간'으로 지목하는, 쌓여 가는 성상(星霜)으로 덮어두었으나 바람 한 번에 다시 드러나는 청춘의 그 시절 말이다. 마치 무라카미 하루키의 《노르웨이의 숲》처럼.

끝으로 '낯선' 헝가리 소설을 우리나라 독자들이 접할 수 있도록 공간을 마련해준 휴머니스트 출판사에 감사드린다. 또한 독자들이 이 소설에서 작지만 깊은 인상을 가진다면, 졸문의 번역을 세심하게 가다듬어준 편집부의 노고로 돌리고자 한다.

김보국

휴머니스트 세계문학 018

여행자와 달빛

1판 1쇄 발행일 2023년 3월 6일

지은이 세르브 언털
옮긴이 김보국

발행인 김학원
발행처 (주)휴머니스트출판그룹
출판등록 제313-2007-000007호(2007년 1월 5일)
주소 (03991) 서울시 마포구 동교로23길 76(연남동)
전화 02-335-4422 **팩스** 02-334-3427
저자·독자 서비스 humanist@humanistbooks.com
홈페이지 www.humanistbooks.com
유튜브 youtube.com/user/humanistma **포스트** post.naver.com/hmcv
페이스북 facebook.com/hmcv2001 **인스타그램** @booook.h

편집주간 황서현 **편집** 이은서 이성근 김대일 김선경 **디자인** 김태형
조판 이희수com. **용지** 화인페이퍼 **인쇄** 청아디앤피 **제본** 민성사

ISBN 979-11-6080-975-6 04890
979-11-6080-785-1 (세트)

휴머니스트 세계문학

시즌 1. **여성과 공포**

001 프랑켄슈타인 메리 셸리 | 박아람 옮김
002 회색 여인 엘리자베스 개스켈 | 이리나 옮김
003 석류의 씨 이디스 워튼 | 송은주 옮김
004 사악한 목소리 버넌 리 | 김선형 옮김
005 초대받지 못한 자 도러시 매카들 | 이나경 옮김

시즌 2. **이국의 사랑**

006 베네치아에서의 죽음·토니오 크뢰거 토마스 만 | 김인순 옮김
007 그녀와 그 조르주 상드 | 조재룡 옮김
008 녹색의 장원 윌리엄 허드슨 | 김선형 옮김
009 폴과 비르지니 베르나르댕 드 생피에르 | 김현준 옮김
010 도즈워스 싱클레어 루이스 | 이나경 옮김

시즌 3. **질투와 복수**

011 폭풍의 언덕 에밀리 브론테 | 황유원 옮김
012 동 카즈무후 마샤두 지 아시스 | 임소라 옮김
013 미친 장난감 로베르토 아를트 | 엄지영 옮김
014 너희들 무덤에 침을 뱉으마 보리스 비앙 | 이재형 옮김
015 밸런트레이 귀공자 로버트 루이스 스티븐슨 | 이미애 옮김